W0228771

Tochter des Ra

Moyra Caldecott

Tochter des Ra

1 2 3 4 5 6 7 10 09 08 07 06 05 04 03 02 01 00 99 98 97

Tochter des Ra
Moyra Caldecott

Copyright © Moyra Caldecott 1990, 1997

Für die deutsche Ausgabe
Copyright © Neue Erde GmbH 1997

Dieses Buch darf ohne schriftliche Genehmigung des Verlages
in keiner Weise oder Form reproduziert werden.
Alle Rechte vorbehalten.

Titel der englischen Ausgabe:
Daughter of Ra
First published by Arrow Books, 1990

Übersetzung:
Christiane Schöniger
Lektorat:
Andreas Lentz

Titelseite:
Illustration: Bettina Harders Bick
Gestaltung: Fred Hageneder/Dragon Design

Buchgestaltung und Typographie:
Dragon Design
Innenillustrationen:
Elaine Vijaya und Fred Hageneder

Printed in Germany

Satz: Dragon Design
Gesetzt aus der Minion

Gesamtherstellung: Fuldaer Verlagsanstalt GmbH, Fulda

ISBN 3-89060-313-0

Neue Erde Verlag GmbH
Rotenbergstr. 33 - 66111 Saarbrücken
Deutschland - Planet Erde

Für Oliver, meine große Liebe, und für Mary und Pat, Jeannine und Ann und alle meine ägyptischen Freunde – mit Liebe und Dankbarkeit.

»Heil euch, die ihr Seelen habt, die ihr ohne Falsch seid, die ihr für alle Ewigkeit seid! Öffnet euch für mich, denn ich bin ein Geist von eigener Gestalt, ich habe Macht durch diesen meinen Zauber, und ich werde erkannt als ein Geist.«

Spruch 72, Das Buch des Großen Erwachens (Ägyptisches Totenbuch)

Zitiert nach *The Book Of The Dead* von R. O. Faulkner,
British Museum Publication, 1985

Abb. 1: Tutenchamun, hier noch als Tutenchaton, und seine Schwester und Gemahlin Anchesenpaton. Rückentafel seines Löwenthrones.

Inhalt

Abb. 2: Tutenchamun und seine junge Königliche Gemahlin Anchesenamun. Er sitzt auf einem Klappstuhl mit Leopardenfell und schenkt ihr Wasser ein. Motiv in Blattgold, von einem Schrein im Amarna-Stil.

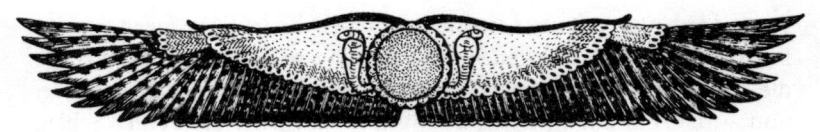

Krönung

Der Junge stand barfuß und fast nackt vor der riesigen Zedernholztür des Amuntempels; ein einfacher Rock aus feinem, weißen Leinen war sein einziges Gewand. Die wichtigsten Priester und Würdenträger der Zwei Länder standen hinter ihm. Er wußte, daß sie da waren. Er spürte das Gewicht ihrer Entscheidung, daß er der König wird, auf den sie gewartet hatten, seit sein Großvater Neb-maat-Ra, Amenophis III., Großer Stier der Zwei Länder, in die Sonnenbarke gestiegen war, um bei seinen Vorfahren im Land des ewigen Lebens zu sein.

Er hatte Angst. Wenn sich diese Tür öffnete, würde er nicht länger Prinz Tutenchaton sein, der uneingeschränkt die Paläste seines Vaters und seines Großvaters durchstreifte, der ungezwungen mit seinen Schwestern in den Seen schwamm, mit anderen Kindern spielte und sagte, was er wollte. Er würde Pharao sein, und die ganze Welt würde von seinen Launen und seinen Worten folgen. Er würde Kleider tragen, die steif vor Gold und Juwelen wären, und er würde sich würdevoll bewegen müssen. Er würde seine Freunde nicht mehr durch den Garten jagen und Steine nach den Vögeln werfen. Wenn sich diese großen Türen öffneten, würde er ein Gefängnis betreten, aus dem es kein Entrinnen gab. Er würde endlose, ermüdende Zeremonien ertragen und die Worte, die man ihn gelehrt hatte, immer wieder vortragen müssen. Er würde eintönige Rituale durchführen und den weitschweifigen heiligen Texten, die immer wieder angestimmt wurden, lauschen müssen. Man würde von ihm erwarten, daß er alles weiß, alles sieht, alles ist. Er wäre der einzige Übermittler der göttlichen Kraft auf Erden.

Er wußte, daß er eines Tages diese Rolle übernehmen würde, denn unter vielen Töchtern war er der einzige lebende Sohn des Königs. Seine Mutter Kia jedenfalls ließ es ihn niemals vergessen. Doch als er für seine Rolle als Pharao ausgebildet worden war, hatte er den Unterricht als ein ausgeklügeltes Spiel betrachtet, weit entfernt von der Wirklichkeit. Wirklich war nur der Spaß, den er mit seinen Schwestern und seinen

Freunden hatte. So gut er konnte, ertrug er die heißen, engen Räume im Haus des Lebens, in denen er in dem Wissen und den Fähigkeiten, die er als Pharao benötigen würde, geschult und ausgebildet wurde, und wartete nur auf die Zeit der Erlösung. Sein Herz setzte einen Schlag aus. Wenn er nur besser aufgepaßt hätte. Doch selbst wenn – niemand hatte erwartet, daß er den Thron im Alter von neun Jahren erben würde. Niemand hatte ihn darauf vorbereitet.

Er wußte, daß Eje dicht hinter ihm war – Wagenmeister, Begleiter des Großen Königs und Wesir des Königs, der alles unter seiner Obhut hatte. Schon am Hof seines Großvaters war Eje eine einflußreiche Person gewesen, und nur aus diesem Grund war er nicht mit all denen, die seinem Vater nahe gestanden hatten, verschwunden.

Es war alles so schnell gegangen – der Tod seines Vaters; die Übernahme des Thrones durch Nofretete, die Große Königliche Gemahlin; die Ermordung seines Onkels Djehuti-kheper-Ra, den er gemocht und dem er vertraut hatte; und, was am schrecklichsten war, der gewaltige Aufruhr in der Hauptstadt seines Vaters, Achetaton, in dem so viele Familienangehörige und Freunde umgekommen waren. Er schauderte bei dem Gedanken daran, wie sich die schöne Nofretete und seine geliebte Schwester Meritaton gefühlt haben mußten, als der Mob sich gegen sie wandte und sie erschlug. Wie war so etwas möglich? Laut General Haremhab geschah es, weil sein Vater das Gesetz von Maat, von Ordnung und Gerechtigkeit, in den Zwei Ländern zerstört hatte, indem er sich gegen die alten Götter kehrte, die seit den alten Tagen den Frieden im Land bewahrt hatten. »Schau«, sagte er, »was geschieht, wenn das gemeine Volk keine Götter hat, die es achtet und denen es gehorcht, wenn es nur an sich selbst glauben kann.« Aber sein Vater hatte das Land nicht ohne Götter gelassen. Da war Aton, der größte Gott von allen, der die ganze Welt in seiner Obhut hielt.

Der junge Prinz hatte weder das abscheuliche Gemetzel in Achetaton gesehen, noch General Haremhabs grimmige Rache an den Tätern, denn er hatte sich mit seinen Schwestern sicher auf dem Landsitz seines Großvaters in Per-hay, in der Nähe von Waset, aufgehalten. Aber er wurde Zeuge der nachfolgenden Verwirrung und sah eine heftig erregte Kia, die gerade noch ihre Flucht plante, und ihn im nächsten Augenblick darauf vorbereitete, König zu werden.

Große Männer mit dunklen Gesichtern kamen und gingen. Seine Schwester Anchesenpaton hörte ihnen teilnahmslos zu und entließ sie dann.

Und dann verschwanden eines Nachts, wie so viele andere Menschen, die er gekannt hatte, seine jüngeren Schwestern und besten Freundinnen,

Nefernefruaton, Neferneferure und Setepenre. Nur Anchesenpaton und seine Mutter blieben.

Er hatte Anchesenpaton niemals nahe gestanden. Sie war älter als er und schien nie Freude am Leben zu bekunden wie die anderen Töchter Nofretetes. Und nun sollte sie seine Königin werden, seine Große Königliche Gemahlin. Tatsächlich hatte seine Schwester Anchesenpaton, Tochter von Echnaton und Nofretete, durch ihre Heirat mit dem König, ihrem Vater, eine besondere Stellung inne, und sie würde seiner Thronbesteigung die nicht zu erschütternde Rechtmäßigkeit verleihen, denn seine eigene Mutter war nicht von königlichem Blut.

General Haremhab trat vor und drückte ihm ein großes Zepter mit einer steinernen Spitze in die Hände. Er wußte, was er zu tun hatte.

Er hob das Zepter mit aller Kraft, die seine dünnen Arme aufbringen konnten, empor und schlug damit an die Tür – einmal, zweimal, dreimal. Der Ton ließ sein Herz aussetzen, während die ungeheuren Türflügel aus Zedernholz, die mit bronzenen, goldenen und silbernen Inschriften und Bildnissen überladen waren, langsam zurückglitten. Er betrat den heiligen Bezirk: eine kleine Gestalt, die von den riesigen Statuen seiner Vorfahren, den hohen Säulen und den großen Priestern, die auf ihn zukamen, überschattet wurde. Er war mit steifen zeremoniellen Gewändern bekleidet und trug die Masken der Götter – jener Götter, die sein Vater als böse bezeichnet und aus den Zwei Ländern verbannt hatte. Voll Unbehagen schaute er sie an. Was sollte er glauben? Eje und Haremhab, die seit Nofretetes Tod die Macht über die Zwei Länder in den Händen hielten, versicherten ihm, sein Vater wäre verrückt gewesen und das Land sei in Gefahr, denn die alten Götter wären verspottet und verjagt worden. Immer wieder führten sie an, wie die Zwei Länder unter seinem Vater gelitten hätten. Ihm wurde gesagt, es obliege seiner Verantwortlichkeit, die alten Götter wieder an ihren rechtmäßigen Platz zu setzen und das Königreich, das er geerbt hatte, vor dem Verfall zu retten.

Die Gestalten vor ihm sahen sowohl lächerlich als auch bedrohlich aus. Menschen mit Tiermasken.

»Sie tun nur so, als ob«, sagte er sich. Er wiederholte es mehrere Male, während sie näher kamen. Horus mit dem Kopf eines Falken, Herr des Himmels, der die göttliche Königswürde vorstellt, der heilige Sohn heiliger Eltern; Anubis, Gott der Grabstätten, mit dem Kopf eines Schakals, der uns daran erinnern soll, daß die Toten durch den Leib des Schakals ins Leben zurückkehren; Khnum, der das Leben auf einer Töpferscheibe gestaltet, er trägt den Kopf eines Widders; Set, Gott der Stürme, der gefährliche Gott, mit dem Kopf eines Tieres, das keiner kennt; Sobek, das Krokodil ... All diese und noch mehr sammelten sich um ihn und führten ihn. Der Junge fürchtete sich. Sein Vater hatte ihm eingeschärft, es gäbe nur einen wahren Gott, und dieser könne durch nichts auf der Welt dargestellt werden.

»Nur das Rund der Sonne und die Sonnenstrahlen können dir eine Vorstellung von seinem Glanz vermitteln«, hatte er gesagt. »Auch Aton, der in einem einzigen Augenblick die ganze Welt bescheint, kann dir nur einen Hauch von dem zeigen, was in seinem Herzen liegt.«

Er hatte beobachtet, wie sein Vater und dessen Diener die Statuen der anderen Götter zerstört hatten, und dennoch war keine Strafe auf sie gefallen. Oder doch?

Tutenchaton runzelte die Stirn, als er sich an den plötzlichen Tod seines Vaters und an das, was danach geschah, erinnerte. Eine Zeit lang hatte Nofretete an seines Vaters statt regiert. Nofretete, die Schöne, die seine Mutter Kia verabscheute. Nofretete, die Stolze, die ihn manchmal mit den kalten Augen einer Kobra beobachtet hatte. Jung wie er war, hatte er nichts von dem Machtkampf in den Zwei Ländern wissen können. Die Partei gegen seinen Vater Echnaton hatte im Geheimen daran gearbeitet, ihn zu stürzen und seinen Sohn auf den Thron zu setzen. Eine Zeit lang hatte es so ausgesehen, als würde der Freund seines Vaters – manche sagten Bruder – Djehuti-kheper-Ra, Khemet regieren. Doch man hatte ihn tot in einer Gasse gefunden. Nofretete und Meritaton, Echnatons Gemahlin und seine älteste lebende Tochter, waren vom tobenden Mob ermordet worden. Beinahe alle, die er kannte, waren entweder tot oder verschwunden. Er war dankbar, daß Eje, der Vertraute seines Vaters und seines Großvaters, ihm ein Gefühl von Beständigkeit, Vertrauen und Sicherheit gab. Schnell blickte er über seine Schulter nach Ejes Beistand und vergaß für einen Augenblick, was er als nächstes zu tun hatte. Eje winkte ihn weiter.

Der Priester mit der Horusmaske nahm seine Hand und führte ihn zu einer zweiten Tür, die zwanzig Ellen hoch war und aus weißem Kalkstein bestand. Daneben stand eine ungeheure Statue von einem seiner Vorfahren, Aa-kheper-ka-Ra, Djehuti-mes I.

Dann nahm ein Priester, der wie der Gott Atum, der Schöpfer der irdischen Gestalt, gekleidet war, seine andere Hand. Langsam und knarrend öffnete sich die Tür und der junge Prinz betrat die »Halle der Reinigung«. Er stieg in eine flache Kristallschale mit heiligem Wasser. Vier Priester, die an den vier Kardinalpunkten der Welt – Norden, Süden, Osten und Westen – standen, gossen aus vier schlanken Kristallvasen reinigendes Wasser über ihn. Er spürte die kühle Flüssigkeit auf seiner

Haut und fröstelte. Jetzt gab es kein Zurück mehr. Kein Pharao hat jemals aufgehört Pharao zu sein solange er lebte.

War es Einbildung, oder sahen die Statuen, die ihn umgaben, und die eingemeißelten Bilder auf den Wänden plötzlich anders aus? Konnten ihre steinernen Augen ihn sehen? Er bekam eine Gänsehaut und senkte sogleich den Blick auf den gefliesten Boden. Er folgte blind, wohin er geführt wurde.

Die nächste Halle wurde »Haus des Königs« genannt. Dort würde die eigentliche Krönungszeremonie stattfinden.

In Achetaton hatte eine Zeremonie in einer Krönungshalle stattgefunden, die eilig dafür errichtet worden war. Aber Eje und General Haremhab waren der Meinung gewesen, dieses sei nicht genug. Alle Götter von Khemet müßten ihn zum König erklären, nicht nur Aton. Die großen Tempel in Ipet-Esut und Ipet-Resit waren für diesen Zweck teilweise wieder aufgebaut worden. Hätte Tutenchaton sich nicht so fest auf den Boden zu seinen Füßen konzentriert, hätte er die noch immer abgebröckelten und verkratzten Götterreliefs, die rauchgeschwärzten Wände und die abgeblätterten lebhaften Farben der Bemalung bemerkt.

Sein Herz pochte unangenehm schnell, als er zwischen den wie Papyrus geformten Säulen und den zwei riesigen goldenen Obelisken hindurchging. Ungeheure, dem Osiris ähnliche Statuen von Djehuti-mes III. und IV. ragten über ihm empor. Er betrat die Kapelle des Nordens, das »Haus der Flamme«, und die Kapelle des Südens, das »Große Haus«. Die Götter des Nordens und des Südens versammelten sich und umringten ihn. Sie sangen die alten, heiligen (und größtenteils unverständlichen) Worte der Krönungszeremonie.

Sie forderten ihn auf, eine lebendige Kobra zu packen und in ihre kalten gelben Augen zu starren.

Ihm war elend vor Angst, als er den schuppigen Körper in seiner Hand spürte. Dann ergriff ein Hohepriester ihren Schwanz und schlang ihn so schnell um Tutenchatons Kopf, daß sie einen fast vollständigen Kreis bildete. Er hatte nicht gespürt, wie ein anderer Priester etwas auf seine Perücke gesetzt hatte, aber als die nun tote Kobra entfernt worden war, fand er die königliche Uräusschlange auf seinem Kopf, die goldene Kobra mit Augen aus Topas, die ihn immer beschützen sollte. Er fühlte sich jetzt stärker, zuversichtlicher. Er spürte die beginnende Verwandlung vom Jungen zum König.

Nacheinander wurden die Kronen mit rituellen Gesten und Gesängen auf sein Haupt gesetzt. Eje hatte ihm gesagt, die Kronen selbst wären

Gottheiten, und auch er würde eine Gottheit und ein großer Magier, wenn er sie trüge. Sein Vater hatte dieses nie von seinen Kronen behauptet.

»Sie sind nicht mehr als Sinnbilder eines Amtes«, hatte er gesagt. »Du bist es, der ihnen Macht verleiht – nicht sie, du.«

Doch Tutenchaton konnte den Unterschied an sich selbst empfinden, als sie auf seine Stirn drückten. Er richtete sich auf und hob seinen Kopf. Er schaute nicht mehr unruhig auf den gekachelten Boden, sondern hob seinen Blick und starrte kühn in die Augen der maskierten Priester und zu den Statuen und Reliefs hinter ihnen. Er begegnete dem Blick der Götter als ihresgleichen. Er war ein göttlicher Pharao, und niemand konnte ihm jemals wieder vorschreiben, was er zu tun hatte.

Das erste Mal seit die befremdlichen Ereignisse der letzten Monate die vertrauten Gewohnheiten seines Lebens gestört hatten, brach eine Lächeln aus ihm hervor. Er konnte es auch genießen, Pharao zu sein! Er würde nicht allein sein – die Kraft aller mächtigen Wesen jenseits dieser Welt waren mit ihm. Sogar General Haremhab, den er bis jetzt gefürchtet hatte, war ihm untergeordnet – er war der göttliche König.

Sein Vater hatte sich geirrt. Die Kronen hatten magische Kraft. Er fühlte, wie ihre Stärke in ihn hineinströmte, und er sprach die Worte eines Pharao mit einer Stimme, deren Kraft und Tiefe ihn selbst überraschte.

Die Zeremonie für Anchesenpaton, seine Große Königliche Gemahlin, seine Königin, fand zur gleichen Zeit im Tempel der Mut, Amun-Ras Gefährtin, statt. So wie er von Göttern, würde sie von Göttinnen umgeben sein. Priesterinnen in den Gewändern von Göttinnen würden sie ankleiden. Sie würden die Krone der magischen Federn der Mut auf ihr Haupt setzen. Spürte sie die Veränderung wie er? Aber dann erinnerte er sich daran, daß ihr dieses nicht so unbekannt war. Sie hatte ähnliches schon durchgemacht, als sie geschlechtsreif wurde. Sie war als Gemahlin ihres Vaters gekrönt worden – doch nicht als Große Königliche Gemahlin, trotz ihres königlichen Blutes. Sie war noch nicht Große Königliche Gemahlin gewesen, kein Göttliche Königin. Er dachte daran, wie es wohl wäre, mit ihr ins Bett zu gehen. Es erleichterte ihn, daß wenigstens sie wissen würde, was zu tun war! Seine Gedanken schweiften in diese Richtung, als er eine Berührung an seinem Ellbogen spürte und erkannte, daß er sein Stichwort verpaßt hatte.

Amun-Ra verlieh ihm Unsterblichkeit, und er dachte an das Bild seiner nackten Schwester-Gemahlin!

Die Doppelkrone befand sich auf seinem Haupt, die goldene Kobra auf seinen Brauen, Amun, der verborgene Wind, atmete ewiges Leben in seine Nasenflügel. Es fiel ihm schwer, das Bild seiner Schwester aus seinem Geist zu vertreiben.

»Ewiges Leben?« Was bedeutete das? Er konnte es sich doch nicht vorstellen, gleich wie viele Texte ihm seine Lehrer darüber auch zu lesen gegeben hatten.

»Es ist nicht das immerwährende Leben«, hatte sein Vater einst auf eine Frage geantwortet. »Obgleich auch das gewährt wird. Es ist Leben ohne Zeit, ohne Raum, ohne irgendeine Ausdehnung. Es ist jetzt und doch nicht jetzt. Es ist hier und doch nicht hier. Es ist überall und doch nirgendwo. Es ist weder vorher noch nachher … «

An dieser Stelle hatte der Prinz das Zuhören aufgegeben. Jetzt bedauerte er es. Denn nun galt es ihm – und er verstand es nicht.

Als er später auf dem Thron saß, auf dem die großen thutmosischen Könige, der Gott Amenophis II. und sein Großvater, der größte von allen, schon gesessen hatten, vergaß er, über solche Fragen zu grübeln. Vielmehr fragte er sich, wie er all die Dinge schaffen sollte, die man von ihm als Pharao in diesem Leben erwartete.

Priester, die den Zwittergott des Großen Flusses, der Khemet Leben schenkte, verkörperten, wanden die Lilie und den Papyrus, die Symbolpflanzen des Südens und des Nordens, um die Beine des Thrones, und er sprach die Worte der Anrufung:

»Herr der Pflanzenwelt, Herr der Fische und der Vögel,
Großer Wassergott, dessen Kraft ein totes Land in ein lebendes verwandelt,
sei mit uns, jetzt und immerdar.«

Ohne das Ansteigen des Wassers, ohne die Fluten, die den reichen schwarzen Schlamm hinterlassen, wäre sein Land verloren. Ein Pharao muß sich gewiß mehr um seine Beziehung zu Hapi kümmern als zu jedem anderen Gott. Dennoch, dachte Tutenchaton, und ein leichtes Runzeln kräuselte seine glatte junge Stirn, hatte es zu Echnatons Zeiten keine Hungersnot gegeben, und er wußte ganz sicher, daß Echnaton sich geweigert hatte, den Flußgott zu verehren, auch wenn er dessen Heiligtümer nicht mit dem gleichen Eifer angegriffen hatte wie die des Amun.

Tutenchaton hatte die beiden Zepter so fest umklammert, daß seine Finger schmerzten. Er lockerte seinen Griff ein wenig, und eines der Zepter glitt ihm beinahe aus der Hand. Es war das Zepter, das noch mit dem Zeichen des Aton geschmückt war. Die Inschrift lautete:

Das Antlitz des Königs, Sohn des Amun, blendet wie Aton, wenn er scheint.

»Ich werde es niemals aufgeben«, flüsterte er seinem Herzen zu und hielt das Zepter wieder fest. Eje und Haremhab hatten Aton nicht mit einem Bannfluch belegt, so wie es Echnaton mit Amun getan hatte. All die alten Götter sollten verehrt werden, und Aton war keine Ausnahme. Aber, jung wie er war, argwöhnte Tutenchaton, daß er nicht lange leben würde, wenn er Neigung zeigte, dem Weg seines Vaters zu genau zu folgen. Er verstand nicht alle Folgen der Veränderungen, die so schnell geschehen waren, aber er war klug und vorsichtig genug, um zu erkennen, daß er sich auf dünnem Eis bewegte. Wenn er ungeschickt wäre und einen Schritt ohne die Führung dieser zwei Männer machte, würde die ganze Welt unter seinen Füßen einstürzen.

Wieder dachte er an Anchesenpaton, doch dieses Mal erinnerte er sich an den Blick ihrer Augen, als Eje und General Haremhab ihr mitteilten, sie würde die Große Königliche Gemahlin. Er sah nicht die Freude und Dankbarkeit, die er erwartet hatte – sondern nur einen Blick, der ihr kühles und mißtrauisches Abwägen des Für und Wider verriet. Sie hatte sich vor ihm als ihrem zukünftigen Gemahl und König verneigt, aber sie war seinem Blick ausgewichen, und er war entsetzt über den unterdrückten Zorn, den er an ihrem angespannten Körper wahrnahm. Er hatte ihr nie so nahe gestanden wie seinen anderen Halbschwestern, aber er hatte nicht gedacht, daß sie ihn haßte. Haßte sie ihn? Oder waren der Wesir Eje und der steife General das Ziel ihres Zornes?

Während die Priester über ihm die alten Worte anstimmten und ihn in sein Krönungsgewand kleideten, bemühte er sich, sich an jede Kleinigkeit dieser außergewöhnlichen Begegnung zu erinnern. Als sie eintrafen, hatte Anchesenpaton am Fenster gesessen und in den Garten geschaut. Sie hatte sich augenblicklich erhoben und ihnen zugewandt. Sie hatte über ihn hinweggesehen, als seien er und Eje nicht anwesend. Ihre Augen waren fest auf den General gerichtet gewesen. Eine scheinbar lange Zeit wurde kein Wort gesprochen. Sie blickten sich nur starr in die Augen, und Tutenchaton, der sich in diesem Schweigen so unbehaglich gefühlt hatte, wußte jetzt, warum. Auch wenn es nicht zu sehen war, hatten die beiden einen Kampf ausgefochten. Eje hatte seine Hand auf Tutenchatons Schulter gelegt, so als wolle er ihn aus einer Schlacht heraushalten. Was war das für ein greifbarer Haß zwischen der jungen Prinzessin und dem wettergegerbten General? Tutenchaton konnte es nicht verstehen, denn er wußte nichts von den Machtkampf, der seinen

Vater vernichtet hatte. Für ihn war der General der Bestrafer derjenigen gewesen, die Gewalt gegen seine Familie gerichtet hatten. Er erinnerte sich daran, daß seine Mutter Kia, die für einige Zeit vom Hof entfernt im Verborgenen gelebt hatte, zurückgerufen und in Ehren wieder eingesetzt worden war – aber erst nachdem die Vorbereitungen für seine Heirat mit Anchesenpaton abgeschlossen waren. Jetzt erinnerte er sich an etwas, was er damals übersehen hatte. Er kannte seine Mutter kaum, denn er war bei Hofe erzogen worden – entweder bei seinen Großeltern in Per-hay oder in der schönen Stadt der Sonne, Achetaton. Aber er war dabei, als ihr mitgeteilt wurde, wer seine Große Königliche Gemahlin werden sollte. Jetzt verstand er, daß seine Mutter Anchesenpaton nicht freundlich gesonnen war. Eine Tochter von Nofretete würde ihrem Herzen niemals nahestehen.

Sie intonierten seine Titel.

»König des Oberen und Unteren Ägypten; Neb-kheper-Ra, der jeden Tag wie Ra erscheint; Sohn der Sonne; Tutenchamun, lebendes Bildnis des Amun; Herrscher von Abedju, der heiligen Stadt des Osiris; Herr des Diadems, Geliebter des Amun, Sohn des Amun, geboren von Mut, der Herrin des Himmels … «

Man hatte ihm gesagt, sein Name würde von Tutenchaton in Tutenchamun geändert werden, doch begriffen hatte er es erst, als der Name in der großen hallenden Halle von Trompeten begleitet ausgesprochen wurde.

Schließlich stand er allein im Allerheiligsten vor dem Schrein des Amun-Ra, der in goldenem Glanz in seiner goldenen Sonnenbarke stand.

Er wußte in diesem Augenblick, daß Anchesenpaton, die nun Anchesenamun hieß, im Heiligtum der Mut im südlichen Tempel von Ipet-Resut stehen würde. Sie würde ihre Arme zu der Göttin erheben, so wie er seine zu dem Gott erhob. So wie er, würde sie die Worte der zeitlosen Texte sprechen. Sie wäre ebenso in feines Leinen gekleidet, niedergedrückt vom Gewicht der Edelsteingehänge und Gürtel und von der Krone auf ihrem Haupt. Er fühlte sich seltsam, als wären sie an einem Ort zusammen, obwohl viele Meilen sie trennten. Amun und Mut, der Große Gott, der Verborgene, der Atem des Lebens, und seine Gefährtin, die Mutter, die Gebärerin aller Lebewesen, sie schienen Seite an Seite zu stehen, und er und seine Große Königliche Gemahlin wurden von ihrer Umarmung umschlossen und zu ihren Werkzeugen auf Erden gemacht.

Er schaute in die blauen Lapislazuli-Augen des goldenen Gottes. Für ihn waren sie keine Edelsteine mehr, sondern Augen, die in seine Seele blicken konnten. Schrecken befiel ihn, und er wollte fliehen, aber seine Glieder waren wie gelähmt, und er konnte sich nicht rühren. Er konnte nicht einmal seinen Blick niederschlagen, sondern spürte die Augen des Gottes in sich eindringen, bis er vor Anstrengung fast ohnmächtig wurde. Er gewahrte die Tränen, die seine Wangen hinunterliefen.

Sein Innerstes schrie viele unbesonnene Dinge – doch kein Wort kam über seine Lippen außer denen, die er auswendig gelernt hatte und die von ihm erwartet wurden. Im Herzen flehte er um Verzeihung für das, was sein Vater getan hatte – und er selbst unter dessen Einfluß. Er schwor, die Verehrung von Amun-Ra aufrecht zu halten und sie nicht sterben zu lassen. Er schwor tausend Schwüre, die er später bereute, doch der unnachgiebige Blick des Gottes war eine Qual. Er fragte sich, ob es nicht zu spät war. Würde sich der Gott für das, was geschehen war, rächen? Er wünschte, er wäre nicht zum Pharao erwählt worden. Er war nicht nur ein Werkzeug des Gottes auf Erden, sondern er befand sich auch in dessen Hand wie kein anderes Wesen auf der Welt. Er war mit allen neun Schichten seines Wesens gebunden, und es gab kein Entkommen – niemals. Noch nicht einmal im Tod.

Als das Gold durch seine Tränen schimmerte, erschien ihm der Gott häßlich und entstellt. Dunkelheit hüllte ihn ein, und er spürte, wie er fiel.

Und dann wußte er nichts mehr.

Der neunjährige Junge war in Ohnmacht gefallen, seine heruntergefallene Krone lag dem Gott zu Füßen.

Der Hohepriester trug ihn hinaus.

Kein Wort wurde je darüber verloren.

Heiliges Wasser und Räucherwerk belebten ihn wieder. Benommen und nur halb bei Bewußtsein wurde er in seinen goldenen Tragesessel gesetzt und durch die vielen Türen und Tore aus dem dunklen Tempel in das helle Sonnenlicht der Stadt getragen. Dort wogte die Menge und fiel ihm zu Füßen. Das Kind starrte befremdet und unglücklich unter der Doppelkrone hervor auf Tausende und aber Tausende von Menschen, die schrien und seinen Namen riefen. Trompeten schmetterten. Trommeln wirbelten. Blüten regneten auf ihn nieder.

Er konnte den Schweiß an den Nacken der hohen Adligen herunterlaufen sehen, die miteinander gewetteifert hatten, zu dieser bedeutenden Gelegenheit die Plätze von Sklaven einzunehmen, und die den neuen Pharao triumphierend zu seiner Großen Königlichen Gemahlin trugen.

Anchesenamun wurde vom südlichen Heiligtum der Mut herangetragen – aber sie schaute nicht in die Gesichter derer, die sich um sie drängten und ihren Namen riefen. Sie blickte über ihre Köpfe hinweg in den Himmel. Eine Wolke hatte sich vor die Sonne geschoben, und man konnte deutlich die langen Strahlen sehen, die zu ihr herunterreichten.

Ruhig neigte sie ihren Kopf und murmelte die Worte eines Gebetes an Aton, die sie auf dem Schoß ihrer Mutter gelernt hatte:

»Wie mannigfaltig ist dein Werk. Du bist geheimnisvoll vor den Menschen. Du einziger Gott, dem kein anderer gleich ist. Allein schufest du die Erde nach deinem Herzen, sogar alle Menschen, alle Herden, alles auf Erden, Geschöpfe, die auf Füßen laufen, die sich mit Flügeln emporschwingen, die Länder Khor und Kusch, und das Land Khemet. Du setztest jeden Menschen an seinen Platz und sorgtest für sein Auskommen, ein jedes hat seine Nahrung und seine ihm bestimmte Lebenszeit; die Sprachen ihrer Zungen sind ebenso vielfältig wie ihre Beschaffenheit; ihre Gesichtsfarbe ist unterschiedlich, denn du hast die Länder voneinander unterschieden …

Du schufest die Jahreszeiten, damit alles gedeiht, was du geschaffen hast, den Winter, um sie zu kühlen, die Sommerhitze, auf daß sie von dir kosten mögen. Du hast den Himmel entfernt gemacht, damit er herabstrahle und alles sähe, was du erschaffen hast, der du allein bist und in den mannigfaltigen Gestalten des lebendigen Aton erstrahlst, du erscheinst strahlend und schimmernd, nah und fern zugleich … «

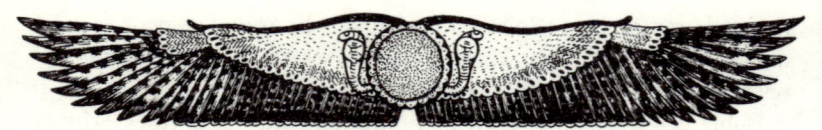

Erste Liebe

Anchesenpaton war noch keine zwölf Jahre alt, als sie ihrem Vater, Pharao Echnaton, ein Kind, eine Tochter, geboren hatte. Die Dynastie hatte keine Prinzen, die das königliche Blut weitertrugen. Nofretete hatte nur Mädchen hervorgebracht, und obgleich Echnaton sie zärtlich liebte, hätte ein Sohn von königlichem Blut die Zukunft der Dynastie besser gesichert. Auch war es für Echnaton nicht nur eine Angelegenheit der körperlichen Erbfolge, sondern wegen seines leidenschaftlichen Glaubens, nur er und seine enge Familie wären in der Lage, die Kraft des Aton auf die Erde zu bringen und an seine Untertanen zu weiterzugeben, war er entschlossen, einen Sohn, der das reine Blut des Aton trägt, hervorzubringen. Er tat nichts Unerhörtes, als er seine Tochter heiratete. Auch seine Schwester Sitamun war mit ihrem Vater vermählt gewesen und hatte den Status einer Königlichen Gemahlin. Und gegen Ende seines Lebens entdeckte Echnaton, daß Sitamun ihrem (und Echnatons) Vater einen Sohn geboren hatte, der von reinerem Blut war als er selbst. Echnaton wäre nicht auf den Thron gelangt, wenn es nicht seine Mutter, die Große Königliche Gemahlin Königin Teje, eine aus dem gemeinen Volk, die durch die Liebe seines Vaters in den königlichen Stand erhoben worden war, so bestimmt hätte. Die Existenz des Prinzen Djehuti-kheper-Ra, Sohn der Sitamun, war geheim gehalten worden, und er hatte bis wenige Jahre vor Echnatons Tod ein Leben im Verborgenen weit fort vom Hof geführt.

Ergeben war Anchesenpaton in die Ehe mit ihrem Vater gegangen. Sie schrie nicht, als der erste Beischlaf stattfand, und sie schrie nicht, als sie gebar. Sie wußte, ihr Vater war enttäuscht, daß ihr Kind, das bald starb, ein Mädchen war, und sie nahm an, daß sie mehr Kinder würde zur Welt bringen müssen. Aber anscheinend gab er den Versuch auf, einen Sohn von ihr zu bekommen, und er war so mit anderen Dingen beschäftigt, daß sie unberührt und beinahe unbemerkt unter den anderen Frauen im »Haus der Frauen« lebte.

Manchmal fühlte sie sich einsam und sehnte sich nach den sorglosen Tagen ihrer Kindheit. Aber es war nicht mehr das gleiche, wenn sie ihre Schwestern und ihre früheren Freunde traf. Deren Spiele langweilten sie, und sie erkannte, daß sie dem kindischen Geschnatter entwachsen war. Es wurde ihr größtes Vergnügen, dem Hofklatsch der Erwachsenen zu lauschen – sie schaute zu, beobachtete und nahm alles auf, was sie konnte – während sie nichts von sich preisgab. Wenn ihre Eltern daran gedacht hätten, sie zu fragen, hätte sie ihnen über all die Ränke, jede Unruhe und jeden kleinsten Treuebruch berichten können, lange bevor sonst jemand etwas bemerkt hatte.

Sie beobachtete Djehuti-kheper-Ra, den Freund und Vertrauten ihres Vaters, und lange bevor es herauskam, hätte sie Echnaton sagen können, daß der Mann eng mit ihm verwandt war und sich von Zeit zu Zeit heimlich mit den Amunpriestern traf. Sie beobachtete seinen Gesichtsausdruck vor und nach solchen Treffen. Sie bemerkte seine Liebe für ihre ältere Schwester Meritaton und sein hoffnungsloses Verlangen nach Nofretete – wahrscheinlich bevor er selbst sich darüber im klaren war.

Sie bewegte sich so zurückhaltend bei Hofe, daß kaum etwas vor ihr verborgen wurde. Sie sprach nie über das, was sie wußte. Ihre Befriedigung bestand darin zu wissen, während andere noch unwissend waren.

Einst hatte ihre Mutter ihr vorgeworfen, niemanden zu lieben und kalt und gefühllos zu sein. Aber das stimmte nicht. Sie hatte ein Verlangen zu lieben und geliebt zu werden. Nur hatte sie in der ersten Bestürzung über die Rolle, die sie zu spielen hatte, solche Mauern um sich errichtet, daß sie nicht mehr wußte, wie sie ohne sie leben sollte.

Nofretete war immer mehr mit verwickelten und schwierigen Angelegenheiten beschäftigt. Die frühen Tage in der »goldenen Stadt der Sonne«, als die Familie zusammen war und sichtbar das Ideal des Lebens unter Aton verkörperte, gingen schnell vorüber. Maketaton, eine von Nofretetes Töchtern, starb. Die Amunpriester schlugen wie waidwunde gefährliche Tiere auf jede Blöße, die sie sich gaben. Aus Echnaton, dem Träumer, wurde Echnaton, der Unterdrücker. In der Absicht seine Ideen in den Zwei Ländern durchzusetzten, griff er zu Mitteln, die er in seiner Jugend verabscheut hätte. Nofretete spielte gefährliche Spiele in dem Versuch, das Ganze zusammenzuhalten. Sie hatte nicht viel Zeit für ihre dritte Tochter – doch wenn sie Notiz von ihr nahm, war sie besorgt. Anchesenpaton wirkte viel älter als sie war. Der Ausdruck ihrer Augen erschreckte Nofretete manchmal fast. Meritaton hatte ihre Liebe zu Djehuti-kheper-Ra. Die drei jüngsten Mädchen waren noch Kinder und bemerkten die dunklen Wolken vor der Sonne nicht. Doch

Anchesenpaton? Anchesenpaton wußte alles, was vorging – und begrub es in einem schweren Herzen. Sie wußte sogar, daß General Haremhab es gewesen war, der ihren Vater vergiftet hatte.

Weil Anchesenpaton den Eindruck machte, kalt und abwägend zu sein, altklug und weltgewandt, mochte Kia sie nicht und mißtraute sie ihr. Tutenchatons Mutter war von schlichterer Wesensart als Nofretete und ihre Tochter. Sie liebte und haßte, was sie an der Oberfläche der Dinge sah, und es fiel ihr nicht im Traum ein, daß dies nicht unbedingt die ganze Wirklichkeit war. Als sie schließlich in das Leben ihres Sohnes zurückkehrte, überfiel sie ihn mit nahezu erdrückender Zuneigung und behandelte ihn wie das Kleinkind, von dem sie vor all den Jahren getrennt worden war. Anchesenpaton ärgerte sich natürlich darüber, und Kia spürte das.

Echnaton war Kia sehr zugetan und hatte ihre warme und schlichte Natur als tröstlich empfunden. Vielleicht hatte Nofretete sie aus diesem Grund fortgeschickt. Sie konnte sehen, daß ihr Gemahl manchmal die Gesellschaft von Kia suchte, die nichts von ihm forderte und einfach, ein albernes kleines Volkslied singend, seinen Kopf oder seinen Rücken massierte, anstatt sich leidenschaftlich mit ihm zu lieben oder erregt über wichtige Dinge dieser oder der nächsten Welt zu reden.

Als alle Zeremonien und Festlichkeiten der Hochzeit und der Krönung Tutenchamuns vorbei waren, kam der Zeitpunkt, da der junge König und seine Große Königliche Gemahlin miteinander allein waren.

Tutenchamun schaute zu Anchesenamun, die am Tisch in ihrem Zimmer saß. Ein langer Tag voller langweiliger und ermüdender offizieller Geschäfte war vorüber. Die Königin hielt einen polierten Silberspiegel empor und wischte sich ruhig mit einem ölgetränkten Stück weicher Baumwolle die Schminke aus dem Gesicht. Die meisten Frauen in ihrer Stellung hatten Dienerinnen hierfür, doch Anchesenamun machte es lieber selbst. Ihre Frauen hatten ihr den Schmuck und die Gewänder abgenommen und weggeräumt und waren dann leise gegangen. Sie wußten, dieses letzte Ritual war Anchesenamuns Sache. Es war, als ob sie langsam und sorgfältig die Schichten einer Verkleidung, die Schichten eines anderen Wesens, entfernte. Bisher hatte sie ihren Gemahl diesen Vorgang nicht beobachten und ihn nicht sehen lassen, wie sie wirklich war, aber sie wußte, an diesem Abend konnte sie der Vertraulichkeit nicht mehr ausweichen. Etwas in ihr sehnte sich danach, und etwas anderes wollte sie fortlaufen lassen.

Sie hatte diesen Jungen seit seiner Kindheit gekannt. Sie hatte ihm seine ersten Worte gelehrt. Er war immer noch ein Kind mit den weichen runden Wangen eines Kindes, und jetzt sollte sie ihn in die Mannbarkeit einführen.

Während sie ihre Haare kämmte, spürte sie seinen Blick auf ihrer Brust, die er unter ihrem erhobenen Arm erspähen konnte. Sie fühlte das Prickeln, das sie empfunden hatte, als sie den erotischen Geschichten der Frauen im »Haus der Frauen« gelauscht hatte. Von ihnen hatte sie mehr über die Möglichkeiten des Geschlechtsaktes gelernt, als während ihrer kurzen Ehe mit ihrem Vater.

Sie kämmte ihr Haar viel länger als nötig und bewegte sich dabei lässig und verführerisch. Die ganze Zeit spürte sie den Blick des Jungen auf ihr ruhen. Seit ihrem Vater hatte sie kein Mann berührt, und mit ihm hatte sie nichts als ein dumpfes Pflichtgefühl und eine Art Ablenkung empfunden.

Die Gespräche der Frauen hatten sie dazu gebracht, ihren Körper zu erforschen, und nun wollte sie spüren, wie es mit einem anderen wäre. Tutenchamun war zu jung, um sie gänzlich zu befriedigen – doch war er unberührt und hatte nichts Schlechtes gelernt. Wenn sie behutsam vorging, konnte sie ihm zeigen, wie er ihr Vergnügen bereiten würde. Sie hatte von den Frauen genug Klagen gehört, um zu wissen, daß ein Mann nicht nur sich selbst erfreuen durfte.

Verlegen stand Tutenchamun neben dem Bett, während sie sich niederlegte, und wußte nicht, ob er es wagen sollte, zu ihr zu kommen oder nicht.

Sie ließ ihn für einige Augenblicke dort stehen und weidete sich an ihm, dann streckte sie ihre Hand nach ihm aus.

Beflissen und unbeholfen legte er sich neben sie und betastete mit einer Hand zögernd ihre Brust – und wußte nicht, was er als nächstes tun sollte. Sie merkte, daß er voll Leidenschaft und Begierde aber schrecklich schüchtern war. Sie drehte sich zu ihm um und begann, ihn zart zu streicheln. Sie nahm seine Hand und zeigte ihm, wie und an welcher Stelle er sie streicheln sollte.

Dieses erste Mal war kein voller Erfolg, aber die Schranken waren gefallen, und beide wußten, es würde nicht lange dauern, bis ihre gemeinsamen Nächte der kostbarste Teil ihres Lebens werden würde – die einzige Zeit, in der sie, die über alle Maßen mit Staatspflichten und Verantwortung beladen waren, eine geheime Freude für sich suchen und finden konnten und eine Verbindung, die beide vor der Verzweiflung bewahrte.

Während des ersten Jahres seiner Regentschaft verbrachte Tutenchamun kaum einen Monat in Achetaton. Der König und sein Gefolge waren ständig unterwegs. In allen größeren Zentren mußten Zeremonien abgehalten werden, jedesmal mußten die entsprechenden Götter wieder eingesetzt und die Bindung des Königs an sie erneuert werden. In Mennefer wurde der König Sohn von Ptah und Sekhmet genannt, des Schöpfers und der Zerstörerin, welche die männliche und die weibliche Gottheit dieser großen Stadt waren. In Khemnu wurde er Sohn von Djehuti und Seshat genannt, der Gott und die Göttin der Weisheit und der Schreiber. In Abedju wurde er mit Horus gleichgestellt, dem Sohn des Osiris, der die Unterwelt beherrscht, und dessen Schwester und Gemahlin Isis.

In jeder Stadt war Anchesenamun an seiner Seite, um unablässig die Bedeutung des Gleichgewichts zwischen männlicher und weiblicher Kraft herauszustreichen. Tutenchamun war froh darüber, gleichgültig welch rituelle Bedeutung sie haben mochte, und des Nachts, wenn die aufmerksamen Augen und die leitenden Hände Ejes und Haremhabs sie nicht erreichen konnten, vollzogen sie ihr eigenes und sehr persönliches Ritual, um sich zu entspannen und die Sorgen zu vergessen.

Erschöpft schlief Tutenchamun schnell ein, doch Anchesenamun lag meistens lange neben ihm wach und dachte nach. Die Kammer war nie ganz dunkel, denn seit den grausamen Ereignissen in Achetaton bestand Tutenchamun darauf, wenigstens eine Lampe die ganze Nacht brennen zu lassen. Anchesenamun starrte in die Flamme und grübelte über das Rätsel der Götter und der Menschen nach. Warum waren die Götter und Göttinnen so abhängig von den Menschen, wenn sie große geistige Wesen waren und frei von den Beschränkungen, die den Menschen durch die fleischliche Hülle auferlegt waren? Warum müssen die Menschen sie anflehen, ihnen opfern, ihre Namen anrufen? Es gibt sie doch, ob die Menschen sie erkennen oder nicht? Sie tun doch ihre Werke, ob die Menschen sie darum bitten oder nicht?

Als ihr Vater noch lebte, war sie von seiner religiösen Besessenheit oft gelangweilt und verwirrt gewesen. Das Leben erschien ihr wie eine Theatervorstellung – ein fortwährendes Spielen von Stücken, und nur diejenigen wurden für erfolgreich erachtet, die die überzeugendste Vorstellung gaben. Sie war von Masken fasziniert. Als Kind brachte sie viel Zeit damit zu, welche anzufertigen. Sie fragte sich, was mit ihrer Maskensammlung geschehen war. Bei der Erinnerung daran, wie sie manchmal unerwartet mit der einen oder anderen Maske aus dem Schatten aufgetaucht war und ihre Amme und ihre Gefährten erschreckt hatte, lächelte sie schief. Oder hatten die Amme oder die Gefährten nur aus vorgetäuschtem Schrecken geschrien? War ihre Reaktion auch nur Theater?

Ein Teil ihres Vergnügens im Belauschen und Beobachten des Geschehens am Hof bestand darin, herauszufinden, welches Stück, welches Drehbuch und welcher Kunstgriff welche Reaktion hervorrief.

Sie war noch sehr jung, als die Worte der Hymnen und Gebete ihre Bedeutung für sie verloren hatten und zu bloßen Mustern von Lauten wurden, um die Stille zu füllen – Handschriften, die befolgt und auswendig gelernt werden mußten und die ohne jede Bedeutung waren.

Sogar als ihre kleine Tochter starb, weinte sie, weil es von ihr erwartet wurde. Man betrauerte tote Menschen laut und theatralisch. Nur einmal, als sie mit dem zerbrechlichen und kränklichen kleinen Körper allein war, bevor er einbalsamiert wurde, und als niemand sie beobachtete, fragte sie sich, wie es wohl gewesen wäre, wenn das kleine Wesen am Leben geblieben und seine Liebe mit ihr geteilt hätte. Der stechende Schmerz des Kummers um eine verpaßte Gelegenheit war nicht geheuchelt.

Sie drehte den Kopf und schaute auf den Jungen an ihrer Seite. Seine dunklen Wimpern hoben sich von den geröteten Wangen ab. Seine vollen, gerundeten Lippen waren leicht geöffnet, und sein Atem ging ganz leise und regelmäßig. Sie bedauerte, daß er, jung und unbedarft wie er war, in diese verderbte und unbarmherzige Welt gestoßen wurde. Er war eine Puppe in der Hand von Mächten, die sich im Grunde nicht um ihn scherten. Sie legte ihre Lippen an seine Stirn, und endlich glitt sie, ihn fest im Arm haltend, in den Schlaf.

Jeden Tag kamen Eje und Haremhab mit Namenslisten zu dem jungen Pharao. Man sagte ihm entweder, diesem Namen müsse man vertrauen und diese oder jene Stellung übertragen, oder diesem könne man nicht vertrauen und er müsse entweder verbannt oder vernichtet werden. Die meisten Namen bedeuteten Tutenchamun nichts. Nur Eje und Haremhab kannten die Gesichter zu den Namen. Der Junge drückte sein königliches Siegel darauf, wie ihm gesagt wurde, und erhob keine Einwände. Später wurden Männer vor seinen Thron geführt, und wieder ernannte, belohnte oder verurteilte er sie nach Ejes und Haremhabs Geheiß. Bittgesuche wurden verlesen, doch es waren nicht seine Anweisungen, die ausgeführt wurden.

Anchesenamun war sich der Macht des Wesirs und des Generals und der Hilflosigkeit des Jungen auf dem Thron sehr bewußt. Sie beobachtete alle Geschehnisse mit wachsender Bitterkeit, aber selbst wenn es in ihrer Natur gelegen hätte, einzugreifen, es wäre ihr gar nicht möglich gewesen. Ihr Großvater und ihr Vater hatten beide mit der Tradition gebrochen und die Macht mit ihrer Großen Königlichen

Gemahlin geteilt. Wie jeder wußte, war Königin Teje hinter dem Thron ungeheuer einflußreich gewesen, aber Nofretete war noch einen Schritt weitergegangen und hatte tatsächlich auf dem Thron gesessen, als ihr Gemahl gestorben war. Haremhab hatte beschlossen, daß dieses nicht wieder geschehen würde. Mit der Rückkehr der alten religiösen Traditionen wurde die alte Hofetikette peinlich genau beachtet, und Haremhab vergewisserte sich, daß jeder das eingesehen hatte. Anchesenamun zeigte sich als liebende Gemahlin, als anbetende Frau, als Trägerin der königlichen Blutlinie und hoffentlich als Gebärerin des königlichen Erben, aber in den Regierungsgeschäften hatte sie nichts zu sagen. Sie hatte kein eigenes Leben. Sie sollte schön aussehen und ihren Mund halten. Das wurde ihr sehr deutlich gemacht, und sie wußte, ihr Leben hing davon ab, wie gehorsam sie diese Rolle spielte.

Manchmal dachte sie daran, alles aufs Spiel zu setzen und offen mit Tutenchamun zu reden, ihm bewußt zu machen, daß er selbst Macht hatte und sie durchsetzen sollte – daß er benutzt wurde, eine Politik zu betreiben, die nicht betrieben, Männer zu ernennen, die nicht ernannt oder Männer zu bestrafen, die nicht bestraft werden sollten. Doch sie zögerte. Tutenchamun war noch nicht bereit, seine eigenen Entscheidungen zu treffen. Immer wieder sah sie, wie er vom äußeren Schein eingenommen und von Lügen und Schmeicheleien beeinflußt wurde. Haremhab und Eje wußten wenigstens, was sie taten, und verfolgten eine stetige Politik. Wenn Tutenchamun jetzt die Macht übernähme, hingen sie alle von der Gnade seiner kindlichen Launen und Vorlieben ab. So sehr sie ihn auch liebte, erkannte sie, daß er sich selbst noch nicht gefunden hatte, also wartete sie ihre Zeit ab.

Aber wenn er sich fand, dachte sie, sollten Haremhab und Eje sich in acht nehmen!

Tutenchamun gewöhnte sich langsam an die Förmlichkeit der Königswürde und akzeptierte die Notwendigkeit, mit allen königlichen Insignien angetan auf dem größten Thron zu sitzen, während ausländische Fürsten und Unterhändler vorüberzogen, ihm huldigten und ihm kostbare Geschenke zu Füßen legten. Wie zu Lebzeiten ihrer Eltern stand Anchesenamun bei diesen Gelegenheiten hinter dem Thron und beobachtete. Mit ihrem unbeirrbaren Instinkt las sie in der Seele der Menschen, und sie hatte Freude daran, die Gedanken derjenigen, die vortraten, zu erraten. Sie erkannte ihre wahre Stellung in ihrer Heimat an der Tiefe der Verbeugung. In ihren Augen las sie ihre Hoffnungen, Sehnsüchte und Ängste, während sie näherkamen und sich wieder entfernten. Sie sah, was sie von dem König, zu dessen Füßen sie ihre Geschenke legten, erwarteten, auch wenn das manchmal etwas anderes war, als was sie in ihren sorgfältig geprobten Ansprachen sagten.

Tutenchamun sah nur die Zeichen ihres Amtes und die Geschenke, die sie brachten.

Unter dem großen Kriegerkönig Djehuti-mes III. hatte Khemet seine Grenzen weit in die östlichen Länder ausgedehnt und im Süden weiter nach Nubien und Kusch als jemals zuvor. Die Vasallenherrscher waren verpflichtet, dem mächtigen König der Könige Tribute zu entrichten. Amenophis hatte mehr mit Verhandlungskunst als mit Krieg regiert und das ausgedehnte Weltreich durch umsichtigen Einsatz von Geschenken, Geiseln und diplomatischer Heirat für Khemet sicher erhalten. Doch sein Sohn Echnaton hatte sich nicht darum gekümmert, das Imperium zu bewahren, und in der Kette, die es an den ägyptischen Thron band, befanden sich nun viele schwache Glieder. Khemets Macht verschob sich und bröckelte. Haremhab war vor allem entschlossen, das Reich zu festigen und gegen fremde Eindringlinge zu schützen und vor inneren Unruhen zu bewahren.

Die Herrscher der mächtigen Königreiche jenseits des Imperiums bedrohten nun aber die Sicherheit, und so lud Haremhab sie auf Ejes Rat hin ein, dem neuen Pharao einen Besuch abzustatten. Er hoffte, die machtvollen Paraden, der Prunk und das Zeremoniell würden Eindruck machen und zeigen, daß die Macht hinter dem neuen König nicht unterschätzt werden dürfe. Genau wie er wußten sie, daß es mehr als ein Höflichkeitsbesuch war. Hinter den Kulissen würde es Verhandlungen geben, und man würde die Muskeln spielen lassen. Es würde verborgene Drohungen geben, Streitigkeiten würden beigelegt und Übereinkünfte getroffen werden.

Viele kamen voller Neugier, das Gewicht der neuen Regierung abzuwägen. Manche kamen nicht.

Unter denen, die kamen, waren drei hethitische Prinzen. Ihr Vater Suppiluliuma beherrschte ein riesiges Land außerhalb von Khemets Herrschaftsbereich und dehnte es jedes Jahr durch Eroberungen aus. Er war ein schrecklicher Gegner und hatte bereits viele der Vasallenstaaten Khemets unter seine Herrschaft gebracht.

Die hethitischen Prinzen kamen nicht als Bittsteller. Sie kamen als Ebenbürtige und wurden fürstlich bewirtet. Es wurden Geschenke ausgetauscht. Die Prinzen erwarteten, mit genauso wertvollen Gütern wie die, die sie mitgebracht hatten, in das Land der Hethiter zurückzukehren.

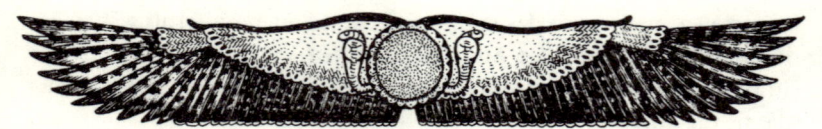

Löwenjagd

Zwei der hethitischen Prinzen waren große Männer, harte und grausame Krieger. Sie befanden sich auf feindlichem Gebiet, und ihre Wachsamkeit ließ keinen Augenblick nach, mochte man auch noch so sehr so tun, als sei es ein diplomatischer Besuch unter Freunden. Der Thronfolger war nicht mitgekommen. Suppiluliuma hatte viele Söhne. Der älteste Besucher war sein zweiter Sohn, Mursilis, der jüngste war sein siebter Sohn, Zannanza. Dieser war gerade ein junger Bursche, nicht viel älter als Tutenchamun, und er war hellauf entzückt von allem, was er sah. Anchesenamun beobachtete mit besonderem Vergnügen, wie er mit den nackten Dienstmädchen, den wertvollen, erlesenen Möbeln und den sorgfältig gearbeiteten Juwelen der Hofadligen liebäugelte. Während er Tutenchamun begrüßte, ließen seine Augen nicht von dessen Halsschmuck ab, einem geflügelten, goldenen Skarabäus, der sich aus einem See von Lotosblüten aus Türkis und Lapislazuli erhob. Die hethitischen Prinzen besaßen ebenfalls Juwelen, doch die waren schlichter und gröber, weniger fein und geschickt gearbeitet. Zannanza trug breite goldene Armspangen mit flußgeschliffenen Granaten an seinen Oberarmen, keinen Halsschmuck, aber schwere Ringe an zwei Fingern. Von seinem mit Granaten reich besetzten Gürtel hing ein Dolch aus edlem Eisen mit einem Knauf aus Bergkristall. Wie Zannanzas Blick auf Tutenchamuns Halskette lag, so lag Tutenchamuns Blick auf dem Dolch im Gürtel des hethitischen Prinzen. Anchesenamun sah alles. Den älteren Prinzen mißfiel alles, was sie sahen. Sie begriffen die verfeinerte Lebensart der Ägypter als Verfallserscheinung, während Prachtentfaltung und Schönheit den jüngsten Bruder offenbar begeisterten und für Ägypten einnahmen.

Als Anchesenamun und Tutenchamun sich an diesem Abend in ihr Zimmer zurückzogen, sprach Tutenchamun von nichts anderem als von dem Eisendolch. Die Klinge der zeremoniellen Krummaxt, die in den ägyptischen Beerdigungen zum »Öffnen des Mundes« der Toten benutzt wurde, war aus Meteoriteisen, das von den Göttern aus dem

Himmel geschickt worden war – doch von den Hethitern hieß es, sie hätten das Metall in der Erde gefunden. Wirklich hatte der Älteste, Prinz Mursilis, ein Armband daraus, das das Bild ihres Sturmgottes zierte, der einen gezackten Blitzstrahl schleuderte. Dies war gewiß ein Zeichen seines Standes im Königreich seines Vaters. Tutenchamun hatte zuvor schon Perlen aus diesem Metall gesehen und kleine Grabbeigaben, aber noch nie eine Waffe.

»Es kümmert mich nicht, welche Schätze die Hethiter gebracht haben«, sagte er zu Anchesenamun. »Ich will nur den Dolch.«

»Ich bezweifele, daß er sich davon trennen wird«, sagte Anchesenamun. »In ihrem Land wird wohl niemand außer der königlichen Familie Eisen haben.«

»Ihr Königreich ist nichts gegen unseres«, murrte Tutenchamun. »Man sieht, daß sie fast Wilde sind!«

»Unterschätze sie nicht«, antwortete sie sanft. »Sie mögen anders sein als wir, aber ihr Vater stellt eine Macht dar, die geachtet werden muß. Er hat die Mittanier und die Babylonier das Fürchten gelehrt.«

»Keiner von diesen könnte gegen die Zwei Länder bestehen«, prahlte Tutenchamun.

»Ich hoffe, wir werden es nicht darauf ankommen lassen müssen, mein Herr«, sagte sie. »Ich würde sagen, unsere Kräfte sind noch nicht bereit, einem von ihnen entgegenzutreten. Und wenn sie sich zusammentun ... «

»Haremhab sagt ... «

»Haremhab sagt vieles«, unterbrach sie ihn ungeduldig. »Er kennt nur Waffengewalt, um die Größe unseres Landes zu bewahren. Es wäre besser, den Besuch der hethitischen Prinzen als Gelegenheit zu nutzen, mit ihnen Freundschaft und Bündnisse zu schließen.«

»Ich werde Freundschaft schließen«, sagte Tutenchamun plötzlich. »Und er wird mir den Dolch als Freund geben – nicht als König von Khemet!«

Anchesenamun legte ihre Arme um seine Schultern und küßte ihn auf die Wange.

»Du lernst, mein Bruder.«

»Du bist eine gute Lehrerin«, sagte er und küßte sie auf die Lippen.

Am nächsten Tag gelang es Tutenchamun, den jüngsten hethitischen Prinzen aus der vornehmen Gesellschaft herauszulotsen, und schlug ihm einen Ausflug in das Palastgelände vor.

»Ich habe eine Sammlung von Tieren aus der ganzen Welt«, sagte er. »Manche wirst du noch nie gesehen haben.«

Der Prinz nahm erfreut an, und Anchesenamun begleitete die beiden. Mit Erleichterung verließen sie alle für eine Weile die Zwänge des Hofes.

Der Hethiter sah alles mit großen Augen an: die Lustgärten und die Teiche voller Fische und Wasserpflanzen, die Palmen und Sykomoren, die den Pfad säumten, die schlanken bemalten Säulen der schattigen Hallen, die farbigen Böden aus geblümten Kacheln.

Tutenchamuns privater Tiergarten lag etwas von den betriebsamen Palastbezirken entfernt, und der Kind-König besuchte ihn jetzt seltener, da er immer älter und geschäftiger wurde. Es war ein Platz, an dem er sich erfreute und wohin er sich zurückziehen konnte, und der hethitische Prinz war sich nicht der Ehre bewußt, die Tutenchamun ihm erwies, als er ihn dorthin mitnahm.

Verwundert bestaunte der Prinz die Tiere aus fernen Ländern. Er hatte noch nie eine Giraffe gesehen oder verschiedene Arten von Gazellen. Das Tier, welches ihm am vertrautesten war, war der Löwe. Unter den Abbildern in seinem Land galt das des Löwen als das Wichtigste. In den Schnitzwerken standen die Götter auf Löwenrücken. Den Palast seines Vaters mußte man durch ein mächtiges Löwentor betreten.

Tutenchamun hatte ein Löwenpärchen von seinem Großvater geerbt. Die prächtigen wilden Tiere hausten in einem besonderen Teil des Tierparks hinter hohen Mauern. Zannanza, Tutenchamun und Anchesenamun stiegen eine Alabastertreppe zu einer Aussichtsplattform empor und schauten auf die Löwenfamilie hinunter. Drei kleine Junge waren kürzlich geboren worden, und die Mutter lag im Schatten eines Baumes, während sie sie säugte. Der Vater lief ruhelos an der Mauer auf und ab, auf und ab, und sehnte sich nach Freiheit.

Zannanza hatte zuvor noch keine gefangenen Löwen gesehen, geschweige denn in Gefangenschaft geborene. Die Berge seiner Heimat waren gefährlich wegen der Löwen, und die Löwenjagd reizte die Prinzen von allen königlichen Sportarten am meisten.

Tutenchamun bot ihm ein männliches und ein weibliches Jungtier als Anfang für eine eigene Zucht an, und der Prinz nahm das Angebot freudig an. Anchesenamun lächelte leise in sich hinein, als sie sah, wie Tutenchamun den Eisendolch im Gürtel des Prinzen beäugte, währen er das Angebot machte und wie wenig Zannanza die Fäden bemerkte, die mit dem Geschenk verknüpft waren.

Als sie zum Palast zurückkehrten, fiel Zannanza aufgeregt in seine eigene Sprache. Zweifellos erzählte er seinen Brüdern von den Tieren, die er gesehen hatte. Der Ältere lauschte ernst, und dann schlug er etwas vor, das Zannanza ein wenig erbleichen ließ.

Anchesenamun fragte ihn gelassen, worüber sie gesprochen hatten.

»Mein Bruder deutete an, daß der König uns vielleicht mit auf eine Löwenjagd nehmen möchte, während wir hier sind. In unserem Land ist es üblich, daß die Prinzen in diesem Sport Erfahrung haben, und es ist offenkundig hier ebenfalls Brauch.«

Tutenchamun zögerte. Ja, es war Brauch, aber bis jetzt war er noch nicht allein auf Löwenjagd gewesen. Er war jetzt zwölf Jahre alt, und es würde nicht mehr lange dauern, bis er seine Männlichkeit auf viele schwierige Arten würde beweisen müssen. Aber es würde ihm nicht behagen, vor den hethitischen Prinzen zu versagen, und er war sich nicht sicher, ob er allein und ohne Hilfe einen Löwen erlegen könnte.

Die beiden älteren Prinzen beobachteten ihn genau. Offenbar waren ihre Gründe, eine Löwenjagd vorzuschlagen, durchaus nicht, was sie zu sein schienen.

Anchesenamun wollte gerade einschreiten, um ihre Aufmerksamkeit von dieser Idee abzulenken, als Tutenchamun sie mit einer gebieterischen Handbewegung zurückhielt.

»Wir werden morgen aufbrechen«, sagte er ruhig. »Die Reise wird lang sein, denn so nahe der Stadt gibt es keine Löwen. Kann mein Freund, euer König, seine Söhne so lange entbehren?«

»Unser Vater, der König, mächtiger Löwe über allen Löwen, würde sich für seine Söhne glücklich schätzen, die Art der Löwenjagd des Pharaos der Zwei Länder kennenzulernen.«

Es gab nichts weiter zu tun. Offensichtlich waren sie entschlossen, den Kind-König zu prüfen, und wenn er die Herausforderung nicht annahm oder sich ihr nicht stellte, würden sie bei ihrer Rückkehr im Land der Hethiter beleidigende und lächerliche Geschichten über den König von Ägypten erzählen. Anchesenamun konnte die Botschaft in ihren Augen lesen, auch wenn sie nicht ausgesprochen wurde. Die Ehre der Zwei Länder stand hier auf dem Spiel. Sie ergriff die Hand ihres Gemahls und drückte sie beifällig.

»Wird Prinz Zannanza auch jagen?« fragte sie gelassen. Sie hatte in seinen Augen den gleichen flüchtigen Ausdruck von Angst gesehen wie in Tutenchamuns. Es war ihm klar, daß er ebenfalls auf die Probe gestellt würde. Auch er war noch nicht auf einer richtigen Löwenjagd gewesen, auf der er einen Löwen eigenhändig hätte erlegen müssen. Sie waren beide im gleichen Alter, und die beiden Brüder machten sich einen Spaß daraus, sie gegeneinander auszuspielen. Anchesenamun hätte es nicht überrascht, wenn sie Wetten auf die Jungen abgeschlossen hätten.

Der junge Prinz errötete leicht auf ihre Frage und hob dann sein Kinn.

»Selbstverständlich«, sagte er.

»Ich werde euch begleiten«, sagte die junge Königin.

»Das ist nichts für Frauen«, sagte Prinz Mursilis scharf.

»Ich habe nicht vor zu jagen, mein Herr«, sagte sie kühl. Sie hatte ihn von Anfang an nicht gemocht. »Obgleich meine Mutter oft mit meinem Vater auf Jagd war. Ich möchte sehen, wie sich die großen Prinzen der Hethiter auf einer solchen Jagd anstellen.«

Zannanza sah aus, als wünschte er, sie täte es nicht, doch Prinz Mursilis nickte kurz und sagte:»So sei es.«

Und so wurden die Vorbereitungen getroffen.

Mursilis brachte seinen Wunsch nach einer aufregenden und herausfordernden Jagd deutlich zum Ausdruck. Anchesenamun fragte sich, ob er aus dem Grund unbedingt so weit in den Süden reisen wollte, nicht um die wildesten Plätze und die gefährlichsten Löwen zu suchen, sondern um sich ein Bild vom ganzen Land machen zu können. Sie glaubte nicht, daß die Hethiter je in Khemet selbst einfielen – aber sie könnten sich ermutigt fühlen, einige der ägyptischen Vasallenstaaten anzugreifen, wenn sie glaubten, damit durchzukommen. Es stimmte, Ägypten war einst von den Hyksos, einem asiatischen Volk, überfallen und besiegt worden. Sie war stolz darauf, daß es die ersten Könige ihrer eigenen Dynastie waren, die die Zwei Länder von ihnen befreit hatten. So wenig sie Haremhab auch mochte, er war ein guter und umsichtiger General, und Khemet *würde* verteidigt werden, sollte es nötig sein, und jede eindringende Macht *würde* zurückgeworfen werden. Während sie nach Süden reisten, zuerst mit dem Schiff, dann mit einem Zug von Maultieren und Pferden, beobachtete sie Mursilis. Er war streng, hart und überheblich. Er hatte mehrere Narben auf seinen muskulösen Armen und eine unter seiner linken Brust. Er war ein Mann der Tat, und er war ungeduldig mit seinem jungen Bruder, der seine Zeit mit ihr und Tutenchamun bei Gesprächen über Kunst und Musik verbrachte. Sie fing einen Blick zwischen den beiden älteren hethitischen Prinzen auf, als Zannanza ihr erzählte, wie sehr er darauf hoffte, ein Priesteramt zu lernen und den Hof seines Vaters zu verlassen.

»Wirst du dem furchterregenden Sturmgott Teschub dienen?« fragte sie.

»Nein«, sagte er mit leiserer Stimme, als ob er nicht wollte, daß seine Brüder ihn hörten. »Hebut, der Mutter.«

»Wie denkt dein Vater darüber?«

Er errötete und schaute, ob seine Brüder zuhörten. Anchesenamun hatte nicht zum ersten Mal den Eindruck, er fürchte sich vor ihnen.

Mursilis lachte rauh.

»Sein Vater gewährt ihm alles, was er will«, sagte er.

Die Bitterkeit in seiner Stimme zeigte, daß Zannanza, der Sohn einer Lieblingsfrau, ein Liebling des alten Königs war, und die anderen ihm übelnahmen, wie sehr ihm nachgegeben wurde. »Er wird in den Spiegel der Hebut schauen und sein Leben verträumen.«

»Ein Spiegel spiegelt das Leben. Wird er sich nicht selbst klar sehen?« sagte sie begütigend. »Wird er sich nicht als das erkennen, was er ist – während andere, die nicht in ihren Spiegel schauen«, fügte sie spitz hinzu, »sich über sich selbst täuschen?«

Mursilis zuckte die Achseln, wandte sich ab und tat so, als ob das Gespräch mit einer Frau ihn langweilte, wo es doch besseres zu tun gab.

Anchesenamun fing Zannanzas Blick auf und las Dankbarkeit darin. Sie mochte ihn. Er war kein Weichling wie es ihm seine Brüder unterstellten. Eines Tages würde er ein starker Mann sein, aber mit einer inneren Stärke, die den beiden anderen offenbar fehlte.

Sie schlugen schließlich ihr Lager in einer Gegend auf, in der es bekanntermaßen viele Löwen gab. Die Wachen, die sie begleiteten, hatten Erfahrung mit Löwen und begannen gleich damit, alles so einzurichten, daß sie im Lager sicher waren. Anchesenamun wurde plötzlich klar, was sie getan hatte. Ihr Interesse, die hethitischen Prinzen genau zu beobachten und ihr Verlangen, bei Tutenchamun zu sein, hatten sie so weit gebracht. Nun war sie hier – mehrere Tagesreisen von den Annehmlichkeiten ihres alltäglichen Lebens entfernt, den gefährlichen und feindseligen Bergen ausgesetzt. Hinter jedem Felsen könnte der Tod lauern. Warum hatte sie das getan? Gerade in diesem Augenblick könnte sie auf ihrer Terasse zu Hause sitzen, kühlen Wein schlürfen und die Vögel beobachten, die vor Einbruch der Dunkelheit nach Hause fliegen.

»Ich bin mitgegangen«, sagte sie sich, »um dafür zu sorgen, daß mein Gemahl nicht von diesen rücksichtslosen Narren in den Tod getrieben wird.« Sie wußte genau, daß Jungen oft ihren Sinn für die Wirklichkeit und ihre Besonnenheit verlieren, wenn sie ihre Männlichkeit beweisen wollen. Sie schaute zu Tutenchamun, der, obwohl von der Reise erschöpft, umherging und nach Speisen und Wein schickte. Er war darauf gefaßt, die ganze Nacht zu zechen, um den Hethitern etwas zu beweisen, und dachte gar nicht daran, daß er morgen früh all seinen Verstand brauchen würde. Während Anchesenamun zusah, wie sich die Weinschläuche leerten, erkannte sie, daß der ältere hethitische Prinz den jungen König absichtlich betrunken machen wollte, damit er morgen versagte. Anchesenamun konnte nicht sagen, ob sie seinen Tod oder nur seine Schande wollten, doch sie erkannte plötzlich, daß dieses kein Spiel war; das war eine gefährliche Lage, und wenn sie nicht irgend etwas tat, um ihrem Gemahl zu helfen, würde sie ihn nicht mehr lange haben. Zannanza hatte den Wein abgelehnt und war klugerweise zu Bett gegangen. Aber Tutenchamun – von den Hethitern herausgefordert – war entschlossen, sie unter den Tisch zu trinken.

Anchesenamun stahl sich dorthin, wo die Vorräte aufbewahrt wurden, schlitzte leise die Weinschläuche auf und zog die Stopfen aus den Reiseflaschen. Die kostbare Flüssigkeit versickerte in der dunklen Erde, und Anchesenamun sprach ein Gebet für ihren Gemahl, als sei dies ein Trankopfer für die Götter.

Als nach weiterem Wein gerufen wurde, gab es keinen mehr.

Mursilis und Hattusilis erwachten zur Morgendämmerung und waren bereit aufzubrechen, während Tutenchamun noch in tiefem Schlummer lag. Anchesenamun überlegte gerade, ob sie ihn weiterschlafen und die anderen warten lassen sollte, als er sich regte und die Augen aufschlug.

»Senamun«, sagte er schläfrig, noch ganz unter dem Einfluß eines halbfertigen Traums. »Meinst du, ich werde den Tag überleben?«

»Warum nicht, mein Herr?« sagte sie, obgleich sie sich dasselbe gefragt hatte. »Du hast schon zuvor gejagt und du wirst wieder jagen.« Sie hatte darauf bestanden, seinen Köcher mit Pfeilen zu tragen, wie sie es oft getan hatte, als er hinter Wildhühnern her war – aber er wollte es ihr nicht gestatten.

»Du darfst nicht mit uns kommen«, sagte er, als er aufstand. »Du mußt hier warten.«

»Ich werde mitgehen, mein Herr.«

»Nein. Du mußt bleiben.«

»Wollen das die Hethiter, mein Herr? Oder ist es dein eigener Wunsch?«

Er antwortete nicht sofort. Er spritzte sich kaltes Wasser aus einer Alabasterschale ins Gesicht.

»Mein eigener Wunsch«, erwiderte er fest, endlich hellwach.

»Es ist nicht *mein* Wunsch«, sagte sie scharf.

»In diesem Fall mußt du mir gehorchen«, sagte er. »Es ist zu gefährlich.«

»Ich kann einen Pfeil genauso gut schießen wie ein Mann!«

Nofretete hatte dafür gesorgt, daß ihre Töchter vieles lernten, was die meisten Menschen für eine Frau unpassend fanden. »Wenn es darauf ankommt«, pflegte sie zu sagen, »kann man sich auf niemanden außer sich selbst verlassen. Lerne auf dich selbst aufzupassen. Niemand kann das so gut wie du.« Bei so mancher Schießübung hatte Anchesenamun Tutenchamun ausgestochen. Aber sie hatte noch nie getötet. Sie hatte noch nie ein Lebewesen erschossen.

»Ich weiß, daß du das kannst«, sagte er. »Aber es beschämt mich, mein Kindermädchen bei mir zu haben.«

»Doch wohl nicht dein Kindermädchen, mein Herr!«

»Manchmal vergißt du, daß du meine Gemahlin bist, Senamun, und behandelst mich wie ein Kindermädchen ihr Kind. Letzte Nacht zum Beispiel. Ich hätte noch mehr Wein vertragen.«

»Ich leerte den Wein als Opfer für die Götter, mein Herr – als Priesterin – nicht als Kindermädchen. Ich betete um deine Sicherheit heute. Später wirst du mir dafür danken.«

»Ich danke dir jetzt«, sagte er ein bißchen verzerrt und legte die Hände auf seinen schmerzenden Kopf. »Senamun … « er hielt inne. Sein Gesicht war für einen Augenblick erschreckt und ängstlich.

»Was ist, mein Herr?«

»Nichts.«

Sie nahm ihn in ihre Arme und küßte ihn. Vor dem Zelt hörten sie die Hethiter laut und ungeduldig reden. Sie brannten darauf aufzubrechen, und obwohl sie in ihrer Sprache redeten, ließ ein bestimmter Ton in ihrem Gelächter Tutenchamun glauben, daß sie ihn verhöhnten und einen Rückzieher erwarteten.

Er riß sich von ihr los und schritt aus dem Zelt. Er war groß für seine zwölf Jahre. Er war gewiß mehr ein Mann als vor seiner Heirat mit ihr, doch seine Schultern waren noch nicht einmal so breit wie Zannanzas, und sein Taille war schmal wie die eines Mädchens. Sie wußte, sie konnte ihn nicht begleiten – und doch brauchte er sie.

Die Brüder wollten ohne Begleitung gehen: keine Treiber; keine Fährtensucher; keine Wachen; keine Sicherheitsvorkehrungen für den Rückweg. Tutenchamun und Zannanza würden die Probe allein bestehen müssen, wenn sie sich beweisen wollten. Die älteren Brüder zeigten keine Angst und hatten gespottet, als es geheißen hatte, sie würden nicht allein gehen.

»Wenn der König von Khemet seine Armee braucht, um einen Löwen zu jagen, laßt ihn seine Armee mitnehmen«, sagte Mursilis mit gekräuselten Lippen. »Im Hethiterland jagen wir allein.« Da konnte Tutenchamun sich nicht dazu durchringen, seinen Wachen zu befehlen, ihn zu begleiten.

Vom Lager aus gingen sie eine lange Strecke, die beiden Männer voran, die Jungen folgten ein wenig unwillig nach. Sie schwiegen in Zuneigung für einander und bestärkten sich gegenseitig, auch wenn kein Wort zwischen ihnen fiel.

Die brennende Sonnenkugel stieg immer höher in einen Himmel empor, der so blau und so klar wie Saphir war.

»Unvergleichlicher Aton, Vater meines Vaters, Herr des Horizontes … « flüsterte Tutenchamun; die Worte eines Gebetes an Aton, die er als Kind gelernt hatte, rollten in seinem Geist hin und her wie Kiesel in einem Strom. Er war sich ihrer noch nicht einmal bewußt. Nur ein Teil seines Geistes schien sie zu denken, während sich in anderen Teilen seines Geistes ganz andere Worte jagten. Er wußte nicht, ob er mehr den Tod oder mehr die Schande fürchtete. Für einen großen König sollte es die Schande sein. Tod brächte ihm Unsterblichkeit, doch wenn er entehrt wäre, fiele er in die große Leere zurück und hörte auf zu existieren. Ja, es wäre so, als hätte es ihn nie gegeben – denn es gäbe keine Erinnerungen.

Bei diesem Gedanken befiel ihn ein solches Entsetzen, daß er von den anderen forteilte und sich hinter einem Felsen verbarg, damit sie sein Zittern nicht sehen konnten. Bis zu diesem Augenblick hatte er noch nie wirklich über sein Leben nachgedacht. Jeder Tag brachte neue Ereignisse, und er hatte sie erlebt – aber nie war er einen Schritt zurückgetreten und hatte sich gefragt, wer er war und warum er da war. Er hatte weder das Leben als solches wahrgenommen – noch hatte er darüber nachgedacht, wie seltsam, kostbar und geheimnisvoll es war. Nun, da er glaubte, er könnte es verlieren, begann er, es zu schätzen.

Es beunruhigte ihn plötzlich, daß die anderen vermuten könnten, er verstecke sich vor Angst. Er nahm sich zusammen, und als er wieder auftauchte – er ging so gleichmütig wie er konnte – ordnete er seinen Rock.

Es war fast Mittag, als sie auf Löwen stießen.

Der Platz war eben und beinahe rund wie ein natürliches Amphitheater und mit zähem Buschwerk und ockerfarbenem, trockenem Gras bedeckt. Auf einer Seite stand ein Dornbusch ohne Blätter, die langen weißen Dornen waren deutlich sichtbar. Er war fast völlig von riesigen, übereinandergeworfenen roten Felsblöcken umgeben, die am Fuße eines bogenförmigen Hügels lagen. Im spärlichen Schatten des Dornenbaumes lagen ruhig ein Löwe und eine Löwin, zwei gerade geborene Jungtiere spielten neben ihnen. Die Witterung der menschlichen Jäger hatte sie in der vollkommen unbewegten Luft noch nicht erreicht.

Tutenchamun erstarrte, und ihm wurde kalt. Er hatte nicht nur Angst, sondern er verspürte auch keinen Wunsch, diese schönen und friedlichen wilden Tiere zu töten. Er wollte etwas in dieser Art zu Mursilis sagen und wandte sich zu ihm um. Aber Mursilis war nicht mehr da.

Als hätten sie ihr Vorgehen abgesprochen, hatten Mursilis und Hattusilis auf den Felsen Stellung bezogen, um alles überblicken zu können. Sie ließen die beiden verwirrten und unvorbereiteten Jungen unten bei den Löwen zurück.

Und dann schossen beide gleichzeitig jeder einen Pfeil und töteten die Jungtiere. Mit einem Zornesbrüllen erhob sich der große männliche Löwe, drehte sich um und erblickte die jungen Eindringlinge, die gerade mit zitternden Fingern Pfeile in ihre Bögen einlegten. Er suchte nicht länger nach seinem Feind und sprang auf sie zu. Tutenchamun schoß seinen Pfeil zuerst, der erreichte sein Ziel, aber schien das schwere Tier nicht zu bremsen. Wild vor Angst und Schmerz sprang es auf Zannanza zu. Tutenchamun warf seinen Speer, aber zu kurz. Er hatte schreckliche Angst, aber als er sah, in welcher Gefahr sich Zannanza befand, hob er einen Stein auf und schleuderte ihn mit aller Kraft. Er traf den Löwen in die Augen, blendete ihn für einen Augenblick und lenkte ihn von seinem Vorhaben ab. Gleich darauf fanden die Speere der älteren Hethiterprinzen ihr Ziel, und mit einem Geräusch, das Tutenchamun durch Mark und Bein ging, fiel ihnen der König der Tiere tot vor die Füße. Zannanza, weiß vor Angst, lehnte gegen einen Felsen und hielt seinen kleinen Eisendolch vor sich, bereit seinen Angreifer zu erstechen, wenn es sein mußte.

Aber es war noch nicht vorbei. Die Löwin, die gebrochenen Herzens bei ihren Jungen geblieben war, während ihr Gatte Rache an den gemeinen Mördern suchte, drehte sich jetzt um, um zu sehen, was vorging.

Während sich die zwei älteren Hethiter für ihren Mord beglückwünschten, sprang die Löwin auf Tutenchamun zu.

Als Anchesenamun später diese Geschichte hörte, konnte sie nicht glauben, daß zwei so erfahrene Jäger wie Mursilis und Hattusilis die gefährliche Anwesenheit der Löwin vergessen und die zwei Jungtiere nicht mit Absicht erschossen hatten, die zwei Knaben in eine Lage zu bringen, in der sie getötet werden könnten. Tutenchamuns Mut und Geistesgegenwart hatten wahrscheinlich Zannanza das Leben gerettet, denn die Speere seiner Brüder wären wohl zu spät gekommen. Zannanza seinerseits rettete jetzt Tutenchamuns Leben. Die Löwin war über Tutenchamun, als Zannanza sich auf sie warf und ihr den Dolch in den Leib stieß.

In diesem Augenblick trat eine Wendung ein.

Die Vorahnung eines Unglücks hatte Anchesenamun veranlaßt, den Befehl ihres Gemahles zu mißachten und ihm, eine Stunde nachdem die Gruppe am morgen aufgebrochen war, Fährtensucher und Wachen hinterherzuschicken. Wären diese nicht gerade dazugekommen, als sich die Löwin auf Tutenchamun gestürzt hatte, um dem jungen Hethiterprinz zu helfen, wären er und Tutenchamun vielleicht doch noch getötet worden. Mursilis und Hattusilis gelang es in der Verwirrung, geschäftig zu erscheinen, doch mindestens einer der Spurenleser war nicht beteiligt. Er berichtete Anchesenamun, als sie dazugekommen seien, hätten die beiden älteren Hethiter keinen Finger gekrümmt, um dem König zu helfen, während der Jüngere sein Leben aufs Spiel gesetzt habe.

Den ganzen Tag wanderte Anchesenamun im Lager umher. Sie wünschte sich Hunderte von Malen, sie wäre mit den Männern gegangen, die sie Tutenchamun nachgeschickt hatte. Aber seine Bemerkung über sie als Kindermädchen hatte sie verletzt, und sie wollte ihn nicht vor diesen harten und höhnischen Männern beschämen. Als die ersten Sterne erschienen und die Abendfeuer entzündet wurden, um die Kühle der Nacht und die plündernden Tiere abzuschrecken, war sie beinahe wahnsinnig vor Angst. Wenn die Wachen die anderen nicht gefunden hatten? Wenn sie alle von einander getrennt waren und sich in dieser wilden Gegend verirrt hatten? Wenn … ? Ihre Gedanken rasten, und obgleich sie zu allen Göttern betete, die sie kannte, ließ ihre Unruhe nicht nach.

Endlich hörte sie an einem nahen Hügel einen Stein herabkollern, und sie eilte in die Richtung, um mehr zu erkennen. Im rasch schwindenden Licht konnte sie eine Reihe sich nähernder Gestalten ausmachen und rannte auf sie zu. Sie schnitt sich die Zehen an den Felsen, bis sie bluteten, und zerriß den Stoff ihres Rocks an den Dornen.

Als sie nahe genug herangekommen war, sah sie die vorderen Wachen die Körper zweier Löwen tragen, einen männlichen und einen weiblichen. Mursilis und Hattusilis gingen neben ihnen, und als sie Anchesenamun sahen, schwangen sie triumphierend ihre blutigen Speere. Aber sie nahm sie kaum wahr. Ihre Augen suchten ihren Gemahl. Weiter hinten trugen die Fährtensucher zwei behelfsmäßige Bahren, auf denen die beiden Jungen lagen.

Obgleich ihr noch gar nichts erzählt worden war, wußte Anchesenamun alles. Mit einem Aufschrei raste sie auf Mursilis und Hattusilis zu und schlug ihnen katzengleich ihre Nägel ins Gesicht.

»Tragt diese Narben!« schrie sie. »Und vergeßt niemals, daß ihr dafür bezahlen werdet!«

Überrascht wehrten die Männer ihren wütenden Angriff mit den Armen ab.

»Herrin! Herrin!« riefen sie. »Dein Gemahl lebt. Sein Angreifer ist tot. Warum tust du uns das an?«

Schluchzend wandte sie sich von ihnen ab, stürzte sich auf Tutenchamun und bedeckte ihn mit Küssen.

»Ich bin in Ordnung«, flüsterte er rauh unter beträchtlichen Schmerzen.

»Der Dolch ... « murmelte er. Und sie sah den Eisendolch, den er krampfhaft festhielt. Er war blutbedeckt. Sie blickte überrascht zu Zannanza hinüber.

Der junge Prinz war sehr bleich, doch er nickte.

»Er hat mir das Leben gerettet«, sagte er. »Der Dolch gehört ihm.«

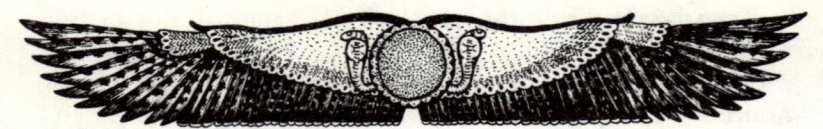

Das Heilige Ei des Ra

Als Tutenchamun sechzehn Jahre alt war, hatte der Hofstaat schon lange Achetaton, den »Horizont der Sonnenscheibe«, verlassen, und Echnatons schöne Stadt zerfiel. Die Paläste und die großen Häuser der Beamten und Adligen waren gänzlich ausgeräumt, entweder von den Besitzern selbst, als sie fortzogen und dem Hof Tutenchamuns folgten, oder von Plünderern, die kamen, kaum daß die Flotte der Schiffe, die den König trug, abgelegt hatte. In kurzer Zeit wurden aus den Häusern und Palästen tote Gerippe und eine Beute für die Straßenräuber. So sicher wie die Seele des Menschen den Körper im Tod verläßt, so entschwindet die Lebenskraft, die Seele eines Gebäudes, wenn die Menschen beschließen, fortzugehen. Von Achetaton, der schwingenden, singenden, glücklichen Stadt, war nichts mehr übrig – außer trockenen Steinen, die weder hören noch sprechen konnten.

Die Stadt war genauso plötzlich und ergreifend gestorben wie sie entstanden war.

Vor kaum mehr als zwanzig Jahren war die ganze Gegend eine Halbwüste gewesen, eine Ebene, die im Osten von einer Bergkette und im Westen vom Fluß begrenzt wurde. Echnaton hatte bestimmt, hier seine neue Hauptstadt zu bauen. Er war durchglüht von seinem Traum, ein neues Leben und eine neue Religion zu schaffen, die nicht von Jahrhunderte alten Mißverständnissen und Fehldeutungen beeinflußt war. Er hatte seine Gründungsstelen errichtet, und innerhalb weniger Monate waren die Fundamente gelegt und eine kräftige Arbeitsmannschaft, die von eifrigen und begabten Künstlern und Architekten angeführt wurde, hatte eine strahlende, reine und unberührte Stadt geschaffen, bereit, seine großen Ideale zu beherbergen.

In dieser Stadt waren Anchesenamun und Tutenchamun zwischen üppigen Gärten, die von Kanälen mit Wasser versorgt wurden, und in hellen, luftigen Palästen aufgewachsen, die mit Blätter- und Blütenornamenten gekachelt waren. Sie hatten im großen Tempel der Sonne neben dem König gestanden, dem göttlichen Kanal des Aton, und seinem Gott Opfergaben dargeboten. Sie waren in den Teichen geschwommen, waren auf dem Fluß gesegelt und hatten in den weitläufigen Gärten Ball gespielt.

Nach dem Blutbad, als eine unruhige Bevölkerung durch die Arglist des höchsten Propheten des Amun zur Raserei angestachelt worden war und unvorstellbare Dinge in der lichten Stadt verübt hatte, sogar den Mord an Nofretete und ihrer ältesten Tochter Meritaton, hatte Haremhab die Stadt mit starker Hand so fest gepackt, daß er im Grunde genommen alles Leben aus ihr herausgequetschte.

In den ersten zwei Jahren von Tutenchamuns Herrschaft blieb der Hof dem Namen nach in Achetaton, obgleich der junge König und die Königin tatsächlich sehr wenig Zeit dort verbrachten.

Anchesenamun vermutete, daß Eje, der lange Zeit Macht im königlichen Umfeld innehatte und nicht einfach gestürzt werden konnte, Echnatons Religion noch eine Weile am Leben hielt. Die anderen Götter wurden im Namen Tutenchamuns im ganzen Land wieder eingesetzt, doch die Anbetung des Aton wurde zunächst nicht verboten, so wie Echnaton in seinen letzten Jahren die Anbetung Amuns verboten hatte.

Aton, ein Gott, der durch die Sonnenscheibe dargestellt wurde, war keine Erfindung von Echnaton. Diese göttliche Kraft gab es schon seit uralter Zeit. Echnaton hatte sie anfänglich nur in den Vordergrund gestellt, so wie einst Hatschepsut den bereits existierenden Gott Amun ans Licht geholt hatte. Später war er immer mehr davon überzeugt, er könne sein Volk aus dem finsteren Griff der verdorbenen und mächtigen Priesterschaft nur befreien, indem er verlangte, sie sollten keinen anderen Gott haben außer Aton und keinen Hohepriester außer ihm selbst. In den letzten Jahren war er in einen Kampf bis aufs Blut mit den Amunpriestern verwickelt gewesen.

Sie hatten gewonnen. Er war tot. Innerhalb dreier Jahre war seine Religion mit dem Bannfluch belegt worden, seine Stadt vollständig ausgeräumt, sein Name überall, wo er zu finden war, abgehauen. Seinem Nachfolger wurde eingeredet, sein Vater sei eine Verkörperung des Bösen gewesen, und er müsse sich öffentlich von ihm lossagen.

Als eine Gruppe Andersdenkender eine neue Statue des Gottes Amun im Hof des großen Amuntempels in Ipet-Esut einriß, ging Haremhab schließlich scharf gegen die Anbetung des Aton vor. Niemand hatte etwas gesehen und niemand wußte, wer eine solche Gotteslästerung begangen hatte, doch neben dem gestürzten Gott war das Zeichen des Aton grob in die Erde geritzt worden; die Sonnenscheibe, deren lange

Strahlen in Händen endeten, die das Ankh hielten, das Zeichen für ewiges Leben.

Haremhab überzeugte Eje, daß die Zeit gekommen sei, jede Treue zu Aton zu aufzukündigen.

»Wenn wir den Kult an dieser Stelle weiter bestehen lassen«, sagte er zu Eje, als dieser gegen die Härte Einspruch erhob, mit der der General seiner Entscheidung Nachdruck verleihen wollte, »öffnen wir der Unordnung und dem Chaos Tür und Tor. Wenn der Kult späterhin keine Stärke mehr hat, können wir dem Aton wieder Priester zubilligen.«

Die Atonpriester flohen wie einst die Priester des Amun.

Der Hof hielt sich abwechselnd in Men-nefer im Norden und in Waset im Süden auf. Aus der Stadt Achetaton wurde eine Geisterstadt, die von Erinnerungen heimgesucht und von den Armen, die nicht fortziehen konnten, wilden Hunden und Schakalen bewohnt wurde, und im Verborgenen gelegentlich von einem schäbigen Priester, der seinen Glauben an das reine Licht nicht aufgeben konnte, das er unter Echnatons Führung gesehen hatte.

Einer von ihnen war Hapu, Mitglied einer berühmten Familie. Er war nach seinem Urgroßvater benannt, der ein hoher Beamter am Hofe von Djehuti-mes IV. gewesen war. Jener hatte dazu beigetragen, den König vor den anderen Anwärtern auf den Thron zu setzen.

Urgroßvater Hapu hatte die einflußreichsten Priester und Beamten überredet, einen Traum, den der junge Prinz gehabt hatte, als ein Zeichen des Gottes Ra-Harahkti zu deuten, er solle König werden. Die Geschichte erzählte, Prinz Djehuti-mes habe auf der Ebene von Gizeh gejagt und sich am Mittag im Schatten des riesigen Kopfes der Sphinx ausgeruht. Er sei bald eingeschlafen und habe geträumt. Ra-Harahkti erschien ihm in Gestalt einer großen Sphinx und sagte ihm, wenn er den Sand, der in Jahrhunderten über ihren Körper geweht worden sei, fortkehrte, und der Welt ihre Gestalt in ihrer ganzen Pracht wieder enthüllte, dann würde er, der Prinz, Sohn einer Nebenfrau des Amenhotep II., Pharao der Zwei Länder werden.

Beunruhigt hatte der Prinz dem Hohepriester des Amun-Ra, Hapu, von seinem Traum erzählt. Hapu hatte ihm geraten, dem Gott zu gehorchen und die Sphinx vom Sand zu befreien. Das tat er dann auch.

Während des nächsten großen Festes, als die Statue des Gottes Amun-Ra anläßlich einer Prozession umgetragen wurde, ereignete sich eine dramatische und offenbar göttliche Wendung im Gang der Geschichte. Die Priester, die den goldenen Gott in seiner goldenen Sonnenbarke trugen, hielten die Prozession neben dem jungen Prinzen an. Sie behaupteten später, der Gott selbst habe sie dazu gezwungen. Trotz ihrer

Versuche, es zu verhindern, zeigte die Statue dreimal auf den jungen Prinzen, bevor sie den Fortgang der Prozession erlaubte.

Auf Grund dieser Sache wurde Prinz Djehuti-mes zum königlichen Nachfolger erklärt und Pharao, als die Zeit kam. Zum Gedenken an dieses Ereignis errichtete er eine Stele zwischen den Pranken der Sphinx. Hapu wurde nicht vergessen; er und seine Familie genossen beträchtliches königliches Wohlwollen. Auch zeichnete Hapus Sohn, Amenhotep-Sohn-des-Hapu, verantwortlich für die meisten der großen und schönen Gebäude des nächsten Pharao, Neb-maat-Ra, Amenhotep III., Großvater Tutenchamuns. Er stand dem Thron so nahe, und alles, was er in Angriff nahm, war so strahlend, daß der Pharao ihm eine Statue in sein »Haus der Millionen Jahre« stellte, damit er ihn durch die Ewigkeit begleite. Nur Imhotep, dem Architekten des König Djoser, war beinah zweitausend Jahre zuvor eine solche Ehre zuteil geworden.

Der junge Hapu, der jetzt in den düsteren Ruinen Achetatons lebte, war einst ein angesehener Atonpriester, einer von Echnatons hingebungsvollsten Bekehrern. Die Anweisungen der Sphinx an den Prinzen deutete er so, daß jeder rechte Pharao die toten Dinge wegräumen muß, um die wahre Bedeutung der göttlichen Offenbarung der Welt zu enthüllen. Genau damit hatte Echnaton begonnen, und er, Hapu, wollte von dieser Aufgabe nicht lassen, nur weil es schwierig und gefährlich wurde.

Tag für Tag begrüßte er das Aufgehen der Sonnenscheibe und betete zu Echnaton selbst, der, obgleich er tot war, seinem Glauben nach noch immer der Kanal war, durch den der Gott mit der Erde in Verbindung trat. Er stellte Blumen und was immer er an Nahrung in der sterbenden Stadt fand auf den entsprechenden Altar im Atontempel. Echnaton hatte für jeden Tag des Jahres einen Altar errichtet, und auch wenn Haremhabs Soldaten sie entweiht hatten, hatte Hapu sie wieder gesäubert und geheiligt.

Eines Nachts glaubte er, die Gestalt Echnatons in seiner offenstehenden Tür zu sehen. Er erhob sich aus seinem Bett und eilte auf die Straße hinaus. Der Vollmond leuchtete mit unheimlichem, silbernem Licht. Eine Gestalt verschwand gerade um die Straßenecke. Hapu sagte sich, das könne nicht sein König sein, denn sein König sei tot, aber dennoch fühlte er sich gezwungen, ihr zu folgen. Wenn es nun das Ka seines Königs war? Wenn … !

Als er die Ecke erreichte, bog die Gestalt gerade um die nächste. Und auf diese Weise ging es eine Weile fort. Hapus Entschlossenheit, den Mann nicht aus den Augen zu verlieren, wuchs, und er war immer mehr überzeugt, daß es nicht einer derjenigen war, die in Achetaton geblieben waren, nachdem der Hof fortgezogen war. Der Mann schien absichtlich an jeder Ecke innezuhalten, um sich zu vergewissern, daß Hapu ihm folgte, bevor er weiterging. Wegen der Entfernung und wegen des unbestimmten Lichtes war er nicht sicher, daß es der König war, doch der Umriß der Gestalt war sehr ähnlich. Hapu *fühlte*, daß der König ihn rief. Er *fühlte*, daß er dem König folgte.

Schließlich gelangten sie zu dem verlassenen Palast und gingen durch die leere Lücke, wo einst die aufschwenkbaren Tore gewesen waren und die Wachen ihre Aufforderungen gerufen hatten. An diesem Abend verwehrte ihm niemand den Eintritt, und er ging geradewegs hindurch.

An dieser Stelle verschwand die Gestalt, der er gefolgt war. Hapu eilte den rissigen Pfad hinunter, wo er sie zu sehen glaubte. Aber da war niemand. Wie wahnsinnig rannte Hapu in den verödeten Gärten hin und her, stieg dann die Stufen empor und betrat den Palast. Er fühlte sich befangen, auch wenn der Palast jetzt eine bloße Hülle war. Welche Anmaßung, das »Haus des Königs« zu betreten! Hapu konnte sich nicht damit abfinden, daß Tutenchamun jetzt Pharao war. Sein König war und blieb Echnaton.

Auf Zehenspitzen ging er durch Hallen, Flure und Innenhöfe, durchmaß die Schatten der Säulenreihen, hielt inne an den Lilienteichen, die nun zu trocken für Lilien waren, und berührte ehrfürchtig die schön gekachelten Wände, die die Wütenden nicht zerstört hatten. In seiner Neugier, denn er hatte sich aus Achtung vor Echnaton nie zuvor in den Palast gewagt, vergaß er beinahe den Mann, den er verfolgt hatte.

Plötzlich bewegte sich ein Schatten. Hapu hielt an, sein Herzschlag setzte aus.

»Wer ist da?« fragte er rauh. Seine Stimme tönte gewaltig und hallte in dem leeren Gebäude. Weiße Lichtstrahlen kamen durch die hohen Fensterschlitze und fielen wie Atons Strahlen in den Innenhof, in dem er sich gerade befand. Er zitterte. Die Atmosphäre schien stark aufgeladen. Stiller als still. Er fühlte sich sonderbar, als ob er sich von sich selbst löste.

Er erhielt keine Antwort. Die Schatten waren wieder ruhig. Mit pochendem Herzen machte er einen Schritt vorwärts. Und noch einen. Dann noch einen. Vorsichtig bewegte er sich auf die Stelle zu, wo er die Bewegung gesehen hatte.

Wie seltsam dunkel es in dieser Ecke war. Plötzlich fiel er fast nach vorne; er fing sich gerade noch rechtzeitig. Im gepflasterten Boden war ein Loch. Vorsichtig kniete er nieder und befühlte seinen Rand mit den

Händen. Er sah nichts in der pechschwarzen Finsternis, aber er konnte eine Stufe unter sich fühlen.

»Narr!« dachte er. Eigentlich war es nicht so ungewöhnlich, im Palast auf Treppen zu stoßen. Das Gebäude hatte verschiedene Ebenen.

Bedächtig bewegte er sich weiter und betastete jede Stufe mit seinen Zehen, bevor er ihr sein Gewicht anvertraute. Die Treppe war eng und steil und führte tief hinunter. Auf beiden Seiten spürte er die nahen Wände. Der Ort erinnerte ihn an eine Gruft.

Schließlich kam er unten an. Irgendwo links konnte er einen zarten, grünlichen Schimmer ausmachen. Dankbar, daß er nach der Rabenschwärze auf der Treppe endlich etwas sehen konnte, so undeutlich es auch sein mochte, ging er in Richtung des Scheines. Er kam aus einem Spalt unter einer Tür. Er war jetzt so begierig, die Ursache davon zu ergründen, daß ihm selbst tausend Totengeister den Weg nicht hätten versperren können. Mit zitternden und feuchten Händen drückte er gegen die Tür. Sie öffnete sich, und augenblicklich blendete ihn das strahlend grüne Licht.

Er war höchst erstaunt, blinzelte und rieb sich die Augen.

In einer kleinen, fensterlosen Kammer stand auf einem schwarzen Sockel ein riesiger, grüner, eiförmiger Kristall, der ein kräftiges, wunderschön grünes Licht ausstrahlte. Sonst war nichts und niemand in der Kammer. Keine entzündete Fackel oder Lampe spiegelte sich in dem Kristall wider, die sein Leuchten erklären könnte.

Alte Schriften über das grüne Ei des Ra kamen ihm in den Sinn, das grüne Ei, aus dem der Sonnenvogel schlüpft, das grüne Ei, aus dem alles Lebendige geboren wird …

Ehrfürchtig fiel er auf die Knie.

Das grüne Ei des Ra gehörte nicht zur Verehrung Atons und doch war es jetzt hier im Herzen von Echnatons Palast. Hapu verstand es nicht.

Es drängte ihn, sich tief zu verneigen. Der kalte, staubige Stein drückte sich in seine Stirn.

Unbeschreibliche Lichtstrahlen durchdrangen seinen Körper. Er fühlte sich gewissermaßen von den Lichtstrahlen aufgespießt. Angst und Verwirrung packten ihn. Er erlebte etwas ungeheuer Wichtiges, doch er kämpfte, sich davon zu befreien. Es erschreckte ihn, von etwas überwältigt zu werden, das er nicht verstand.

»Ich bin nicht bereit«, flüsterte er. »Bitte… bitte… laß mir Zeit… «

Das Strahlen wurden schwächer. Ihm war, als sei er erst festgehalten und nun losgelassen worden. Er fiel der Länge nach auf den Steinboden.

Dort lag er eine lange Zeit und wagte nicht, die Augen zu öffnen. Endlich beruhigte er sich.

»Jetzt, mein Herr«, sagte er laut mit fester und ehrfurchtsvoller Stimme. »Ich bin bereit.«

Er hob seinen Kopf. Er richtete sich auf.

Er sah nur das Mondlicht, das durch die offene Tür seiner Schlafkammer fiel. Auf dem Tisch stand die vertraute Flasche Wasser und die Papyrusrollen, die er aus dem Haus des Lebens gerettet hatte, bevor die Soldaten es zerstört hatten.

Er stand auf, denn er hatte mit dem Gesicht nach unten auf dem Boden seiner Kammer gelegen. Er stierte um sich.

Er war erschüttert und enttäuscht. Es war so lebendig gewesen. Das kann kein Traum gewesen sein. Das kann nicht sein!

Als der Tag heraufdämmerte, eilte er zum Palast. Unbehelligt schritt er durch die eingestürzten Tore. Er versuchte, den Weg zu der Treppe zu finden, die in die unterirdische Kammer führte. Er hastete durch Flure, Hallen und Innenhöfe. Oftmals ging er denselben Weg zurück, wenn er falsch abgebogen zu sein glaubte. Sonnenlicht flutete jetzt durch den Palast und alles sah ganz anders aus. Er fühlte sich wie ein Herumirrender in einem Labyrinth.

Am Abend war er erschöpft und hatte nichts gefunden.

Er verbrachte eine schlaflose Nacht, warf sich in seinem engen Bett hin und her, schaute dann und wann zur offenen Tür und hoffte, die geheimnisvolle Gestalt der vergangenen Nacht käme wieder, ihn zu führen.

Die Tage vergingen. Er konnte sich mit nichts anderem außer seiner Suche nach dem grünen Ei befassen. Er verzweifelte, es quälte ihn. Er vernachlässigte die Rituale des Aton, die er unter Haremhabs Erlaß so sorgsam aufrecht erhalten hatte. Er schlief wenig und aß fast nichts. Er wußte so sicher wie kaum etwas anderes, daß er das grüne Kristallei nicht geträumt hatte. Er verfluchte sich dafür, ein solcher Feigling gewesen zu sein und nicht angenommen zu haben, was ihm in jener Nacht widerfahren war – was immer es auch gewesen sein mochte.

Schließlich kam ihm ein Gedanke, wie er seine schwierige Aufgabe lösen könnte. Wenn er nur mit Königin Anchesenamun sprechen könnte, der letzten noch lebenden Tochter Echnatons. Als junge Frau hatte sie viele Jahre in dem Palast in Achetaton gelebt und als Gemahlin des Königs sicherlich viele seiner Geheimnisse gekannt. Wenn irgendein lebender Mensch ihm sagen könnte, ob es wirklich eine verborgene Gruft unter dem Palast gab, in der das grüne Ei des Ra aufbewahrt wurde, und wo diese war, dann Anchesenamun. Diejenigen, die den Palast gebaut hatten, wußten vielleicht davon, aber er hatte keine Ahnung, wer sie waren. Wahrscheinlich arbeiteten sie zur Zeit emsig an Bauwerken zu Ehren Amun-Ras, und wenn er sie jetzt über den Palast in Achetaton ausfragte, würde er womöglich verhaftet. Da das grüne Ei nicht zum Hauptort des Ra-Kultes, dem großen Tempel in Yunu, zurückgeschickt worden war, lag die Vermutung nahe, daß Haremhabs Männer es nicht gefunden hatten. Es war im Verborgenen und nicht in einer der großen Hallen des Tempels aufgestellt worden; das deutete darauf hin, daß Echnaton es geheim halten wollte.

Aber warum? Er hatte alle Kunstgegenstände und Bildnisse von anderen Göttern verboten. Anerkanntermaßen war das grüne Ei mit Ra verbunden, dem Sonnengott von Yunu, aber weder in den Liturgien des Aton war es erwähnt worden, noch während ihrer Ausbildung als Atonpriester. Er hatte noch nicht einmal gewußt, daß es im Tempel zu Yunu fehlte.

Je mehr er darüber nachdachte, desto mehr Fragen drängten sich ihm auf.

Er spürte ganz deutlich, daß die Erfahrung, die er gemacht – und vermasselt – hatte, von großer Wichtigkeit war. Das Ka des Pharaos hatte ihn dorthin geführt und etwas von ihm erwartet. Durch Angst und Zaudern hatte er das Ka um das Erwartete gebracht, und er schien keine zweite Chance zu bekommen.

Es würde nicht leicht sein, eine private Audienz bei der Königin zu erhalten, aber er war immer mehr davon überzeugt, das sei seine einzige Hoffnung, das Geheimnis zu lüften.

Am Kai von Achetaton lagen keine Boote oder Barken mehr. Keine hohen Masten schwankten und schaukelten. Keine Männer riefen und schleppten schwere Lasten die Decks hinauf und hinunter. Während der Blütezeit der Stadt war dies ein geschäftiger Ort gewesen, ein Ort, an dem sich die Kinder trafen, um das Lärmen der Ankunft und Abfahrt zu beobachten; ein Ort, wo sich die Menge schob und drängelte, um die hohen Beamten, die von weit her kamen, besser sehen zu können. Er selbst hatte einst einen Aussichtsplatz bezogen, um zu sehen, wie sie die riesigen Steinblöcke für die Tempel von den Booten an Land hievten. Jetzt kamen nur noch die Boote derjenigen nach Achetaton, die es ausplündern wollten. Die Steine, die mit so viel Anstrengung hergebracht worden waren, wurden nun fortgeschafft, um andere Tempel für andere Götter zu bauen. Die hohen Pylone waren bereits entblößt, nur die füllenden Bruchsteine blieben übrig, wenn die vorderen Steinblöcke fehlten. Die schönen Reliefs und Inschriften Echnatons wurden zertrümmert und jetzt ebenso als Füllstoff für andere Pylone verwendet. Hapu befürchtete, daß es nicht mehr lange dauern würde, bis die Pflastersteine und Bodenkacheln des Palastes an die Reihe kämen und die geheime Treppenflucht, die zu dem grünen kristallenen Ei führte, entdeckt würde. Er empfand so stark, aus gutem Grund dorthin geführt worden zu sein, daß er entschlossen war, das Ei vor den anderen zu finden.

Auf Grund dieses Entschlusses schiffte er sich auf einer Barke ein, die Richtung Süden nach Waset fuhr. Sie war fast bis zum Kentern mit Alabasterstücken vom nördlichen Palast beladen. Aus den kleineren, feineren Stücken würden zweifellos Vasen und Krüge gemacht, aus den anderen Statuen von Tutenchamun und den Göttern. Die größeren Stücke würden zu Füllmaterial oder vielleicht für eine Wiederverwendung als Bausteine zurechtgehauen und geglättet werden. Manchmal wurden die Inschriften und Reliefs so belassen, wenn die Blöcke mit der Vorderseite nach unten eingegraben wurden, um einen Fußboden zu bilden. Hapu saß auf einem Steinhaufen im Hinterschiff, und seine Finger spürten den schönen Worte von Echnatons Liebe zu seinem einzigen Sonnengott nach, dem Licht jenseits allen Lichtes, dem Urahnen jenseits aller Ahnen.

»Oh, mein König«, flüsterte er. »Wenn ich dir dienen kann, würde ich sogar mein Leben geben. Sprich zu mir. Sag mir, was ich tun muß.«

Das schwere Schiff nahm langsam eine Biegung des Flusses, die Männer hoben die Ruder. Ein großer, weißer Kalkblock, der zuvor im Schatten gelegen hatte, erstrahlte nun im Sonnenlicht und zog Hapus Blick auf sich. Er sah das vertraute Bild der königlichen Familie, die sich in den Strahlen des Aton wärmt. Die Hände am Ende eines jeden Strahles hielten das Ankh, das Zeichen des ewigen Lebens, vor die Münder der königlichen Familie – Echnaton, Nofretete und ihre sechs Töchter. Es mußte vor Maketatons Tod geschnitzt worden sein. Die Gesichter Echnatons und Nofretetes und der meisten Prinzessinnen waren jetzt abgeschlagen, aber die Gestalt von Anchesenpaton war noch deutlich und vollständig. Kein Meißel hatte sie berührt.

»Ich tue genau das Richtige«, dachte Hapu froh. »Das ist gewiß ein Zeichen, daß sie mir helfen wird.«

Tagelang hatte er nachgedacht, bevor er sich auf den Weg gemacht hatte. Anchesenpaton war jetzt Anchesenamun. War das nur politische Notwendigkeit, oder standen der neue König und die Königin wirklich hinter dem wütenden Schlag gegen die Lehren ihres Vaters. Wieviele

Zeichen er auch erhalten mochte, er mußte das Gespräch behutsam auf diese Sache lenken. Auch wenn er bereit war, für Echnaton zu sterben, würde er lieber leben und die Ehre des Gottes seines Pharaos wieder herstellen.

In Waset schlüpfte er von Bord und tauchte in der Menge unter. Er war nicht mehr wie ein Atonpriester gekleidet, aber er war nicht sicher, ob ihn nicht doch jemand erkennen würde. Es enttäuschte ihn zu hören, daß der Pharao und seine Große Königliche Gemahlin zur Zeit in Men-nefer im Norden weilten. Es würde lange dauern, bis er mit ihr sprechen könnte. Er verzweifelte fast und wünschte, er wäre in Achetaton geblieben und würde die Zeit damit zubringen, Pflastersteine empor- zustemmen.

Doch dann gelangte er zu dem Schluß, diese scheinbare Verzögerung könne ihm zum Nutzen sein. Für einen einfachen Untertanen gab es keine Möglichkeit, eine Audienz bei der Königin zu erhalten, es sei denn, ein Beamter, einer der »neun Freunde des Königs« oder ein enger Ratgeber gestattete ihm, den Hof mit einem Bittgesuch aufzusuchen. Aber wenn ihm dieses gelänge, müßte er vor allen sprechen – Beamten, Adligen, Priestern und wahrscheinlich auch Wesir Eje und General Haremhab.

Es war besser, auf die Rückkehr der Königin zu warten und etwas anderes einzufädeln, um sie zu treffen.

Hapu hatte Glück. Anchesenamun war vor dem nächsten Neumond zurück in Waset. Im Palast ihres Großvaters in Per-hay stand ein neuer Flügel für das junge Paar bereit, und die Königin hatte ihren Wunsch, dort zu sein, kundgetan. Men-nefer gefiel ihr nicht mehr, jetzt, da sie schwanger war. Dort war es zu heiß und zu sehr bevölkert – das Leben verlief zu schnell. Unter gewöhnlichen Umständen fand sie die Stadt anregend und spannend; die weltoffenste aller ägyptischen Städte. Sie lag in der Nähe des fruchtbaren Deltas und der weitläufigen Landsitze der Adligen, die am Hofe dienten. Auch kamen viele Reisende aus dem Osten hier durch. Tutenchamun jedoch schien keinen Augenblick Zeit zu haben, bei ihr zu sein. Gelegentlich gingen sie im nahegelegenen Marschland auf Vogeljagd, aber in letzter Zeit wurde sogar das ein seltenes Ereignis. Tag für Tag mußten Verwaltungsangelegenheiten erledigt werden. Tutenchamun besiegelte kein Schriftstück mehr, ohne es gelesen zu haben, noch nahm er alles fraglos hin, was Haremhab oder Eje ihm sagten. Anchesenamun versuchte, ihn zu überreden, mit ihr in den Süden in das ruhigere Waset zu kommen, in den Palast ihres Groß- vaters, wo sie in ihrer Jugend so manche glückliche Stunde verbracht hatten. Tutenchamun war versucht, doch er widerstand. Er sagte, sie solle vorausgehen und er würde folgen, sobald er könne.

Als Anchesenamun ihr erstes Kind getragen hatte, war sie gleichgültig gewesen. Doch diesmal spürte sie die Zukunft in ihrem Bauch sich rühren, und das erregte sie. Gleichwohl zeigte sie ihre Freude nicht, und Tutenchamun war froh, daß sie, blaß und schwerfällig wie sie war, an einen ruhigeren Ort ging.

Wenn der König sich nicht in Per-Hay aufhielt, war es tatsächlich ein Ort von stiller Einsamkeit. Anchesenamun langweilte sich bald, die Tage schleppten sich zu langsam dahin.

Als sie eines frühen Morgens nach einer unruhigen Nacht im Garten spazierenging, hörte sie ein Murmeln, das aus einem Gebüsch kam. Sie hielt inne, um einen Augenblick zu lauschen, und war immer mehr überzeugt, daß sie Echnatons Hymne an die Sonne hörte, leise, aber mit viel Gefühl gesprochen.

»Bist *Du auch weit entfernt, reichen Deine Strahlen doch auf die Erde. Du bist in den Gesichtern der Menschen, doch Deine Regungen sind unsichtbar. Wenn Du am westlichen Horizont untergehst, liegt die Welt in Dunkelheit als wäre sie tot. Die Menschen verbringen die Nacht in ihren Schlafkammern, die Häupter verhüllt, niemand sieht den anderen... Alle Löwen erheben sich von ihren Lagern und alle Schlangen beißen. Finster ist das Licht, während die Erde in Schweigen liegt, denn der sie schuf, ruht in seinem Horizont.*

Die Welt wird hell, wenn Du Dich am Horizont erhebst und als Aton bei Tage scheinst... Die Zwei Länder feiern ein Fest, die Menschen erwachen und stehen auf ihren Füßen. Du hast sie erweckt. Ihre Glieder sind rein, die Kleider angelegt, die Hände erhoben, Dein strahlendes Erscheinen zu preisen. Das ganze Land verrichtet seine Arbeit. Das Vieh ist friedlich auf seiner Weide. Bäume und Wiesen wachsen. Vögel fliegen aus ihren Nestern, ihre Flügel ehren Deinen Geist. Alle Tiere springen freudig auf ihren Füßen. Alles, in der Luft oder an Land, erwacht zum Leben, wenn Du für sie aufgehst. Schiffe fahren nach Norden oder nach Süden. Jeder Weg ist Deinem Erscheinen geöffnet. Der Fisch im Fluß springt vor Deinem Angesicht ... «

Leise schlich sie näher und umrundete dann plötzlich mit schnellem Schritt das Gebüsch.

Sie entdeckte einen abgemagerten jungen Gärtner, der sich nach Osten verneigte. Sein Kopf ruhte auf der Erde, die Hände waren nach vorne ausgestreckt. Als ihr Schatten auf ihn fiel, unterbrach er sein Tun sofort und schaute mit echtem Schrecken in den Augen auf.

»Du magst ruhig Angst haben«, sagte sie. »Weißt du nicht, daß diese Hymne mit einem Bann belegt ist und niemand sie denken soll – geschweige denn laut sprechen?«

Der junge Mann kniete mit eingezogenem Kopf vor ihr.

»Ich weiß, Majestät«, flüsterte er.

»Du kannst eingesperrt oder in die Minen geschickt werden. Du kannst sogar hingerichtet werden.«

»Ich weiß, Majestät«, erwiderte er.

»Warum riskierst du diese Dinge für ein paar Worte?«

Er schwieg.

»Warum?«

»Es sind nicht nur Worte, Majestät«, sagte er mit so leiser Stimme, daß sie sich vorbeugen mußte, um ihn zu verstehen.

»Wirklich?« sagte sie und schaute ihn sehr genau an. Er war ein Gärtner, doch seine Hände waren so weich und weiß wie die eines Schreibers oder Priesters. Sie hatte den Eindruck, sie habe ihn schon einmal gesehen.

»Wie heißt du, Priester?« fragte sie ruhig.

Daraufhin schaute er hoch, und als sie seine Augen sah, wußte sie, sie hatte ihn wirklich schon früher in Achetaton im großen Tempel gesehen.

»Hapu, Majestät. Priester des Aton.« Diesmal antwortete er laut und voller Stolz.

Sie schaute rasch über ihre Schulter, um sich zu vergewissern, daß sie immer noch allein waren.

»Du setzt dich großer Gefahr aus, Priester des Aton«, sagte sie scharf.

»Ich weiß, Majestät – aber mein Leben hat keinerlei Wert. Es erhält nur Bedeutung durch das Ausführen der Wünsche Atons.«

»Warum bist du hier? Wie führst du die Wünsche Atons aus, indem du vorgibst, ein Gärtner zu sein?«

Sie fragte sich, ob sie die Wachen rufen sollte, aber er sah so schwächlich aus, daß sie ihn ohne weiteres selbst niederschlagen könnte, falls er etwas Böses beabsichtigte.

»Ich will nichts Böses, Majestät«, sagte er. »Ich muß dir etwas mitteilen.«

»So sprich denn. Schnell. Denn bald werden noch andere im Garten sein.«

»Ich sah deinen Vater, Majestät.«

Sie schaute ihn überrascht an.

»Ich schwöre, es war kein Traum«, sagte er schnell. »Er ging an meinem Haus vorüber, und ich folgte ihm. Er führte mich zum Palast.«

»Zu welchem Palast?«

»Das Große Haus in Achetaton.«

»Achetaton ist tot. Mein Vater ist tot.«

»Ich weiß, Majestät. Aber ich lebe noch dort, und ich sah deinen Vater.«

»Du bist toll. Wie kann es mein Vater gewesen sein? Wie nur kann es mein Vater gewesen sein?«

»Ich weiß nicht, Majestät. Höre mich an.«

Sie nickte. Ihre Lippen waren zusammengepreßt. Ihre Augen dunkel und eindringlich. Sie starrte in seine Augen, als ob sie mit ihrem Blick seine Seele herausziehen wollte wie die Einbalsamierer das Gehirn der Verblichenen.

Er erzählte ihr genau, was in jener Nacht geschehen war. Als er das grüne Kristallei und die geheime Kammer beschrieb, beobachtete er ihre Miene so eindringlich wie sie die seine. Er sah, wie verwirrt sie war, und er erkannte, daß sie vorher nichts davon gewußt hatte. Er war bitter enttäuscht und fragte sich, ob er sein Leben umsonst aufs Spiel gesetzt hatte. Wenn das Ganze nun doch nur ein Traum gewesen war?

Sie hörten jemanden auf dem Pfad bei den Lilienteichen näherkommen.

Sie legte ihren Finger auf ihre Lippen.

»Verlasse den Palast nicht«, flüsterte sie, »bevor ich nicht eine Gelegenheit hatte, mit dir zu reden.« Und dann sagte sie laut: »Dieses Gebüsch muß zurückgeschnitten werden. Ich möchte hier mehr Farbe. Besorge mir bunte Blumen.«

Er verbeugte sich tief und dann trennten sie sich.

Anchesenamun dachte viel über das nach, was Hapu ihr erzählt hatte. Sie schwankte zwischen Zweifeln und der Überzeugung, daß wirklich geschehen war, was Hapu nur glaubte. Daß die Seelen der Menschen nach ihrem Begräbnis auf der Erde wandeln, ist nicht unbekannt. Sie grübelte immer wieder, wer möglicherweise etwas über den Aufenthaltsort des heiligen Eies wissen könnte und kam zu dem Schluß, es könne nur Nezem-mut, die Schwester Nofretetes, sein. Jeder hielt es für möglich, daß Nofretete in den letzten Jahren Geheimnisse vor Echnaton gehabt hatte. Die meisten glaubten, es habe sich um andere Liebhaber gehandelt. Aber Anchesenamun glaubte, die Geheimnisse hatten mehr mit verbotener Magie zu tun. Wenn jemand das grüne Ei nach Achetaton gebracht hat, dann war es nicht Echnaton, sondern Nofretete. Aber warum sollte er daran interessiert sein, daß es gefunden wird?

Anchesenamun hatte ihrer Tante Nezem-mut noch nie sehr nahe gestanden und war nicht sicher, wie sie die Sache angehen sollte. Soweit

Anchesenamun zurückdenken konnte, hatte Nezem-mut immer im königlichen Palast gelebt und am königlichen Familienleben teilgenommen, war aber auf seltsame Weise unberührt geblieben. Sie war da, und man hätte ihr Vertrauen schenken können, aber niemand sah sich veranlaßt, ihr etwas anzuvertrauen. Anchesenamun mochte sie nicht einmal. Nezem-mut war von kräftigerer Gestalt als Nofretete, und manchmal sah sie sehr verdrießlich aus. Seit dem Tod ihrer schönen Schwester war sie in gewisser Weise aufgeblüht, und häufig erschien sie mit Eje und Haremhab, als ob sie an deren Entscheidungen beteiligt wäre. Anchesenamun hatte sich oft die Frage gestellt, warum Nezem-mut nicht verheiratet war und Kinder hatte. Nofretetes jüngere Töchter waren eigentlich immer in ihrer Nähe gewesen, und der Verdacht, daß Anchesenamun sie fortgeschickt hatte, erzürnte Nezem-mut. In der Tat war sie nicht die einzige. Auch Haremhab hatte versucht, den Aufenthalt von Anchesenamuns Schwestern ausfindig zu machen. Er und Eje akzeptierten zwar Anchesenamuns heftige Beteuerungen, sie seien tot, aber sie glaubten nicht daran. Nezem-mut war nicht so leicht zu überzeugen, und zweifelsohne mochten die beiden königlichen Frauen sich nicht.

Wie sollte sie sich ihr nähern? Anchesenamun wußte, Nezem-mut würde die fortgesetzte Ausübung der Liturgie des Aton nicht gutheißen. Hapu mußte vor ihr beschützt werden.

»Ich hatte einen Traum«, sagte Anchesenamun zu Nezem-mut, während sie zusammen auf der kühlen Terasse saßen und die vorüberziehenden Segel auf dem Fluß betrachteten. Sie waren in Nezem-muts Gemächern; ihre Tante war einigermaßen überrascht über Anchesenamuns plötzlichen Besuch. »Ich träumte von geheimen Gängen und Kammern unter dem großen königlichen Haus in Achetaton.«

Nezem-mut sagte nichts, sondern schaute weiter auf den Fluß hinaus. Ihr Gesicht war leicht abgewandt, und Anchesenamun konnte ihre Miene nicht deuten. Ein Diener tippelte leise herbei und füllte ihre Weinschalen auf.

»Ich fragte mich, ob wohl etwas Wahres an diesem Traum ist«, fuhr Anchesenamun enttäuscht fort, denn ihre erste Bemerkung hatte keine Erwiderung hervorgerufen. Und als sie immer noch keine Antwort bekam, wurde sie deutlicher. »Was meinst du? Weißt du von solchen Gängen und Kammern?«

»In Gebäuden gibt es immer Bereiche, die geheim gehalten werden«, sagte Nezem-mut. »Oh, und in Menschen auch«, fügte sie ruhig hinzu. Sie war mit ihren eigenen Gedanken beschäftigt.

»Aber in meinem Traum sah ich eine Kammer, tief unter der Erde, die keinen Aufgang hatte. Der Boden über der Treppe, die herunterführte, war zugepflastert. Sie war fest verschlossen wie ein Grab.«

»Vielleicht war es ein Grab«, sagte Nezem-mut beiläufig. »Ein ermordeter heimlicher Liebhaber ... ein ungewolltes Kind ... «

»Ein riesiges grünes Kristallei ... « fügte Anchesenamun deutlich hinzu.

Dieses endlich führte zu einer Reaktion. Nezem-muts Gesichtsausdruck wechselte, und sie schaute ihre Nichte gerade an.

»Du hast ein grünes Kristallei gesehen?«

Anchesenamun nickte.

»Ein großes. Wie das, das früher im Tempel der Sonne in Yunu war.«

Nezem-mut schaute sie jetzt so eindringlich an und ihre Miene war so ernst, daß die junge Königin ein wenig abmilderte.

»Es war wahrscheinlich nur ein Traum«, sagte sie beschwichtigend. »Manche Träume haben keine Bedeutung.«

»Du hast es gesehen?«

»Nur – nur in meinem Traum. Meinst du, es gibt so etwas im Großen Haus?«

Nezem-mut antwortete nicht.

»Ich dachte, Vater habe das heilige Ei von Yunu zerstören lassen. Befohlen hatte er es jedenfalls.«

»Wenn er befohlen hat, es zu zerstören, dann wurde es zerstört.« Nezem-muts Stimme klang fremd. Sie sprach eine Reihe von Worten, aber dachte an etwas anderes. »Amun-Ra schenkte dir wahrscheinlich diesen Traum, auf daß du die Bosheit der Ketzer und Gotteslästerer, die solche Befehle gaben, ans Tageslicht bringst«, sagte sie.

Anchesenamun biß sich auf die Lippen. Das hatte sie nicht beabsichtigt, und gewiß war das nicht die Absicht von Echnatons Ka gewesen, als es Hapu erschienen war (falls es erschienen war). Es war befremdlich, wie Nezem-mut, die ein so enges Mitglied der Familie gewesen war, jetzt so heftig Haremhabs Lüge vertrat.

»Warum erscheint es in meinem Traum so deutlich an einem verborgenen Ort im Palast, wenn es zerstört worden ist?«

»Wer weiß«, Nezem-mut zuckte die Achseln. »Träume geben nur Hinweise und Anhaltspunkte – oft verzerrt. Sie leiten uns an, selbst die Wahrheit herauszufinden. Sie wird uns nicht eindeutig gezeigt.«

»Nezem-mut ist klüger als es den Anschein hat«, dachte Anchesenamun, »aber ich weiß, daß sie etwas über das heilige Ei weiß.«

»Meinst du, Mutter...?«

»Nein«, unterbrach Nezem-mut, bevor sie ihren Satz beenden konnte. Sie erhob sich. »Genug der Träume!« sagte sie. »Wir haben beide noch zu tun.«

Anchesenamun schaute sie an. Nezem-mut war sichtlich erregt, obgleich sie es zu verbergen suchte.

»Wenn du weißt, wo das geheime Versteck ist, bestimmt … «

»Es gibt kein geheimes Versteck! Es gibt kein heiliges Ei! Dein Traum wurde dir bloß eingegeben, um dich an die Niedertracht deines Vaters zu erinnern. Das heilige Ei von Yunu war der wertvollste Besitz des Sonnengottes. Durch das Ei wurde die Erde erneuert – wiedergeboren. Wenn es unversehrt gefunden würde, wäre dies das größte Ereignis unter Tutenchamuns Herrschaft. Die ganze Welt wäre von Freude erfüllt. Alles Elend und alle Sorge, die dein Vater verursacht hat, würden hinfortgewischt und die Überlegenheit der Zwei Länder wieder hergestellt. Die Seelen unserer Dynastie würden in der Halle der Gerechtigkeit vor Osiris stehen, ohne von Echnatons Verbrechen gegen die Götter befleckt zu sein… «

Nezem-muts Stimme wurde immer kräftiger und lauter, als ob sie von einer Bühne herab eine Ansprache hielte oder mit der Stimme eines Orakels spräche.

»Sie weiß, wo es sich befindet. Sie weiß es!« dachte Anchesenamun. »Warum macht sie mir etwas vor?«

Nezem-mut verstellte sich, weil sie um alles in der Welt das Ei finden wollte. Mit dieser Tat würde sie sich ihren Platz in der Ewigkeit und im Herzen General Haremhabs, den sie verehrte, sichern. Sie hatte eine genaue Vorstellung, wo es sein könnte, wenn es immer noch existierte und der Traum wahr wäre. Nofretete mußte es ohne Echnatons Wissen heimlich nach Achetaton gebracht haben. In den letzten Jahren hatte sie oft gegen die eindeutigen Anweisungen ihres Gemahls verstoßen. Vielleicht hatte sie befürchtet, die Zerstörung des Eis ginge zu weit. Vielleicht hatte sie eine Zeit vorausgesehen, in der die uralte Verehrung des Sonnengottes Ra wieder ganz hergestellt und das Ei gebraucht würde. Niemand wußte, was in ihrem irrenden Geist vorgegangen war. Nezem-mut hatte ihre Schwester zugleich geliebt und gehaßt. Sie hatte ein vielschichtiges und beunruhigendes Wesen – eine Frau von gewaltiger Stärke und ungeheurer Schwäche. »Aber sie ist tot«, sagte sich Nezem-mut frohlockend. »Ich lebe. Meine Zeit wird noch kommen.«

Anchesenamun erkannte, daß sie jetzt von Nezem-mut nicht mehr herausbekommen würde.

»Wenn sie weiß, wo es ist«, dachte sie, »wird sie dort hingehen. Da bin ich sicher. Und wenn sie dort hingeht, werden entweder Hapu oder ich da sein.«

Sobald die Königin Hapu mitgeteilt hatte, was sie über Nezem-mut vermutete, kehrte er nach Achetaton zurück. Sie wies ihn an, zu warten, zu beobachten und den Palast nicht zu verlassen. Doch als er dort war, konnte er nicht tatenlos bleiben. Er fing an, alle Pflastersteine im Gebäude mit einem schweren Stock abzuklopfen. Er hörte genau hin und hoffte, am Klang festzustellen, wo eine hohle Stelle unter dem Boden war.

Seine Gedanken schweiften umher, während er von Sonnenaufgang bis Sonnenuntergang klopfte. Königin Anchesenamun war ihm ein Rätsel. Er hatte sie schon in Achetaton gesehen, als ihr Vater und ihre Mutter noch am Leben waren. Die anderen Prinzessinnen waren voller Wärme, Freundlichkeit und Freude, Anchesenpaton aber schien immer abseits zu stehen, kühl und zurückhaltend. Er hatte Angst davor gehabt, sich an sie zu wenden, doch dieses Mal hatte sie es ihm leicht gemacht. Sie hatte gehört, wie er die Hymne an Aton sprach, dennoch hatte sie die Wachen nicht gerufen. Konnte es sein, daß sie, die als Kind den Ritualen des Aton gegenüber so gelangweilt und ungeduldig gewesen war, sich nun, da es verboten war, seiner Sache annahm?

Wie immer schon, strömte der Fluß an der geschlagenen Stadt Achetaton vorüber, die Sonne ging auf und unter. »Nur die Menschen verändern sich«, dachte Hapu. »Nur die Menschen geben vor, etwas anderes zu sein, als sie wirklich sind.«

Eines Tages, als er sich von der Arbeit ausruhte und sich ziemlich entmutigt fühlte, weil er so langsam vorankam, saß er am Flußufer und beobachtete das vorbeitreibende Wassergras. Plötzlich flog erschreckt ein Fischreiher auf, der bewegungslos auf einem nahen Fels gestanden hatte, und schwang sich nach Norden. Sein langer grauer, pfeilgleicher Körper berührte kaum das Wasser. Hapu wandte seinen Kopf, um zu sehen, was den Vogel erschreckt hatte, und entdeckte ein Boot, das von Süden kommend an dem verwaisten Kai anlegte. Er war so in seine Gedanken vertieft gewesen, daß er es nicht bemerkt hatte, als es näher kam. Er beobachtete es neugierig aus genügendem Abstand, um nicht entdeckt zu werden: eine undeutliche Gestalt, die am Ufer saß, die Füße über dem Wasser baumeln ließ und von den Gräsern fast verdeckt war.

Dieses Boot war nicht wie die anderen, die herkamen, um die Steinblöcke fortzuschaffen. Es war klein und zierlich, mit einer Kajüte aus gewebten Papyrusstengeln, die Art von Boot, die von Adligen und hohen

Beamten benutzt wurde. Er zog sich ein Stückchen weiter hinter die Gräser zurück, doch nur soweit, daß er immer noch eine gute Sicht auf das Fahrzeug hatte.

Die Mannschaft bestand aus zwei Männern, die zuerst ausstiegen, das Boot am Kai festbanden und eine lange Planke zurecht legten, über die der Reisende oder die Reisenden gehen könnten. Dann erschienen zwei Kinder. Nein. Keine Kinder. Zwerge. Hapu hielt die Luft an. Bei der Herrin Nezem-mut wurden oft zwei Zwerge gesehen. Es waren persönliche Diener von ihr, und sie ging kaum jemals ohne sie aus. Viele Jahre standen sie schon in ihren Diensten.

Gespannt wartete Hapu auf das Erscheinen der Herrin, aber sie kam nicht. Die Zwerge warteten geduldig am Kai, während das Segel verstaut und das Boot gesichert wurde. Dann riefen sie ein paar Anweisungen, und einer der Matrosen ging in die Kajüte.

»Jetzt wird sie herauskommen«, dachte Hapu. Aber der Matrose kehrte nur mit einer großen Kiste zurück, sperrig, aber offensichtlich nicht schwer. Sie wurde den beiden Zwergen übergeben, die jeder einen Handgriff nahmen und fortgingen. Hapu kroch vom Ufer fort und folgte ihnen, geduckt um sich blickend, in sicherem Abstand. Er war jetzt überzeugt davon, daß die Herrin ihnen aufgetragen hatte, das Kristallei zu holen. Natürlich kam sie nicht selbst! Es wäre für sie und jeden anderen der königlichen Familie ein zu großes Risiko, bei einem Besuch der verbotenen Stadt gesehen zu werden. Zunächst hatte es ihn verwirrt, daß sie zwei Männer geschickt hatte, die so eindeutig zu ihrer Gefolgschaft gehörten, doch dann begriff er, daß sie jemanden schicken mußte, dem sie vollkommen vertrauen konnte. Wenn man die Zwerge fragte, würden sie zweifellos antworten, sie seien geschickt worden, etwas zu holen, das ihre Herrin vergessen hatte.

Bemerkenswert war, daß sie es nicht Haremhab erzählt hatte. Hätte sie es getan, wäre er bereits mit seinen Soldaten hier, um den wertvollen Gegenstand zurück nach Yunu zu geleiten. Sie hielt es so geheim wie derjenige, der das Ei versteckt hatte – wer immer das auch gewesen sein mochte.

Die Männer gingen nicht geraden Weges zum Palast. Sie streiften durch die Stadt, wiesen auf dieses und jenes hin und erinnerten sich an die goldenen Tage, als ihre Herrin die Schwester der göttlichen Nofretete war. Sie blickten häufig über ihre Schultern, und Hapu gewann den Eindruck, sie wollten sicher gehen, nicht verfolgt zu werden, bevor sie sich ihrem eigentlichen Ziel zuwandten. Er mußte all seine Geschicklichkeit und seine beträchtliche Kenntnis der Winkel und Durchlässe der bröckelnden Stadt zusammennehmen, um nicht gesehen zu werden.

Endlich beendeten sie das Verwirrspiel und betraten das Große Haus. Schattengleich folgte ihnen Hapu und tappte mit bloßen Füßen über die staubigen Fliesen.

Sie schienen klare Anweisungen zu haben, denn sie liefen schnell und sicher auf einen bestimmten Ort zu. Hapu bemerkte verärgert, daß sie genau dort anhielten, wo er heute hatte arbeiten wollen. Er hätte vor ihnen gefunden, was er suchte, wenn er nur an diesem Morgen nicht träumend am Fluß gesessen hätte.

Sie entnahmen der Kiste ein paar Werkzeuge und stemmten mit sicheren und entschlossenen Bewegungen die Bodenplatten empor. Es überraschte Hapu zu sehen, wie stark und muskulös die kleinen Männer waren. Sie schoben die schweren Steine sichtlich mit sehr wenig Anstrengung.

Hapu verbarg sich hinter einer Säule, Unschlüssigkeit quälte ihn. Was sollte er tun? Sein Traum hatte sich als wahr erwiesen, aber ein anderer als er bemächtigte sich des heiligen Kristalls. Warum war Echnaton zu ihm gekommen und hatte ihn an diesen Ort geführt, wenn er nicht wollte, daß er das Ei an sich nahm? Was bedeutete Nezem-muts Heimlichtuerei? Würde Echnaton es mißbilligen, wenn sie es fände? Sollte er sich bemerkbar machen, die Männer niederschlagen und das Ei an sich nehmen? Wenn er das Ei besäße, was würde er damit tun? Echnaton hatte seine Zerstörung befohlen und als schweifendes Ka ihn dann aufgefordert, es zu finden. Aber er hatte ihm nicht gesagt, warum! Er hatte ihm nicht gesagt, was er tun sollte.

Hapu war sicher, daß Echnaton beabsichtigt hatte, es zu vernichten. Vielleicht hatte Echnaton gespürt, daß wegen dieses mächtigen Brennpunktes der alten Religion, der immer noch existierte – sogar im Mittelpunkt des Atonkultes existierte, in Echnatons eigenem Haus nämlich –, die Religion des Aton unterwandert und zerstört worden war. Das heilige Ei von Yunu mußte in Stücke geschlagen werden, wie Echnaton ursprünglich befohlen hatte, das empfand er nun deutlich, und er, der letzte treue Atonpriester, war deswegen damit beauftragt worden, es zu finden – und er hatte es tatsächlich gefunden.

Die zwei Männer hatten eine Lampe entzündet, die sie ebenfalls aus der Kiste geholt hatten, und waren in dem Loch, das sie gemacht hatten, verschwunden. Hapu wartete eine Weile, wagte sich dann vor und spähte über den Rand. Zunächst konnte er außer den ersten Stufen und völliger Finsternis dahinter nichts erkennen, doch dann sah er das Flackern eines schwachen Lichtes. Die Lampe wurde einen Seitengang entlang getragen und das Licht wurde von der Wand an diesem Ende zurückgeworfen.

Hapu ergriff die schwere bronzene Brechstange, die die Männer zurückgelassen hatten, und stieg mit pochendem Herzen und ohne weiter zu überlegen die Treppe hinunter. Sie war viel enger und steiler als er sie aus seinem Traum in Erinnerung hatte. Unten angekommen, hörte er ein seltsames Geräusch. Die Männer sprachen miteinander, und der Klang ihrer Stimmen kam als ein hohles, wortloses Rumpeln bei ihm an. Das Verlangen, das Ei zu erreichen und zu zerstören, bevor es fortgetragen würde, beflügelte ihn. Er glaubte nun, daß dessen Zerstörung Amun-Ra von seinem Podest stürzen und das reine, klare Licht des Aton wiederbringen würde. Er glaubte, er habe die von Echnatons Ka aufgetragene heilige Pflicht, diese Tat auszuführen.

Er eilte den Gang hinunter auf die Geräusche und den flackernden, schwachen Lampenschein zu.

Er gelangte zum Eingang der Kammer, in der die beiden Männer waren, und schaute hinein. Das große Kristallei stand auf dem schwarzen Sockel, wie er es gesehen hatte, aber es war viel kleiner als in seiner Erinnerung und erglühte auch nicht in grünem Licht. Das einzige Licht in der Kammer kam von der tönernen Lampe, die in einer Ecke auf dem Boden stand.

Die Männer hatten die Kiste geöffnet und zogen eine langes Stück fein gewebten Leinens hervor, zweifellos um das heilige Ei darin einzuwickeln, damit es nicht zerbrach, wenn sie es die Stufen hinauftrugen. Sie blickten erschreckt auf, als er drohend in der Tür erschien.

»Halt!« befahl er und hob seine Hand. Er hatte sich noch nie so stark gefühlt. Er überragte die kleinen Männer in der Kammer. Die schwere metallene Brechstange hielt er in seiner rechten Hand.

Für einen Augenblick schien die Zeit stillzustehen. Nichts bewegte sich. Sogar die Flamme der Lampe brannte bewegungslos und stetig.

Der ältere der beiden Männer unterbrach als erster die Sinnestäuschung und sprach.

»Wer wagt es, so zu den Angehörigen des Königshauses zu sprechen?«

»Ich spreche mit der Autorität des Aton, der lebendigen Sonne.«

Der Mann schürzte die Lippen.

»Geh beiseite im Namen von Amun-Ra. Du behinderst die Arbeit, die von dem Gott selbst befohlen wurde.«

»Von der Herrin Nezem-mut!« verbesserte ihn Hapu verächtlich.

Die Männer schauten einander kurz an, bewegten sich dann zu beiden Seiten des Sockels vor und beobachteten Hapu wie eine Katze die Maus.

Dieser machte einen Schritt und schob den einen mit herrischer Geste zur Seite. Er hatte nicht beabsichtigt, den Zwerg zu verletzen, doch dieser flog durch die Kammer und landete mit einem Aufschrei an der gegenüberliegenden Wand.

Hapu hielt kaum inne. Eifer erfüllte ihn. Er nahm die große Schönheit des Eies nicht wahr, gedachte nicht der alten Weisheit, die es darstellte. Er erblickte nur den Feind in ihm. Generationen würden ihn dafür segnen! Sein Pharao und sein Gott würden zu ihm kommen und ihn mit Lohn überhäufen! Die verhaßte Macht des Amun-Ra wäre für immer zerstört!

Und dann, als er in den Kristall blickte, schien dieser wie grünes Feuer zu lodern und riesengroß zu werden. Er erfüllte die Kammer mit blendendem Licht. Hapu bedeckte die Augen mit einer Hand und schlug mit der anderen blindlings um sich.

In diesem Augenblick warf sich der zweite Zwerg an seine Beine und zog ihn zu Boden, während der andere seinen Kopf mit Füßen trat. So plötzlich, wie es erschienen war, verschwand das Licht wieder, und er war nicht mehr der übermenschliche Rächer, der einem übernatürlichen Feind entgegentrat, sondern ein schmächtiger junger Mann, der auf dem staubigen Boden liegend mit verblüffender Grausamkeit getreten und geschlagen wurde. Er hieb mit seiner Brechstange, traf seine Angreifer aber nicht. In seiner Lage auf dem Boden war das Gewicht der Waffe von Nachteil, und sie fiel im bald aus der Hand, während er Gesicht und Kopf vor den unbarmherzigen Schlägen zu schützen versuchte. Kein Wort wurde gesprochen. Mit stillem Geschick und außergewöhnlicher Stärke beförderten ihn die Vertrauten Nezem-muts schnell in die Bewußtlosigkeit.

Echnatons Gesicht erschien ihm undeutlich aus den Schatten hinter ihnen, als er in die Finsternis stürzte. Jener schien traurig auf ihn herunterzuschauen. Er hatte versagt, und niemand wußte, welches Unglück dieser mächtige Kultgegenstand in Nezem-muts Besitz heraufbeschwören würde.

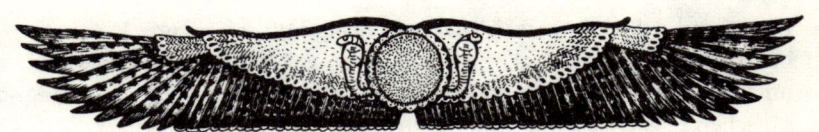

Das Geheimnis

Als Hapu wieder zu sich kam, dachte er, er sei von den Schlägen ins Gesicht blind geworden. Geraume Zeit lag er in völliger Dunkelheit und spürte nur das Pochen in seinem Schädel und ein wachsendes Entsetzen in seinem Herzen. Nie wieder sehen zu können! Er hatte die Gabe des Sehens für so selbstverständlich gehalten! Er hatte wohl blinde Menschen gesehen, aber sich nie ausgemalt, wie finster die Dunkelheit ist, in der sie leben. Und als er sich dann erinnerte, wo er sich befand, überfiel ihn eine weitere Angst. Wenn nun die zwei Männer den Treppenaufgang wieder versiegelt hatten? Er würde hier sterben, langsam und qualvoll, lebendig begraben.

Er begann unbeherrscht zu zittern. Warum hatte Echnaton ihn zu diesem entsetzlichen Ende geführt? Warum hatte er ihm nicht geholfen, die beiden Zwerge zu überwältigen und das heilige Ei zu zerstören? Warum? Warum? Warum? Er fragte sich, ob die Gestalt in seinem Traum vielleicht gar nicht von Echnaton geschickt worden war, sondern von einem boshaften Ka in der Absicht, ihn zu vernichten. Echnaton hatte immer warnend darauf hingewiesen, daß es im Umgang mit den weltlichen Dingen viel Erfahrung erfordert, Gut und Böse zu unterscheiden, und noch viel mehr im Umgang mit den dunklen Wesen des Jenseits, so daß es am besten sei, den Kontakt überhaupt zu meiden. Er bot sich selbst und Nofretete als einziges Werkzeug an, durch welche das Übernatürliche sich der irdischen Welt mitteilen konnte. Er glaubte, nur sie selbst hätten die Kraft und die Weisheit, diese Aufgabe richtig auszuführen.

Aber so einfach war das nicht, dachte Hapu. Ob man es wollte oder nicht, ob man es zu vermeiden suchte oder nicht, man hatte Kontakt; das ganze Leben spielte inmitten einer Vielzahl sichtbarer und unsichtbarer Wesen, innerhalb und außerhalb des Körpers. Man wurde von jeder

Ebene und jedem Bereich des Daseins beeinflußt, ob man sich dessen bewußt war oder nicht. Auf lange Sicht ist es gewiß sicherer, bewußt und wachsam zu sein und sowohl auf der übernatürlichen als auch der irdischen Ebene das Gute vom Bösen unterscheiden zu lernen.

Diese Gedanken halfen Hapu, sich zu sammeln. Die natürliche Welt war nicht das einzige im Leben. Falls seine Augen nicht mehr sehen konnten, hätte er noch seine anderen Sinne. Wenn er überleben wollte, und nicht nur überleben, sondern die vielen aufregenden Bereiche des Daseins durchschreiten, durfte er sich nicht der Verzweiflung überlassen.

Er kam mühsam auf die Beine und tastete mit den Händen um sich. Die Wände waren uneben, der Sockel in der Mitte stand noch, doch die Mulde, die das große Kristallei enthalten hatte, war leer. Er arbeitete sich die Wände entlang bis er den Eingang fand und ging tastend den Weg durch den Gang zurück.

Was würde Nezem-mut mit dem heiligen Ei tun? Hapu dachte an die Quelle des Lichtes und der Macht, die er in ihm entdeckt hatte. Er wußte, daß Gegenstände, die über lange Zeit in einer bestimmten Weise benutzt worden waren, bestimmte »Neigungen« annehmen, gleichgültig, was ihre ursprüngliche Natur gewesen war. Ein Kultgegenstand, der die Atmosphäre eines Tempels in sich aufgenommen hat, in dem unaufhörlich Hymnen und Gebete ertönen, mag noch lange danach in der gleichen Weise widerhallen, auch wenn er nicht mehr von den Ritualen umgeben ist. Und nicht nur das – kultische Statuen und symbolische Dinge, die in einem mächtigen religiösen Zusammenhang stehen, werden oft von den großen Geistwesen des Jenseits, den »Göttern« benutzt, wenn sie sich körperlich bemerkbar machen müssen. Das Kristallei mag ursprünglich lediglich ein aus der Erde gebrochener Kristall gewesen sein. Doch nachdem dieser in der Werkstatt des Tempels des Ra umgeformt worden war, um das kosmische Ei, aus dem uranfänglich alles Leben kam, und die immerwährende Wiedergeburt und Erneuerung des goldenen Phönix des Lebens darzustellen, wurde mehr daraus. In den Gedanken der Menschen erhielt es Macht. Seine eigene Energie steigerte sich und wuchs durch die Kraft der Gedanken von jenen, die an das glaubten, was es darstellte. Auf diese Weise konnte es zu einer geeigneten Wohnstatt für ein körperloses Wesen werden; eine geistige Macht konnte es in Besitz nehmen wie ein Einsiedlerkrebs eine verlassene Muschel.

Und so kann es viel Gutes bewirken – oder Schaden anrichten. Offensichtlich glaubte Echnaton, daß es schädlich war. Wenn es wirklich Echnaton gewesen war, der Hapu aufgetragen hatte das Ei zu finden, war seine Aufgabe noch nicht erfüllt. Blind oder nicht, er mußte seinen Auftrag zu Ende führen. Entschlossener und mutiger als zuvor, schritt er nun vorwärts. Jetzt wagte er, die Wände loszulassen. Er ging ohne Stolpern, und zu seiner unbeschreiblichen Freude wurde die Finsternis heller. Der Treppenaufgang war nicht verschlossen und er war nicht blind!

Nezem-mut war ganz aufgeregt, als ihre beiden treuen Gefährten ihr das Geschenk brachten. Mit keinem Wort erwähnten sie die Begegnung mit Hapu und ihre wilde Prügelei. Sie waren überzeugt, er sei tot, und erwarteten keine weiteren Probleme von ihm.

Nezem-mut zweifelte nicht, daß sie ihnen trauen konnte, aber nichtsdestotrotz ließ sie die beiden den Schwur wiederholen, weder zu verraten, was sie in der Stadt des Horizontes der Sonne gesucht, noch was sie gefunden hatten. Und sie selbst wiederholte den Fluch, den sie für den Fall gesprochen hatte, daß die beiden sie betrögen. Feuer würde sie innerlich zerstören. Feuer würde sie töten, und ihre Namen würden aus der Geschichte getilgt. Sie würden weder das Antlitz des Osiris erblicken noch im Riedgrasfeld wandeln.

Sie hatte nicht die Absicht, jetzt schon öffentlich bekanntzugeben, daß sie den heiligen Gegenstand besaß. Ein Gefühl hatte sie suchen lassen, und ein Gefühl ließ sie jetzt schweigen. Eine Zeit würde kommen, wenn die Enthüllung des Geheimnisses zu ihrem Nutzen wäre, und bis dahin würde sie es für sich behalten.

Anchesenamun bemerkte das veränderte Verhalten ihrer Tante und wunderte sich darüber. Nezem-mut schien Anchesenamuns Blick ungern zu begegnen und senkte ihre Augen, wenn sie zusammen waren. Sie schien ihrer Nichte sogar auszuweichen, soweit es möglich war, und verbrachte fast die ganze Zeit zurückgezogen in ihren Gemächern. Nezem-mut wußte wohl, daß es beinahe unmöglich war, etwas vor der Königin zu verheimlichen, aber sie wußte auch, wie wichtig der Versuch diesmal war.

Anchesenamun wartete sehnsüchtig darauf, von Hapu zu hören. Sie fragte sich, ob die Veränderung in Nezem-muts Verhalten etwas mit dem heiligen Ei zu tun hatte. Sie befand sich in einer unangenehmen Lage. Obgleich ihre und Tutenchamuns Stellung als König und Königin jetzt gefestigt war und jene, die die Fäden in der Hand hielten, ihnen mehr Freiheit als zuvor einräumten, wußte sie doch, daß sie kaum jemals unbeobachtet war. Sie konnte nicht einfach selbst nach Achetaton reisen, so gern sie es auch getan hätte.

Sie konnte nur warten und beobachten, wie sie es immer getan hatte.

Sie hatte bemerkt, daß Nezem-muts enge Vertraute, die Zwerge, einige Tage aus Per-Hay fort gewesen waren; doch man hatte ihr berichtet, sie seien in einem Boot von Waset gen Süden gefahren – nicht nach Norden Richtung Achetaton. Ihre Spione hatten nicht beobachtet, wie die beiden Zwerge stromaufwärts die Boote gewechselt hatten, und warteten immer noch auf deren Rückkehr von Süden, als sie schon längst mit ihrer kostbaren Ladung aus dem Norden zurückgekehrt waren.

Schließlich tauchte Hapu auf.

»Ein Gärtner beteuert, du hättest nach ihm geschickt, Herrin«, verkündete einer der Hofbediensteten, Pa-nab, mit deutlichem Mißfallen. »Es ist noch nicht einmal der Obergärtner, aber … «

»Das macht nichts«, unterbrach sie ihn. »Ich habe nach ihm geschickt. Bringe ihn sofort zu mir.«

Sie lag auf einer Liege in ihrer Gartenlaube. Ihr Kind sollte bald kommen, und sie fühlte sich sehr müde und erhitzt. Sie entließ die beiden Frauen, die ihr zufächelten, doch wandte sie ihm nicht den Kopf zu.

Sie horchte auf den Tritt der Sandalen des Dieners auf dem Alabasterpfad und auf sein unzufriedenes Seufzen und Murmeln. Hapus Schritte konnte sie nicht hören, doch sie vernahm, wie er ermahnt wurde, sich ihrer königlichen Hoheit mit gehöriger Achtung zu nähern.

»Auf die Knie«, zischte der dienstfreie kleine Mann. »Krieche auf deinem Bauch!«

Daraufhin drehte sie sich um und erblickte Hapu, dessen eines Auge zugeschwollen war. Schnitte und Schürfungen bedeckten Kinn und Wangen. Es war augenscheinlich schmerzhaft, auf solchen geschwollenen Knien zu hocken, doch er wollte gerade gehorchen, als der Beamte ihn ungeduldig zu Boden stieß. Sie sah Hapu zusammenzucken.

»Es ist genug«, sagte sie kühl zu Pa-nab. »Ich wünsche diesen Mann vertraulich zu befragen. Geh und sorge dafür, daß wir nicht gestört werden.«

Mit einem letzten verstimmten Blick auf den gewöhnlichen Untertan, der vor der Königin kauerte, zog Pa-nab sich zurück.

»Ich kümmere mich um die Wachen … «

»Nein. Ich brauche keine Wachen. Was kann dieses arme Geschöpf ausrichten?« Sie wies geringschätzig auf den mageren und geschundenen Körper vor ihr.

»Er könnte… «

»Nein. Könnte er nicht. Verlasse uns!« Wenn Anchesenamun gebieterisch sein wollte, gab es niemanden, der sie darin übertraf. Ihre Stimme war wie ein Peitschenhieb.

Sobald der Diener außer Sichtweite war, wurden ihre Miene und ihre Stimme sanfter.

»Erhebe dich, Hapu, Priester des Aton, Sohn eines vornehmen Vaters. Was hast du mir zu erzählen?«

Langsam und mühsam kam er auf die Beine.

»Das Ei … «

Schnell legte sie einen Finger auf ihre Lippen.

»Vorsicht«, sagte sie. »Sprich so, daß nur ich es verstehen kann. In diesem Palast würde es mich nicht überraschen, wenn sogar die Blumen Ohren hätten.« Sie lächelte schief und bedeutete ihm, näher zu treten.

Er errötete, beschämt über seine Ungeschicklichkeit. Es überwältigte ihn, einer so schönen und mächtigen Frau so nahe zu sein. Er roch ihren Duft. Er sah das Heben und Senken ihrer Brust und die Juwelen, die in sechs langen Ketten darüber lagen.

Er brachte kein Wort heraus.

Sie wartete geduldig und schlug dann einen strengeren Ton an.

»Sprich!«

Er hob seine Hände, als wüßte er nicht, wo er mit dem Bericht der Ereignisse beginnen sollte.

»Ist es entwendet worden?«

Er nickte stumm und unglücklich.

Beunruhigt biß sie sich auf die Lippen.

»Von der Dame, über die wir gesprochen haben?«

Er nickte und sagte etwas mit so leiser Stimme, daß sie es kaum verstand.

»Doch nicht von ihren Zwergen?« rief sie in der plötzlichen Erkenntnis, daß man sie und ihre Spione wohl hinters Licht geführt hatte.

Er nickte beschämt. Wer hätte ahnen können, daß sie so listig und so stark waren? Er hatte immer geglaubt, Nezem-mut hielte sie als Spielzeug, weil sie keine eigenen Kinder hatte. Er erinnerte sich an die Augen der Zwerge, wie sie ihn ansahen. Das waren keine Spielzeugaugen. Auch keine Kinderaugen!

Er erstattete der Königin Bericht, so gut er konnte. Ihr schneller Verstand schloß die Lücken. So! Nezem-mut besaß das heilige Ei und hatte es noch nicht verraten! Was hatte sie damit vor?

Anchesenamun war so mit ihren Gedanken beschäftigt, daß sie Hapus unbeholfene Worte kaum vernahm, mit denen er ihr und ihrem Vater ewige Treue gelobte. Sie hörte sein Gelöbnis, das Ei zu suchen und zu zerstören, doch sie nahm es nicht ernst.

Ihr Vater wollte das Ei vernichten, das wußte sie sicher, aber es verwirrte sie, daß Nezem-mut seinen Besitz geheim hielt. Was erhoffte sie sich davon? Und wenn sie, Anchesenamun, es besäße, wäre sie in der Lage, einen entscheidenden Vorteil daraus zu gewinnen?

Es bedeutete so viel für die Verehrung des Ra – und war deshalb auch so wichtig für Amun, der mit Ra im Gott Amun-Ra vereint ist –, daß Haremhab in seinem Wiederauftauchen sicher ein Zeichen sehen würde, daß die Götter, die Echnaton vertrieben hatte, mit ganzer Macht zurückgekehrt seien. Unzweifelhaft böte seine Wiedereinsetzung unter dem Deckmantel der Feierlichkeiten Gelegenheit für eine große Bekehrungswelle. Sie wäre nicht überrascht, wenn das Ei in den Tempel des Amun-Ra in Ipet-Esut gelangte, anstatt in den Tempel des Ra in Yunu zurückzukehren. Man würde es benutzen, um die Amunpriester mächtiger als die Priester des Ra zu machen. Der magische, wunderwirkende Kristall, der seit Urzeiten mit Kraft und Macht erfüllt ist, würde Teil von Amuns Schatz und dessen Stellung bestärken.

Wenn sie das Ei besäße, wenn sie es wieder an seinen Platz in der Welt setzen könnte, würde sie sicherstellen, daß es nach Yunu zurückkäme. Sie würde dafür sorgen, daß es die Anbetung der Sonne bestärkte und die Priesterschaft des Ra gegen die wachsende Überheblichkeit der Amunpriester wappnete. Wie schnell doch die Männer, die ihr Vater verstoßen hatte, wieder an der Macht waren. Sie kamen aus ihren Verstecken gekrochen wie Asseln, wenn man ein Holzstück anhebt. Einige waren von Haremhab nach dem Blutbad hingerichtet worden, einige von ihrem Vater, als er alle anderen Götter entfernt hatte. Doch viele waren untergetaucht und kehrten nun zurück. Schon jetzt forderten sie mehr, als der König ihnen geben sollte. Tutenchamun war zwar nicht mehr der unreife Knabe, der einst den Thron bestiegen hatte, dennoch war er einigen dieser Männer noch immer nicht gewachsen. Er gewährte ihnen zu viel Land, viel zu viele Vorteile und Reichtümer aus viel zu geringem Anlaß. Er nahm es jetzt übel, daß man ihm Befehle gab, und er ließ sich nicht mehr so einfach herumstoßen wie damals, als er auf den Thron kam. Aber im großen und ganzen war er ein leichtfertiger, junger Mann, der lieber jagte und segelte als seine Zeit mit Ratschlüssen und Politik zu verbringen.

Haremhabs Wahl von Zais als Hohepriester des Amun-Ra, zum Beispiel, wurde von ihm nicht in Frage gestellt, auch wenn ihr keinerlei religiöse Bedeutung zugrunde lag. Zais war ein Mann, der sich als energischer und tüchtiger Eintreiber von Abgaben und Steuern erwiesen hatte, auch war er ein guter Organisator und Verwalter. Ein solcher Mann war nötig, um die riesigen Besitztümer zu verwalten, die Amun-Ra von der Krone erhalten hatte, um die vielen Tausend Priester im ganzen

Land zu überwachen und um die Arbeit des Volkes und die Beschaffung des Materials zu beaufsichtigen, das für das enorme Tempelbauvorhaben gebraucht wurde, welches Haremhab ins Auge faßte. Als Priester mußte er in der Lage sein, einige hundert rituelle Texte auswendig aufzusagen, aber die meisten hatte er während seiner früheren Übungen als Schreiber gelernt; denn um in irgendeine verantwortliche Stellung in den Zwei Ländern aufzusteigen, war es unerläßlich, zunächst als Schreiber ausgebildet zu werden und eine lange Zeit im Haus des Lebens mit dem Abschreiben von Texten zu verbringen. Haremhab hatte bei demselben Meisterschreiber wie Zais gelernt, und über diese Verbindung hatte er dessen Fähigkeiten bemerkt.

Der König hatte das Hoheitsrecht, Beamte und Priester zu ernennen, aber bei Tutenchamun wurden die Ernennungen im Grunde von Haremhab oder Eje vorgenommen. Der junge König besiegelte sie, ohne zu fragen, oftmals erleichtert, daß die Entscheidung für ihn getroffen wurde.

Nur Anchesenamun hatte Zais Ernennung widersprochen. Sie behauptete, er habe hinterhältige Augen und man könne ihm nicht trauen. Doch in seiner Vergangenheit fand sich kein Anlaß, der ihre Anschuldigung bestätigte, und Haremhab überging entschlossen ihren Einwand. Tutenchamun zögerte einen Augenblick und setzte dann erst sein Siegel darunter. Und so nahm Zais, ein Steuereintreiber und Sohn eines Steuereintreibers, seinen Platz unter den mächtigsten Männern Khemets an der Spitze eines religiösen Kultes ein, von dem Haremhab hoffte, er würde wieder der bedeutendste im Lande. Sein herrschaftliches Haus wetteiferte mit dem Palast des Königs, es hatte Empfangshallen und Innenhöfe und mehrere großartige Gärten, die terrassenartig zum Flußufer abfielen. Wie der König hatte er sogar einen privaten Kai, an dem seine eigenen Schiffe an- und ablegen konnten.

Als der Hohepriester des Ra in Yunu ernannt werden sollte, überließ Haremhab die Entscheidung dem König und der Königin, denn er wußte, sie würden einen Mann wählen, den sie mochten; einen Mann, der für seine unweltliche und religiöse Hingabe bekannt war und dem hartnäckigen und listigem Zais nicht gewachsen sein würde. Sie erwählten, genau wie Haremhab erwartet hatte, Ra-mes, einen Mann, der zu jung für diese Aufgabe war, aber ein feines Verständnis für die mystischen Hintergründe jenseits des strengen Lehrbuches des Kultes hatte.

Ich bin Ra. Ich ziehe vorüber – und bin vollendet.
Ich gehöre zu der Flamme, welche die Seele des Feuers ist.

Er bildete sich nicht ein, daß die Worte buchstäblich bedeuteten, was sie sagten, und konnte sich einen Gutteil des Tages damit auseinandersetzen. Anchesenamun wurde nicht müde ihm zu lauschen, auch wenn sie bemerkte, daß weltliche Dinge nicht seine Stärke waren.

Als Zais höchster Prophet des Amun-Ra wurde, war eine seiner ersten Amtshandlungen, die Anzahl der Ländereien, die dem Gott gehörten, zu vermehren und die Steuern zu erhöhen, die jeder, der auf diesen Ländereien lebte, an den Gott – das heißt, an ihn – zu zahlen hatte. Reichtum strömte in die Truhen des Amuntempels. Der Groll der Bauern wuchs, als immer mehr ihrer schwer erwirtschafteten Erzeugnisse dahinschwanden, um die schnell wachsende Anzahl von Priestern zu versorgen, während immer weniger für sie selbst übrigblieb. Ra-mes hingegen richtete in jedem Tempel, der unter seiner Gerichtsbarkeit stand, ein Gesundheitszentrum ein; und seine Priester lebten nicht verschwenderischer als die Bauern, die in den Bezirken des Ra arbeiteten.

Zais war häufig bei Hofe, oft in Begleitung Haremhabs, und immer wieder verkündete er Orakelsprüche, die irgendwie zu seinem Vorteil waren. Anchesenamun wurde seines breiten, unterwürfigen Lächelns überdrüssig, auch seiner überlegenen Blicke, die er einem Kollegen oder Haremhab zuwarf, wenn sie oder Tutenchamun etwas sagten, was ihn augenscheinlich belustigte. Sie hatte den Eindruck, daß man sie und den Pharao, wenn sie ihr gottgegebenes Recht zu regieren ausüben wollten, ihren Willen ließ wie lästigen Kindern

Die Orakel des Ra jedoch waren an die Tempel selbst gebunden. Sie waren eine Angelegenheit zwischen dem Bittsteller und dem Priester, der die Antwort auf die Frage weissagte – und die Priester des Ra befaßten sich mit jedem noch so geringen Problem. Wenn Ra-mes an den Hof kam, waren so manches gute und belebende Gespräch und einige vergnügliche und anregende Stunden gewiß.

Anchesenamun glaubte nun, wenn sie irgendwie in den Besitz des heiligen Eis des Ra gelangte, könnte sie damit die Stellung der Priester des Ra stärken. Wenn sie die Anbetung des Aton hätte wiederherstellen können, hätte sie das lieber getan, aber sie war ein Mensch der Tatsachen und wußte, daß dieser Traum verloren war. Das nächstbeste wäre, dafür zu sorgen, daß keine Priesterschaft je wieder so stark würde wie die Priester des Amun vor den Neuordnungen durch ihren Vater. Das uralte Gleichgewicht mußte erhalten werden. Ihr Land brauchte all seine Götter, ein jeder mußte seine besondere und einzigartige Rolle spielen. Man durfte Amun nie wieder gestatten, an oberster Stelle zu herrschen!

In einer Kammer Nezem-muts stand eine große silberne Schale, die, mit Wasser gefüllt, oft zum Wahrsagen benutzt wurde. Das kristallene Ei paßte genau hinein, als sei es dafür geschaffen; beide zusammen wurden fest in sieben Lagen feines Nesseltuch gewickelt und zurück in die Kiste gelegt, in der die Zwerge das Ei von Achetaton hergebracht hatten. Die eigentlich unscheinbare Kiste wurde auf einen Tisch aus Ebenholz und Elfenbein gestellt. Dann ritzte Nezem-mut die Worte eines fürchterlichen Zauberspruches auf den Deckel – sie verkündeten, jeder, der den Deckel ohne Erlaubnis der Herrin Nezem-mut öffnete, würde von dem Apep-Ungeheuer verschlungen und hörte auf zu sein. Auf die Seitenwände der Kisten ritzte sie mehrere fremdartige Zeichen, die nicht einmal sie selbst lesen konnte, die sie aber einst auf einem Tempel-gegenstand gesehen hatte. Man hatte ihr erzählt, seien diese Zeichen erst angebracht, könne niemand den Gegenstand, den sie schützten, sehen. Sie war nicht sicher, ob das bedeutete, der Eindringling werde mit Blindheit geschlagen oder der Gegenstand verschwände buchstäb-lich, dennoch entschloß sie sich, die Zeichen zu verwenden. Sie konnte allerdings die Kiste noch sehen, als die magischen Zeichen angebracht waren, doch das schob sie auf die Tatsache, daß sie die Eigentümerin war und daher die schützende Magie nicht für sie galt.

Die einzigen Menschen, die die Kammer betreten durften, waren die beiden Zwerge, Heh und Ipi, und auch nur, wenn sie selbst anwesend war. Ihre Frauen und die persönlichen Diener waren zwar neugierig, aber trauten sich nicht hinein. Sie hatten sich an die Geheimnisse ihrer Herrin gewöhnt und wußten aus Erfahrung, wie schnell und erbar-mungslos ihre Bestrafung war, wenn sie nicht gehorchten. Das Ei war für Nezem-mut der Schlüssel zu Haremhabs Anerkennung, und sie konnte an nichts anderes denken, als es dafür in der wirkungsvollsten Weise einzusetzen.

Die kleine Kammer, in der es sich befand, war verschlossen, und sie wagte sich selbst kaum in ihre Nähe. Aus einem inneren Antrieb behan-delte sie das Ei mit außergewöhnlicher Vorsicht, obgleich sie, genau wie Haremhab, nicht geneigt war, religiöse Ehrfurcht zu empfinden. Das führte dazu, daß sie die Götter und alles, was damit zusammenhing, mehr als Annehmlichkeit betrachtete denn als etwas Unbegreifliches jenseits des Verstandes. Man bat die Götter um ihre Gunst und man erhielt sie. Nezem-mut glaubte an die Götter, aber nicht wirklich. Sie sprach über sie, betete zu ihnen, opferte und gehorchte ihnen, aber es würde sie sehr überraschen, wenn die Götter sich ihr tatsächlich zeigten oder ein Wunder bewirkten, das sie nicht anders erklären könnte.

Gleichwohl war das Kristallei des Ra ein berühmter und wertvoller Gegenstand, der einen Hauch uralter Mysterien und geheimer Riten ausströmte. Sie war neugierig, es zu betrachten. Als die Zwerge es ihr gebracht hatten, war sie so ängstlich darauf bedacht gewesen, einen sicheren Platz dafür zu finden, daß sie es kaum angeschaut hatte.

Jetzt, nach einigen Tagen, entschloß sie sich, es zu untersuchen. Schnell genug würde es wieder fort sein, und wahrscheinlich hätte sie dann keine Gelegenheit mehr, es zu betrachten. Heilige Gegenstände wurden tief in den unzugänglichsten Bereichen des Tempels verborgen, und nur die höchsten Priester und der Pharao selbst durften sie sehen. Haremhab hielt sich im Norden auf und würde erst nach Waset zurückkommen, wenn die Überschwemmung nachgelassen hätte. Im Augenblick konnte sie ihren Plan nicht weiter verfolgen, sondern nur den Kristall beschützen.

Sorgsam entriegelte sie die Kiste und flüsterte den Gegenzauber zu dem Spruch, nur für den Fall … Sie entfernte eine Hülle nach der anderen. »Wie ein einbalsamierter Leichnahm, der auf seine Wiederauferstehung wartet«, dachte sie.

Endlich kam sie zu dem Ei aus Kristall, das in seiner Silberschale ruhte. Seine Schönheit rührte sie an, als der Kristall das durch das Fenster hereinfallende Sonnenlicht einfing; zuerst war er klar, und als sie ihn zum Licht drehte, erschienen Flecken von noch tieferem Grün. Lichtspiegelungen der Silberschale beleuchteten winzige Risse und Flächen im Innern des Steins und erzeugten ein schimmerndes Netz aus grünem und silbernem Licht. Sie lehnte sich vor, um einen Schatten zu erkennen, den sie gesehen zu haben glaubte, doch er verschwand sogleich. Sie hatte das seltsame Gefühl, selbst in den Kristall hineinzugehen. Das Netz nahm sie auf, und sie trieb schwerelos in einem glitzernden Meer aus Licht. Ihr war, als würde sie ertrinken und empfand doch keine Angst …

In diesem Augenblick erregte ein Geräusch aus der irdischen Welt ihre Aufmerksamkeit, und sie stürzte in ihr gewöhnliches Bewußtsein zurück. Höchst erstaunt betrachtete sie das grüne kristallene Ei. Sie ärgerte sich, daß das schöne Gefühl vorüber war, und versuchte angestrengt, es wiederzufinden. Aber es wollte sich nicht wieder einstellen.

Das geschah lange bevor Anchesenamun sicher wußte, wo sich der kostbare Kristall befand. Sie war in einer verzwickten Lage. Die Schwester ihrer Mutter war, trotz ihrer Geheimnisse und Überspanntheiten, der tragisch geschrumpften Familie eng verbunden. Sie war ein fester Bestandteil von Anchesenamuns Kindheit gewesen. Obgleich Anchesenamun sich in den letzten Jahren der Regentschaft ihrer Eltern von allen anderen losgelöst betrachtet und die Ereignisse beobachtet hatte, als ob sie sie nicht beträfen, hatte sie nun, da diese Menschen fort und die Ereignisse vorüber waren, Sehnsucht nach ihnen. Tutenchamun war so jung gewesen. Und so beschäftigt. Anchesenamun hatte das Gefühl, nur noch Nezem-mut sei übrig, um an die guten Zeiten zurückzudenken, bevor alles falsch gelaufen war. Nur Nezem-mut erinnerte sich noch an die vertrauten Einzelheiten der goldenen Jahre Achetatons. Eigentlich hatte sie Nezem-mut sogar öfter gesehen als Nofretete. Sie war immer da gewesen, wenn man sie brauchte. Keine Mutter konnte zu ihren Töchtern hingebungsvoller sein als Nezem-mut zu ihren Nichten. Die arme Meritaton hatte so an das Gute in jedem Menschen geglaubt, daß sie wohl kaum so lange überlebt hätte, hätte nicht Nezem-mut sie zum Trost in ihre Arme genommen, wenn Enttäuschung und Verzweiflung sie beinah umgebracht hatten.

Tränen füllten ihre Augen, als Anchesenamun an Meritaton dachte. Sie hatte ihre Schwester mehr als jeden anderen geliebt, sogar mehr als ihre Mutter und ihren Vater. Meritaton hatte nie jemandem etwas Böses zugefügt. Warum wurde ausgerechnet sie von dem tobenden Mob zu Tode geprügelt? Anchesenamun wäre lieber selbst das Opfer gewesen. Ihr Tod hätte keinen Verlust für die Welt bedeutet!

Anchesenamun erhob sich und durchmaß den Raum. Sie mußte aufhören, daran zu denken, wie Meritaton gestorben war. Immer, wenn ihr jenes Ereignis in den Sinn kam, erfüllte sie ein solcher Zorn und Haß, daß sie ihn kaum zurückhalten konnte.

Sie zwang ihre Gedanken zu Nezem-mut und dem grünen Phönix-Ei von Yunu zurück. Doch unter dem Einfluß der Gedanken an Meritatons Tod wichen ihre edlen Absichten, mit Hilfe des symbolischen Gegenstandes die beiden Hauptkulte des Landes im Gleichgewicht zu halten, und sie überlegte, wie man es zur Rache an den Amunpriestern benutzen könnte, die ihre sanfte Schwester auf dem Gewissen hatten hatten.

Nezem-mut mußte ihre Gründe haben, den Kristall zu suchen – und versteckt zu halten, sobald sie ihn besaß, ebenso wie jene, die ihn ursprünglich im Palast in Achetaton verborgen hatten. Anchesenamun wollte sich Nezem-mut nicht zur Feindin machen, indem sie ihn gewaltsam an sich nahm, doch glaubte sie, ihrer Tante würde ihn zum Wohl der Amunpriester einsetzen.

Anchesenamun suchte ihre Tante auf; sie rauschte unangemeldet in ihre Gemächer, überraschte die beiden Zwerge bei einem Brettspiel und Nezem-mut beim Kämmen eines Schoßäffchens. Die Zwerge sprangen sofort auf ihre Füße und verbeugten sich. Der Affe schnatterte und hüpfte aus den Armen seiner Herrin auf den Schminktisch und zerbrach dabei kleine, zarte Flaschen und verschüttete kostbare Öle und Salben.

»Was führt dich her, Nichte?« fragte Nezem-mut ein wenig scharf, ärgerlich über die Störung.

»Ich bitte um Entschuldigung, Tante«, erwiderte Anchesenamun schnell. »Ich fühlte mich unruhig. Ich wollte Gesellschaft.«

Nezem-mut schaute sie streng an. Sie wußte, warum sie gekommen war. »Sie hoffte, mich mit dem großen Ei zu erwischen«, dachte sie grimmig. »Aber niemand erwischt Nezem-mut!«

»He, Ipi!« sagte sie und klatschte in die Hände. »Bring dieses Geschöpf hinaus!« Sie deutete auf den Affen, der jetzt zwischen Stuhl und Tisch hin und her hüpfte und laut und aufgeregt schnatterte. »Bitte Hatnufe, kühle Getränke zu bringen, und dann laß uns allein. Die Königin und ich wollen ungestört sein.«

Anchesenamun beobachtete die beiden kleinen Männer, die den sehr lebhaften jungen Affen einzufangen versuchten, der sich aber nicht fangen lassen wollte. Es sah wirr und grotesk aus – Ipi warf auf dem Tisch noch mehr Krüge und Flaschen um, als er erfolglos versuchte, zum Fenster hinaufzuerreichen, wo die unselige Kreatur sich nun befand – Heh hopste auf und nieder und schrie Anweisungen. Sie sahen so komisch aus, daß Anchesenamun die Erinnerung an Hapus bösen Bericht von ihrer vorbedachten und unbarmherzigen Grausamkeit umso bitterer wurde.

»Das ist eine gute Verkleidung«, dachte sie. »Sie sind wahrscheinlich eine bessere Leibwache für Nezem-mut als viele Soldaten. Niemand würde vor einem Angriff auf sie daran denken, die beiden aus dem Weg zu schaffen.«

Diener kamen angelaufen, die sich über den Tumult wunderten, und bald vergrößerte sich der Schaden noch mehr. Anchesenamun war überzeugt, Heh und Ipi veranstalteten den Aufruhr absichtlich, indem sie ungeschickt herumhampelten, Sachen umwarfen und den Raum mit seiner kostbaren Einrichtung in ein Schlachtfeld verwandelten. Sie blickte zu Nezem-mut hinüber, und für einen Augenblick glaubte sie, Angst in den Augen ihrer Tante aufblitzen zu sehen. Sie wunderte sich über die Macht, die die zwei über ihre Tante ausübten. Sie erinnerte sich, wie Nezem-mut deren Unbotmäßigkeiten früher oft nur mit einem nachsichtigen Lächeln beobachtet hatte, wie eine Mutter die Unartigkeiten ihrer verwöhnten Kinder. Doch jetzt lächelte Nezem-mut nicht nachsichtig. Sie mußte mit ansehen, wie ihr schönes Gemach verwüstet wurde, und Anchesenamun fragte sich, ob Nezem-mut den beiden gar nicht Einhalt gebieten konnte.

Anchesenamun ging zur Tür und rief die Wachen. Auf ihren Befehl hin wurden die zwei auf der Stelle ergriffen und festgehalten. Die junge Königin begegnete dem Blick der beiden und las darin eine wahrhaft erschreckende Bosheit.

Nezem-mut war erregt und außer sich. Sie befahl den Wachen, ihre Gefährten sofort freizulassen, doch diese blickten zur Königin. Der Affe saß nun ruhig da und beobachtete alles mit glänzenden Knopfaugen. Er hatte die Verfolgung genossen. Anchesenamun zeigte auf ihn.

»Bringt ihn weg!« gebot sie. Und er wurde weggebracht, schnell und ohne Schwierigkeiten.

Dann schaute sie wieder zu Heh und Ipi, die, von den Wachen festgehalten, trotzig dastanden.

»Wir haben nur den Befehlen gehorcht«, wimmerten sie. Die Bosheit ihrer Herzen war jetzt gut verborgen. Wieder einmal spielten sie die harmlosen komischen Käuze.

»Oh, ja«, sagte sie eisig. »Laßt sie los«, befahl sie den Wachen. Die beiden Zwerge waren im Palast nicht beliebt, und Anchesenamun sah, wie grob sie gestoßen wurden, als man sie freigab. Mit einer Handbewegung bedeutete die Königin all jenen, die herbeigeeilt waren, den Raum jetzt zu verlassen.

»Was für ein Aufstand wegen nichts«, sagte Nezem-mut. »Es war nicht nötig, die Wachen zu rufen.«

Anchesenamun schaute sich in der Kammer genau um. Fast alles war zerbrochen.

»Dieser garstige Affe!« sagte Nezem-mut und schüttelte den Kopf. Aber sie wußte, ebenso wie ihre Nichte, nicht der Affe hatte den meisten Schaden gemacht. »Warum?« dachte Nezem-mut jetzt in großer Besorgnis. »Ist das ein Zeichen, daß sie sich gegen mich wenden?« Sie dachte an den kostbaren Kristall und wünschte, Haremhab käme bald zurück. Erst hatte sie Zeit haben wollen, sein Rätsel zu erforschen, doch jetzt fürchtete sie die Zwerge, die ihr Geheimnis kannten, und was diese mit ihrem Wissen anrichten konnten. Je eher sie den Kristall dem General übergab, desto besser.

»Du solltest keine wilden Tiere im Haus halten«, sagte Anchesenamun und schaute zu den Zwergen, die Bruchstücke und Scherben aufhoben und so taten, als ob sie ganz machen wollten, was sie zerstört hatten – obgleich sie noch immer Unfug trieben, indem sie augenscheinlich nicht passende Stücke zusammensetzten. »Sie gehören in Käfige!« fügte sie heftig und mit Nachdruck hinzu.

»Oh, dieser Affe ist zahm und benimmt sich sonst gut.« Nezem-mut mißverstand absichtlich die Anspielung in Anchesenamuns Worten.

Es würde nicht leicht sein, die Zwerge aus ihren Diensten zu entlassen. Sie hatten ihr zu gut und zu lange gedient und wußten viel zu viel über sie.

Anchesenamun nahm ihre Tante am Arm und führte sie hinaus in den Innenhof, wo der grüne, schattige Garten wie ein sicherer Hafen nach einem Sturm wirkte.

»Erzähle mir, Tante«, sprach sie ruhig. Sie hatte sich liebevoll bei Nezem-mut untergehakt. »Hast du viel über meinen Traum nachgedacht?«

»Über welchen Traum, Herrin?«

»Der seltsame Traum über das Kristallei des Ra«, erwiderte Anchesenamun geduldig. Sie wußte, daß Spiele entweder nach den Regeln gespielt werden oder gar nicht.

Nezem-mut schwieg. Sie fragte sich, ob Anchesenamun eine gute Verbündete wäre, falls die Zwerge untreu und gefährlich wurden. »Nein«, dachte sie. »Ich muß ihn fortbringen, daß nicht einmal Heh und Ipi wissen, wo er sich befindet.«

»Nein«, sagte sie laut. »Es tut mir leid.«

»Das war deine Gelegenheit, ehrlich zu mir zu sein«, dachte Anchesenamun grimmig. »Du hintergehst eine Königin und enge Freundin. Was hast du vor?« Sie wußte, wo der Kristall war, denn etwas in einem verschlossenen Raum zu verstecken heißt, es gar nicht zu verstecken.

»Es war kein Traum«, sagte sie laut, zog ihren Arm fort und drehte sich zu ihrer Tante um. »Das weißt du wohl.«

Nezem-mut schlug ihre Augen nieder.

»Was meinst du?« murmelte sie.

»Du hast das heilige Ei des Ra in deinem Besitz.«

»Wie kannst du das behaupten!«

»Wie kannst du mich anlügen?«

Nezem-mut schaute auf und begegnete endlich ihrem Blick. Sie wollte gerade etwas sagen, als sie ein Geräusch hörte. Heh und Ipi betraten den Innenhof und näherten sich. Anchesenamun glühte vor Ärger.

»Kannst du nie allein sein, Tante? Sind diese Geschöpfe ständig um dich?«

Nezem-mut war erleichtert, sie zu sehen.

»Das sind keine Geschöpfe, Nichte«, sagte sie zischend. Und dann sprach lauter, so daß die Zwerge es hören konnten. »Sondern sehr treue Gefährten.«

»Sie sind nicht, was sie zu sein scheinen. Sei auf der Hut«, flüsterte Anchesenamun und wandte sich ab. Sie wußte, eigentlich sollte sie

Nezem-mut zur Rede stellen, aber sie fühlte sich jetzt nicht danach. Sie war mit einem Mal sehr müde und wollte sich hinsetzen. Der ganze Vorfall war sehr aufregend gewesen. Sie hatte Schmerzen im Rücken und sorgte sich um das Kind in ihrem Bauch.

In diesem Augenblick gewahrte sie Tutenchamuns Boten hinter den beiden Zwergen.

»Der Pharao«, verkündete der Bote nach der erforderlichen Anzahl Verbeugungen, »verlangt die Anwesenheit der Herrin Nezem-mut.«

»Jetzt?« fragte Nezem-mut überrascht.

»Ja, Herrin.«

Nezem-mut schaute zu Anchesenamun.

Anchesenamun schüttelte den Kopf. »Damit habe ich nichts zu tun«, sagte sie, »Und ich weiß nichts davon.«

Es war ungewöhnlich, daß Tutenchamun sie so förmlich rufen ließ. Anchesenamun war ebenfalls neugierig, doch sie dachte nur daran, was für ein Glücksfall die Unterbrechung für sie war. Nun konnte sie an den Kristall gelangen, bevor Nezem-mut ihn in ein neues Versteck bringen konnte. Anchesenamun bedauerte bereits, Nezem-mut gesagt zu haben, daß sie von dem Ei wußte.

Nezem-mut zögerte. Sie war zwischen dem königlichen Befehl, den sie nicht mißachten durfte, und ihrer Angst, daß der Kristall nicht mehr da wäre, wenn sie nicht sofort zu seinem Versteck ginge, hin und her gerissen. Sie schaute von den Zwergen zu ihrer Nichte, unfähig sich zu entscheiden. Wem, wenn überhaupt, konnte sie trauen?

Sie blickte zu dem Boten.

»Sage dem König, daß ich gleich bei ihm bin«, sagte sie. »Es wäre unpassend für mich, in diesen Kleidern vor den König zu treten.«

»An deiner Kleidung ist nichts auszusetzen«, sagte Anchesenamun schnell. »Gewiß ist das keine förmliche Angelegenheit. Es wäre nicht passend, den König warten zu lassen!«

Der Bote verbeugte sich, um sein Einverständnis mit der Königin anzuzeigen. Mißmutig ging Nezem-mut mit ihm. Besorgt sah sie zu Heh und Ipi.

»Gewiß sollten deine Diener mit dir gehen«, sagte Anchesenamun.

»Ich glaube nicht ... « begann Nezem-mut, aber die beiden Zwerge schauten so eifrig bei dieser Aussicht, daß sie ihre Meinung änderte und zustimmte. So war Anchesenamun allein. »Selbst wenn sie es findet, wird der Zauber sie abschrecken«, dachte Nezem-mut. »Sie wird es nicht wagen, solange sie mit dem Erben des Königs schwanger ist.«

Anchesenamun und Hapu fanden die Tür verschlossen, so wie sie es erwartet hatten, aber Hapu hatte Werkzeug mitgebracht, um sie zu öffnen. Anchesenamun brach das Siegel ihrer Tante.

In der Kammer fanden sie den Tisch aus Ebenholz und Elfenbein und die Kiste mit dem abschreckenden Zauberspruch auf dem Deckel. Hapu hatte Bedenken, sie zu berühren, doch Anchesenamun befahl ihm, die ganze Kiste ungeöffnet mitzunehmen. Als er sie anhob, schaute er überrascht auf.

»Was ist?«

»Sie ist ziemlich leicht, Herrin«, flüsterte er. »Ich glaube, die Kiste ist leer.«

Ungeduldig trat Anchesenamun zu ihm und hob den Deckel. Mehrere Schichten Tuch lagen darin, aber kein kristallenes Ei.

Sie runzelte die Stirn. Die Tür war versiegelt gewesen.

»Ich könnte schwören, diese Zwerge haben das Ei!« murmelte sie, und dann krümmte sie sich unter qualvollen Schmerzen zusammen.

»Was ist, Herrin?« rief Hapu aus.

Ihr Gesicht war schmerzverzerrt. Sie sank auf die Knie und hielt sich ihren Bauch. Schweißtropfen traten ihr auf die Stirn.

»Herrin!« keuchte Hapu.

»Hilf mir!« rief sie und klammerte sich so fest an seinen Arm, daß er später dort Striemen fand.

»Der Fluch!« stammelte er.

»Nein! Nein!« schluchzte sie. »Nicht der Fluch! Nicht der Fluch!«

So plötzlich wie er gekommen war, verging der Schmerz wieder. Bleich und zitternd zog sich Anchesenamun am Arm des jungen Priesters empor.

»Das Kind, Hapu. Es kommt. Hilf mir in meine Gemächer. Hol den Arzt!«

Nezem-mut fand den König in einer seiner Gartenlauben, als sie etwas aufgelöst und außer Atem dort ankam. Bei ihm stand ein großer, vornehmer Mann mittleren Alters. Sein Gesicht war zwar zerfurcht aber nicht unansehnlich, und ein wohlgenährter Bauch ragte über seinen straff gegürteten, fein gefälteten weißen Leinenrock. Er drehte sich zu ihr um, sobald sie erschien, und beobachtete jeden ihrer Schritte mit großer Aufmerksamkeit. Als sie näherkam, erkannte sie die Halskette und die Armreifen eines Nomarchen. Er war ein wichtiger Mann, der Verwalter eines der zweiundvierzig Bezirke der Zwei Länder. Zweifellos befand er sich in Waset, um Tribut zu entrichten und von den Vorkommnissen in seinem Bezirk zu berichten. Sein Gesicht war ihr bekannt, auch wenn sie es nicht mit einem Namen verbinden konnte. Wahrscheinlich hatte sie ihn bei einem der großen Staatsakte gesehen, wenn die Verwalter Tutenchamun ihre Aufwartung machten – vielleicht sogar früher schon an Echnatons Hof. Seine prüfende Aufmerksamkeit brachte sie aus der Fassung. Sie wünschte, sie hätte sich für die Begegnung mit einem solchen Mann passender gekleidet. Sie trug noch nicht einmal eine Perücke, nur die eigenen Haare umwehten ihre Schultern.

Sie beachtete ihn nicht und verbeugte sich tief vor dem jungen Pharao. Tutenchamun rekelte sich in einem niedrigen Sessel und fühlte sich augenscheinlich sehr wohl und entspannt. Er forderte sie auf, sich gleich zu erheben.

»Heute besteht keine Notwendigkeit für solche Förmlichkeit, meine Dame«, sagte er. »Es ist Zeit zu feiern.«

»Majestät?« Sie hob ihre Augenbrauen und dachte an ihr Gespräch mit Anchesenamun – und war keineswegs sicher, ob es Zeit zum Feiern war.

»Ich denke, du bist Tefnakhte, den Nomarchen, schon zuvor begegnet?«

Nezem-mut blickte auf den Mann.

»Ich glaube schon, Majestät.« Sie erinnerte sich jetzt an ihn. Er war Verwalter des Bezirks, in dem Achetaton lag.

»Er hat ein wichtiges Anliegen vor den Pharao gebracht.«

»Wirklich?« Nezem-mut begriff nicht, warum sie und nicht Anchesenamun herbeigerufen worden war.

»Möchtest du hören, um was er so ernsthaft ersucht?«

Tefnakhte lächelte ihr zu. Um seine Augen erschienen Lachfalten, als ihre Blicke sich trafen.

Nezem-mut neigte ihren Kopf. Es kümmerte sie nicht wirklich, um was er gebeten hatte. Sie konnte an nichts anderes denken, als sich um ihren heiligen Kristall zu kümmern.

»Er hat ersucht – nein, flehentlich gebeten … « Tutenchamuns Augen funkelten. Die beiden Männer teilten offenbar ein Geheimnis und erwarteten, sie würde sich freuen. »… dich heiraten zu dürfen.«

Nezem-mut sah erschrocken aus und keineswegs erfreut, wie sie gedacht hatten. Ein leichter Schatten der Unsicherheit überzog des Nomarchen bis dahin zuversichtliches Gesicht. Nezem-mut hielt den Atem an und ihre Gedanken begannen zu rasen. Der Mann war nicht unangenehm und hatte eine gute Stellung in den Zwei Ländern inne, aber – seit Prinz Djehuti-kheper-Ra, Echnatons Halbbruder, ihr erzählt hatte, die Amunpriester hätten ihr die Heirat mit General Haremhab vorausgesagt, hatte sie darauf gewartet, manchmal geduldig, manchmal ungeduldig, daß der stattliche General sich ihr näherte. Sie wußte, daß er an ihr interessiert war, denn sie erwischte ihn oft, wie er sie lange und nachdenklich anschaute. Aber aus irgendeinem Grund sprach er nicht über Liebe oder Heirat und zog sich behutsam zurück, wenn sie versuchte, ihm zu nahe zu kommen.

»Er ist so damit beschäftigt, das Land wieder zu ordnen«, hatte sie sich gesagt. »Er trägt so viel Verantwortung – muß mit so vielen Schwierigkeiten fertig werden. Sobald die Dinge sich beruhigt haben …« Doch nun war alles so geordnet wie wahrscheinlich noch nie, und noch immer machte er keine Anstalten, sie zu heiraten. Was sollte sie tun? Sich für jemanden entscheiden, der ihr weniger bedeutete?

»Nezem-mut!« sagte Tutenchamun scharf. »Was sagst du?«

Sie nahm sich zusammen.

»Es tut mir leid, Majestät … mein Herr … Vergib mir … « Sie stammelte, versuchte Worte zu finden, die ihr Zeit gaben, nachzudenken, bevor sie sich in der einen oder anderen Weise festlegte. »Das … das ist eine Überraschung. Ich benötige … ich brauche … «

Tefnakhte hob die Hand.

»Meine Dame, sprich nicht weiter. Ich verstehe vollkommen. Der Pharao hat mir gnädig die Erlaubnis erteilt, dich zu treffen. Nun werde ich warten, bis du bereit bist, mir eine Antwort zu geben.«

»Keiner von euch wird jünger«, unterbrach Tutenchamun ungeduldig mit der Taktlosigkeit der Jugend. Er war enttäuscht, daß die Frau, der er entgegenkommen wollte, seinem Einfall, den er für so gut hielt, so wenig Begeisterung entgegenbrachte. »Die Heirat wird euch beiden Ehre und Wohlstand bringen. Warum dieses Zögern?«

»Nicht Zögern, Majestät, Vorsicht«, sagte Nezem-mut hastig.

»Und wenn ich es befehle?«

»Majestät, die Dame ist überrascht – weiter nichts. Es gibt keine Veranlassung … «

Bevor er seine versöhnliche Rede beenden konnte, wurden sie durch einen Vorfall unterbrochen. Eine Dienerin der Königin wollte zum König vordringen und wurde von den diensteifrigen Wachen zurückgehalten.

»Majestät«, rief sie über den Lärm hinweg und zerrte an den Armen, die sie hielten. »Die Königin … die Königin … «

»Was gibt es?«

»Die Königin kommt nieder!« rief sie. Auf diese Weise hatte sie eine solch gewichtige Nachricht nicht überbringen wollen, aber der Arzt hatte gesagt, die Königin sei in Gefahr, die Entbindung ginge nicht gut voran und sie solle sofort den König zu ihr bringen. Die dummen Wachen und Diener wollten sie nicht durchlassen, denn der König hatte befohlen, daß er nicht gestört werden wollte, sobald Nezem-mut bei ihm war. Tutenchamun sprang auf – alles andere war vergessen.

»Wo ist sie? Bring mich zu ihr!«

Sie warteten seit sieben Jahren auf einen Erben. Anchesenamun hatte zwei frühe Fehlgeburten gehabt und ein Kind sechs Monate getragen, als es tot geboren wurde. Diesmal schien sie es wirklich austragen zu können. Auch wenn es früher als erwartet kam, hatte er schon das Treten des Kindes in ihrem Bauch gespürt, und er wußte, auch so früh war eine Geburt und ein Überleben des Kindes möglich.

Merit-mut, Anchesenamuns Dienerin, schüttelte die unsicher gewordenen Wachen ab und rannte los – Tutenchamun folgte ihr, dicht dahinter Nezem-mut.

Tefnakhte blickte ihnen nach und wußte nicht, was er unter diesen Umständen tun sollte. Man hatte ihn scheinbar völlig vergessen – sogar die Diener. Der Garten war verwaist. Eine Weile stand er unentschlossen da, dann spazierte er die Wege entlang und genoß das üppige Grün. Er träumte von einer Zeit, da er nicht mehr nur Verwalter eines Bezirkes wäre, sondern ein enger Verwandter der königlichen Familie, dem die königlichen Paläste immer offen standen.

Anchesenamun hatte große Schmerzen. Sie saß auf dem Gebärstuhl, die Frauen machten viel Aufhebens um sie, der Arzt zählte die Wehen und wies sie an, wann sie pressen und wann sie sich entspannen sollte. Sie war schweißüberströmt. Soweit sie sagen konnte, gab es keine schmerzfreien Zeiten, doch der Arzt sprach, als gäbe es welche. Sie versuchte, nicht zu schreien. Eine Königin schrie nicht. Eine Königin verfluchte nicht die Götter für die Erfindung einer so schmerzhaften Weise, Leben in die Welt zu bringen. Sie sehnte sich verzweifelt danach, allein zu sein. So viele Menschen! Alle starrten sie an! Alle warteten auf den Augenblick, in dem der zukünftige Pharao auf der Erde ankäme.

Beim ersten Mal hatte sie das Gebären gehaßt, und auch diesmal haßte sie es.

»Pressen!« drängte der Arzt.

Sie wußte, daß Priester die Kammer bevölkerten. Die meisten Götter waren verkörpert, doch der Ehrenplatz wurde Bes gegeben, dem gräßlichen, halb komischen Ungeheuer, das die bösen Geister von dem Neugeborenen abschrecken sollte. Der Priester des Bes trug eine Maske, tanzte um das Bett und winkte mit seinen kleinen, kurzen Armen. Er erinnerte sie an Nezem-muts Zwerge, und damit erinnerte sie sich an den Fluch auf dem Deckel von Nezem-muts Kiste. Leise betete sie zu

Aton, dem Gott ihres Vaters. Wie sehr sie sich nach den durchdringenden heilenden Strahlen der Sonne sehnte und nach dem wohltuenden Balsam eines stillen Tempels ohne Schauspielerei. Bei ihrer ersten Geburt waren nur ihre Eltern, der Arzt und zwei Hebammen anwesend. Jetzt war ihre Pein ein öffentliches Spektakel!

»Verschwindet!« schrie sie ihnen zu. Sie hörte Trommeln. Hathors Sistren rasselten. Sie schien sich inmitten eines unheimlichen Tanzes zu befinden. Durch die nebligen Schatten kamen gute und böse Gestalten, die um die Macht über ihr Kind kämpften.

»Pressen!« rief der Arzt.

Ungeheuer heulten und wüteten und zerrten an ihr, als ob sich die Schleier zwischen den Welten aufzögen und all die verborgenen Dinge enthüllten.

»Pressen!« riefen die Priester des Amun und der Mut.

»Pressen!« riefen die Priester des Ptah und der Sekhmet.

»Pressen!« riefen die Priester des Djehuti und der Seshat.

»Pressen!« rief der Priester des Bes lauter als alle zusammen.

Sie preßte und preßte und schien auseinanderzureißen. Sie hörte Schreien … Heulen … als ob es weit fort wäre …

Sie sah Tutenchamuns Gesicht in einem Meer aus Blut treiben … und dann sah sie nichts mehr.

Als sie aus der Bewußtlosigkeit erwachte, konnte sie an den langen Gesichtern der Dienerinnen ablesen, daß das Kind tot war.

Sie drehte ihr Gesicht zur Wand, Tränen strömten leise ihre Wangen hinab. So viel Schmerz und Anstrengung – wofür?

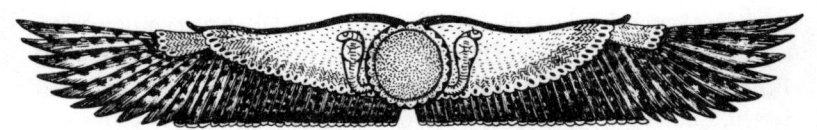

Der Preis

Heh und Ipi hatten das grüne kristallene Ei des Ra zu einem Versteck gebracht, denn sie waren überzeugt, seine geheimnisvolle Macht könnte sie größer machen. Der Fluch kümmerte sie nicht, denn sie glaubten, mit dem magischen Gegenstand in ihrem Besitz gegen jede Bedrohung gefeit zu sein.

»Wenn wir erst gezeigt haben, was das Ei für uns tun kann«, sagte Heh aufgeregt zu seinem Kumpan, »werden wir unendliche Macht über die Menschen haben, die aus ihm Nutzen ziehen wollen.«

»Statt Diener werden wir Herren sein!«

»Statt Herren werden wir Götter sein!«

Sie hatten das Ei in eine gut verborgene Höhle in den Bergen westlich von Waset geschafft. Sie lag genau nördlich des Tempels in Serui, dieses seltsamen, verlassenen Tempels, der zurr Zeit der thutmosischen Könige aufgegeben und während Echnatons Herrschaft weiter beschädigt worden war. Es war ein ziemlich beschwerlicher Aufstieg bis zum Eingang der Höhle, aber je schwerer erreichbar, desto sicherer, dachten die beiden Verschwörer.

Die erste Sitzung mit ihrem Siegespreis erwies sich als fruchtlos, aber sie kamen zu dem Schluß, sie hätten nicht die richtigen Anrufungen und die richtigen Texte der alten Zauberformeln. Bevor sie zu der Höhle zurückkehrten, suchten sie einen Priester auf, den sie kannten, Hesi-Ra, der ehemals Priester des Ra in Yunu gewesen war und jetzt Priester des Amun-Ra in Waset.

Heh und Ipi lernten durch vorsichtiges Aushorchen und Vortäuschen eines ernsthaften, gelehrsamen Interesses an den alten Texten von Yunu eine Menge über das heilige Ei. Gleich welche Kraft ein Mensch hatte, sie wurde durch die Macht des heiligen Kristalls vergrößert. War der Mensch böse, wurde der Kristall eine Macht des Bösen. War der Mensch gut, seine Beweggründe rein und selbstlos, wurde er eine Macht des Guten. Er konnte vernichten. Oder heilen.

»Es ist sehr wichtig, daß das Ei nicht in die falschen Hände gerät«, sagte der alte Priester. »Manche Priester des Ra in Yunu glauben, nicht Echnaton habe es zerstört, sondern der Gott selbst habe es verschwinden lassen, und es würde wieder auf Erden erscheinen, wenn es gebraucht wird.«

»Welche Zauberformeln haben die Priester zum Heilen benutzt?« fragte Heh.

»Das kommt darauf an, was krank ist.«

»Wenn ein Bein gebrochen ist. Könnte es genesen?«

»Oh, ja.«

»Welcher Spruch würde angewendet?«

Hesi-Ra starrte über die Köpfen der Zwerge hinweg und wiederholte zögernd die Worte eines alten Zauberspruches.

»Wäre es möglich, einen Menschen kleiner – oder größer zu machen?«

Hesi-Ra schaute sie an. Er sah das Verlangen in ihren Augen. Sie waren Männer wie andere auch – doch wurden sie oft behandelt, als seien sie weniger wert. Sie mußten sich nach dem Glück sehnen, ohne aufzufallen durch eine Menge gehen zu können.

»Ich weiß nicht«, sagte er.

»Aber wenn der Gott es gewährt – wäre es möglich?«

»Es gibt nichts, was der Gott nicht tun könnte, wenn er es will«, sagte der Priester überzeugt.

»Welcher Zauberspruch würde gebraucht ...?«

»Die Worte des Spruches sind nichts ohne den Kristall. Der Geist des Gottes kommt in den Kristall, um seine Magie zu wirken, die all das möglich macht.«

»So ist es also möglich, einen Menschen größer werden zu lassen?«

»Als ich am Tempel des Ra in Yunu war, hatten wir keine Gelegenheit, jemanden wachsen zu lassen«, antwortete er nachdenklich und verwirrt von den schwierigen Gedanken. Er begann, in seinem Gedächtnis zu kramen. »Es gibt einen alten Text – ich glaube, aus Imhoteps Zeit – der einem Mann die Macht gibt, zu sein, was er sich am meisten wünscht. Ich vermute, wenn sich jemand am meisten wünscht, größer zu sein ... «

Heh und Ipi versuchten, sich ihre Aufregung nicht anmerken zu lassen und nicht zu eifrig zu erscheinen. Sie warteten. Sie vertrauten darauf, daß Hesi-Ra, wie sie sahen, an dieser Sache selbst genug interessiert war, um sich die Worte ins Gedächtnis zurückzurufen, wenn er sie wirklich jemals gewußt hatte. Langsam, stückweise kamen sie. Die uralten Sätze waren in ihrer altertümlichen Form kaum verständlich, doch Heh und Ipi merkten sich jedes Wort.

Ein oder zwei Tage später, sie konnten die alte Zauberformel nun fehlerfrei, standen sie dem wunderbaren, kristallenen Ei in seinem geheimen Versteck gegenüber.

Das Ei war im dunkelsten Winkel der Höhle aufgestellt; es war unwahrscheinlich, daß jemand den heiligen Gegenstand fand, selbst wenn er den Eingang entdeckt hatte. Für ihren Versuch hatten sie es nach vorn geschafft, in ein natürliches Loch im Fels gestellt und warteten auf den rechten Augenblick, wenn die Sonne geradewegs durch den Eingang der Höhle darauf schien. Sie stellten sich zu beiden Seiten davon auf und hielten fast den Atem an, während das Licht der Sonne immer näher rückte. Als es den Kristall berührte, fingen beide zu singen an. Für einen Augenblick schien der grüne Kristall in einer Schale aus Licht zu treiben, die von der Sonne geschaffen wurde. Dann breitete sich seine Aura aus Licht plötzlich aus und schwoll an, bis die Aura die Höhle mit blendenden grünen Fasern erfüllte. Die beiden Männer verfingen sich in dem Netz, begannen zu zittern und fragten sich, was sie da angefangen hatten. Ipi versuchte, sich zu befreien, doch er wurde festgehalten. Er begann zu schreien. Heh schloß die Augen und sprach die Worte der Zauberformel immer wieder und wieder, er *wollte* größer werden. Er fühlte sich seltsam, leichter – er fühlte sich, als schwebe er über der Erde. Er hörte nicht einmal seinen Gefährten schreien, noch sah er dessen Kampf. Er fühlte sich ungeheuer groß – wie ein Riese. Er hatte sich soweit gestreckt, daß seine Schultern gegen die Decke der Höhle drückten und er seinen Kopf beugen mußte. Er wuchs immer weiter, bis sein ausgedehnter Körper gegen die Wände der Höhle drängte. Er hörte, wie der Fels anfing zu bersten. Plötzlich fürchtete er, der Berg werde über ihnen zusammenstürzen, wenn die Ausdehnung und der Druck weiter zunahmen.

Er öffnete die Augen und blickte erstaunt und nicht wenig enttäuscht um sich.

Er hatte immer noch die gleiche Größe wie zuvor. Auch das Ei. Und Ipi. Das Sonnenlicht war weitergewandert. Die Höhle war dunkel. Er blinzelte und rieb sich die Augen. Er schaute voll Widerwillen auf seine geschrumpften Glieder.

Ipi wimmerte. »Was ist geschehen? Was ist geschehen?«

»Nichts!« schnarrte Heh. »Das ist ja das Schlimme. Überhaupt nichts!«

»Ich fühlte mich eigenartig … «

»Du bist genauso groß. Ich bin genauso groß. Was ist das Besondere an diesem dummen Ding?«

Am liebsten würde er das Ei zerschlagen. Was für einen Streich spielte ihnen der Gott? Er wollte sich nicht groß *fühlen* – er wollte groß *sein!*

»Vielleicht … vielleicht … ist es nicht genug, es nur einmal zu versuchen. Vielleicht muß man es mehrere Male tun und dann … «

»Und dann werden Krokodile fliegen!« sagte Heh verdrießlich.

»Die Sache ist es wert, daß man es noch einmal versucht.«

Heh schritt aus der Höhle, stellte sich mit dem Rücken zum Ei und blickte über die Landschaft – über das goldgelbe Gestein der Berge um sie her, den staubigen Fußweg von dem verlassenen thutmosischen Tempel mit seinem grasüberwachsenen Kanal, über das entfernte, schwarze Land, wo die Bauern emsig die Feldfrüchte pflanzten, und über die gleißenden Spitzen der Obelisken von Ipet-Esut und Ipet-Resut.

Ipi brachte das Ei vorsichtig in sein Versteck zurück. Auch er war enttäuscht. Doch nicht so sehr wie Heh. Er war froh, daß er die Prüfung heil überstanden hatte. Er war nicht so sicher, ob er seine Größe wirklich verändern wollte. Seine Statur hatte bestimmte Vorteile. Ob die Zauberei bei ihnen wirkte, interessierte ihn vor allem, um die Macht des Kristalls zu beweisen, die sie dann für ihren eigenen Nutzen anzapfen konnten, wann immer sie wollten.

Als die Wasser des großen Flusses in die unterirdischen Höhlen bei Suan zurückflossen, kehrte Haremhab nach Waset zurück. Allmählich erschienen die Felder wieder, die jetzt mit reichem, schwarzem Schlamm bedeckt waren. Die Bauern erneuerten fleißig die Dämme und säuberten die Bewässerungskanäle, damit jeder Tropfen Wasser, der in der langen trockenen Jahreszeit das Land beleben konnte, einen leichten Weg habe. Während dieser Zeit des Jahres wurde wenig anderes getan. Männer, die an den großen Baustellen des Pharao beschäftigt waren, kehrten nach Hause zurück, um ihren Familien bei den Vorbereitungen für die Wachstumszeit zu helfen. Sogar ganze Gruppen wurden aus der Armee entlassen, um den Bauern ihre Hilfe zur Verfügung zu stellen.

Die Arbeit an Tutenchamuns Grabmal im stillen Tal von Meretseger ruhte. Haufen von Spänen und Werkzeugen blieben liegen. Nur eine Kammer war vollendet, und darin lagen bereits zwei Mitglieder von Tutenchamuns Familie – zwei totgeborene Kinder in kostbaren und kunstvollen Särgen. Nicht weit entfernt wurde ein weiteres, kleineres Grabmal für Eje, Nofretetes Vater, Königin Tejes Bruder, Wagenmeister und Wesir dreier Könige, vorbereitet. Eje hatte schon ein großes, beschnitztes und geschmücktes Grab in den östlichen Bergen hinter Achetaton. Die mächtige Hymne an Aton war in ihre Wände geritzt. Doch als der Kult des Aton mit einem Bannfluch belegt worden war, war es aufgegeben worden, und nun verfielen die wunderschönen Reliefs von Echnaton und seiner Familie, die mit erhobenen Händen den Segen der Sonnenstrahlen empfingen. Auch in Haremhabs Grab im Norden von Men-nefer ließen die Männer die Werkzeuge sinken. Dieses war die einzige Zeit im Jahr, in der das Überleben in dieser Welt Vorrang vor dem Überleben in der jenseitigen Welt hatte. Wenn die Ernte in dieser Zeit nicht richtig vorbereitet wurde, würde später der Hunger Verheerung über das Land bringen. Ägyptens Macht und Weltgeltung hing weitgehend von dem reichen und fruchtbaren Land ab, ein Land, das sie mit Nahrung versorgen konnte, während andere Länder hungerten.

Anchesenamun brauchte eine Weile, um sich von der Erschütterung über den Verlust ihres Kindes zu erholen. Meistens war sie schwermütig und schweigsam.

Als Nezem-mut das Verschwinden des Kristalls bemerkte, war sie davon überzeugt, Anchesenamun habe ihn an sich genommen. Sie brachte den Tod des Kindes mit dem Fluch in Zusammenhang, den sie auf die Kiste gelegt hatte. Sie schwankte zwischen Seelenqualen der Schuld, daß sie dem künftigen König der Zwei Länder den Tod gebracht hatte, und dem Zorn darüber, daß ihre Nichte gewagt hatte, den heiligen Gegenstand zu stehlen. Sie schob die Tatsache beiseite, daß das Wissen über dessen Existenz im Palast von Achetaton von Anchesenamun stammte und somit eigentlich sie diejenige war, die den Kristall gestohlen hatte. Nezwm-Mut war aufgebracht – aber solange Anchesenamun so krank war, konnte sie nichts tun. Daß die Zwerge den Kristall haben könnten, kam ihr nicht in den Sinn. Hätte sie es in Betracht gezogen, wäre ihr manches an ihnen aufgefallen – und sie hätte allen viel Unheil erspart.

Als Anchesenamun sich erholt hatte, wandte sie sich immer mehr dem verbotenen Kult des Aton zu. Ihres Vaters Besessenheit von seinem Ideal hatte sie nie so recht verstanden. Aton war immer einer aus der großen Schar der Götter und Geister gewesen, die über den Zwei Ländern schwebten, jener unsichtbaren Kräfte, die in diese oder in jene Richtung zogen. Als der zweite König ihrer Dynastie, der erste Amenophis, gestorben war, wurde sein Tod mit einem Hinweis auf Aton beschrieben:

»Seine Hoheit durchschritt das Leben in Glück, die Jahre in Frieden, er stieg empor zum Himmel, er vereinte sich mit Aton, er ging ein in ihn, aus dem er gekommen war.«

Und Tutenchamuns Großvater, Amenophis III., hatte seine persönliche Barke nach Aton, der Sonnenscheibe, benannt. Warum hatte ihr Vater plötzlich einen der Götter so herausgestellt? Warum hatte er sich in so große Schwierigkeiten gebracht und so viel Zerrissenheit im Land verursacht, indem er daran festhielt, diesen einen über alle anderen zu stellen?

Sie verstand die politische Ursache. Die Amunpriester waren zu überheblich und zu mächtig geworden. Sie wurden reicher als der König und versuchten, ihm vorzuschreiben, was er tun und lassen sollte. Er hatte einen besonderen Fall von Bestechung aufgedeckt, als er Djehutikheper-Ra das erste Mal begegnet war. Der junge Mann war später als sein Halbbruder erkannt worden, war als Kind aber von den Amunpriestern praktisch als Gefangener gehalten und genötigt worden, falsche Prophezeiungen zu verkünden. Weil ihr Vater Echnaton wußte, wie blind die Menschen die Orakel befolgten, hatte er sie verboten. Er hatte Magie verboten, weil er wußte, daß sie mißbraucht werden konnte. Er hatte einen Gott nach dem anderen abgeschafft, weil er so leidenschaftlich an die Wahrheit jenseits der alten Schriften glaubte, daß er es nicht ertrug, sie mißachtet zu sehen. Als kleiner Junge war er zusammengezuckt, wenn er hörte, wie bedeutungslose Worte feierlich und zeremoniell gesprochen wurden. Wenn er einst Pharao würde, so hatte er sich geschworen, würde in seinen Tempeln niemand sprechen, ohne zu wissen, zu wem er sprach oder was er sagte. Kein Priester würde ohne Verständnis lehren oder beten, ohne an den zu glauben, der die Gebete erhörte.

Zunächst hatte er versucht, dem bereits Vorhandenen Leben einzuflößen, doch in jeder Hinsicht von der Priesterschaft enttäuscht, die nicht bereit war, ihr leichtes und bevorzugtes Leben, an das sie gewöhnt war, aufzugeben, begann er zu glauben, der einzige Weg bestünde darin, sämtliche alten Kulte wegzufegen und neu zu beginnen. Er baute sogar eine neue Stadt auf unberührtem Grund als Zentrum für seine umstürzlerischen Ideale. Um seinen Glauben an die große belebende Kraft jenseits allen Daseins, die letztlich einzige, die Quelle aller Dinge, darzustellen, wählte er das Bildnis der Sonnenscheibe, deren Strahlen aus dem unvorstellbaren Mittelpunkt spiritueller Kraft ausströmten, um ewiges Leben zu spenden. Weil er gesehen hatte, was eine bestechliche und unverantwortliche Priesterschaft anrichten konnte, verkündete er, nur er allein sei der Kanal, durch den dieses reine Licht zur Erde strömte. Später milderte er dies ab und bezog Nofretete und seine Töchter mit ein. Doch die Atonpriester waren bloße Diener Echnatons und hatten selbst keine Befugnis, den Willen Atons für das Volk der Zwei Länder zu deuten.

Sein Traum starb mit ihm, als er starb – denn er wurde von keinem Gefüge zusammengehalten außer seinem Herzen. Es war nicht schwer, das alte religiöse Netzwerk wieder einzusetzen, und Haremhab verlor keine Zeit damit. Er war ein Mann, der die Ordnung liebte, und wenn genaue, obschon bedeutungslose Rituale die Menschen dazu brachten, Regeln zu befolgen und das Notwendige für das Land zu tun, dann wollte er das haben. Die flammende Inspiration Echnatons hatte er noch nie zu schätzen gewußt. Er hatte nie dessen Sehnsucht verstanden, jenseits der Rituale die lebendige Wahrheit zu sehen. Laut Haremhab gab es niemanden, der die Gebete und Hymnen erhört – aber es war eine gute Regierungsform, so zu tun, als ob.

Jetzt, da alles verloren war und es gar keine schlechtere Zeit geben konnte, an den Traum ihres Vaters zu glauben, begann Anchesenamun hingegeben, danach zu suchen. Zunächst, als sie ihr Kind verloren hatte, versank sie in Bitterkeit und Verzweiflung. Haremhab schien recht zu haben. Es gab keine lebendigen göttlichen Wesen, fürsorglich und mächtig, immer gegenwärtig und dennoch unsichtbar. Das heilige Sinnbild des Ra war ein grüner Kristall in der Form eines Eies – nicht mehr und nicht weniger. Sie fühlte sich leer, verwirrt, verzweifelt und hoffnungslos.

Als sie eines Morgens erwachte, sah sie die Sonnenstrahlen durch das Gitter ihres Fensters fallen. Sie glichen dem Zeichen, das ihr Vater entworfen hatte, um seine Vorstellung des Ersten und des Letzten, der letztendlichen Gottheit, darzustellen.

Eine Weile starrte sie die Erscheinung an, dann erhob sie sich aus dem Bett. Sie schwang ihre Beine über die Bettkante, streckte ihre Hände nach den Strahlen aus und betrachtete sie nachdenklich, als das Sonnenlicht sie berührte. Sie spürte die Wärme des Lichtes. Aber was als plötzliche Regung begann, endete als Suche. Mit ihrem inneren Auge folgte sie dem Strahl von dem Punkt aus, wo er ihre Hand berührte; folgte ihm, als ginge sie auf einem steilen Pfad; der Gipfel, dem sie zustrebte, lag außer Sicht. Sie schien das steinerne Gitter zu durchschreiten, hinaus unter den offenem Himmel, und sie folgte dem Strahl immer höher. Je höher sie stieg, desto schwieriger wurde jeder Schritt, doch sie hatte eine verzweifelte Sehnsucht in sich, herauszufinden, wohin der Strahl führte. Die Strahlen befriedigten sie nicht mehr. Nur die Quelle selbst konnte das! »Haremhab hat unrecht«, dachte sie. »Alles, was wir hier und jetzt kennen, mag Einbildung sein. Jetzt und hier haben wir nur die einzelnen Strahlen, denen wir die Namen und Bildnisse von Göttern geben. Aber die Strahlen können ohne Quelle des Lichtes nicht sein. Echnaton hatte recht – auf die Quelle kommt es an, die Sonnenscheibe ist das passendste Symbol für die Gottheit. *Das* ist es, was wir suchen müssen! Wir dürfen uns nicht von untergeordneten Erscheinungen ablenken lassen. Gleichgültig, wie wirklich jede für sich selbst ist, ihre Wirklichkeit kann nicht mehr als zweitrangig oder abgeleitet sein.«

Zum ersten Mal seit ihrer Krankheit fühlte sie sich wieder stark. Sie rief nach ihren Frauen und kleidete sich in ihre besten Gewänder. Sie machte sich auf die Suche nach Tutenchamun, den sie seit dem Tod seines Erben gemieden hatte. Sie war voller Begeisterung. Ihr schien, als sei sie ihr ganzes Leben dahingetrieben. Alles was sie getan hatte, geschah auf irgend jemandes Befehl oder weil sie sich einem Befehl widersetzte. Jetzt hatte sie die Richtung gefunden. Sie wußte, was sie wollte, und sie hatte die Kraft dafür.

Die Frage von Nezem-muts Heirat mit Tefnakhte wurde für einige Zeit aufgeschoben, während Anchesenamun krank und aller Aufmerksamkeit auf das Begräbnis des Kindes gerichtet war. Es hatte in Anchesenamuns Bauch gelebt und war somit ein Reisender durch die Zeiten wie jeder andere auch. Man gab ihm magische Zauberformeln und Talismane, die ihn auf seiner Reise durch die Anderswelt schützen sollten; alle Götter wurden angerufen, ihn zu führen und ihm zu helfen. Als schließlich die Zeremonien vorüber waren und der winzige Sarg aus Gold und lapislazulifarbenem Glas, Karneolen und Türkisen an seinem Platz war, die Begräbnisfeierlichkeit beendet und die Trauernden abgereist waren, wandte Tutenchamun sich wieder der Frage von Nezem-mut und Tefnakhte zu. Seine Mutter Kia hatte die Idee gehabt, und bei seinem letzten Besuch in Men-nefer hatte sie ihn sehr gedrängt, ihren Vorschlag zu befolgen.

Kia sah ihren Sohn nicht sehr häufig, denn sie lebte im Palast in Men-nefer. Offiziell war Men-nefer ein paar Jahre nach Echnatons Tod wieder Verwaltungshauptstadt der Zwei Länder geworden, so wie in den alten Tagen, aber Tutenchamun und Anchesenamun waren dort nie recht glücklich und verbrachten die meiste Zeit in Waset im Süden.

Men-nefer mit den weißen Mauern war eine riesige, ausgedehnte Stadt, viel lärmender und betriebsamer als Waset. Sie war auf einem tiefliegenden Stück Land errichtet, das oftmals noch lange, nachdem die Wasser der Überschwemmung gesunken waren, feucht und sumpfig blieb. Zu manchen Jahreszeiten gab es beunruhigend viele Fälle von Fieberkrankheit. Ihre Bedeutung als Stadt gründete sich auf ihre geographische Lage am

Zusammenfluß mehrerer Flüsse, die durch das Delta zogen; dadurch hatte sie Zugang zu den verschiedenen Handelshäfen an der Küste. Auch lag sie in der Nähe des Landweges in Richtung Osten, doch nicht so nah, daß sie durch Eindringlinge gefährdet gewesen wäre. Als großer Nilhafen war die Stadt auch von den südlichen Gebieten her leicht zu erreichen. Auf einer Böschung am Rand der riesigen westlichen Wüste lag der »große Platz«, der Begräbnisplatz bei Sakkara, wo die Vorfahren der Könige und Fürsten still über die Stadt der Toten und die der Lebenden wachten. Darüber erhob sich eine ungeheure Steinpyramide stufenartig in den Himmel wie der erste Hügel. Man sagt, Imhotep, der Architekt und rechte Hand König Djosers, habe sie vor mehr als tausend Jahren entworfen – Imhotep, der jetzt, wegen seiner wunderbaren Werke, die er zu seinen Lebzeiten geschaffen hatte und wegen der Wunder, die er seit seinem Tod bewirkt hat, wie ein Gott verehrt wurde. Viele der bedeutendsten Fürsten und Beamten des Hofes errichteten sich so nahe an diesem großen Werk wie möglich ihre Gräber. Auch Haremhab hatte während Echnatons Regierungszeit häufig die Totenstadt besucht, um den Fortgang der Arbeit an seinem eigenen Grabmal zu beobachten, für das er nur die besten Künstler der Gegend beschäftigte, die die Reliefs in die Wände des kleinen Tempels und der Grabkammer schnitzten. Maya und Nakhtmin, zwei hohe Beamte und enge Vertraute Tutenchamuns, wollten ihrem Ka nach der Loslösung vom Körper ebenfalls dort eine Heimstatt geben.

Für einen Ägypter war die Vorbereitung für das Leben nach dem Tod ein natürlicher Bestandteil seines Lebens. Für sie hatte das Leben kein Ende – der Tod war nur ein Wechsel von einer Lebensform zur anderen, und jede hatte ihre besonderen Freuden, Gefahren und Sorgen. Man bereitete sich auf jeden Abschnitt des Lebens vor, einschließlich des Todes, wenn der Körper unversehrt abgelegt wird und die anderen Aspekte des Daseins wichtiger werden. Den Körper in einem guten Zustand zu erhalten hieß, die Verbindung mit dieser Welt aufrecht zu halten. Er stellte eine Art Tor dar, durch welches das Ka kommen und gehen konnte.

Kia hatte, wie Eje, ein Grab für sich in Achetaton angelegt. Aber jetzt, da Achetaton kein Ort mehr für die Lebenden war, konnte es auch kein Ort mehr für die Toten sein. Tutenchamun schlug ihr vor, einen Platz für ihre »Behausung der Millionen Jahre« in Sakkara auszusuchen, aber das lehnte sie ab. Sie wollte in Echnatons Grab in den östlichen Felsen bei Achetaton begraben werden, wie es sich für ihren Stand als Witwe ziemte, trotz der Tatsache, daß das Grab zerstört und geplündert worden war und nun verlassen lag.

»Ich werde der Hafen sein, in den er zurückkehrt«, hatte sie gesagt. Sie erinnerte sich, wie oft er sich trostsuchend eher ihr als Nofretete zugewandt hatte, wenn er nicht mehr weiter wußte.

»Das geht nicht«, hatte Tutenchamun geantwortet. »Haremhab würde das niemals zulassen.«

»Ah, Haremhab ist jetzt Pharao, ja?« hatte sie höhnisch erwidert. Tutenchamun war errötet. »Nein. Natürlich nicht. Wenn du dort begraben sein möchtest, dann wirst du es sein.«

Aber trotz seines Versprechens, begann niemand mit der Arbeit an ihrer Grabkammer in Achetaton.

Die Wege von Kia und Nezem-mut kreuzten sich nicht oft, und wenn, dann war die Begegnung nie freundschaftlich. Es hatte Nofretete immer geärgert, daß Kia Echnaton einen Sohn geboren hatte und nicht sie, und Nezem-mut versäumte keine Gelegenheit, an der Stelle ihrer Schwester die eifersüchtige Erniedrigung Kias fortzuführen. Nach einer ihrer vielen Auseinandersetzungen beklagte sich Kia bei Tutenchamun, und er beschloß, Nezem-mut aus dem königlichen Kreis zu entfernen.

»Warum glaubst du, du müßtest überhaupt ein königliches Grab haben?« soll Nezem-mut spottend zu Kia gesagt haben, einen Tag nachdem sie von deren Bitte um ein Grab in Achetaton erfahren hatte. »Wenn alle Nebenfrauen des Königs in königlichen Gräbern bestattet würden, hätten die Könige keinen Platz mehr für sich.«

»Ich bin die Witwe eines Königs und die Mutter eines Königs«, hatte Kia ungewöhnlich schlagfertig geantwortet.

»Ich weiß«, hatte Nezem-mut ungeduldig erwidert. »Aber General Haremhab möchte Echnaton aus gutem Grund vergessen wissen. Du verlangst zuviel von deinem Sohn, wenn du von ihm erwartest, dich dort zu begraben.«

»Weder ich – noch mein Sohn – werden Achetaton vergessen.«

»Wenn ihr es nicht tut, wirst du und dein Sohn bald vergessen sein.«

Das nächste Mal brachte Tutenchamun das Gespräch im Beisein Haremhab auf Nezem-muts Heirat.

»Du hattest doch Zeit genug, die Angelegenheit zu überdenken?« sagte er ungeduldig, als sie wieder zögerte.

Nezem-mut schaute zu Haremhab, der teilnahmslos danebenstand. Seine Miene gab ihr keinen Hinweis darauf, was er dachte. Sie wand sich in ihrer Unentschlossenheit. Sie hatte ein ausgefülltes und anregendes Leben am Hof geführt. Wenn sie das Bedürfnis verspürte, hatte sie Liebhaber mit in ihr Bett genommen, doch bis jetzt hatte sie nie das Bedürfnis gehabt zu heiraten. Lange hatte sie angenommen, eines Tages

Haremhabs Frau zu werden, doch jetzt hieß er ohne die leiseste Widerrede gut, daß sie einem anderen gegeben wurde. Sie versuchte, Trost aus der Tatsache zu ziehen, daß er ihrem Blick nicht begegnete, sondern auf eine Papyrusrolle starrte, die er aufgerollt in der Hand hielt. Bedeutete dies, daß er tief über die Folgen dessen nachdachte, was Tutenchamun vorschlug, oder dachte er an etwas ganz anderes? Nezem-mut biß sich auf die Lippen. In letzter Zeit fühlte sie sich mit den Zwergen immer unbehaglicher, und wenn sie ihren engsten Vertrauten nicht mehr trauen konnte, war es vielleicht an der Zeit, jemand anderen zu suchen, auf den man sich verlassen konnte. Es hatte ihr gefallen, was sie von Tefnakhte gesehen hatte, aber ...

»Majestät, ich möchte den Nomarchen nicht heiraten«, sagte sie und blickte fest zu Haremhab. »Ich sehe keinen Grund dafür.«

»Es gibt viele Gründe«, erwiderte Tutenchamun verärgert. »Nicht zuletzt, weil ich darum gebeten habe.«

»Die Königin, die große königliche Gemahlin, die Tochter des Ra, ist meine Nichte«, sagte sie stolz, straffte ihre Schultern und schaute gezielt zu Haremhab. Sie wollte, daß er sie ansah. »Wer immer mich heiratet, wird große Macht in den Zwei Ländern gewinnen.«

»Der Nomarch Tefnakhte ist dieser Macht würdig«, gab Tutenchamun zurück.

»Eine große Macht, Majestät.«

Endlich schaute Haremhab auf und begegnete für einen kurzen Augenblick ihrem Blick. Seine Augen waren durchdringend und nachdenklich. Sie schien schließlich Erfolg gehabt und seine Aufmerksamkeit erlangt zu haben.

Tutenchamun wollte gerade ärgerlich etwas erwidern, als er unterbrochen wurde. Er hatte auf diese Heirat gesetzt, denn er war Nezem-muts überdrüssig, die fast immer gegenwärtig war. Nofretete war ihm als Kind nie vertraut oder freundlich zu ihm gewesen, und Nezem-mut war die Schwester dieser strengen und schrecklichen Frau, die sein kindliches Herz mit Unbehagen erfüllt hatte. Er bekam bei ihr immer das Gefühl, nicht an das heranreichen zu können, was sie von einem König oder vom Nachfolger eines Königs erwartet wurde. Nezem-mut sah ihrer Schwester nicht sehr ähnlich, aber doch ähnlich genug, um ihn ständig an seine ersten Jahre als König zu erinnern, als er sich so unbeholfen und unzulänglich gefühlt hatte. Seine Entscheidung, sie vom Hof zu entfernen, wurde durch die Abneigung seiner Mutter bestärkt – wieder ein eigentlich übertragener Haß –, denn Nofretete und Kia waren nie miteinander zurecht gekommen. Eje, Nezem-muts Vater und oberster Wesir, hielt den Nomarchen für eine gute Partie für seine Tochter. Haremhab aber hatte Tutenchamun absichtlich nicht um Rat gefragt, wollte er doch wenigstens diese Entscheidung allein treffen. Maya, der Schatzmeister des Königs, wurde angekündigt. Der war mehrere Monate in Nubien gewesen. Tutenchamun freute sich, ihn zu sehen, und war begierig, sich mit ihm zu unterhalten.

»Es gibt keinen Grund, weiter zu zögern, meine Dame«, sagte er bestimmt. »Die Sache ist beschlossen.«

»Majestät … «

Ihr Einspruch ging unter, als Maya geschäftig hereineilte und den jungen König warm und herzlich begrüßte. Innerhalb weniger Augenblicke waren sie in ein Gespräch über die Tiere, die Maya für Tutenchamuns geliebten Tierpark mitgebracht hatte, vertieft. Maya erzählte ausführlich von einem Löwenjungen, das gleich nach dem Tod der Mutter von ihr fort gekommen war. Seit seiner Geburt hatte es nur menschliche Gesellschaft gehabt.

»Ich dachte, die Königin würde es gerne haben«, sagte Maya. »Ich glaube, es wurde genau an dem Tag geboren, als ihr Sohn starb. Vielleicht hilft es ihr über ihren Kummer hinweg. Es ist sehr zahm.« Maya hatte gehört, wie bleich und teilnahmslos die Königin seit dem Tod des jungen Prinzen war.

Tutenchamun hielt das für eine ausgezeichnete Idee und bestand darauf, auf der Stelle das Geschenk zu überreichen. Entweder hatte er die Angelegenheit von Nezem-mut völlig vergessen oder er glaubte, das letzte Wort gesagt zu haben, und es müsse nicht weiter über die Heirat gesprochen werden.

Haremhab und Nezem-mut waren allein.

Das Schweigen zwischen ihnen schien lang. Nezem-muts Herz und ihre Gedanken rasten. Es konnte keine bessere Gelegenheit geben, die Dinge zwischen ihnen zu klären. Sie konnte sich nicht daran erinnern, daß sie je zusammen allein gewesen waren, und wenn Tutenchamun zurückkam, gäbe es wahrscheinlich keine zweite Gelegenheit. Aber wie sollte sie beginnen? Sie schaute zu ihm hinüber. Er stand halb von ihr abgewandt und befaßte sich mit einer nubischen Steuerliste, die ihm Maya in die Hand gegeben hatte, bevor er mit dem König gegangen war. Nezem-mut sah sein Gesicht nur im Profil. Es könnte aus Granit geschnitten sein, dachte sie. Es war ein strenges, hartes Gesicht. Ein Gesicht, das nicht oft lächelte. Sie betrachtete die feste Linie seines Kinns und seine gut geformte, ansehnliche Nase. Er hatte den Körper eines Kriegers, fest und muskulös, mit einer dünnen Narbe auf seiner linken Schulter und an seinem rechten Handgelenk. Die Narben entstellten ihn nicht, sondern bestärkten den Eindruck gefährlicher Kraft. Sie bemerkte die Aufmerksamkeit, mit der er die Liste las. »Vielleicht finde ich ihn deshalb so anziehend«, dachte sie. »Er ist ein Mann der Tat, streng und stark und kräftig. Und dennoch ist er auch ein Gelehrter, ein Diplomat, ein Höfling. Er gäbe einen guten Pharao ab«, sann sie und dachte zurück an Tutenchamuns Großvater, der während der letzten Jahre seiner Herrschaft so fett und krank gewesen war, an Echnaton, der einen schwächlichen Körper gehabt hatte und von Verrücktheiten besessen gewesen war, und jetzt war Tutenchamun Pharao, ein schmächtiger junger Mann, der einerseits eine Puppe war, die jeder beeinflussen konnte, und andererseits ein Tyrann, der sich mit solchen Dingen wie ihrer Heirat Geltung verschaffte, um zu beweisen, daß er wirklich der Pharao war. Sie wußte, er war mehr an den Tieren interessiert, die Maya für seinen kostbaren Zoo mitgebracht hatte, als an den offiziellen Nachrichten über nubische Politik, die er ebenfalls mitgebracht haben mußte. Haremhab, der Soldat. Haremhab, der Schreiber. Haremhab von unadeliger Abkunft – er wäre ein ausgezeichneter Pharao! Sieh nur, mit welchem Verständnis er die nubischen Meldungen liest!

Fast als wäre die Nachdrücklichkeit dieses Gedankens zu ihm durchgedrungen, schaute der General plötzlich zu ihr auf und verbeugte sich leicht.

»Verzeih mir, meine Dame«, sagte er höflich. »Ich sollte das nicht in deiner Gegenwart lesen.«

»Natürlich solltest du, General«, sagte sie. » Ich habe mein Leben im Mittelpunkt der Regierung verbracht. Ich bin mir wohl bewußt, wie wichtig solche Berichte sind und wie dringlich man sich damit befassen sollte.« Sie betonte das Wort »dringlich« und deutete damit einen leichten Tadel an Tutenchamun an, der seiner Lieblingsbeschäftigung Vorrang einräumte.

Entdeckte sie einen Funken Interesse in seinem bislang unbewegten Gesicht?

»Mein Herr«, sagte sie, »was hältst du von dem Vorhaben des Pharao, mich mit dem Nomarchen Tefnakhte zu verheiraten?«

Er nahm sich mit der Antwort Zeit. Je länger er brauchte, desto mehr Hoffnung schöpfte Nezem-mut aus seinem Schweigen.

»Er ist ein guter Mann«, sagte er schließlich. »Und eine Frau in deiner Stellung … «

»Es gibt viele gute Männer, mein Herr«, unterbrach sie schnell. »Du selbst, mein Herr, gäbest einen guten Gemahl für eine Frau in meiner Stellung.«

Sie blickte ihn tapfer an, doch ihr Herz war alles andere als kühn. »Bin ich zu weit gegangen? Habe ich die Gelegenheit verdorben?« überlegte sie verzweifelt. »Aber wenn ich es unausgesprochen ließe, würde es je ausgesprochen? Würde er es je in Erwägung ziehen?« Sie machte sich Gedanken über die Prophezeiung der Amunpriester. Entsprach sie der Wahrheit oder versuchten die Priester nur, Zwietracht zu säen, indem sie ihr Hoffnung machten? Wenn die Prophezeiung echt war, konnte das, was sie sagte, nicht schaden. Wenn sie falsch war, nun ja, wenigstens hätte sie die Idee in sein Herz gepflanzt, und vielleicht würde sie dort Wurzeln schlagen. An seinem Gesicht konnte sie nicht ablesen, was er dachte, aber als er nichts erwiderte und viel Zeit zu verstreichen schien, wurde sie unruhig und leichtsinnig.

»Ich hatte vorgehabt, dir zu erzählen, mein Herr«, sagte sie, »aber es war noch keine Gelegenheit, daß ich etwas gefunden habe, was von großem Wert für dich sein könnte.«

»Oh?« sagte er, hob seine buschigen, dunklen Augenbrauen und schaute sie jetzt interessiert an.

»Ich habe vor, es meinem Gemahl zu schenken«, sprach sie ruhig und betont.

»Was ist es, meine Dame«, fragte er. Er wußte genau, was sie erreichen wollte, dennoch war er neugierig.

»Es wäre ein Jammer, wenn es in die falschen Hände fiele«, sagte sie zögernd.

»Traust du mir nicht, meine Dame?«

»Ich vertraue dir mehr als irgend jemand sonst«, gab sie schnell zurück. »Mehr sogar als dem Pharao. Und bestimmt mehr als dem Nomarchen Tefnakhte.«

»Gewiß kannst du dem Pharao und dem Nomarchen Tefnakhte ohne weiteres vertrauen, meine Dame. Du schenkst mir zuviel der Ehre und tust ihnen unrecht.«

Und wieder war da dieses Schweigen – und die Spannung zwischen ihnen.

General Haremhab unterbrach es, indem er sich verbeugte und sich anschickte zu gehen.

»Ich bin sicher, dein Gemahl wird das Geschenk zu würdigen wissen«, sagte er bedächtig, als ob er das Interesse verloren hätte. »Wenn du mich jetzt entschuldigen möchtest … «

»Ist das heilige Phönix-Ei des Ra ein passendes Geschenk einer Frau für einen Nomarchen?« fragte sie. Ihr Gesicht war gerötet, als sie dieses letzte Angebot machte, um ihn auf ihre Seite zu ziehen. Er war schon dabei, fortzugehen, doch bei diesen Worten hielt er inne, drehte sich um und blickte sie an. Endlich hatte sie seine volle Aufmerksamkeit.

»Das heilige Ei des Ra?«

»Ja, mein Herr«, erwiderte sie. Sie beobachtete ihn genau und spürte, daß sie endlich die Möglichkeit hatte zu gewinnen, was sie eigentlich wollte.

»Du hast es?«

»Ja«, sagte sie mit einem so winzigen Zögern, daß er es nicht bemerkte. Sie konnte und wollte jetzt noch nicht zugeben, daß sie es nicht hatte. Sie war überzeugt, daß es nicht außerhalb ihrer Macht lag, es von der Königin zurückzuerhalten, besonders in deren gegenwärtigem, geschwächtem Zustand. Jene hatte ihren Besitz noch nicht bekannt gegeben. Das deutete darauf hin, daß noch Zeit genug war, ein weiteres Mal den Besitzer zu wechseln – heimlich. Nezem-mut spielte mit hohem Einsatz und war sich dessen wohl bewußt.

»Es sollte wieder nach Yunu gebracht werden«, sagte Haremhab sofort.

»Ich dachte, vielleicht wäre es besser hier im Tempel von Amun-Ra aufgehoben«, sagte sie listig.

»Weiß der Nomarch davon?«

»Niemand weiß es, mein Herr«, log Nezem-mut. »Außer dir und mir. Wer auch immer einen so alten und geachteten Gegenstand den Zwei Ländern wiederbringt, wird ungeheure Macht erhalten«, fügte sie hinzu. »Ich möchte diese Macht gern dem Manne schenken, den ich heirate. Aber ich bin nicht sicher, ob der Nomarch Tefnakhte ... «

»Meine Dame, du solltest dich nicht zu schnell entschließen.«

»Aber wenn der Pharao darauf besteht?«

»Laß mich mit dem Pharao sprechen«, sagte Haremhab, der ihren Köder augenscheinlich jetzt geschluckt hatte. »Wir müssen überlegen, was am besten zu tun ist.«

Sie lächelte.

»Ja, mein Herr«, sagte sie süß und senkte schließlich ihre großen dunklen Augen. Sie spielte ohne Scham die Rolle der nachgiebigen und unterwürfigen Frau. »Was immer du zu tun rätst.«

Sichtlich erregt eilte er von dannen.

Die Macht

Maya hatte recht, was Anchesenamun und das Löwenjunge betraf. Wenige Augenblicke schon nachdem sie ihr Geschenk erhalten hatte, lag ihre Wange an seinem weichen Hals, und sie rief ihn mit allen erdenklichen Kosenamen. Es lag vor ihr auf dem Rücken, sie rieb den seidigen Pelz seines Bauches, und es schnurrte wie ein Kätzchen. Während er ihr strahlendes Gesicht betrachtete, das sich so sehr von dem Gesicht unterschied, das er bei seinem Eintreffen gesehen hatte, fragte sich Maya, was sie wohl dachte. Das Junge hatte die irdische Welt betreten, als ihr Kind sie verlassen hatte, und möglicherweise glaubte sie, der Geist des königlichen Prinzen stecke im Körper des jungen Tieres. Er machte sich Gedanken, ob es wohl richtig war, ihr den genauen Zeitpunkt seiner Geburt mitzuteilen. Er hatte es für einen interessanten Zufall gehalten, aber mehr auch nicht. Er hatte nicht beabsichtigt, daß das Tier den Platz des Menschen einnahm.

Tutenchamun war jedenfalls entzückt. Zum ersten Mal seit langer Zeit sah er Anchesenamun glücklich, und das war ihm genug. Es kam ihm nicht in den Sinn, daß sie etwas zu heftig und eigenartig auf den Löwen reagierte.

Das Junge und Anchesenamun wurden unzertrennlich. Sie hatte ein Halsband aus Gold mit einer Lotosblume aus Türkis und einem *Djed* aus Lapislazuli für es, und für ihren eigenen Arm ein Armband, das genauso aussah, aber etwas kleiner war. Eine feine, aber feste goldene Kette hielt sie zusammen, wenn sie im Garten spazieren gingen. Sie wälzte sich wie ein Kind mit ihm über das Alabasterpflaster des Innenhofes, und es schlief auf einem Kissen neben ihr, wann immer es schlafen wollte.

Die Königin und der junge Löwe lagen zusammengerollt auf einer Decke im tanzenden Schatten einer Sykomore im Palastgarten, als Nezem-mut sie wegen des grünen kristallenen Eis aufsuchte, das sie immer noch in Anchesenamuns Besitz wähnte. Sie schliefen. Bei Nezemmuts Schritten öffnete das Tier ein Auge und stellte ein Ohr auf, doch es fühlte sich so sicher in Anchesenamuns Arm, daß es sich nicht die Mühe machte zu knurren.

Nezem-mut mußte ihren Namen rufen, bevor die junge Frau sich regte. Die Sonne brannte auf den Garten herunter. Es war Mittag, und nur wenige Menschen waren draußen. Sogar die Gärtner hatten sich zurückgezogen und mieden die heißesten Stunden des Tages. Nezem-mut fühlte den Schweiß an ihren Armen herunterlaufen. Sie hatte absichtlich diese Zeit gewählt, weil sie wußte, daß sie und die Königin dann wahrscheinlich am wenigsten gestört würden.

»Senamun«, wiederholte sie, Tutenchamuns persönliche Anrede benutzend.

Endlich bewegte sich die Königin, seufzte und rieb sich die Augen. Nezem-mut erkannte, daß Anchesenamun trotz offener Augen noch die Traumlandschaft sah, aus der sie so plötzlich gerissen worden war. Unwillkürlich schlang sie ihre Arme um das kleine Tier, als wolle sie es vor jeglicher drohenden Gefahr beschützen.

Allmählich erwachte sie und zog sich in eine sitzende Haltung empor. Das kleine Tier erwachte ebenfalls und stöberte mit der Schnauze an ihr herum, als suche es nach Milch.

»Oh, Nezem-mut«, sagte Anchesenamun und war durchaus nicht erfreut, ihre Tante zu sehen. Sie war über den Tod ihres Kindes in so tiefe Verzweiflung gesunken, daß sie wegen des heiligen Eis nichts mehr unternommen hatte. Doch gerade an diesem Morgen hatte sie daran gedacht und sich gefragt, was sie tun könnte, um es zurückzubekommen. Seit jenem schrecklichen Tag hatte sie weder Hapu noch die Zwerge gesehen, tatsächlich hatte sie nicht einmal an sie denken wollen.

Jetzt kehrten die Gedanken zurück, und ein Schatten überzog ihr Gesicht.

Nezem-mut betrachtete sie aufmerksam. Sie glaubte, Anchesenamun hätte sich jetzt genug erholt, um für ihr Handeln zur Rechenschaft gezogen zu werden.

»Ich freue mich, dich wohlauf zu sehen, Nichte«, sagte sie förmlich.

»Ich freue mich, wohlauf zu sein, Tante«, erwiderte Anchesenamun ebenso förmlich.

»Ich sehe, du hast einen neuen Begleiter.«

Anchesenamun nickte und fuhr fort, das kleine Tier zu streicheln und zu liebkosen. Sie vermied es, ihrer Tante in die Augen zu sehen. Sie war zwar wiederhergestellt, aber nicht sicher, ob sie einer schwierigen Begegnung gewachsen war. Eine Weile herrschte ungemütliche Stille, bevor Nezem-mut sich entschloß, ohne Umschweife zur Sache zu kommen.

»Es gibt etwas, worüber wir reden müssen, Nichte.«

»Wirklich?«

»Ich glaube, du weißt sehr genau, was ich meine.«

Anchesenamun schaute jetzt zu ihr auf, und ihre Augen verengten sich wie die einer wütenden Katze. Das Löwenjunge knurrte drohend, als hätte es ihren Stimmungsumschwung gespürt.

»Du hast etwas genommen, was dir nicht gehörte.«

»Nein, Tante. *Du* hast etwas genommen, was dir nicht gehörte!«

»Es gehört keinem von uns, sondern dem Land Khemet, und es sollte zurückgegeben werden.«

»Ja, es sollte zurückgegeben werden.«

Nezem-mut wartete darauf, daß Anchesenamun fortfuhr. Als diese schwieg, sprach sie laut und ungeduldig.

»Nichte, spiel keine Spiele mit mir! Du hast den Kasten geöffnet. Du hast genommen, was darin war. Wo ist es jetzt?«

Anchesenamun blickte sie kühl an.

»Ich öffnete den Kasten, aber ich habe nichts genommen – denn da war nichts zu nehmen. Wenn du das heilige Ei des Ra möchtest – um es an seinen rechten Platz zu bringen«, fügte sie betont hinzu, »dann solltest du träumen, oder wenn das nicht hilft, frage die Zwerge, die dir so lange so gut gedient haben.«

Nezem-mut sah unangenehm überrascht aus.

»Ja, meine arme Tante, du bist betrogen worden.«

»Sie würden nie … !«

Doch jetzt wußte sie, daß sie es getan hatten. Eigentlich hatte sie es gewußt, seit sie die Veränderung in ihnen gespürt hatte. Sie verwünschte sich selbst, daß sie solch eine Närrin gewesen war und all die Zeit damit vergeudet hatte, auf Anchesenamun zu warten, während sich der Kristall wahrscheinlich in ihrer Reichweite befand. Sie würde diesen treulosen Dieben eine Lehre erteilen, die sie nie vergessen würden! Wie konnten sie das tun – nach allem, was sie für die beiden getan hatte! Die Söhne von Bauern – wie Prinzen hatten sie im Überfluß gelebt. Sie sind geehrt worden wie nur wenige Menschen, die nicht zur königlichen Familie gehörten. Es gab nichts, was sie nicht für sie getan hatte. Nichts, was sie ihnen nicht gewährt hatte!

Ohne ein weiteres Wort wandte sie sich um und eilte fort. Anchesenamun schaute ihr nach und überlegte, ob sie ihr folgen sollte. Sie versuchte, etwas zu unternehmen, wollte entschlossen sein, den heiligen Gegenstand zu finden und Ra zurückzugeben.

»Ich bin der Gott, der im Ei des Ersten und des Letzten wohnt. Ich bin der Gott, der sich am Horizont erhebt und am glänzenden Himmel schwimmt. Der Licht bringt, alle Dinge zu erleuchten. Seinesgleichen kann unter den Göttern nicht gefunden werden.«

Nezem-mut rief Heh und Ipi in ihr Empfangszimmer. Sie sahen natürlich sofort, daß sie sehr zornig war. Kerzengerade saß sie in dem kunstvollsten und unbequemsten Stuhl im Raum, den sie nur benutzte, wenn sie Fremde empfing und stolz und eindrucksvoll erscheinen wollte.

Die zwei Männer standen vor ihr. Sie waren nicht größer als zuvor, doch ihr Blick war so dreist und hochmütig, daß sie größer schienen. Nezem-mut schaute sie an und erkannte, in all den Jahren, die die beiden an ihrer Seite waren, hatte sie überhaupt nichts über sie gewußt. Sie hatten Scherze auf Kosten anderer gemacht, sie hatten geschwatzt und den Tag verlebt, sie hatten spioniert und ihr Nachrichten über jeden gebracht, über den sie etwas wissen wollte – sie aber hatte nie in die Herzen der beiden geschaut – sie hatte nie auf das gehört, was hinter ihren Worten lag.

»Ihr seid Diebe«, schuldigte sie die Zwerge an. »Ihr habt mich bestohlen – eure Freundin, eure Wohltäterin.«

»Gewiß nicht, meine Herrin«, sagte Heh glattzüngig.

»Gewiß doch, Zwerg«, antwortete sie schneidend.

Hehs Augen funkelten von plötzlichem Feuer. So hatte sie ihn noch nie genannt.

»Wir haben nichts genommen, was dir gehört«, sagte er eisig.

»Ihr habt das heilige Ei des Ra genommen.«

»Wir haben nicht gewußt, daß es dir gehört, meine Herrin.«

»Was habt ihr damit gemacht!« Sie schrie fast und vergaß, daß sie würdevoll und herrisch erscheinen wollte. Sie beugte sich vor, brachte ihr Gesicht nahe an seines und umklammerte die Lehnen des Stuhles, bis ihre Knöchel weiß wurden.

Heh und Ipi berührten einander kurz, und das Aufblitzen des Triumphes zwischen ihnen entging ihr nicht.

»Wenn ihr mir das nicht sofort sagt«, tobte sie, »wird keine Strafe schwer genug für euch sein!«

»Wenn du uns strafst, Herrin«, sagte Heh ruhig und selbstsicher, »wirst du das Ei nie wiedersehen.«

Sie biß sich auf die Lippen und zwang sich, sich zurückzulehnen. Ihr Herz pochte schnell, und sie spürte ihren Ärger wie eine übel schmeckende Flüssigkeit in ihrer Kehle emporsteigen. Sie fühlte sich angeekelt. Sie wußte, sie hatte die falsche Methode gewählt – aber ihr Verlangen, den Kristall in diesem Augenblick zu besitzen, war fast nicht zu ertragen. Sie hatte ihn Haremhab versprochen, und er – auch wenn es nicht ausgesprochen worden war – hatte sicher verstanden, daß er das heilige Ei nur bekommen würde, wenn er sie heiratete.

»Ich möchte dich nicht bestrafen, Heh«, sagte sie mit gepreßten Lippen und zwang sich, ihren Ärger zu beherrschen. »Ich zöge es vor, dich zu belohnen. Was sagst du dazu?«

»Wir können es nicht zurückgeben, meine Herrin.«

»Ihr könnt nicht? Oder wollt nicht?«

»Es ist nicht ratsam. Das Ei hat große Macht, und wir haben gelernt, sie zu beherrschen und zu benutzen. Wenn jemand ohne dieses Wissen den Versuch unternähme, es uns fortzunehmen, würde er oder sie vernichtet.«

Sie sah ihn verblüfft an.

»Willst du mir drohen?«

»Nein, Herrin. Ich erkläre nur, wie es ist.«

Eine Zeitlang war es still im Raum, während Nezem-mut über die Wendung nachsann, die die Sache genommen hatte. Die beiden Männer beobachteten sie belustigt, denn sie wußten, es gab nichts, was sie tun konnte.

Von links war ein leises Geräusch zu hören. Die Spannung war so groß, daß alle herumwirbelten, um zu sehen, woher es kam. Eine Katze, die die ganze Zeit auf einem hohen Schrank geschlafen hatte, war auf den Tisch gesprungen. Heh machte einen Schritt auf sie zu, um einen Krug wegzunehmen, bevor er umkippte. Die Katze warf ihm einen Blick zu und stieß einen hohen Schrei aus. Ihr Fell sträubte sich, während sie einen Buckel machte. Kein Zweifel, sie fürchtete sich vor ihm. Heulend floh sie aus dem Raum.

Nezem-mut schaute Heh bestürzt an. Er schien ungerührt.

»Du siehst, Herrin, die Besitzer des heiligen Ei des Ra können es nicht aufgeben.«

Auch sie fürchtete sich jetzt vor ihm. Ipi stand ein oder zwei Schritte hinter Heh und schien sich weniger unter Kontrolle zu haben als der. Heh jedoch hatte eine Macht, wie sie ihr noch nie begegnet war. Ihr wurde klar, daß es sehr unklug gewesen war, etwas zu versprechen, was sie nicht hatte.

»General Haremhab ist sehr bestrebt, das heilige Ei des Ra zu finden«, sagte sie. »Und ich bin sehr bestrebt, es ihm zu schenken.«

Die Zwerge waren vertraut genug mit ihr gewesen, um ihre geheime Sehnsucht nach dem General zu kennen.

»Oh«, dachte Heh. »Da haben wir es!«

Laut sagte er: »Herrin, mit Freuden werden wir die Macht des Eies zu deinem Nutzen einsetzen. Sage uns, was du möchtest.«

Nezem-mut zögerte. Sie wußte, was sie mehr als alles in der Welt wollte – aber sie hatte Angst, es zu sagen. Das Ei an sich bedeutete ihr nichts. Für sie war es nur Mittel zum Zweck, und wenn sie es ohne den tatsächlichen Besitz des Eies erreichen konnte, wäre sie damit zufrieden. Die Reaktion der Katze auf Heh hatte ihr gezeigt, daß es nicht leicht werden würde, das Ei zurückzubekommen, wenn Heh sich nicht davon trennen wollte.

»Das Ei hat die Macht, einen Menschen sehnsüchtig nach einem anderen zu machen«, sagte Heh listig.

»Wirklich?«

»Wenn die richtigen Zauberformeln gebraucht werden. Wenn derjenige weiß, was er tut.«

Sie schaute Heh nachdenklich an. In seinen Augen erkannte sie sein Wissen um ihr Verlangen nach Haremhab. Sie las darin auch, daß er ihr helfen würde, die gleiche Sehnsucht in Haremhab zu wecken. »Warum nicht?« dachte sie. »Warum nicht?« Gewiß konnte Haremhab die Zwerge zwingen, das Ei aufzugeben, wenn er wußte, daß sie es besaßen – doch wenn er es tat, bevor er sie heiratete – welchen Einfluß hätte sie noch über ihn? Nein, sie mußte das Ei benutzen, um den General entweder zu bestechen, wie sie es vorgehabt hatte, oder um ihn mit Hehs Hilfe für sich einzunehmen.

»Heh, mein Freund«, sagte sie in einem ganz anderen Ton als zuvor. »Du kennst mein Herz. Kannst du mir helfen, mein Verlangen zu stillen?«

»Gewiß, meine Herrin.«

»Du wirst es nicht bereuen. Ich werde es dir vergelten.«

»Ich weiß, meine Herrin.«

Sie wünschte, er sähe nicht so selbstgefällig aus. Sie hoffte auf eine Zeit, da sein Gesichtsausdruck ein anderer sein würde. Haremhab und sie würden ihn mit Freuden auf die Knie zwingen.

Heh und Ipi hatten Nezem-muts Kammer noch nicht lange verlassen, als sie vor die Königin gerufen wurden.

Anchesenamun war schmaler geworden, seit sie sie das letzte Mal gesehen hatten, und nicht nur weil sie nicht mehr schwanger war. Schatten lagen in ihren Augen und ihre Wangen waren beinahe hager.

Auch sie saß, als sie eintraten und sich verneigten. Ihr zu Füßen lag friedlich schlafend ein kleiner Löwe. Als die beiden sich näherten, erwachte er und zeigte, wie die Katze, Anzeichen von Furcht. Knurrend zog er sich hinter den Rock der Königin zurück, man sah nur noch ein ängstliches und wachsames Auge von ihm.

Sie beschuldigte die beiden sogleich des Diebstahls und verlangte die sofortige Rückgabe des Eies des Ra.

»Wir sind keine Diebe, Majestät«, erwiderte Heh dreist. »Wir wurden von Ra persönlich erwählt, das Ei zu hüten.«

»So?« sagte sie höhnisch. »Und wie gab der große Gott seine Wünsche bekannt?«

»Durch Träume und Zeichen, Majestät.«

»Oh, ja«, dachte sie. »Diese Lüge ist einfach zu benutzen. Ich habe sie auch gebraucht.«

»Zuerst wollten wir nicht hören«, fuhr er mit einem Ausdruck einstudierter Unschuld fort. »Wir konnten nicht glauben, daß solche unwürdigen Geschöpfe für eine so gewaltige Aufgabe erwählt wurden. Aber ... «

»Aber ihr habt euch bald selbst überzeugt, unwürdig wie ihr seid, der große Gott habe euch auserwählt und nicht den Pharao oder die göttliche Gemahlin, Anchesenamun, Königin von Ägypten, die seit Generationen heiliges Blut in ihren Adern hat?«

»Ja, Majestät.« Er begegnete kühn ihrem Blick und starrte sie ohne Blinzeln an.

»Ich habe auch Träume und Zeichen, Herr. Nun, wer kann sagen, wer von uns die ursprünglicheren Träume und Zeichen hat – die wahren Träume und Zeichen unmittelbar vom lebendigen Gott?«

Für einen Augenblick schwankte der dreiste Blick. Anchesenamun war nicht so leicht zu beeinflussen wie Nezem-mut. Sie wollte das Ei weder aus so einfachen noch aus so eigennützigen Beweggründen wie ihre Tante. »Was ist ihre größte Sehnsucht?« grübelte Heh. »Was kann ich gegen sie verwenden?«

»Ra hat mir das Ei gegeben, Majestät«, sagte er glatt. Ipi schaute ihn überrascht an. Das Ei war doch ihnen beiden gegeben worden? »Zweifellos wäre es in deine Hände gelangt, wenn du es hättest besitzen sollen.«

»Es wird in meine Hände gelangen, mein Herr. Noch heute. Bis jetzt habe ich dem Pharao noch nichts von eurem Diebstahl erzählt. Aber bevor Ra die Sternenbarke heute abend besteigt, werde ich es ihm sagen, und sein Zorn wird gefährlich und mächtig sein.«

»Wenn Ra wählt – sogar ein Pharao mag von seinem Thron abgesetzt werden«, sagte er ruhig und drohend. »Könige und Königinnen können durch den Zorn des Ra genauso leicht zerstört werden wie andere Männer und Frauen.«

»Oh, mein Herr, du drohst mir?«

»Nicht ich, Majestät. Aber Ra hat mich zu seinem Gefäß und Sprachrohr auserkoren.«

»Er hat dich zu seinem Narren erkoren!« fuhr sie ihn an. »Du wirst nicht lange leben, Zwerg, und du wirst den Göttern mit einem Herz begegnen, das die Feder der Wahrheit nicht aufwiegt. Apep persönlich wird dir zeigen, wer von uns den wahren Traum und das wahre Zeichen hatte!«

Hehs Gesicht war wutverzerrt. Er zitterte, während er versuchte, sich im Zaume zu halten. Auch sie war gespannt wie eine Bogensehne und versuchte, ihre Würde zu bewahren. Sie wußte, wenn sie ihre Würde verlöre, würde sie nichts erreichen, sondern alles verlieren.

»Geh mir jetzt aus den Augen«, befahl sie beißend, »aber wenn das heilige Ei des Ra mir nicht bis zum Sonnenaufgang morgen früh gebracht wird, werdet ihr in die große Leere eingehen – namenlos. Euer Dasein wird hinfortgefegt und keine Aufzeichnung über euch wird überleben; kein Fetzen eurer Vergangenheit wird euch zur Erde zurückziehen; kein Gott wird euch kennen.«

Ohne Verbeugung drehte sich Heh um und schritt aus dem Raum, Ipi kam an seine Seite gestolpert. Er war bleich bei dem Gedanken an den schrecklichen Fluch, der über ihnen gesprochen worden war.

»Sollten wir nicht … ?« schlug er ängstlich vor.

»Nein!« schmetterte Heh ihn ab. »Komm – wir haben zu arbeiten.«

In dieser Nacht lag Anchesenamun schlaflos, während Ra die zwölf Reiche der Nacht durchwanderte, nacheinander ihre Geister weckte und ihnen Leben eingab. Die Zwei Länder schliefen, die Sterne umkreisten schweigend eine dunkle, stille Erde.

Tutenchamun schlief friedlich; er bemerkte nicht die gefährlichen Kräfte, die sich um ihn sammelten. Er war enttäuscht, weil sich seine große königliche Gemahlin wieder von ihm abgekehrt hatte. Ihr bekümmertes Gesicht zeigte ihm, daß es keinen Sinn hatte, sie zu bedrängen. Er sehnte sich nach ihrer Rückkehr zu ihm – doch zwischenzeitlich konnte er mit seinen Nebenfrauen schlafen. »Ich gebe ihr noch etwas Zeit«, dachte er. »Nur ein wenig.« Er vergaß, daß Zeit wie Flüssigkeit in einem Krug ist – je mehr wir ausgießen, desto weniger haben wir.

Um Mitternacht begann Anchesenamun sich zu fürchten. Sie konnte sich ihre Angst nicht erklären. Ihre Hände schwitzten, ihr Herz pochte zu schnell. Sie wandte ihr Gesicht hierhin und dorthin, spähte in die dunklen Winkel der Kammer und überlegte, ob jemand – oder etwas –

dort lauerte. Sie konnte nichts erkennen, doch ihre Angst wuchs. Das Löwenjunge knurrte, als spürte es auch die Gefahr. Sie zog den kleinen Körper nahe an sich heran, und versuchte sich selbst zu trösten, indem sie es tröstete. Sie setzte sich auf und strengte ihre Augen an, um in die Finsternis zu schauen. Sie wollte die Lampe anzünden, aber dazu hätte sie den Raum durchqueren müssen, und das dauerte. Wer weiß, welch namenloses Entsetzen nach ihr griff und sie berührte! Sie beschloß, ihre Dienerinnen zu rufen, die in der Kammer nebenan schliefen, aber wie laut sie auch schrie, kein Laut kam aus ihrem Mund. Das Löwenjunge war jetzt auch still, zitterte wie sie und schmiegte sich Schutz suchend an sie.

»Feigling«, flüsterte sie mit trockenen Lippen. »Löwen sollten mutig sein.« Doch nicht einmal ihr Flüstern war in dem vollkommen stillen Raum zu hören. War es Einbildung oder war es wirklich dunkler geworden? Immer schien Mondschein oder Sternenlicht durch ihre Fenster, so wie auch vorhin noch. Aber jetzt war da nichts mehr. Sie war allein in vollkommener Finsternis, als hätten alle lebenspendenden Quellen ihren letzten Atemzug getan.

»Nicht allein«, dachte sie und umklammerte verzweifelt das Tier, bis es kaum noch Luft bekam. »Nicht allein!« Sie versuchte mit äußerster Anstrengung, sich das strahlende Licht des Ra im Augenblick seiner Wiederkehr in die Zwei Ländern vorzustellen. Sie rief sich das Bild ihres Vaters von der großen lebenspendenden Kraft, Aton, vor Augen, das Bild einer Feuerscheibe, die zum Anschauen zu hell war, die aber Strahlen aussandte, die vom menschlichen Geist aufgenommen werden konnten. Aber zu ihrem Entsetzen konnte sie nicht einmal das mit ihrem inneren Auge wahrnehmen. Selbst dort befand sie sich in Finsternis, stockblind. Schlimmer noch, als das Augenlicht zu verlieren, war der Verlust der Fähigkeit innerer Wahrnehmung. Sie hatte die Möglichkeit verloren, jenseits des Sehens zu »schauen«.

Schließlich kam der Morgen, und Anchesenamun tauchte bleich und zitternd aus der Nacht auf. Sie wußte, Heh würde den heiligen Gegenstand nicht hergeben, und wenn sie ihn nicht bald in ihre Hand bekäme, würden sie alle in tödliche Gefahr geraten. Sie hatte versprochen, Tutenchamun davon zu erzählen, doch der war zu einem Jagdausflug aufgebrochen lange bevor sie sich genug erholt hatte, um sich aus ihrem Gemach zu schleppen.

Voll Schrecken schickte sie nach Hapu, erzählte ihm, was geschehen war und verlangte von ihm, herauszufinden, wo die Zwerge das Ei verborgen hielten.

»Versuche nicht, es an dich zu nehmen«, warnte sie. »Komme gleich zu mir zurück und sage mir, wo es sich befindet.«

Hapu hatte das Ei gesucht, seit sie sein Fehlen entdeckt hatten, und er war nicht sehr überzeugt, daß er es finden könnte. Aber die Erkenntnis, wie dringend die Sache jetzt geworden war, spornte ihn zusätzlichen an. Er glaubte, es wäre auch möglich, daß Heh und Ipi mit der Zeit immer sorgloser wurden, und ihre Überheblichkeit wuchs. Das Versteck mußte irgendwo in den Klippen nördlich des verfallenen Tempels von Serui sein, soviel immerhinwußte Hapu. Er war ihm geglückt, ihrer Spur bis dorthin zu folgen, hatte sie dann aber verloren.

Er brach sofort auf, doch nach einem anstrengenden Vormittag fruchtloser Suche zog er sich in den Schatten einer kühlen Säulenreihe des verlassenen Tempels zurück. Hier hatte Echnaton besonders gegen die Bildnisse des Amun gewütet, und vor ihm hatte schon jemand andere Namen und andere Bilder ausgehauen. Hapu lehnte sich mit dem Rücken an die riesige Steinfigur eines alten Königs in Gestalt des Osiris. Die Säulen der ganzen Terrasse waren mit diesen Figuren besetzt, gleichwohl viele heruntergefallen und zerbrochen waren. Die meisten Gesichter, selbst der noch stehenden Figuren, waren zerschlagen worden, so als hätte jemand alles daran gesetzt, den König, welcher auch immer dieses zu seinem ewigen Ruhm errichtet hatte, niemals zurückkehren zu lassen, und nichts sollte an ihn erinnern. Haremhab hatte angeordnet, die Bildnisse und Namen Amuns instandzusetzen – aber hier war noch nichts getan worden. Der größte Teil von Tutenchamuns Arbeitsmannschaft war auf seinen Befehl hin mit dem Wiederaufbau und der Erweiterung am Tempel der Mut in Ipet-Resut und am Tempel des Amun in Ipet-Esut beschäftigt. In die Wand hinter Hapu war die Geschichte einer großen Fahrt mit fünf mächtigen Schiffen in einem flachen Relief gemeißelt. Die Inschriften verwirrten Hapu, denn manchmal bezogen sie sich auf einen weiblichen und manchmal auf einen männlichen Pharao. Er starrte die feinen Bilder eines fremden Landes an, »Gottes Land Punt«. Wo lag das? Es mußte sehr, sehr weit weg sein. Die Menschen lebten in seltsamen Hütten auf Stelzen. Berge von Gold und Weihrauch, Viehherden und wilde Tiere waren augenscheinlich nach Khemet mitgebracht worden. Aber wichtiger als all diese Dinge waren die großblättrigen Weihrauchbäume, von denen einige immer noch in den Gärten auf den tiefergelegenen Terassen dieses Tempels um ihr Dasein kämpften.

Ich habe sie über Wasser und über Land geführt, die Wasser unzugänglicher Orte zu erforschen, und ich habe die Terrassen der Myrrhe erreicht. Das ist eine herrliche Gegend im Lande Gottes, wirklich mein Ort des Entzückens ...

Ich bin ihr weiser Herr, ich bin ihr Erzeuger, Amun-Ra; meine Tochter, die die Herren bindet, ist der König Maat-ka-Ra, Hatschepsut. Ich habe sie für mich gezeugt. Ich bin ihr Vater, der ihre Furcht zwischen die Neun Verbeugungen stellte, während sie mit allen Göttern Frieden schlossen.

Hapu hatte nie von Hatschepsut gehört und überlegte nun, ob ihr Name mit einem Bann belegt geworden war, wie der Echnatons, und mit Absicht der Versuch unternommen worden war, die Erinnerung an sie vom Angesicht der Erde zu tilgen. Doch was gewesen war, wird immer sein, gleich wie sehr die Menschen versuchen, es zu verdrängen. Es wird immer einen vergessenen Samen unter einem Stein geben, der auf seine Zeit wartet, um vielleicht lange nach denen, die ihn zu zerstören trachteten, zu keimen, wenn jene schon längst gestorben sind. Hapu starrte in das Gesicht einer der osirischen Statuen, die weit von ihm entfernt am Rand der Terrasse stand. Nur eine war unzerstört. Es war das Gesicht einer Frau. Ein weiblicher Pharao? Eine Frau, die die Rolle des Osiris zu einer Zeit annahm, als Osiris der mächtige Richter der Toten, der Vater der Wiederauferstehung war? Nofretetes Thronbesteigung schien eine geringere Heldentat, denn sie geschah zu einer Zeit, als die alten strengen Regeln und Überlieferungen bereits gebrochen worden waren.

Doch der Schlaf übermannte ihn, bevor er weiter grübeln konnte; in seinem Traum sah er den Tempel in ganzer Geschäftigkeit mit hin und her eilenden Priestern, Hathors Musik, die von den Felsen widerhallte, Umzüge mit Palmenblättern, die die Rampen der höchsten Terrasse erstiegen, das Allerheiligste, das Heiligtum des großen Gottes Amun-Ra.

Er wachte erschrocken auf. Er würde Amun-Ra keine Ehre erweisen. Nicht einmal im Traum! Wie sehr alte Rituale einem Platz anhafteten!

Die Sonne stand tief. Er mußte sich länger als gedacht im Schatten ausgeruht haben. Mit neuer Entschlossenheit begann er, wieder in die nördlichen Felsen zu klettern und dort nach einem Hinweis zu suchen, wo er die Zwerge einmal hatte verschwinden sehen.

Mit dem wandernden Sonnenlicht veränderten die Felsen Gestalt und Farbe. Schatten erschienen, die zu anderer Zeit verschwunden waren. Einige Felsen lagen im Licht und andere im Schatten. Durch einen glücklichen Zufall sah er zur rechten Zeit einen bestimmten Felsen, der in einer Weise beleuchtet war, daß er eine Spalte oder Höhle enthüllte, die Hapu all die Male, die er in dieser Gegend gewesen war, nicht bemerkt hatte. Während er mühsam darauf zu kletterte, sah er, daß andere vor ihm da gewesen waren. Jemand war über den Felsen geschlurft, Staub war aufgewirbelt worden. Sein Herz raste. Er spürte, jetzt war er wirklich sehr nahe. Er hatte das geheime Versteck der Zwerge gefunden. Er hatte das heilige Ei des Ra entdeckt!

Nach dem strahlenden Sonnenlicht konnte er zunächst in dem schwachen Licht der Höhle nichts erkennen. Lange stand er da, bis sich seine Augen an die Dunkelheit gewöhnt hatten. Endlich konnte er in die Höhle vordringen und leidlich gut sehen. Er vermied es, zu dem strahlenden Streifen Lichtes am Eingang zurückzublicken und richtete seine Aufmerksamkeit auf den entferntesten, finstersten Teil der Höhle.

Endlich fand er, wonach er gesucht hatte. Es glühte schwach in seinem Versteck und er ging darauf zu. Er wußte, was er tun würde. Er würde es aus der Höhle tragen und auf die Felsen tief unten schleudern. Es würde es in tausend Stücke zerbersten. Daß er dem Befehl der Königin zuwiderhandelte, war ihm gleichgültig. *Sein* König, Echnaton, hatte die Zerstörung befohlen, und er würde das Ei zerstören.

Doch dann hielt er inne. Er schaute es an. Seine Augen sahen fast so gut wie bei Tageslicht. Wie schön es war. Vielleicht wäre es schade, eine solche Schönheit zu zerstören. Vielleicht wäre Echnaton zufrieden, befände es sich im sicheren Gewahrsam seiner Tochter. Vielleicht hatte er es selbst in jenes Versteck im Palast in Achetaton gebracht, weil er nicht seine Zerstörung wollte – sondern sichere Verwahrung.

Während Hapu das Ei anstarrte, schien es stärker als vorher zu glühen. Es erschien ihm größer.

»Warum sollte ich es der Königin zurückgeben?« dachte er. Gewiß sollte es den Zwergen aus den Händen genommen werden, die es augenscheinlich mißbrauchten. Aber wäre nicht er, der letzte verbliebene Priester des Aton, der beste Wächter dafür? Er könnte das Ei nach Achetaton bringen und es dort sicher verwahren. Vielleicht könnte er mit Hilfe seiner Macht, vorsichtig und weise eingesetzt, die Stadt wieder zum Leben erwecken und die Zwei Länder wieder dazu bringen, Aton zu verehren. Schließlich stand es doch mit der Sonne in Verbindung. Es bräuchte nicht viel, den Schwerpunkt von Ra zu Aton zu verschieben.

Noch als er diese Gedanken mit einem Teil seines Verstandes bedachte, warnte ein anderer Teil ihn vor der Gefahr – warnte ihn davor, sich selbst zu belügen, von seinem Ziel abzuweichen – und erinnerte ihn daran, daß er nicht die Fähigkeiten eines verläßlichen Wächters hatte. Hatten Tutenchamun oder die Königin diese Fähigkeiten?

»Nein«, entschied er. »Ich werde es ins Tal werfen. Niemand wird es jemals wieder gegen irgendwen benutzen.« Die Menschen sollten sich nicht den niedrigeren Aspekten der höchsten Gottheit zuwenden, dachte er. Sie sollten sich nicht mit Halbheiten begnügen. Einzig Aton leuchtete von höchster Stelle aus den Himmeln. Ra war nichts weiter als ein schemenhafter Aspekt des Einen. Ra oder einem der anderen zu folgen hieß, einer Luftspiegelung in der Wüste zu folgen, während man an der richtige Oase vorbeiging.

Er streckte die Hand aus, es an sich zu reißen, sein Herz voll bilder-stürmendem Eifer. Der Kristall schien grünes Licht auszustrahlen und riesig zu werden. Er sah aus wie in seinem Traum. Er tauchte seine Hände in das Licht und versuchte, die kristallene Oberfläche anzufassen. Seine Augen tränten. Es mußte doch etwas Festes da sein? Seine Hände schienen heiß zu brennen, als ob er sich Feuer näherte, und dann berührte er die eiskalte Oberfläche des Kristalls.

Mit einem Schrei wich er zurück. Ein Schmerz, wie er ihn nie für möglich gehalten hatte, durchfuhr ihn.

Als er das Bewußtsein wiedererlangte, lag er auf dem Boden der Höhle, und der Kristall, nun wieder in seiner ursprünglichen Größe, stand immer noch auf seinem steinernen Sims. Er versuchte aufzustehen und entdeckte zu seinem Entsetzen, daß eine Seite seines Körpers taub war. Er konnte weder die Hand, die den Kristall berührt hatte, bewegen noch einen anderen Teil seines Körpers auf dieser Seite. Er rieb seinen abgestorbenen Arm mit der anderen Hand und hoffte, ihn wieder lebendig zu machen. Aber als die Zeit verging und kein Gefühl in seine rechte Seite zurückkehrte und sie auf keine seiner Anstrengungen, sie zu bewegen, reagierte, erkannte er, daß er teilweise gelähmt war. Er ver-suchte, die Ruhe zu bewahren, und untersuchte seinen Körper sorgfältig Stück für Stück, um genau herauszufinden, wie groß der angerichtete Schaden war. Sein rechtes Auge war blind und sein rechtes Ohr taub.

Mit verzweifelter, letzter Anstrengung schleppte er sich aus der Höhle und den Berg hinab. Am nächsten Morgen fanden ihn einige Bauern am Rand ihrer bestellten Felder. Er war mit getrocknetem Blut bedeckt und bewußtlos, aber er atmete noch.

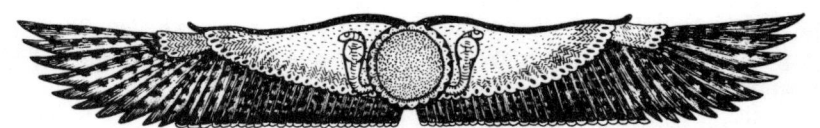

Die Vergeudung

Einige Tage vergingen, bis Hapu sich soweit erholt hatte, daß er die freundlichen Menschen verlassen konnte, die ihn aufgenommen hatte. Er konnte sprechen – doch nur mit Mühe. Eine Seite seines Mundes gehorchte ihm nicht, und die Worte kamen nur langsam.

Er versuchte mehrmals vergeblich, die Königin zu sehen, aber als er darauf beharrte, wurde er von diensteifrigen Wachen mit wachsender Heftigkeit abgehalten. Zufällig entdeckte ihn endlich der oberste Gärtner am Tor und erkannte ihn. Er wußte nicht, was jener mit der großen königlichen Gemahlin zu tun hatte, aber ihm war nicht entgangen, daß sie in mehr als einmal zu sich gerufen hatte. Er nahm an, sie beschäftigte ihn als Spion. Am Hof wimmelte es von Spionen.

Der Gärtner hielt die erzürnte Wache ab, ihn zu treten, und half ihm in den Palastgarten. Dort lauschte er geduldig, während Hapu versuchte, ihm zu erzählen, wie dringend und wichtig es sei, die Königin zu treffen. Der Obergärtner wollte herausfinden, warum Hapu die Königin sehen wollte, doch damit hatte er keinen Erfolg. Schließlich schickte er Anchesenamun eine Botschaft, und als sogleich die Antwort kam, sie gewähre ihm Audienz, befahl er zweien seiner Männer, Hapu zu tragen, während er vorausschritt – zweifellos hoffte er bei dem Gespräch dabei zu sein.

Anchesenamun war entsetzt, als sie Hapus Zustand sah und befahl den Männern, ihn auf eine Liege zu legen. Er mühte sich, zu widersprechen und sich zu erheben, aber sie hob ihre Hand und bestand darauf, daß er liegen blieb. Dann entließ sie die anderen, und nur sie beide blieben in dem Raum.

»Hapu«, fragte sie besorgt. »Was ist geschehen?«

Langsam und unter Schmerzen berichtete er. Seine Stimme wurde am Ende beinahe hysterisch, als er sie anflehte, eine Möglichkeit zu finden, das Ei zu zerstören.

111

»Es ist böse! Böse!« stammelte er, erhob sich auf seinen heilen Ellbogen und starrte sie eindringlich mit seinem guten Auge an, während das andere blicklos in eine andere Richtung starrte.

Sie durchmaß den Raum und dachte angestrengt nach.

Endlich blieb sie neben ihm stehen.

»Es ist nicht böse an sich, Hapu. Dessen bin ich gewiß. Als es im Tempel des Ra in Yunu stand, wurde von vielen Wundern berichtet. Es war eine große Kraft für das Gute. Nein, es ist nicht böse. Es wurde von bösen Menschen mißbraucht und nahm etwas von ihrer böswilligen Kraft an.«

Hapu erinnerte sich daran, wie er einst ein leerstehendes Haus im verfallenen Achetaton auf der Suche nach Schutz betreten hatte. Er hatte sich dort so bang und unbehaglich gefühlt, daß er es verlassen mußte, bevor die Nacht vorüber war. Später erfuhr er, es war das Haus eines grausamen Mannes gewesen, der seine Kinder gequält und getötet hatte.

»Wenn der Kristall so nicht berührt werden kann«, sagte sie, »muß ich mit dir zu der Höhle gehen und das Ei von dem bösen Einfluß befreien.«

Tutenchamun war sehr erstaunt, als er von dem Ei hörte. Er konnte die Geschichte kaum glauben, die sich gerade vor seiner Nase abgespielt hatte, ohne seinen Verdacht zu erregen. Zunächst war er ärgerlich, weil Anchesenamun ihm, ihrem Gemahl und Pharao, so lange nichts von der Sache gesagt hatte, aber sie überzeugte ihn, dies sei teilweise geschehen, weil sie das Ausmaß der Sache vorher nicht erkannt hatte, und teilweise, weil er so beschäftigt und sie so krank gewesen war, daß sich keine passende Gelegenheit ergeben hatte. Sie unterstrich ihre Meinung, es sei nun das Wichtigste, das Ei wiederzubekommen und es unter größtmöglicher Geheimhaltung zu reinigen – doch Tutenchamun stimmte nicht zu. Er hatte nach Heh und Ipi geschickt, gleich nachdem er die ganze Geschichte von ihr vernommen hatte, sie unter strenge Bewachung gestellt und von ihnen verlangt, immer unter Bewachung, das Ei aus der Höhle zu holen und es geradewegs zu ihm zu bringen.

Sein entschlossenes Handeln überrumpelte Anchesenamun, und sie konnte seine Befehle nicht umstoßen. Doch sobald sie allein waren, schalt sie ihn für seine Torheit.

»Gewöhnliche Soldaten und Waffen nützen nichts gegen jemanden, der soviel Macht hat wie Heh«, fuhr sie an. »Schau, was er mir in meinem eigenen Gemach angetan hat! Sieh, was er mit Hapu gemacht hat! Du wirst diese Wachen nie wiedersehen und auch nicht das Ei des Ra!«

»Unsinn! Es war das einzig Richtige. Du vergißt, ich bin Pharao und habe die ganze Macht der Götter hinter mir.«

Anchesenamun schaute ihn an, als zweifelte sie an seinem klaren Verstand.

»Die Götter!« murmelte sie bitter und abweisend, kaum vernehmlich. Als sie sah, wie entsetzt er war, versuchte sie zu erklären.

»Die Götter sind Kräfte, die wir nicht verstehen und nicht beherrschen. Wer weiß, ob die Götter nicht einen Mann, der sich närrisch und unmöglich beträgt, seine Lektion auf heftige Weise lernen lassen – sogar, wenn es sich um den Pharao handelt!« fügte sie ärgerlich über die Selbstgefälligkeit in seiner Miene hinzu. Sie wollte, daß Tutenchamun ein großer und weiser Pharao sei, denn er hatte die Fähigkeit dazu, aber er war noch so jung und unerfahren genug zu glauben, man müßte nur die Ereignisse der sichtbaren Welt in Betracht ziehen.

»Wir sollten selbst gehen und das Ei des Ra holen, bevor sie es bekommen«, sagte sie.

»Wie können wir das tun? Der Pharao und seine Königin? Weniger als unser niederster Untertan sind wir frei zu gehen, wohin wir wollen, und zu tun, was wir wollen!«

Sie wußte, es war unmöglich – aber sie wußte auch, es mußte getan werden. Sie konnte niemand anderem vertrauen, es so zu tun, wie es nötig war.

In diesem Augenblick wurde Nezem-mut angekündigt.

»Schicke sie fort«, sagte Anchesenamun schnell. »Ihretwegen geht alles so verkehrt.«

Bevor Anchesenamun weitersprechen konnte, verneigte sich Nezem-mut vor ihnen. Sie erkannte, daß Tutenchamun sehr ärgerlich war.

»Nicht genug, daß du dich mir wegen deiner Heirat offen widersetzt, sondern du bestiehlst auch den Pharao und die Götter«, fuhr er sie an. »Ich bin mit meiner Geduld am Ende und erwäge, dich aus den Zwei Ländern zu verbannen.«

»Majestät!« keuchte Nezem-mut.

»Nezem-mut«, schritt Anchesenamun rasch ein. »Wir vermuten, deine Zwerge mißbrauchen die Macht des heiligen Ei des Ra und wir müssen es unverzüglich zurückbekommen, bevor es noch mehr Schaden anrichtet. Wir brauchen deine Hilfe«, fügte sie einnehmend hinzu, drückte Tutenchamuns Arm und hoffte, er hätte Verstand genug zu begreifen, daß dies der erfolgversprechendere Weg war.

»Wie kann sie uns schon helfen?« murrte Tutenchamun.

»Sie kennt Heh und Ipi gut. Vielleicht kann sie uns etwas erzählen, das uns hilft, sie zu überreden, das Ei friedlich herauszugeben.«

»Die brauchen keine Überredung. Die brauchen kräftige Hiebe.«

»Majestät«, unterbrach Nezem-mut eilig. »Natürlich werde ich alles tun, zu helfen. Ich hatte keine Ahnung, daß Heh und Ipi … «

»Laß mich allein mit meiner Tante sprechen«, sagte Anchesenamun zwar ruhig, aber in einem Ton, der ihn früher meist zum Nachgeben bewegte. »Du wirst sehen, wir werden bald wissen, wie wir unser Ziel ohne irgendwelchen Aufruhr erlangen.«

Was er geantwortet hätte, würden sie nie erfahren, denn ein Bote traf ein. Er kam mit einer dringenden Angelegenheit, mit der er sich sofort befassen mußte, und Tutenchamun winkte die beiden Frauen hinaus. Sie zogen sich in den Hof zurück, der vor dem Empfangssaal lag und spazierten entlang eines Teiches in seiner Mitte.

»Der Pharao meint, was er sagt, Tante. Du hast die Wahl.«

»Wenn ich helfen könnte, täte ich es. Aber ich habe schon versucht, das Ei von Heh und Ipi zurückzubekommen. Das ist nicht leicht. Sie sind mächtige Magier geworden und entschlossen, es nicht aufzugeben.«

»Wir wissen beide, was geschehen ist und wer dafür verantwortlich ist«, sagte Anchesenamun schneidend. »Wir müssen jetzt das Vergangene vergessen und zusammen für die Zukunft arbeiten. Du kennst sie schon sehr lang. Erzähle mir von ihnen.«

»Majestät?«

»Alles über sie. Je mehr ich weiß, desto größer ist die Aussicht, sie zu überlisten.«

»Heh ist der Beherrschende. Ipi neigt immer dazu, zu tun, was Heh sagt.«

»Das habe ich selbst schon beobachtet. Einer ist der Mitläufer, einer ist der Führer. So! Wir haben einen Mann, mit dem wir fertig werden müssen, nicht zwei. Hat Heh eine bestimmte Schwäche? Irgendeine Angst? Eine geheime Furcht?«

Nezem-mut schwieg. Sie dachte angestrengt nach. Sie mußte vorgeben zu helfen, oder sie würde verbannt, und es wäre ein Unglück, wenn sie jetzt gehen müßte, bevor sie sich Haremhabs Hilfe gesichert hätte. Wenn Haremhab erst ihr gehörte, würde niemand mehr wagen, sie hin und her zu schicken. Erst heute morgen hatte Heh ihr berichtet, der Zauber sei fast fertig, sie müsse sich nur zu einer bestimmten Stunde auf ihr Bett legen und ihre Gedanken auf Haremhab richten, und er würde die Entwicklung in Gang setzen, die zu ihrer Heirat führen würde.

»Was ist? Warum zögerst du?«

Nezem-mut versuchte, ihre Gedanken zu verbergen, doch Anchesen-amun war eine zu gute und zu geübte Beobachterin, als daß ihr der Zwiespalt entgangen wäre, der in ihr herrschte. Nezem-mut hatte Angst

vor Heh und dem, was er tun konnte, aber wegen einer wichtigen Gefälligkeit war sie von ihm abhängig. Anchesenamun hatte schon lange
vermutet, daß ihre Tante Haremhab liebte, und so bedurfte es nicht viel
Ausdauer und Geschicklichkeit, herauszufinden, worin diese Gefälligkeit
bestand.

Nezem-mut war überrascht, als ihre Nichte offen aussprach, was sie
für ein sorgfältig gehütetes Geheimnis gehalten hatte.

»Es ist nicht … «, wollte sie entgegnen, doch ihr Gesicht war puter-
rot.

»Doch, meine Dame! Es ist keine Schande, daß du einen Mann liebst
und ihn auf deine Seite ziehen möchtest. Aber – nicht um diesen Preis!«
Anchesenamun mochte Haremhab nicht und fürchtete ihn, aber sie erkannte, daß er anderen nicht unansehnlich erscheinen mochte. Er war
lange Zeit die wirkliche Kraft in den Zwei Ländern gewesen, und das
umgab ihn mit einem gewissen Glanz. Erst vor kurzem hatte Tutenchamun, mit ihrer Unterstützung, Haremhabs Macht in Frage gestellt und
seinen Willen durchgesetzt. Mit einer Gemahlin, die der königlichen
Familie nahestand, könnte Haremhab den Boden wiedergewinnen, den
er verloren hatte. Sie hatte jüngst erkannt, daß er der Entdeckung ihrer
drei jüngeren Schwestern gefährlich nahe gekommen war. Zwei hatten
sich in den Häusern von Adligen, die ihr treu ergeben waren, auf
großen Gütern im Delta niedergelassen. Die Älteste, nach ihrer Mutter
Nefernefruaten genannt, lebte im Ausland, in Kepel, als eine der Priesterinnen der Hathor in dem großen Tempel, der dort errichtet worden
war. Allgemein wurde angenommen, sie wären tot, und es war ihr all
die Zeit gelungen, den Aufenthaltsort geheimzuhalten, wenn sie auch
nicht beabsichtigt hatte, sie so lange vom Hof fernzuhalten. Jedes Jahr
sagte sie sich, sie würde sie zurückholen. Doch die Schwestern schienen
glücklich dort, wo sie waren, und Anchesenamun redete sich ein, es sei das
Beste für das Land, wenn sie ein mächtiges Geheimnis für sich behielte,
das sie gegen den General verwenden konnte, wenn es notwendig werden
sollte. Er argwöhnte, daß sie noch am Leben waren und versuchte,
ihren Aufenthaltsort herauszufinden, soviel wußte Anchesenamun. Sie
betrachtete es als großen Sieg, daß er bis jetzt keinen Erfolg damit gehabt
hatte. Die Heirat mit einer königlichen Prinzessin aus direkter Linie des
großen Amenhotep III. brächte ihn in eine gute Lage, Tutenchamun
und sie zu beseitigen und sich selbst zum Pharao zu machen. Genau das
hatten ehrgeizige Emporkömmlinge in der Vergangenheit bereits voll-
bracht. Bis Tutenchamun Manns genug wäre, sich gegen Haremhab zu
behaupten, hielt es Anchesenamun für klüger, die Prinzessinnen in Sicherheit versteckt zu halten. Nofretetes Schwester zu heiraten wäre

nicht so nützlich für ihn wie die Heirat mit einer Tochter Echnatons – deshalb zögerte er zweifellos, obgleich sich Nezem-mut ihm offensichtlich anbot. Aber sie zu heiraten wäre besser als nichts. Und er hätte gewiß seinen Vorteil davon.

»Ich kann Heh nicht zuwider handeln, bis er für mich getan hat, was er versprach«, Nezem-muts Stimme durchschnitt Anchesenamuns Gedanken. Das Gefühl der Verzweiflung in ihrer Stimme war unverkennbar. »Gib mir noch einen Tag«, bat sie. »Ein Tag mehr wird für dich nicht viel ändern – aber für mich den Lauf meines Lebens.«

»Ein Tag mehr wird den Lauf unser aller Leben ändern«, sagte die Königin streng. »Wir können nicht, wir dürfen nicht zögern.« Und dann schlug sie einen anderen Ton an und nahm ihre Tante beinah liebevoll am Arm. »Nezem-mut, ich weiß, du liebst den General – aber seine Liebe mit einem magischen Trick zu gewinnen, ist töricht und gefährlich. Heh mag einen magischen Zauber ausführen und der General mag die Worte sagen, nach denen du dich sehnst. Aber ein magischer Zauber kann das Herz eines Mannes nicht ändern. Tief im Innern wird er wissen, daß es nicht seine Entscheidung ist, dich zu heiraten. Laß mich Haremhab bearbeiten, leise, sanft, unterschwellig. Auf meine Weise wird es länger dauern, aber auf lange Sicht wird es sicherer sein. Ich werde Seiten von dir herausstreichen, die er vielleicht noch nicht wahrgenommen hat. Ohne daß er es merkt, werde ich ihn führen, bis er aus freiem Willen die Entscheidung trifft, dich zu heiraten. Meine liebe Tante – du hast ihm viel zu geben. Er wird das ohne jeden Zweifel erkennen.«

»Ich bin nicht schön«, sagte Nezem-mut unglücklich – all die vielen Jahre im Schatten ihrer schönen Schwester lagen in diesen Worten. Nofretete! Der Name bedeutete: »Die Schöne kommt«.

»Natürlich bist du schön!« rief Anchesenamun.

»Nofretete … «

»Vergiß meine Mutter. Sie war wunderschön, ja. Aber du bist auch schön, auf andere Weise. Ich habe gesehen, wie Haremhab dich anschaute! Ich bin gewiß, alles was ihn zögern läßt, ist, daß er eine königliche Dame nicht um ihre Hand zu fragen wagt.« Anchesenamun haßte es, ihre Tante anzulügen – besonders seit sie eben, zum ersten Mal, erkannt hatte, welche Last der Enttäuschung Nezem-mut als Nofretetes Schwester mit sich herumtrug. Aber in dieser Sache mußte sie Erfolg haben. »Du brauchst Heh nicht«, beharrte sie. »Haremhab gehört dir bereits. Wir müssen ihn nur ein wenig ermutigen.«

Man konnte die widersprüchlichen Wünsche und Sehnsüchte in Nezem-muts Gesicht ablesen.

»Denk nur, welchen Schaden Heh anrichten kann, wenn er das Ei des Ra nicht hergibt! Stell dir vor nur, welche Macht er über dich haben wird, weil er dir geholfen hat, Haremhab zu überlisten. Er braucht dich nur daran zu erinnern und dir zu drohen, deinem Gemahl alles zu erzählen, und du mußt alles tun, was er verlangt.«

Nezem-mut wurde bleich. Endlich hatte Anchesenamun sie überzeugt.

»Er fürchtet sich vor Riesen, besonders vor Geisterriesen«, sagte sie.

»Riesen? Geisterriesen?«

»Immer, wenn ich ihn aus irgendeinem Grund bändigen möchte, brauche ich ihm nur die Geschichte von den Riesen zu erzählen, die in einem fernen Land jenseits des Meeres lebten, und die nun, da sie tot sind, das große Grün überqueren und nach Khemet gelangen können. Ich erzählte ihm sogar, ich hätte einen gesehen. Ich vermute, weil er so klein ist … «

Anchesenamun dachte nach.

»Nezem-mut, du hast mir sehr geholfen, und ich werde das nicht vergessen. Du wirst sehen – der General wird dich ohne Zauber bitten, ihn zu heiraten. Außerdem – Heh steht jetzt unter Bewachung – also ist er wahrscheinlich gar nicht in der Lage, sich auf das magische Ritual zu konzentrieren.«

»Was wirst du tun?«

»Ich bin mir noch nicht im klaren.«

»Was immer es ist – ich möchte … ich möchte dir helfen.«

Anchesenamun nickte, aber ihre Gedanken waren woanders. Sie konnte Nezem-mut nicht trauen. Hapu war gelähmt. Von ihm konnte man nicht erwarten, in die Berge zu klettern. Tutenchamun begriff nicht, was ihnen gegenüberstand. Sie mußte allein gehen. Zum Glück hatte Hapu den Ort mit lebhafter Genauigkeit beschrieben.

Sie sagte zu Nezem-mut, sie würde sie rufen, sobald sie entschieden habe, was zu tun sei und kehrte in ihre Gemächer zurück. Sie entließ alle außer Merit-mut, eine ihrer zuverlässigsten Dienerinnen, die sie zur Verschwiegenheit verpflichtete. Merit-mut hatte ihre Herrin schon in vielen Verwandlungen gesehen und half ihr, eine Verkleidung anzulegen. Anchesenamun verließ den Palast mit grauem Haar und grauem Mantel, augenscheinlich vom Alter gebeugt. Merit-mut, die die alte Frau als ihre Mutter ausgab, sah, wie sie sicher auf einen Esel gesetzt wurde und sich auf den Weg machte. Die Königin hatte ihr nicht gesagt, wohin sie ging oder was sie vorhatte, und Merit-mut stellte keine Fragen. Anchesenamun warf einen Blick über die Schulter zurück und wünschte, sie müßte sich dieser Aufgabe nicht allein stellen.

Als sie ihr Ziel fast erreicht hatte, stieg sie ab und band den Esel an. Den Rest des Weges legte sie zu Fuß zurück, unbemerkt ging sie in ihrer bäuerlichen Kleidung an Dörflern und Bauern vorüber. Als sie den verfallenen Totentempel der Hatschepsut erreicht hatte, war niemand mehr da, der sie hätte sehen können. Gleich einem grauen Schatten schlüpfte sie in die Wildnis der Felsen nördlich des Tempels und hielt Ausschau nach den Zeichen in der Landschaft, die Hapu ihr genau beschrieben hatte. Es war fast schon Abend, als sie endlich zu der Höhle gelangte. Bald würde die Sonne hinter den Bergen im Westen stehen. Die Stille war unbeschreiblich, und jeder Kieselstein, den ihr Fuß lockerte, erschreckte sie, wenn sein Echo von den Klippen hallte. Hundert Mal schaute sie über ihre Schulter und erwartete fast, Heh, Ipi und die unglückliche Wache auf ihrem Weg hierher zu sehen. Aber niemand kam.

An der Höhle angelangt, lehnte sie sich für einen Augenblick erschöpft und außer Atem an den Eingang. Der schwere graue Mantel störte sie und sie hätte ihn am liebsten zurückgelassen – doch sie mußte genauso unbemerkt in den Palast zurück, wie sie ihn verlassen hatte.

Sie konnte es sich nicht erlauben, lange auszuruhen. Sie hatte Feuersteine und eine Pechfackel mitgebracht, aber wenn es ginge, würde sie sie lieber nicht benutzen, denn sie fürchtete, sie könnte Aufmerksamkeit erregen.

Sie fand den heiligen Gegenstand dort, wo Hapu gesagt hatte, und fiel sogleich im Staub vor ihm auf die Knie. Ihre Stirn berührte die Erde, sie betete inbrünstig um die Hilfe des großen Gottes jenseits aller Götter, daß er die Aufrichtigkeit in ihrem Herzen lesen und ihr erlauben möge, den heiligen Gegenstand in seinen Tempel in Yunu zurückzubringen.

In diesem Augenblick hörte sie ein Geräusch hinter sich und schaute auf.

Heh stand im Eingang der Höhle. Ipi war gleich hinter ihm und hielt eine Fackel über seinen Kopf. Von den Wachen war nichts zu sehen.

»Oh!« sagte der Zwerg. »Wir haben einen Eindringling. Was machst du hier, altes Weib?« Sie war froh, daß er in dem flackernden Licht und Schatten ihre Verkleidung nicht durchschaute. Sollte sie sich als Königin zu erkennen geben, oder sollte sie das harmlose, alte häßliche Weib spielen?

Mit zitternder Stimme sagte sie, sie suche Unterschlupf für die Nacht und bete zu allen Göttern, daß er ihr kein Leid zufüge.

Heh betrat die Höhle. Ipi hob die Fackel, so daß sie den grünen Kristall voll anleuchtete. In dem Halbdunkel hatte sie nicht wahrgenommen, wie wahrhaft schön das Ei war.

»Du wolltest gerade meinen Schatz stehlen?«

»Nein. Nein, Herr. Ich – ich wußte nicht, daß es hier einen Schatz gibt, den man stehlen könnte. Und selbst wenn ich es gewußt hätte – ich bin keine Diebin. Ich stehle nicht, was anderen gehört.«

»Du bist also keine Diebin?« sagte Heh, immer noch argwöhnisch. Er befahl Ipi, die Flamme zu senken, bis sie ihr Gesicht beschien. Sofort schlug sie die Augen nieder und beugte sich noch einmal so tief, doch sie fürchtete, er hatte schon einen Blick auf sie erhascht.

»Königin Anchesenamun«, flüsterte er schließlich.

Sie hörte Ipi keuchen.

Schnell stand sie auf und überragte die beiden.

»Ja, Königin Anchesenamun!« sagte sie kalt. »Ich komme, das zurückzuholen, was du gestohlen hast. Ich komme, das zu tun, was die Wache des Königs nicht konnte.«

Sie sah sein Gesicht im Flammenlicht, und seine Augen waren unsagbar böse. Das Feuer tanzte so auf ihren dunklen schimmernden Oberflächen, daß es kaum zu glauben war, daß er aus gewöhnlichem Fleisch uns Blut bestand.

»Herr des grünen Steines«, stimmte er mit lauter und hohler Stimme an, und sie spürte den Kristall in ihrem Rücken stetig wachsen. Die Höhle schien in einem unheimlichen grünen Licht zu schwimmen. Ipi und Heh waren dunkle und unheilvolle Schattenbilder. Sie fühlte sich wie kurz vor einem Gewitter, wenn die ganze Luft voller Spannung war wie ein zum Sprung auf sein Opfer bereiter Löwe.

»Oh, mein Vater«, flüsterte sie. »Warum hörten wir alle nicht auf dich. Du hattest die Weisheit zu erkennen, was geschehen würde, falls diese Dinge der Macht in die falschen Hände gelangten. Hilf mir jetzt. Hilf mir. Hilf mir!«

Plötzlich taumelte Heh und trat einen Schritt zurück. Er blickte zu etwas oder jemand hinter ihr. Sie wandte nicht den Kopf, aber sie wußte, wer es war. Sie handelte sofort, im Augenblick der Verwirrung tauchte sie ihre Hände in die grüne Aura, die das heilige Ei des Ra umgab, doch, anders als Hapu, beabsichtigte sie nicht seine Zerstörung. Sie stellte es sich hoch über ihren Kopf erhoben vor und die Strahlen des Aton reichten bis zu ihm herunter, badeten es in reinem, lebenspendendem goldenen Licht und wuschen all das Krankmachende fort, mit dem Heh es belegt hatte. Ihr Körper zitterte, während sie sich vorstellte, das Ei empor zu heben. Es schien ihr das schwerste Ding der Welt zu sein und jeder Muskel ihres Körpers ächzte – obgleich sie es in Wirklichkeit nicht trug und noch nicht einmal berührte.

»Ra!« rief sie. »Großer Gott. Dies ist dein grüner Kristall. Das ist dein Heiligtum und Werkzeug. Laß nicht zu, daß es gegen dein Volk benutzt wird. Laß es sein, wofür es bestimmt war – ein Gefährt für deine Liebe, damit sie die Erde erreichen kann – der Kanal für deine Kraft von deinem Reich zu unserem!«

Heh schrie. Hinter ihr sah er einen ungeheuren Riesen, einen Geisterriesen, der seine langen Finger nach ihm ausstreckte. Er stolperte rückwärts gegen Ipi, beide drehten sich um und flohen, verloren die Fackel, schlitterten und rutschten den Abhang hinunter, fluchten und schrien vor Angst, während sie rannten.

Anchesenamun blieb in der Höhle. Die brennende Fackel auf dem Boden erhellte jeden Winkel und jede Spalte. In ihrer Hand hielt sie einen grünen Kristall, der wie ein Ei geformt war. Nichts rührte sich in der Höhle.

Erschöpft und tief erschüttert, mit immer noch zitternden Händen, steckte sie das Ei in einen Beutel an ihrer Hüfte. Dann kniete sie nochmals nieder, neigte sich zu Boden und sprach ein inniges Dankgebet für die Hilfe, die ihr zuteil geworden war. Sie sah niemanden – und fühlte sich dennoch nicht allein.

Tutenchamun war wütend, daß sie sich einer solchen Gefahr ausgesetzt hatte, und liebte sie, erschöpft wie sie war, in einer Art Raserei, während er daran dachte, daß er sie beinahe verloren hätte.

»Wenn ich dich nicht habe«, sagte er zärtlich und mit unverkennbarer Angst in seiner Stimme, »habe ich niemanden mehr.«

Nach einem erholsamen und traumlosen Schlaf machte am Morgen sie den Anfang und entflammte ihren Gemahl mit ihrer alten Leidenschaft.

Es war Mittag als sie aufstanden und das Gemach Hand in Hand wie Verliebte verließen. Sie hatten vereinbart, den heiligen Gegenstand sofort dem Tempel des Ra in Yunu zu übergeben. Sie hatten vor, ihn selbst dorthin zu bringen, denn sie trauten niemandem. Tutenchamun war jetzt geneigt, auf sie zu hören, da er mit seiner Vorgehensweise gegen die Zwerge so falsch gelegen hatte.

Heh und Ipi konnten nirgends gefunden werden. Es war kaum zu glauben, daß so eigentümlich aussehenden Männer unbemerkt blieben, doch selbst eine sehr gründliche Suche im ganzen Bezirk erwies sich als fruchtlos.

Nezem-mut vermutete, daß mit dem Ei etwas geschehen war, und beschloß, die Sache vor Haremhab zur Sprache zu bringen.

Der General sprach über die Hethiter und ihren König Suppiluliuma, der Mitannien angegriffen und ein beträchtliches Stück Land abgeschnitten hatte, um es seinem eigenen einzuverleiben.

»Der Mann wird zu mächtig, Majestät«, sagte Haremhab. »Als nächstes wird er die Zwei Länder herausfordern.«

»Wir sind weit weg vom Land der Hethiter, General«, sagte Tutenchamun beschwichtigend. »Und er weiß, daß wir in einem anderen Bündnis sind als Mitannien. Er würde nicht einmal wagen, seine Faust gegen uns zu erheben.«

»Das mitannische Reich ist sehr groß und stark. Niemand hätte gedacht, daß er es wagte, seine Faust gegen es zu erheben«, sagte Haremhab höhnend.

»Nicht so stark wie Khemet, General. Nicht einmal annähernd. Zu oft haben wir ihn im Kampf geschlagen. Unsere Könige haben ihn zurückgetrieben, seine Vasallenländer genommen und seine Prinzen gedemütigt. Er weiß genauso gut wie wir, daß er gegen uns keine Aussicht auf Erfolg hat. Wir brauchen ihn nicht zu fürchten.«

»Wir brauchen ihn nicht zu fürchten, Majestät. Aber wir müssen unsere Garnison im Osten verstärken und ein wachsames Auge auf ihn haben.«

»Der Pharao schläft nie, General«, sagte Tutenchamun würdevoll. »Unser Kobra-Auge reicht über die ganze Welt.«

»Hat dein Kobra-Auge dir geholfen, das grüne Ei des Ra zu finden, Majestät?« Nezem-mut ergriff die Gelegenheit dieser kurzen Unterbrechung, die Sache zur Sprache zu bringen, die ihr gerade am meisten am Herzen lag.

»Sie weiß nicht, daß wir es haben«, dachte Anchesenamun schnell. »Sie rät nur.«

Aber Haremhab hatte den Köder geschluckt, wie Nezem-mut vorausgesehen hatte.

»Um was geht es?« fragte Haremhab scharf. Er wollte über alles Bescheid wissen, was vorging. Tatsächlich dachte er insgeheim, er sei derjenige, dessen Auge über die ganze Welt reichte. Gab es da etwas, was er nicht wußte?

Bevor man sie aufhalten konnte, hatte Nezem-mut ihre eigene, stark gefärbte Ansicht der Geschichte ausgeschüttet, nach der sie das Ei gefunden und nach Waset gebracht hatte, nachdem sie es mit großer Mühe und Mut Echnatons Versteck entrissen hatte. Natürlich war sie die einzige, die genug Verstand besaß zu wissen, daß das Ei zu Amun-Ra gehörte und in Ipet-Esut behalten werden sollte und sie hatte versucht, es ihm zu bringen, denn er wüßte besser als alle anderen, was damit zu tun sei. Aber, fügte sie hinzu und schaute fest zu Anchesenamun und Tutenchamun, es sei ihr fortgenommen worden und jetzt fürchte sie um seine Sicherheit. Sie bat den General, die Sache in seine Hände zu nehmen und dafür zu sorgen, daß der heilige Gegenstand in die Obhut der Priester des Amun-Ra gegeben werde.

»Es scheint, du hast den Zwei Ländern einen großen Dienst erwiesen, meine Dame«, sagte Haremhab.

»Ich tat es für Amun-Ra«, erwiderte sie pflichtschuldig.

Anchesenamun ließ sie ihren großen Augenblick haben. Sie sah, wie sie sich bemühte, ihr ursprüngliches Ziel zu erreichen, auch wenn ihr Plan ganz schief gelaufen war. Anchesenamun konnte nicht anders als ihre Beharrlichkeit und Findigkeit zu bewundern und ihre Verzweiflung zu bemitleiden. Dennoch, dachte sie, wie Menschen lügen! Möglicherweise begann Nezem-mut sogar, ihre eigenen Lügen zu glauben.

»Das heilige Ei des Ra muß zum Tempel des Ra zurückgebracht werden«, sagte Anchesenamun bestimmt und machte damit ihre Haltung deutlich, bevor Nezem-mut noch mehr Unheil anrichten konnte.

»Selbstverständlich bin ich einverstanden – zum Tempel des Amun-Ra, hier in Ipet-Esut.«

»Nein, General Haremhab«, beharrte sie. »Zum Tempel des Ra in Yunu, wo es gewesen ist seit Anbeginn der Welt.«

Seine Lippen waren ein fester Strich, doch er sagte nichts.

»Hast du das Ei je gesehen, Herr, als es noch in Yunu war?« fragte Nezem-mut schnell. »Es ist wunderschön.« Und dann, ohne ihm Zeit für eine Antwort zu lassen, sagte sie zu Anchesenamun: »Können wir es nicht sehen bevor es zum Tempel gebracht wird? Ich bin sicher … «

»Ich habe es noch nie gesehen, Majestät«, unterbrach Haremhab. »Es wäre eine große Ehre, jetzt einen Blick darauf werfen zu dürfen.«

Anchesenamun hätte abgelehnt und wollte gerade den Mund öffnen, als Tutenchamun nach einem Diener in die Hände klatschte und den Befehl erteilte, ein bestimmtes Kästchen aus seinem Schlafgemach zu holen.

»Majestät«, widersprach Anchesenamun. »Ich halte es nicht für klug, das Ei des Ra vor zu vielen Menschen zu enthüllen.«

»Der General ist nicht ›zu viele Menschen‹, meine Liebe. Es wird nicht schaden, es ihm zu zeigen.« Tutenchamun ereiferte sich und wollte es zur Schau stellen, bevor es für immer in einem nahezu unzugänglichen Raum im Tempel des Ra weggeschlossen wurde, wo es nur die höchsten Priester und gelegentlich der Pharao sehen durften. »Die Priester des Ra werden es wieder weihen und dann wird der General keine Gelegenheit mehr haben, es zu sehen.«

Der Diener trat mit dem Kästchen ein – es war wunderschön, aus Ebenholz, Gold und Elfenbein. Auf der einen Seite war ein Bild des heiligen Benu-Vogels, der gerade auf dem ersten Hügel landet, der sich aus der großen Leere erhoben hatte. Auf der zweiten Seite war ein Bild des Benu-Vogels, wie er gerade das Ei legt, aus dem alle Dinge geschlüpft sind. Auf der dritten Seite war zu sehen, wie der Benu-Vogel zurück in das Ei gesaugt wurde, das er selbst gelegt hatte. Auf der vierten Seite brach das Ei in Flammen auf und der wiedergeborene Geist-Vogel flog empor und hinterließ eine Spur aus Feuerfedern.

Dem Diener wurde befohlen, das Kästchen auf den Tisch zu stellen und zu gehen.

Der General trat einen Schritt näher an den Tisch und richtete seinen Blick gespannt auf die Kiste. Auch Nezem-mut trat vor und stellte sich besitzergreifend daneben.

Tutenchamun öffnete das Kästchen, nahm den großen Kristall heraus und stellte ihn vorsichtig in einer goldenen Schale auf den Tisch.

Wie lange sie schweigend dort standen, war schwer zu schätzen – jeder in seine eigenen Gedanken vertieft, jeder in dem Bann des alten, mächtigen Symbols. Anchesenamun fragte sich, wie das Leben wirklich entstanden war – welche geheimnisvolle Kraft wurde plötzlich tätig, und aus Nichts wurde Etwas. Sie fragte sich, welche Kraft das Ei besaß – war es eine bewußte Kraft oder nicht? Was war zuerst – Bewußtsein oder körperliche Gestalt? Tutenchamun überlegte, ob der Besitz des Eies ihm mehr Einfluß über Haremhab verleihen würde. Wäre er endlich in der Lage, zu herrschen, anstatt beherrscht zu werden? Sollte er es später nach Yunu zurückbringen? Wenn Anchesenamuns Beschreibung seiner Macht richtig war, wäre es vielleicht klüger, es zu behalten – wenigstens bis er wirklich Herr über die Zwei Länder war. Haremhab jedoch war entschlossen, das Ei in seiner Hand zu haben, bevor der Tag vorüber war. Was für eine Närrin Nezem-mut war, daß sie es aufgab! Nezem-mut beobachtete Haremhabs Gesicht und versuchte, herauszufinden, wieviel Boden, wenn überhaupt, sie durch den Verlust des Kristalls verloren hatte.

Haremhab unterbrach als erster die Stille und sagte, das Ei müßte unbedingt in den Tempel des Amun-Ra nach Ipet-Esut gebracht werden. Der alte Tempel in Yunu wäre in diesen Tagen keine passende Behausung für einen so kostbaren Gegenstand, sprach er. »Seit seiner Zerstörung ist er noch nicht ganz wieder aufgebaut. Selbst wenn es so wäre«, fügte er hinzu, »Amun mit Ra vereint hier in Ipet-Esut ist der Gott jenseits aller Götter.«

»Ich stimme nicht zu«, sagte Anchesenamun sofort. »Es war immer ein Teil der heiligen Dinge des Ra – niemals in irgendeiner Weise mit Amun verbunden. Du, vor allen anderen, General, der versucht, die alten Traditionen wieder einzuführen, die alten Werte, du mußt erkennen, daß es nach Yunu zurückkehren muß!«

»Die Priester des Ra sind verdächtig.«

»Wie verdächtig, General?«

»Sie wurden von dem Ketzer, der namenlos bleiben soll, nicht mit der gleichen Härte behandelt.«

»Unser königlicher Vater, General? Der Pharao Echnaton?«

Er schaute sie schnell an. Das war das erste Mal, daß sie ihren Vater mit Stolz zu nennen wagte. Fingen diese jungen Puppen an, ein eigenes Leben zu wollen?

»Sein Name wurde durch königlichen Erlaß mit einem Bann belegt.«

»Nicht durch königlichen Erlaß, Haremhab!« Tutenchamun ergriff das Stichwort seiner Gemahlin und sprach kühn. »Durch deinen Erlaß, General.«

»Dein Siegel war auf dem Erlaß.«

»Es war deine Hand, die das Siegel führte.«

»Wenn du fertig bist … «

»Ich bin fertig, General Haremhab, seit einiger Zeit schon. Ich sage, der Name meines Vaters soll ausgesprochen werden und die Priester des Ra sollen ihren heiligen Kristall zurückerhalten.«

Es stimmte, Ra, dessen Symbol die Sonnenscheibe war, hatte länger als alle anderen Götter in Echnatons Gunst gestanden. Doch am Ende – denn Echnatons Umsturz war politisch *und* religiös – wurde auch er gestürzt. Die Priester des Ra versuchten nun, ihre Macht und ihre Privilegien wiederzuerlangen, nachdem die Macht ihrer großen Rivalen, der Amunpriester, gebrochen war, indem sie zu recht sagten, Amun hätte sie zur Zeit der thutmosischen Könige an sich gerissen und nach altem Recht gehörte sie ihnen.

»Macht? Privilegien?« hatte Anchesenamun ihren Vater an jenem Tag rufen hören, an dem der Hohepriester des Ra an den Hof gekommen war. »Geh mir aus den Augen! Die einzige Macht ist die Macht des Aton. Das einzige Privileg ist das des Pharao – Aton zu dienen!«

Der Tempel des Ra ging den gleichen Weg wie all die anderen. Echnaton hatte zweifellos das heilige Ei an sich genommen so wie ein Mann die Giftblase einer Schlange entfernt, um sie unschädlich zu machen. Hatte er vorgehabt, es zu zerstören, und hatte Nofretete es aus eigenem Antrieb versteckt? Doch warum auch immer es so sorgsam verborgen worden war und wie auch immer es in diesem Augenblick in ihre Hände gelangt war, stimmten Anchesenamun und Tutenchamun darin überein, daß es eine günstige Gelegenheit für sie darstellte, den ersten ernsthaften Widerstand gegen Haremhab zu leisten.

Haremhabs Gesicht hatte sich bedrohlich verdüstert, die Adern in seinem Nacken und auf seiner Stirn traten hervor, während er sich bemühte, seinen Zorn zu beherrschen. Er war schlau genug, die Veränderung in dem jungen Paar wahrzunehmen. Erst hatte er sich deren Angst und Verwirrung zu Nutze gemacht. Dann hatte er den Umstand ausgenutzt, daß Tutenchamun im großen und ganzen das Vergnügen liebte und Auseinandersetzungen und Streit nicht mochte. Aber es hatte sich etwas verändert – beinahe über Nacht. Tutenchamun wirkte stark und entschlossen. Er begegnete Haremhabs Augen kühn und herausfordernd. Er ließ ihn wissen, daß er endlich Pharao war.

Haremhab biß sich auf die Lippen und warf einen bitteren Blick auf Anchesenamun. Sie stand neben ihrem Gemahl, und nicht hinter ihm wie eine gute Ehefrau. Augenscheinlich hatte ihre Stärke ihrem Gemahl Kraft gegeben. Er hätte sie nie am Leben lassen dürfen!

»Ra-vereint-mit-Amun soll das heilige Ei haben«, sagte Haremhab mit gepreßten Lippen. Er erkannte sofort, was sie zu tun versuchten – sie wollten die Macht der Priester des Ra wiederherstellen und auf diese Weise die Macht der Priester des Amun-Ra schwächen. Sie dachten selbständig. Sie spielten das Spiel um Macht, das er so gut kannte. Wenn er nicht aufpaßte, würde er den Zugriff auf die Zwei Länder verlieren. Seit langem schon hatte er alle wichtigen Entscheidungen im Land getroffen und dem König bloßen Lippendienst gezollt. Jetzt …

»Wir persönlich werden den heiligen Gegenstand nach Yunu bringen«, sagte Tutenchamun. »Es wird ein königlicher Zug werden. Von hier bis dort soll jedes Dorf, jede Stadt, jeder Mann, jede Frau und jedes Kind wissen, das heilige Ei des Ra kehrt zu seiner rechtmäßigen Heimstatt zurück. Bekanntmachungen werden ergehen. Ich werde es in jedem Tempel auf dem Weg emporhalten, auf daß jeder Priester weiß, der Pharao bringt das heilige Ei des Ra persönlich zu Ra. Der Tempel des Ra wird seinen vollständigen und alten Ruhm zurückgewinnen.«

»Das wirst du nicht tun, Majestät«, knurrte Haremhab. »Es wird all das, wofür wir so hart gearbeitet haben, zunichte machen.«

» ›Du wirst nicht‹, Haremhab?« Tutenchamun hatte sich noch nie seiner selbst so sicher gefühlt. Anchesenamun war stolz auf ihn. » ›Wir‹, Haremhab? Wer ist es, der es wagt, den König herauszufordern? Wer stellt sich auf gleiche Höhe mit dem König?«

»Ich maße mir das nicht an, Majestät«, sagte Haremhab hastig. »Aber – erlaube mir – als dein Ratgeber – als älterer Mann – als einer, der lange Jahre Erfahrung mit der Regierung eines großen Reiches hat … «

»Du magst mir raten, Haremhab, aber nicht befehlen. Wenn dein Rat gut ist, werden wir ihn annehmen. Wenn nicht, werden wir ihn nicht annehmen.«

Haremhab spürte ein erregtes Zucken in seinem Nacken, das er nicht beherrschen konnte. Er versuchte seine Erregung zu zügeln und ruhig zu erscheinen.

»Wir haben hart daran gearbeitet, das Gleichgewicht in einem Land wiederherzustellen, das durch Mißregierung ins Chaos gestürzt worden ist. Das haben wir erreicht. Laß uns jetzt nicht all diese Arbeit gefährden.«

»Sehe ich das richtig«, unterbrach Anchesenamun mit gefährlich sanfter Stimme, »einer der Hauptgründe, warum du meinen Vater – mißbilligst –« hier hielt sie inne, als wollte sie das Wort bloßstellen und damit andeuten, daß es eine Untertreibung war – »weil er einen Gott über die anderen erhob. Du glaubtest, dadurch würde er die kosmische Ordnung zerstören, das Gesetz der Maat, das zarte und sorgsame Gleichgewicht aller Kräfte, die uns im Leben halten, die uns sicher, fruchtbar und glücklich machen. Er wiederum hatte mit seinem Tun begonnen, weil er spürte, daß eben dieses Gleichgewicht durch die Amunpriester zerstört worden war, indem sie so viel Macht und Privilegien für sich beanspruchten.« Sie hielt inne. »Gewiß siehst du, daß wir wieder in die gleiche Lage geraten, von der du sagst, sie sei so gefährlich – die Alleinherrschaft einer Priesterschaft über alle anderen.«

Sie glaubte, Haremhab würde zerplatzen. Doch er schwieg. Angespannte Stille füllte den Raum. »Dafür wirst du bezahlen«, dachte er. »Deine Schlauheit wird dein Untergang sein, meine Dame. Du glaubst, du hättest deinem Gemahl geholfen, indem du ihn lehrtest, auf eigenen Füßen zu stehen – aber du hast ihn vernichtet!«

In diesem Augenblick sprang die Tür auf und Hapu taumelte herein. Sein Gesicht war das eines Irren – seine Augen stierten wild. Bevor jemand erfaßte, was geschah, oder die nachfolgenden Wachen ihn einholen konnten, warf er sich auf das heilige Ei. Mit einem widerwärtigen Krachen fielen er und der kostbare Kristall auf den Alabasterboden. Entsetzt sahen die anderen einen fahlen Blitz, als hätte das Zersplittern des Eies alle Kraft freigelassen, die darin gespeichert war. Sie wurden an die Wand geschleudert und alle ohne Ausnahme bedeckten ihre Augen vor dem hellen Schein. Sogleich waren sie in einem schrecklichen Gebirgssturm gefangen und wurden durch einen Strudel in die große Leere gesaugt.

Schreiend bargen sie ihre Köpfe in den Armen und kämpften gegen den ungeheuren Wind.

»Wie konnten wir wagen zu glauben, es sei an uns, die Entscheidung über das Schicksal dieses ... dieses ... « Anchesenamun fielen keine Worte ein, die die Furcht ausdrückten, mit der sie nun den Gegenstand ihres Streites betrachtete. Wie konnten sie es wagen, sich anzumaßen ...

Mit äußerster Anstrengung zwang sie sich gegen den Wind in eine kniende Haltung.

»Großer Gott«, flüsterte sie. »Vergib uns. Wir wissen so wenig und maßen uns soviel an ... «

Allmählich legte sich der Wind. Das Donnern erstarb. Das Licht schwand. Einer nach dem anderen öffnete die Augen und blickte sich um.

Hapu lag ausgestreckt auf dem Boden. Er war tot. Um ihn verstreut lagen die Bruchstücke und Splitter des Kristalls. Das heilige Ei des Ra gab es nicht mehr.

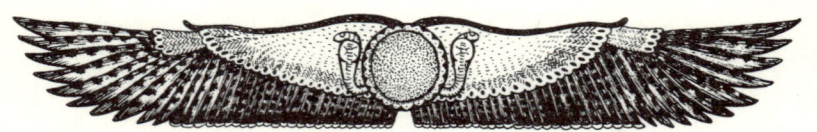

Tod eines Königs

Der Streit um das heilige Ei des Ra hinterließ seine Spuren. Das Verhältnis zu Haremhab war noch angespannter als vorher. In den vergangenen ein oder zwei Jahren hatte Haremhab nicht viel Zeit am Hof verbracht, Eje war sein Mittelsmann zum König. Jetzt beschloß Haremhab, in der Nähe zu bleiben und alles persönlich zu überwachen wie zu Beginn der Regierungszeit. Dies führte zu mehr als einer Auseinandersetzung. Tutenchamun war nicht mehr das fügsame Kind, das bereit war, alles zu tun, was Haremhab verlangte. Zum Beispiel bestand er darauf, den Tempel des Ra in Yunu wieder zu seinem früheren Ruhm zu führen. Er übergab ihm einige großartige Sonnensäulen und Statuen, um den Tempel zu einer Schönheit der Zwei Länder zu machen, wenn er schon das wunderbare Ei nicht zurückbringen konnte.

Anchesenamun schenkte dem Gott Ra, als sei er Amun feindlich gesinnt, immer offener ihre Aufmerksamkeit, und sorgte dafür, daß der Tempel des Ra großzügige Gaben aus ihrem eigenen Schatz erhielt.

»Amun ist der Unbekannte, der Unsichtbare. Er kann so sein, wie du ihn dir wünschst. Aber Ra hat sein Gesicht gezeigt. Wir kennen ihn. Wir wissen, er bringt Licht in jedes Reich im Inneren und im Äußeren, oben und unten. In Ra gibt es keinen Schatten – sein Tempel ist dem Himmel geöffnet.« Sie hatte die Dunkelheit des Amuntempels immer verabscheut, denn sie war den Atontempel ihres Vaters gewöhnt, der den Tempeln des Ra sehr ähnlich gewesen war. Jedem Gott, der etwas mit der Sonne zu tun hatte – zum Beispiel Ra-Harakhte – Horus in seinem Sonnenaspekt – zollte das königliche Paar besondere Aufmerksamkeit. In Ipet-Esut, dem Herz des Amunkultes, wurde die Vereinigung des Amun mit Ra so stark hervorgehoben, daß er Ra untergeordnet erschien, wohingegen Haremhab Ra als den geringeren Aspekt des Doppel-Gottes erscheinen lassen wollte.

Ra-mes, der Hohepriester von Yunu, empfahl Anchesenamun einen jungen Priester des Ra als persönlichen Schreiber. Dieser Mann, Ra-hotep war fast den ganzen Tag über an ihrer Seite. Sie schien es als ihre persönliche Aufgabe zu betrachten, den Einfluß der Priester des Ra in jeder Hinsicht zu stärken und die Stellung der Amunpriester zu schwächen.

Tutenchamun erkannte, daß sie ein Gleichgewicht herzustellen versuchte, doch über seine eigene Rolle war er sich immer noch nicht im klaren. Auf der einen Seite rieb er sich daran, daß Haremhab und die Amunpriester mit ihrer Macht die Ereignisse in den Zwei Ländern zu beeinflußten – und setzte doch folgsam sein Siegel unter ihre Verfügungen. Auf der anderen Seite war deutlich, daß Haremhab und seine Priester wußten, wie man alles in ruhigen Bahnen und angenehm laufen ließ. Wenn er sich gegen sie stellte, war es auffallend, wie viele Schwierigkeiten sich ergaben und wie viel wertvolle Zeit vertan wurde. Ihm als Königwidersprach niemand offen, aber es gab unzählige Möglichkeiten, Dinge zu verschleppen, scheinbar aus Versehen Fehler zu machen oder Unfälle zu verursachen. Am Ende war es immer einfacher, Haremhabs Ideen zu folgen, als seine eigenen durchzusetzen. Wenn er sich genug über die Theologie der beiden Götter erregen würde, wüßte er vielleicht, was zu tun wäre – aber im Grunde waren ihm die feinen Unterschiede zwischen den Kulten gleichgültig, und er sah, außer für die politische Machtausübung, keinen Anlaß, in dieser Sache Stellung zu beziehen. Für sein Gefühl übertrieb Anchesenamun die Gefährlichkeit der Amunpartei, und er beschuldigte sie, die besessene Natur ihres Vaters geerbt zu haben.

Manchmal – wenn er zwischen der Hartnäckigkeit seiner Gemahlin, er solle diesen Weg beschreiten und Haremhabs Beharren auf jenem Weg, hin und hergerissen war – stürmte er aus dem Palast und ritt, mit dem Jagdbogen auf dem Rücken allein in die Wüste. Gewöhnlich schickte ihm Anchesenamun vertrauenswürdige Wachen nach, um sicher zu gehen, daß er sich nicht in Gefahr begab – doch eines Tages, sie ärgerte sich selbst darüber, war sie es, die den Raum wütend als erste verließ.

Der Streit war aufgekommen, weil Tutenchamun darauf bestanden hatte, den Atontempel in Ipet-Esut, der zu Beginn seiner Regentschaft zerstört worden war, Seite an Seite mit den Tempeln der anderen Götter wiederaufzubauen. Haremhab hatte persönlich die Beschriftung in einer großen Stele, die in Ipet-Esut errichtet worden war, überwacht.

Als seine Majestät sich zum König erhob, verfielen die Tempel der Götter und Göttinnen, von Suan angefangen bis in das Marschland des Deltas, die Schreine verödeten und wurden grasüberwachsene Ruinen, die Kapellen waren, als hätte es sie nie gegeben und ihre Hallen dienten als

Fußpfade. Die Götter kehrten dem Land den Rücken … Doch nach vielen Tagen erhob sich meine Majestät auf den Thron seines Vaters und herrschte über die Gebiete des Horus, das schwarze Land und das Rote Land in seiner Obhut.

Weiter erklärte die Inschrift, daß dieser König, Tutenchamun, es zu seiner Aufgabe und seinem Wunsch gemacht habe, die verfallenen Tempel wiederaufzubauen und damit die Gesichter der Götter und Göttinnen wieder Ägypten zuzuwenden.

Aber Haremhab widersetzte sich nachdrücklich der Idee, den Atontempel zu restaurieren.

»Echnaton hat Aton nicht erfunden, General«, erinnerte ihn Tutenchamun. »Wie Amun und Djehuti und Ptah und alle anderen war er eine Gottheit seit Anbeginn. Wenn wir die überlieferten Götter wieder einsetzen wollen, muß auch er seinen Platz erhalten.«

»Ich würde zustimmen, Majestät, und er wird seinen Platz zu rechter Zeit wieder einnehmen. Aber es ist zu früh. Zu viele Menschen erinnern sich noch an die Unmäßigkeit des Ketzers. Einige werden für den Gott sein und einige dagegen. Es wird Aufruhr und Unruhe geben. Das können wir nicht riskieren.«

»Bis der Tempel des Aton nicht vollständig aufgebaut und er in voller Würde wieder eingesetzt ist, hast du nicht das uralte Gleichgewicht wieder hergestellt, von dem du so viel sprichst«, sagte Anchesenamun.

Zais, der sich bis jetzt im Hintergrund gehalten hatte, trat vor und sprach mit einer Stimme von unverhohlener Verachtung.

»Ich sehe, diese Idee stammt nicht vom Pharao, sondern aus dem Haus seiner Frauen!«

An dieser Stelle war Anchesenamun, weiß vor Zorn, hinausgelaufen. Es war nicht nur beleidigend anzunehmen, Tutenchamun hätte keine eigenen Ideen, sondern Zais hatte sie, die große königliche Gemahlin, Abkömmling einer Königsdynastie, mit den Nebenfrauen gleichgesetzt …

In ihrem Gemach schritt sie ärgerlich umher und überlegte, ob Tutenchamun wirklich stark genug war, allein gegen die Kraft und List Haremhabs und Zais zu bestehen.

»Du wagst es, so zu deinem Pharao zu sprechen und die große königliche Gemahlin zu beleidigen?« fragte Tutenchamun stolz. »Sei auf der Hut, Priester. Mächtige Männer wie du haben sich schon auf dem Feld wiedergefunden – oder in den Minen – oder in ein fremdes Land verbannt!«

Haremhabs Augen verengten sich, als er Tutenchamuns Gesicht studierte. Ohne jeden Zweifel meinte er, was er sagte, und war keineswegs mehr furchtsam. Haremhab spürte das Blatt sich wenden, und wenn er nicht sehr, sehr vorsichtig war, würde er all seine Macht verlieren.

Inzwischen dachte Tutenchamun: »Diese beiden müssen gehen. Anchesenamun hat recht. Ich werde immer nur dem Namen nach Pharao sein, solange sie diese Macht haben.«

»Bedenke es gut, General Haremhab«, sprach er laut. »Berücksichtige deine Stellung. Wenn ich den Atontempel wieder aufgebaut haben möchte, wird der Atontempel wieder aufgebaut, und niemand, weder du, noch Zais, noch Eje, noch irgend jemand kann mich aufhalten. Du bist eine lange Zeit mein Ratgeber gewesen, und du hast viele Maßnahmen eingeführt und ausgeführt, für die ich sehr dankbar bin und für die Khemet sich immer an deinen Namen erinnern wird. Ich habe dich immer geachtet und geehrt. Aber in letzter Zeit, scheint mir, gehst du zu weit. Denke über deine Stellung nach, General. Du bist nicht – noch wirst du es jemals sein – Pharao.«

Haremhabs Gesicht glich einer Maske. Kein Zeichen der gefährlichen Wut, die in seinem Herzen schäumte, zeigte sich darin.

Er verneigte sich bis zum Boden, als ob er sich die Worte des Königs zu Herzen nähme und zerknirscht wäre.

Tutenchamun war stolz auf seinen augenscheinlichen Sieg über den Mann, der ihm seit seiner Geburt mehr Furcht eingeflößt hatte als jeder Gott. Aber mit diesem Gefühl überkam ihn auch eine Art Schrecken. Jetzt war er ungeschützt und allein. *Er* mußte die schwierigen Entscheidungen treffen. Er mußte *seinen* Willen in diesem riesigen Land durchsetzten. Er wollte diese Macht, aber er fürchtete sie auch. Anchesenamun beteuerte, er sei bereit dafür – doch er war sich nicht so sicher.

Er fing bereits an, den Ärger zu bedauern, der zwischen ihnen Funken versprüht hatte, und erinnerte sich an das, was Haremhab für das Land getan hatte. Anchesenamun hatte oft betont, es sei bewundernswert für alle Seiten einer Sache empfänglich zu sein – »aber nicht, wenn es dich daran hindert, eine Entscheidung zu treffen. Ein Pharao muß stark und entschlossen sein, und darf nicht an sich zweifeln.«

»Ich gehe jagen«, dachte Tutenchamun. Seltsam, auf der Jagd zögerte oder zweifelte er nie. Nach dem schrecklichen Erlebnis mit den hethitischen Prinzen hatte er sich zunächst geschworen, sich nie wieder in die Nähe eines Löwen zu begeben. Aber Haremhab hatte darauf bestanden, daß er jagen ging, und hatte ihm soviel Geschicklichkeit gelehrt, daß die Jagd nun etwas war, was er beherrschte und das sogar gut. Selbst jetzt erinnerte er sich an Haremhabs Kraft und Mut auf der Jagd, und an die Geduld und Freundlichkeit, mit der er dem Kind-König geholfen hatte, seine Ängste zu überwinden, und er bedauerte, was er zu ihm gesagt hatte. Er verdankte ihm viel. Auch wenn er sich nun sehr nach einer Versöhnung fühlte, es war zu spät. Mit eisiger Höflichkeit zog sich Haremhab bereits aus dem Empfangssaal zurück und andere traten ein.

»Nichts mehr für heute!« schrie Tutenchamun seinen Beamten zu. »Ich gehe jagen. Allein«, fügte er entschlossen hinzu. Er kannte nur einen Weg, seinen Geist von den Spinnennetzen, die darin hingen, zu säubern – ein wilder, ungestümer Ritt durch die Wüste – mit niemandem, auf den er Rücksicht nehmen mußte.

In diesen Tagen gab es in der Nähe der Siedlungen nicht viele Löwen, und er würde schon damit fertig werden, wenn ihm einer über den Weg liefe. Und wenn nicht, so würde er dennoch mit einer Beute in den Palast zurückkehren. Er würde etwas Wütenderes und Zerstörerischeres als einen Löwen in seiner Seele getötet haben.

Von der Terrasse des Palastes beobachtete Haremhab, wie er ging.

Anchesenamun verbrachte den Nachmittag abgeschieden in ihren Privatgemächern und studierte eifrig einige alte Schriften über Aton und den Sonnengott Ra, die ihr der Schreiber Ra-hotep gebracht hatte. Sie hoffte, schlüssige Gründe für eine Wiedereinsetzung des Gottes ihres Vaters zu finden. Das Studium war zu einer spannenden Suche geworden, bei der sie vieles entdeckte, was zu finden sie nicht erwartet hatte. Sie bedauerte jetzt so vieles in ihrem Leben in Achetaton. Sie war noch ein Kind gewesen, als sich große Dinge ereignet hatten und war sich ihrer Bedeutsamkeit nur halb bewußt gewesen. Öfter, als daß sie sich gern daran erinnerte, war sie über ihren Vater erzürnt gewesen, und sie hatte die kurze Zeit gehaßt, in der sie seine Gemahlin gewesen war. Doch jetzt, zurückblickend, erkannte sie, welche Möglichkeiten sie versäumt hatte. Warum hatte sie nicht zugehört, wenn er seine Leidenschaft für Aton, der über allen Göttern stand, zu erklären versucht hatte? Die Worte waren über sie hinweggespült, wenn er zwischen der Sonnenscheibe, dem sichtbaren Zeichen, und der unsichtbaren Kraft des reinen Bewußtseins, die sie darstellte, unterschieden hatte. Sie hatte den Klang seiner Worte vernommen, aber nicht deren Bedeutung. Ihre Gedanken hatten bei anderen Dingen geweilt. Jetzt kämpfte sie mit dem doppeldeutigen und rätselhaften Text – verstümmelten Versionen mächtiger Mythen – und konnte kaum einen Sinn darin erkennen.

»Du solltest dich nicht so sehr anstrengen«, sagte Ra-hotep zu ihr. »Sobald du heilige Mythen in einzelne Teile zerlegst und die Teile anschaust – verschwindet die Bedeutung. Man sollte flüchtig auf sie blicken wie auf einen Vogel im Flug. Die Mythe soll das Auge aufwärts führen. Sie selbst ist ohne Belang, sondern das, wohin sie dich führt.«

Sie war so tief darin versunken, dem Vogel der Mythen zu folgen, daß es Abend wurde, bevor sie es merkte, und die Diener kamen, die Lampen zu entzünden. Plötzlich eilte Merit-mut herein und überbrachte die Nachricht, der König sei früh am Tag in die Wüste geritten und noch nicht zurückgekehrt.

»Was? Allein?« fragte Anchesenamun besorgt.

»Ja, Majestät. Ich hörte den Herren Nakhtmin nach ihm fragen, und als ihn niemand finden konnte, dachte ich, du solltest es wissen.«

»Wann wurde er zuletzt gesehen?«

»Der Stallbursche sagte ... «

»Warum hat der Stallbursche ihn nicht daran gehindert, allein zu reiten?«

»Er sagt, der König reitet häufig allein.«

»Niemals! Ich schicke immer jemand mit ihm, der außer Sichtweite reitet. Er glaubt nur, allein zu sein!«

»Der Bursche ist neu im Stall und weiß das nicht.«

Anchesenamun tat einen Ausruf des Widerwillens.

Sie eilte aus der Kammer und rannte durch die Gänge, den Stallburschen persönlich zu befragen. Sie fand den Stall in Aufruhr. Menschen standen in Gruppen und redeten und stritten. Nakhtmin rief einen jungen Mann, der sich an einer Wand duckte. Die Pferde stampften und schnaubten, als spürten sie, daß etwas nicht in Ordnung war.

Anchesenamun kam hereingefegt und gebot Schweigen. Sofort fielen alle zu Boden. Sie spürte die Angst, die sie ausströmten, fast wie eine greifbare Welle heißer Luft.

Nakhtmin berichtete ihr sogleich, was er bereits zusammengetragen hatte, und sie verstand sofort, wie es geschehen war. Sie schalt sich selbst dafür, Tutenchamun und Haremhab allein gelassen zu haben, während noch soviel Ungemach zwischen ihnen stand. Natürlich war Tutenchamun enttäuscht und zornig davongeritten! Selbstverständlich hätte sie da sein sollen, ihn zu schützen!

Sie sagte Nakhtmin, wohin Tutenchamun gewöhnlich ritt, wenn er sich in dieser Stimmung befand, und er saß sogleich mit mehreren Wachen zur Seite auf. Die Sonne war schon untergegangen und die Schatten der westlichen Berge lagen schwer über dem Land. Anchesenamun verlangte ein Pferd für sich, doch Nakhtmin riet ihr ab.

»Du mußt hier sein, falls ... wenn er zurückkehrt«, sagte er. »Vertraue mir. Ich bringe ihn dir zurück.« Seit ihrer Kindheit waren sie Freunde, und obgleich Nakhtmin wegen seiner offiziellen Pflichten viel Zeit außerhalb des Hofes verbrachte, hielt die Freundschaft immer noch. Anchesenamun war dankbar, daß er jetzt da war. Wenn irgendjemand Tutenchamun retten konnte, vor was auch immer, dann war er es.

Warum fühlte sie sich so in Sorge? Tutenchamun war ein guter Reiter, und er blieb häufig länger aus, als er sollte. Aber nie allein. Die Wüste war kein Ort für die Nacht. Sie fröstelte. Die Hitze des Tages war vergangen, und Sets eisiger Hauch wehte über ihre Schulter. Merit-mut, die ihr gefolgt war, schlang einen Überwurf um sie.

»Majestät«, flüsterte sie. »Hier kannst du nichts tun. Der König wird bald kommen. Wir wollen auf der Terrasse auf ihn warten.«

Von der Terrasse aus konnte man fast alle Wege, die zum Palast führten, sehen. Es war eine gute Idee, und die Königin ließ sich von den Ställen wegführen.

Doch ihr Herz wog wie Stein. Sie wußte, etwas Schlimmes war ihrem Gemahl zugestoßen. Sie wußte es! Etwas Wichtiges schien von der Welt gegangen zu sein. Sie spürte es!

Haremhab leistete ihr auf der Terrasse Gesellschaft, aber sie schaute ihn nicht an. Sie gab keine Antwort, wenn er mit ihr sprach. Er befahl einigen seiner Soldaten aufzubrechen, den König zu suchen. Er ordnete an, die Bauern, die die Felder um das Palastgelände bestellten, und die Menschen aus den benachbarten Dörfern zu versammeln und zu befragen. Mit großer Tüchtigkeit organisierte er alles, was man tun konnte, um den König zu finden. Doch sein Gesicht war kalt und hart. Er zeigte keine Besorgnis – kein Bedauern.

Die ersten Sterne erschienen. Das Blau des Himmels wurde dunkler – immer dunkler. Kein Lapislazuli aus den Bergen im Osten konnte sich damit messen. Im Palast schienen Lampen, in den Lehmhäusern des Volkes Herdfeuer. Und dann endlich übergoß der Glanz des Mondes den Himmel. Djehuti, Gott der Weisheit, zog in seiner silbernen Barke aus dem Hafen der Anderswelt und segelte durch die Finsternis.

Um Mitternacht brachten sie Tutenchamun. Er war tot.

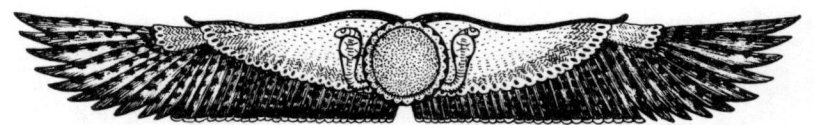

Der Brief

Die Königin war während der nächsten Tage nicht zu sehen. Sie zog sich in ihre Gemächer zurück und schloß die Türen. Außer ihrer vertrauten Dienerin Merit-mut betrat niemand die Räume. Von weitem hörte sie die Frauen aus Tutenchamuns Frauenhaus klagen. Mit entblößten Brüsten, sich die Haare raufend, schluchzend und kreischend irrten sie in Gruppen durch die Gänge des Palastes. Das gehörte sich so. Einige hatten ihn geliebt. Einige nicht. Aber ungeachtet ihrer Gefühle war ihre Zukunft jetzt ungewiß. Diejenigen, die im wesentlichen nur als Pfand für das Wohlverhalten ihrer Väter an den ägyptischen Hof gekommen waren, hofften, der Tod des Königs würdezu ihrer Entlassung führen und sie könnten in ihre Heimatländer zurückkehren. Kia, seine Mutter, klagte lauter als die anderen, und echter Kummer klang durch die abgenutzten Worte des Klagerituals. Jeder war entsetzt, daß Anchesenamun, die große königliche Gemahlin, nicht dabei war. Ihr Kummer war tief und persönlich, sie scherte sich nicht um die Tradition und blieb in ihren Gemächern.

Der siebzig Tage dauernde Vorgang der Einbalsamierung begann. Aus allen Winkeln des Reiches kamen die hohen Beamten nach Waset, um am Begräbnis teilzunehmen. Das Grab des Pharao war noch nicht fertig, und Haremhab ordnete an, stattdessen solle man das kleine Grab, das für Eje bereitstand, nehmen.

Die siebzig Tage der Begräbnisvorbereitung führten zu einer willkommenen Unterbrechung der Geschäftigkeit in den Zwei Ländern. Alles hielt scheinbar den Atem an. Alles außer den Begräbnisvorbereitungen erstarrte.

Jeder wartete. Eine noch nie dagewesene Lage war eingetreten. Der Pharao hatte keine Söhne – noch nicht einmal von einer Nebenfrau. Er hatte keinen Nachfolger ernannt, denn er hatte nicht geglaubt, so jung zu sterben. Die königliche Linie seines Vaters hörte auf – abgesehen von seiner Schwester-Witwe Anchesenamun. Ihre drei jüngeren

Schwestern, die nach dem Tod ihrer Mutter verschwunden waren, hielt man für tot. Wer auch immer nach Tutenchamun König würde, müßte seiner Stellung durch eine Heirat mit Anchesenamun Gültigkeit verleihen. Darüber gab es vielerlei Vermutungen, und das Nachsinnen und die Gerüchte beschäftigten das Volk während der langen, schleichenden Tage der Trauer.

Niemand zweifelte, daß am Ende die Entscheidung auf Haremhab fiele – gleichwohl man dem Anschein nach Eje und die anderen älteren Verwalter des Reiches in Betracht ziehen würde. Es gab eine Ratsversammlung, zu der alle einberufen wurden, und viele Adlige bereiteten sich vor, durchsuchten ihren Stammbaum und erzählten jedem, der es hören wollte, von ihren Verbindungen zur königlichen Blutlinie.

Zais, der Hohepriester des Amun, wurde noch wichtiger als er schon war. Haremhab ließ bekanntmachen, der Gott Amun-Ra würde den nächsten Pharao erwählen, und die Verkündung würde in Kürze im Tempel des Amun-Ra stattfinden. Das war annehmbar für das Volk. Selbst wenn der König starb und einen Nachfolger oder Mitregenten hinterließ, war es üblich, daß der Hohepriester des obersten Gottes die Thronfolge feierlich verkündete.

Haremhab wußte, daß die Sache dringlich war. Schon sammelten sich streitende Parteien und versuchten, sich eine günstige Ausgangsposition zu verschaffen. Er wollte selbst die Doppelkrone und zweifelte nicht an seinem Anspruch darauf, war er doch der mächtigste Mann im Land, aber – genau wie nach Echnatons Tod gab es Gerüchte, er habe den Tod des Königs herbeigeführt. Das Gerücht ging um, er und der König hätten in der letzten Zeit einige ernsthafte Auseinandersetzungen gehabt. Einige fragten sich, warum er den Thron nicht schon vor langer Zeit bestiegen hatte – als Echnaton plötzlich und unter seltsamen Umständen gestorben war – als Nofretete und der Halbbruder des Königs, Djehuti-kheper-Ra, getötet wurden, und Echnaton nur ein Kind hinterlassen hatte, das den Thron erben sollte. Er hatte sich noch nicht einmal zum Mitregenten gemacht. Warum? Einige wollten ihn. Einige nicht. Eine seiner größten Fähigkeiten bestand darin, die Stimmung des Volkes abzuwägen. Das Volk hatte Tutenchamun und Anchesenamun sehr geliebt. Wenn auch nur der geringste Zweifel bestand, daß er, einer aus dem gemeinen Volk, den Tod des Königs herbeigeführt hatte, um selbst den Thron einzunehmen, gäbe es keinen Frieden mehr im Land. Dann bestünde immer die Möglichkeit von Unfriede und Aufruhr. In ihm strömte kein göttliches, kein königliches Blut, auch wenn er es hundert Mal mehr wert war, Pharao zu sein, als jene, die diese Stellung zu recht innehatten.

In kurzer Zeit hatte er seine Entscheidung getroffen, aber er benötigte die formale Bestätigung des Rates. Eje war sehr alt und würde nicht mehr lange leben. Würde Eje Pharao werden, erschiene Haremhab vollkommen uninteressiert und wäre jedweder Verschwörung, auf den Thron zu kommen, unverdächtig, und dennoch wäre ihm in Kürze der Preis gewiß.

Eje war zwar kein Nachkomme des großen Neb-maat-Ra, Amenhotep III. – des letzten Pharaos, den Haremhab für makellos erachtete –, aber er war der Bruder von dessen großer königlicher Gemahlin, der mächtigen und einflußreichen Königin Teje. Auch war er der Vater von Königin Nofretete und somit Großvater der gegenwärtigen Königin Anchesenamun. Seine Empfehlungen waren gut.

Mit bleichem Gesicht überbrachte Merit-mut Anchesenamun die Neuigkeiten.

»Eje soll Pharao werden, Majestät«, rief sie. »Und du seine große königliche Gemahlin.«

Anchesenamun war entsetzt. Sie hatte sich darauf gefaßt gemacht, eher Selbstmord zu begehen, als Haremhab die Befriedigung zu verschaffen, Tutenchamuns Thron durch sie zu erlangen. Wie sonderbar, daß er diese goldene Gelegenheit, die höchste Macht zu erlangen, nicht ergriff! Aber dann durchschaute sie sein Spiel, und ein anderer Plan offenbarte sich ihr.

Sie befahl Merit-mut, ihr sofort feuchte Schreibtafeln aus Ton und Federn zu bringen. Als nächstes bat sie Ra-hotep, ihren Schreiber, heimlich und schnell in ihre Kammer zu kommen.

Ra-hotep reiste nach Norden, die Strömung trug ihn rasch zum Delta und in die Stadt, wo er ein Schiff nach Kepel bekommen konnte, dem großen Handelshafen des Ostens, einer ausufernden, weltoffenen Stadt, in die Händler aus aller Welt kamen. Bürger aus Ägypten und ägyptischen Vasallenstaaten mischten sich in den Straßen mit Händlern, Reisenden, Beamten und Boten aus Mitannien, Hatti und Babylonien. Hier tauschten die verwegenen Abenteurer, die sich in die gefährlichen Berge des Hindukusch in Afghanistan wagten, den kostbaren blauen Stein, den wunderbaren, seltenen Lapislazuli, den die ägyptischen Könige für ihre heiligsten Kunstgegenstände so hoch schätzten. Hier wechselte im Tausch gegen Pferde und Männer, die sie zureiten konnten, das Gold aus Nubien seine Besitzer. Und die meisten Geschenke wurden hier ausgetauscht, jenes Öl, welches die diplomatischen Kanäle zwischen den vielen verschiedenen Staaten offen hielt.

Hier war Anchesenamuns jüngere Schwester, Nefernefruaton, Priesterin im Tempel der Hathor. Ihr Name war in Her-ya geändert worden, und niemand wußte von ihrer Verbindung zur ägyptischen königlichen Familie außer der Hohepriesterin, einer sehr alten und ehrwürdigen Frau, die es für sich behielt. Her-ya war glücklich dort. Als Priesterin der Göttin der Liebe hatte sie viele Liebhaber und lebte in einer freundlichen Umgebung mit Musik und Blumen. Die Neuigkeiten, die sie aus Ägypten hörte, ermutigten sie nicht, zurückzukehren. Sie kannte ihre Heimat Achetaton tatsächlich nur aus ihrer Kindheit, und wenn es Achetaton nicht mehr gab und die Gärten, in denen sie glücklich gespielt hatte, zu Staub und Wüste geworden, ihre Schwerstern gestorben oder verstreut waren, gab es nichts mehr, was sie dorthin zurückzog. Manchmal dachte sie darüber nach, aber sie verwarf den Gedanken sogleich wieder. Sie hatte schon lange nichts mehr von Anchesenamun gehört. Als die Königin sich das letzte Mal mit ihr in Verbindung gesetzt hatte, hatte sie vorgeschlagen, sie solle nach Ägypten zurückkommen – hatte aber gewarnt, wenn sie das nicht wollte, müßten sie ihre Verbindung abbrechen. »Haremhab wird dich finden und zwingen, zurückzukehren«, hatte sie gesagt. »Seine Spione sind überall.«

Die Jahre vergingen. Sie wußte, wenn sie wollte, könnte sie zurückkehren, und diese Tatsache enthob sie der Eile. Sie hatte sich kürzlich in einen Mann verliebt, einen Hethiter – ursprünglich hatte sie ihn als Teil ihrer Verpflichtung Hathor gegenüber geliebt, jetzt aber hatte sie ein persönliches Verhältnis mit ihm. Die Hethiter waren seit langem Feinde ihres Volkes. Das kümmerte sie nicht. Lupakkis war ein General der Armee, entfernt mit der hethitischen Königsfamilie verwandt, und voller Kampfeslust. Sie liebte ihn nicht so sehr als Gefährten, das war es nicht, aber er machte sie rasend vor Sehnsucht, wenn sie ihn sah, und verzweifelt vor Enttäuschung, wenn sie ihn nicht sah. Unter seinem Einfluß war sie entschlossener denn je, nicht nach Ägypten zurückzukehren.

Zunächst war Lupakkis nur zu ihr gekommen, um eine mögliche neue Nachrichtenquelle zu erkunden. Niemandem außer hohen Beamten, Priestern und Angehörigen des Königshauses war es gestattet, die Gemächer der Priesterinnen der Göttin Hathor zu betreten. Die Priesterinnen waren keine gewöhnlichen Huren, sondern ein Gefäß für die Göttin, und diejenigen, die zu ihr kamen, mußten gewichtige Probleme haben, die sie ihr vorbrachten, ernsthafte Bitten, die Antwort verlangten. Das Ritual des demütigen Bittens war lang und entmutigend, und erst zum Schluß nahm die Priesterin im Namen der Göttin das Geschenk des Bittstellers, seinen Samen. Die Priesterinnen mußten Stillschweigen schwören, und kein Wort der Bitten und Gebete durfte je weitergegeben werden. Doch Lupakkis hielt die Priesterinnen auch nur für Menschen, und ein kluger Mann war wohl in der Lage, ihnen Informationen über Landesfeinde zu entlocken, ohne daß sie es überhaupt merkten.

Zufällig war Her-ya an dem Tag, als er zum ersten Mal zum Tempel der Hathor kam, diensthabende Priesterin. Er wußte nicht, daß sie ein ägyptische Prinzessen, nur daß sie Ägypterin war. Er trug seine Bitte vor und entrichtete demütig seine Gebete, während sie vor der Statue der Hathor stand, als wäre sie Hathor selbst, und ihm den Spiegel vor das Gesicht hielt, auf daß er während des Sprechens in sein Herz sehen möge. Andere Priesterinnen tanzten und sangen im Dämmerlicht rund um die Halle und rasselten das Sistrum, das heilige Musikinstrument der Göttin. Zuerst war die Musik leise, kaum vernehmbar im Hintergrund, aber im Laufe des Rituals wurde die Musik eindringlicher, die Frauen kamen näher bis sie ihn umringten. Der berauschende Duft der Blumen und des Räucherwerks machte ihn benommen. Er wurde in einen anderen Raum geführt, dessen Wände über und über mit erotischen Bildern von Hathor und ihren Liebhabern bemalt waren. Her-ya lag auf einer Liege und beobachtete ihn genau, als er zu ihr geführt wurde. Er hatte sich darauf eingerichtet, auch bei einem alten Weib zu liegen, um an Informationen zu kommen, aber die Göttin war gnädig, und die Frau, die vor ihm lag, war jung und außergewöhnlich schön.

Aber Zuschauer hatte er nicht erwartet. Er hoffte, sie würden gehen. Vor Zeugen würde das Mädchen gewiß nicht von Dingen sprechen, die verboten waren.

Sorgfältig nahmen ihm die Dienerinnen der Göttin seine Kleider ab, seine schweren, verzierten Armreifen, sein Schwert, seine Halskette und seine Sandalen, bis er genauso nackt war wie die Frau auf der Liege. Er fühlte sich seltsam, halb betäubt von dem dichten Rauch des Räucherwerks, das den Raum erfüllte, und dem einschläfernden Gesang. Er war erregt und fühlte sich doch unbehaglich. Er war gewohnt zu führen – doch hier glich er einem Lamm, das in einer Umgebung, die stark und ausschließlich weiblich war, zur Schlachtbank geführt wurde. Frauen führten ihn, beherrschten ihn, gebrauchten ihn. Er wollte sich zurückziehen, aber das konnte er nicht. Trotz seines Ärgers darüber, daß seine Sexualität offenkundig manipuliert wurde, und er sie jetzt nicht mehr beherrschte, war sein Verlangen, den Ort zu betreten, der ihm offenstand, zu stark.

Immer wieder zogen ihn die Frauen zurück und bereiteten ihn darauf vor, noch einmal einzudringen. Erschöpft und verwirrt wie er war, hätte er schwören können, einen Anflug von Spott und belustigter

Überlegenheit in ihren Augen zu lesen, und das steigerte seinen Zorn. Er war kein religiöser Mann, und auch wenn Hathor der hethitischen Göttin der Fruchtbarkeit bis hin zu den Spiegeln und der Musik sehr ähnlich war, bildete er sich nicht ein, einen religiösen Ritus zu vollziehen. Mit seinem Ärger wuchs auch seine Leidenschaft, und es befriedigte ihn zu erkennen, daß er den ergebenen Ausdruck aus dem Gesicht der Stellvertreterin Hathors gewischt hatte und sie sich einer Ekstase überließ, die sie nicht erwartet hatte und nicht so schnell vergessen würde.

Schließlich war es totenstill und man erlaubte ihm, sich zu erheben.

Schweigend wurden beide von den Frauen gebadet und angekleidet. So wie er hereingeführt worden war, wurde er wieder hinausgeführt, aber er wußte, daß er der Priesterin mehr als nur sexuell begegnet war. Er könnte sie, wenn er es vorsichtig und schlau anstellte, außerhalb des Tempelbezirkes wiedersehen, auch wenn das natürlich ausdrücklich verboten war.

Ra-hotep hatte sich um Mitternacht in aller Eile aus dem Palast davongemacht. Er hatte kaum Zeit gehabt, die Sachen, die er für eine lange Reise brauchte, zu packen.

In seinem Besitz befanden sich zwei Tontafeln, die in tönernen Umschlägen versiegelt waren – nicht mit dem königlichen Siegel von Ägypten, sondern mit einem fremdartigen Muster, das er noch nie gesehen hatte. Eine war an die Priesterin Her-ya im Tempel der Hathor in Kepel gerichtet, die andere war gänzlich leer. Man hatte ihn angewiesen zu warten, bis Her-ya die eine an sie gerichtete Tafel gelesen hatte. Und wenn sie ihm dann ein bestimmtes Zeichen gab, sollte er ihr die zweite aushändigen. Er durfte nicht wieder abreisen, bevor er nicht eine Antwort auf den zweiten Brief erhalten hatte, wie lange es auch dauern mochte.

Er hatte keine Vorstellung davon, was auf den Tafeln stand, denn Anchesenamun hatte sie persönlich geschrieben und versiegelt, bevor er in jener Nacht ihrem Ruf gefolgt war, aber ihm war ans Herz gelegt worden, sie wären von äußerster Dringlichkeit und Wichtigkeit, und kein ägyptischer Spion dürfte sehen, wem er sie überbringe. »Wenn sie abgefangen werden, bin ich tot«, hatte sie gesagt. Sie war hochgradig erregt gewesen, und er bezweifelte nicht, daß sie die Wahrheit gesprochen hatte. Er hätte gern Fragen gestellt, doch seine Treue zu ihr war unverbrüchlich.

Als er in Kepel eintraf, ging er nicht gleich zum Tempel der Hathor, sondern zu dem kleinen Tempel des Ra in den Außenbezirken. Falls ihm jemand gefolgt war, hoffte er, so dessen Argwohn zu zerstreuen. Er war ein Priester des Ra, der seinen Tempel in einem fremden Land besuchte. Man gab ihm ohne zu fragen eine Schlafkammer, und er verteilte seine wenigen Sachen um sich wie ein gewöhnlicher Reisender. Die Briefe verbarg er in einem Beutel unter seinen Kleidern nahe am Körper.

Anchesenamun hatte ihm von einer Frau in der Stadt erzählt, deren Tätigkeit darin bestand, den Priesterinnen heimliche Briefe zu überbringen. Ohne Zweifel waren sie meistens von Liebhabern. Er mußte ihre Hilfe gewinnen und dennoch darauf bestehen, diesen bestimmten Brief eigenhändig zu übergeben. Er würde ihr mehr Gold anbieten, als sie normalerweise erhielt, und ihr einschärfen, wie wichtig ein geheimes Treffen war. Er mußte ihr zu verstehen geben, sein Herr wäre von sehr hohem Rang und wünschte nicht, daß sein Name genannt würde. Man konnte ihr nicht anvertrauen, daß der Brief von der ägyptischen Königin käme – aber man konnte sich darauf verlassen, daß sie für Gold fast alles tat.

Ra-hotep gefiel sein Auftrag nicht. Der Schatz, den er an seinem Körper trug, war ihm eine Last, und er fürchtete Räuber. Er haßte Betrug. Aber er liebte und verehrte die Königin, und sie hatte gesagt, ihr Leben hinge davon ab, und für sie würde er gegen seine Natur handeln und tun, was sie von ihm verlangte. Die Frage der Thronfolge war in der Schwebe, und er mutmaßte, die Briefe hätten etwas mit ihrer Sicherheit zu tun, falls es zu einer Rangelei um den Thron käme. Er nahm an, sie suchte im Hathortempel in Kepel nach einem Unterschlupf außerhalb Ägyptens.

Er fand die Frau, Ba-nakht, mit Leichtigkeit. Jeder schien sie und manche schienen auch ihr Gewerbe zu kennen, denn sie versetzten ihm Rippenstöße und zwinkerten ihm zu, als sie ihm erklärten, wie er sie finden könne.

Sie war eine jener ältlichen Frauen, die gerne so taten, als wären sie jung, und die, indem sie zuviel Schminke auftrugen, nur ihr Alter unterstrichen. Sie sah lächerlich aus unter der dicken Farbe. Ihre verwelkten Arme waren mit Armreifen, ihre eingefallene Brust mit Halsketten überladen. Eine zweite alte Frau saß mit gekreuzten Beinen auf dem Boden vor der Tür, und Ra-hotep mußte erst ihre Fragen beantworten, bevor ihm erlaubt wurde, einzutreten. Die Frau an der Tür hatte keine Schminke in ihrem Gesicht. Es war von Falten durchzogen, und ihre Haare waren grau – aber sie besaß mehr Schönheit und Würde als ihre Herrin. Ihre Augen funkelten vor Belustigung, als sie sah, wie aufgeregt und linkisch er war, und sie schenkte ihm ein aufmunterndes Lächeln, als sie ihn hineinschickte.

Ba-nakht wollte dafür sorgen, daß die Briefe durch eine ihrer Dienerinnen überbracht werden, aber Ra-hotep bestand darauf, sie persönlich in Her-yas Hände zu geben. Es kostete ihn mehr Gold als er gedacht hatte, aber schließlich willigte sie ein. Sie wies ihn an, nachts zu später Stunde an einer bestimmten Straßenecke zu warten. Eine von Banakhts Dienerinnen sollte bei ihm bleiben und dafür sorgen, daß er sich mit der richtigen Priesterin traf.

»Und dann wird sie gehen?« fragte Ra-hotep besorgt. »Ich muß allein mit Her-ya sprechen.«

Ba-nakht betrachtete ihn mit scharfen, schmalen Augen. Was hatte dieser linkische junge Schreiber vor? Er schien so albern und durcheinander und war dennoch überraschend entschlossen. Sie hatte ihre beste List angewendet, herauszufinden, wer sein Herr war, doch Ra-hotep war es gelungen, seine Herkunft geheim zu halten.

Anchesenamuns Bote und Ba-nakhts Dienerin warteten lange im Schatten eines Torbogens und beobachteten die mondbeschienene Straße.

»Sie wird heute Nacht in diesem Haus erwartet«, flüsterte die Dienerin. »Aber es sieht so aus, als hätte sie vielleicht ihre Absicht geändert.«

Ra-hotep wollte schon aufgeben, als eine Gestalt mit einem leichten, hüpfenden Gang auftauchte; ein Tuch aus Musselin, fein wie ein Hauch, war gegen die Kühle der Nacht um sie geschlungen.

Die Dienerin zwickte Ra-hotep in den Ellenbogen und deutete auf sie.

Der junge Priester eilte auf sie zu.

Die Frau blieb beunruhigt stehen und wollte sich schon umdrehen und weglaufen.

Ra-hotep rief sie beim Namen, und sie hielt, ihm halb zugewandt, inne.

»Ich habe einen Brief für dich«, flüsterte er. Seine Hand zitterte, als er ihr den ersten tönernen Umschlag, auf dem ihr Name stand, entgegenhielt.

Sie schaute ihn sich genau an, konnte aber das Siegel in dem düsteren Licht nicht erkennen.

»Es ist sehr wichtig«, hauchte er. »Ein Leben hängt von deiner Antwort ab.« Er konnte ihre Augen nicht sehen, spürte aber, wie sie sein Antlitz, das dem Mondlicht zugewandt war, prüfend betrachtete. »Ich bringe ihn von Khemet«, fügte er hinzu. Daraufhin schien sie interessierter.

»Ich werde ihn lesen«, sagte sie.

»Ich – ich brauche die Antwort sofort.«

»Wie soll ich ihn in der Dunkelheit lesen?«

»Ich bitte dich, meine Dame … «

Sie schwieg einen Augenblick und dachte nach.

»Warte hier«, sagte sie, »wenn es so wichtig ist. Ich bringe dir die Antwort noch vor Sonnenaufgang.« Sie wandte sich um und ging weiter die Straße entlang. Als sei sie erwartet worden, öffnete sich eine Tür, und sie verschwand im Haus.

Ra-hotep schaute sich um, um zu sehen, ob Ba-nakhts Dienerin ihr Versprechen gehalten hatte und gegangen war. Die Straße war verlassen. Er kauerte sich nieder, lehnte sich mit dem Rücken an eine Wand und stellte sich auf ein langes Warten ein. Er war sehr aufgeregt. Die ganze, lange Reise von Khemet hatte ihn zu diesem Punkt geführt. Wenn jetzt etwas schief ging? Wenn …?

Die Zeit verrann, während seine Gedanken im Kreis liefen. Er überlegte, wie Anchesenamun es schaffen würde, unentdeckt nach Kepel zu reisen, falls sie vor gefährlichen Feinden flüchtete. Er fragte sich, warum diese junge Priesterin unter all den Priesterinnen im Tempel für so eine wichtige Botschaft ausgesucht worden war. Er grübelte, warum sie mitten in der Nacht dieses Haus aufsuchte. Er überlegte, was wohl genau in dem Brief stand, den er bereits übergeben hatte, und in dem unbeschrifteten, den er immer noch krampfhaft in der Hand hielt.

Endlich kam sie wieder hinaus auf die Straße. Er sprang auf die Füße und ging zu ihr.

»Mein Freund«, sagte sie ruhig. »Tamarisken wachsen nie im Wasser. Wie kannst du dann von mir erwarten, sie im ›großen Grün‹ zu säen?«

Sein Herz tat einen Sprung. Sie hatte das Zeichen gegeben, wie Anchesenamun es gesagt hatte.

Er überreichte ihr den zweiten Umschlag, und sie nahm ihn ohne Zögern. Ihre kühle Hand berührte die seine und sie lächelte.

»Du schwitzt, mein Freund«, sagte sie. »Fürchtest du dich vor mir?«

»Nein. Nein, meine Dame«, sagte er verlegen. »Nur, ich bin ein einfacher Priester des Ra. Ich bin es nicht gewöhnt, geheime Botschaften durch die halbe Welt zu tragen.«

»Du hast es gut gemacht, Freund. Geh jetzt zu Bett und ruhe dich aus.«

»Ich muß eine Antwort zurückbringen, meine Dame.«

»Ich weiß«, sagte sie. »Du bekommst eine Antwort – aber es kann eine Weile dauern. Hast du eine Herberge in dieser Stadt?«

»Im Tempel des Ra.«

»Das ist gut. Gehe deinen Angelegenheiten dort nach und warte. Ich sehe zu, daß du deine Antwort erhältst. Suche mich nicht wieder. Ich werde dich finden.«

Damit ging sie fort. Er beobachtete, wie sie ruhig durch die Straße schritt, als wären heimliche Treffen und geheime Botschaften, die den weiten Weg von Ägypten gemacht hatten, nichts weiter Bemerkenswertes.

Aber der Brief, den sie im Lampenlicht in dem Haus gelesen hatte, in dem sie ihren Liebhaber Lupakkis traf, war bemerkenswert, und als sie fortging, war sie alles andere als ruhig. Ihre Schwester, die Königin von Ägypten, hatte sie gebeten dafür zu sorgen, daß ein verläßlicher und vertrauenswürdiger Bote den zweiten Brief, den ihr Bote bei sich trug, Suppiluliuma, dem König der Hethiter, überbrachte. Wußte ihre Schwester von ihrem hethitischen Liebhaber? Warum wollte die Königin von Khemet mit den Hethitern Verbindung aufnehmen? Sie waren alte Feinde ihres Landes – die auch jetzt die Vasallenstaaten Ägyptens angriffen.

Die Worte des Briefes, den sie gelesen hatte, waren sorgfältig gesetzt – und sagten nicht viel. Die Nachricht an die Hethiter mußte von größter Wichtigkeit sein, aber warum sollte er nicht durch die üblichen diplomatischen Kanäle gehen? Sie hatte von Tutenchamuns Tod gehört und sich Sorgen um ihre Schwester gemacht, aber warum diese geheime Botschaft an die Hethiter? Sie hätte alles darum gegeben, den zweiten Brief zu lesen – aber es gab keine Möglichkeit ihn zu öffnen, ohne das Siegel zu brechen.

Staubig und am Ende seiner Kräfte erreichte Lupakkis die Tore von Hattusas, der hethitischen Hauptstadt. Sie ragte über ihm wie ein Adler in seinem Horst. Mit Mauern und Türmen verstärkte, uneinnehmbare Klippen hielten Eindringlinge fern. Die riesigen Bronzetore konnte man nur über steile Rampen erreichen, die parallel zu den Mauern lagen und von Soldaten und den Göttern schwer bewacht wurden. Er begab sich zum kleinsten und südlichsten Tor, das von schreckenerregenden Sphinxen bewacht wurde. Zwei Treppenaufgänge führten hinauf, aber darunter befand sich ein geheimer Durchgang, der tief ins Innere der Zitadelle reichte. Die Wachen dort kannten ihn gut – es waren seine eigenen Männer –, und er gelangte ohne weitere Umstände hindurch.

Seit Her-ya ihm den Brief der ägyptischen Königin gegeben hatte, hatte er kaum gerastet. Daß dieser nicht über die üblichen diplomatischen Wege kam, war interessant und bedeutsam. Welche geheime Botschaft wollte sie dem hethitischen König hinter dem Rücken ihrer Beamten übermitteln? Ihnen allen war bewußt, daß Ägypten sich zur Zeit in einer sehr gefährdeten Lage befand und Anchesenamuns Stellung noch unsicherer war als sonst. Warum sollte sie einen persönlichen Brief an den Feind ihres Volkes schreiben?

Er hatte niemandem davon erzählt, nicht einmal seinen engsten Gefährten. Kepel war ein Ort, wo sich alle Völker begegneten. Da waren Zinnhändler aus Britannien und Bohemien; Lapishändler aus den afghanischen Bergen; Männer, die Parfüm und vorzügliche Rhytons von der Insel Kreta lieferten; Pferdehändler aus den Steppen; Männer, die Weihrauch aus Südarabien und vom Horn von Afrika brachten; und Gold und Elfenbeinhändler, die über Ägypten aus Nubien kamen. Am meisten aber gab es Diplomaten, Spione und Boten, die Briefe zwischen den verschiedenen Königreichen und Parteien hin und her trugen – bescheidene und prahlende Briefe, drohende und schmeichelnde. Niemand hatte die Augenbraue gehoben, als Lupakkis einen wichtigen Brief erhalten und eilig in seine Heimat aufgebrochen war. Seine Diener hatten Gepäck und Pferde bereitgemacht, ohne zu fragen. Seine Freunde hatten ihm den Schutz des Sturmgottes Teshub gewünscht. Nicht nur Her-ya, auch andere Frauen hatten beim Abschied Tränen vergossen, doch hatte er versprochen, wiederzukommen. Her-ya wußte immerhin, daß es nicht lange dauern würde. Er mußte die Antwort zu ihr bringen, zu ihr allein.

Ra-hotep wartete im Tempel des Ra und ahnte nichts von dem weiten Weg des unbeschriebenen Umschlages, den er überbracht hatte – und erwartete täglich eine Antwort.

Lupakkis verlangte, sofort vor den König geführt zu werden, so schmutzig von der Reise und müde er auch war. Ärgerlich wies er das Anerbieten einiger Beamter und Würdenträger des Hofes zurück, den Brief zu nehmen und selbst zu überbringen. Sie wiesen darauf hin, es würde den König beleidigen, wenn man ihm in diesem zerzausten Zustand erlaubte, vor ihn zu treten.

»Der König wird wissen, warum ich dies getan habe, wenn er den Brief liest«, sagte er. »Geht mir aus dem Weg.«

Er schritt durch die vertrauten Gänge und kam zu dem alten Kämpen, als dieser sich auf einer Liege entspannte, während Frauen ihn umsorgten.

Das Gesicht des Königs war böse wie das des Sturmgottes selbst, als er aufblickte und feststellte, daß seine persönliche Sphäre nicht geachtet wurde. Die Diener, die hinter Lupakkis her gerannt waren und versucht hatten, ihn zu überholen und ihn dem König zu melden, zogen sich aufgeregt zurück, ließen die Hände hängen und überlegten, ob man sie wohl bestrafen würde. Der General war ein mächtiger Mann, und es war nicht leicht, ihn an etwas zu hindern. Sie hofften, der Brief wäre tatsächlich wichtig genug, den Zorn des Königs abzuwenden. Was war das für ein Brief? Die Androhung eines bevorstehenden Angriffs? Mitanniens mächtige Flügel waren vom hethitischen König beschnitten worden, aber es trachtete immer noch ruhelos nach Rache. Der eine oder andere Krieg war immer im Gange, das hethitische Königreich war auf allen Seiten von fremden Mächten umgeben, und Suppiluliuma war ständig darauf bedacht, die Handelswege zu schützen, über die das kostbare Zinn kam, das sie für die Herstellung von Bronzewaffen für die Armee benötigten.

»Majestät!« Lupakkis fiel sogleich vor dem König auf ein Knie nieder. »Verzeih mein Eindringen, aber ich habe einen Brief, von dem ich glaube, daß du ihn sehen willst.«

»Einen Brief? Kann das nicht warten?«

»Nein, Majestät. Es ist kein gewöhnlicher Brief. Schicke diese Frauen hinaus. Er ist allein für deine Augen.«

Suppiluliuma klatschte in die Hände, und wie durch Zauber leerte sich der Raum.

»Nun, Lupakkis, kein Mann sollte mir in der Weise befehlen, wie ich es mir gerade erlaubt habe, daß mir befohlen wird. Dein Brief sollte ein besonderer sein. Um was handelt es sich?«

»Ich habe keine Ahnung, Majestät.«

Suppiluliuma runzelte die Stirn.

»Es ist die Art, wie er überbracht wurde, Majestät. Ich denke, du wirst das interessant finden. Er wurde mir heimlich gegeben, und man sagte mir, er sei von der Königin von Khemet – sehr dringend.«

Suppiluliuma setze sich auf und streckte die Hand aus. Er nahm den Brief und wendete ihn neugierig um und um. Er entließ Lupakkis auf der Stelle, und als der enttäuschte General den Raum verließ, sah er, wie der König das Siegel und den tönernen Umschlag aufbrach und den Inhalt herauszog. Dann wurde die Tür von einem der gedemütigten Beamten triumphierend zugeschlagen, und er sah nichts mehr.

Suppiluliuma berief eine Versammlung seiner Söhne ein. Amuwandas war da, der Thronfolger, und Mursilis, der zweitälteste Sohn. Telepinus, Hattusilis und Zannanza. Und noch drei weitere – denn Suppiluliuma war reich an Söhnen.

Er hielt die Tontafel, die er von Lupakkis erhalten hatte, mit der gewissenhaft geschriebenen Keilschrift empor.

»Wir haben hier ein Rätsel, meine Söhne«, sagte er. »Ich brauche euren Rat.«

»Was für eines, Vater?« fragte Amuwandas. Es war ungewöhnlich, daß eine Ratsversammlung einberufen wurde, ohne einen vertrauten Schreiber oder hohen Beamten hinzuziehen.

»Ein Brief von der Königin von Khemet«, sagte Suppiluliuma.

Zannanza, der einen Augenblick zuvor noch nicht besonders interessiert gewesen war, weil er dachte, das Treffen wäre bloß eine weitere Kriegsratsversammlung, spitzte die Ohren. Er erinnerte sich gut an Anchesenamun und Tutenchamun. Er hatte oft gedacht, das Erlebnis mit dem Löwen habe sie irgendwie verbunden. Als er von Tutenchamuns frühem Tod gehört hatte, hatte es ihn gefröstelt – als berührte der lange Schatten des Schicksals des Kindkönigs seine eigene Seele. Würde auch er jung sterben? Es würde ihn nicht wundern.

»Es ist außergewöhnlich, um was sie bittet«, sagte sein Vater gerade. »Ich kann zu keinem Schluß kommen, ob es ein ehrlicher Hilferuf ist oder eine grausame und hinterlistige Falle, um mir einen meiner Söhne zu rauben und so einen Krieg zwischen unseren großen Ländern auszulösen.«

»Um was bittet sie, mein Vater?« Es war Zannanza, gewöhnlich der Schweigsame unter seinen Brüdern, der zuerst sprach.

»Sie bittet um einen meiner Söhne, auf daß er König von Khemet werde«, sagte Suppiluliuma und lehnte sich in seinem großen Stuhl zurück, seine listigen Augen beobachteten die Wirkung seiner Worte auf seine Söhne. Seine dicken, ergrauenden Augenbrauen verbargen seine Belustigung, als ihre Mienen sich von Unglauben über Hoffnung bis hin zu blankem Ehrgeiz veränderten. König von Khemet zu sein, würde denjenigen, wer auch immer erwählt würde, sogar noch mächtiger als ihren Vater machen!

Und dann verlas Suppiluliuma mit seiner tiefen, gebieterischen Stimme den Brief.

»Königin Anchesenamun, Nachkomme einer Linie mächtiger Könige, Tochter des Ra, an Suppiluliuma, König der Hethiter, edler Stier der Berge. Seit dem Tod meines Gemahls ist Sorge mein einziger Freund, Verzweiflung mein Bettgefährte. Ach, leider! Khemet besitzt keine königlichen Söhne, die den Platz meines geliebten Gemahls einnehmen könnten. Man sagte mir, ich müsse einen alten Mann heiraten, einen Diener, und ihn zum König machen. Das werde ich nicht tun.

König von Hatti, Vater vieler Söhne, vieler edler und königlicher Prinzen – schicke mir einen Sohn, einen Prinzen, auf daß er König von Khemet werde und an meiner Seite auf dem Thron der Zwei Länder herrsche, auf daß mein Land und dein Land in Frieden und Wachstum verbunden wären.

An Suppiluliuma, den König der Hethiter, werde ich reiche Geschenke jenseits aller Vorstellung schicken, um den Schmerz des Abschieds zu mildern. An Suppiluliuma, den König der Hethiter, sende ich meine Grüße, meine Freundschaft, mein Gelübde, ich werde, wen immer du schickst, mehr als jeden anderen Mann ehren.

Wenn der persönliche Inhalt dieses Briefes verbreitet wird, soll der Fluch aller Götter deines und meines Landes auf dein Haupt und das deiner Söhne und auf deine Stadt Hattusas auf ewig fallen.«

Dann folgte das königliche Siegel von Khemet. Tutenchamuns Siegel – das zeigte, daß sie noch Königin war und es sich in ihrem Besitz befand.

Als er fertig gelesen hatte, herrschte verblüfftes Schweigen im Raum.

Was sie verlangte, war unglaublich. Gerade in diesem Augenblick griff die Armee des hethitischen Königs Verbündete Ägyptens in Syrien an. Sie waren seit jeher Feinde – ein gefährliches Spiel von Angriff und Gegenangriff war ständig zwischen ihnen im Gange. Daß eine stolze und überhebliche Dynastie einen Fremden dazu einladen sollte, ihr König zu werden, ohne besiegt zu sein … Kein Wunder, daß Anchesenamuns Botschaft einen solch abwegigen und geheimen Weg genommen hat. Kein Wunder, daß sie ihre diplomatischen Beamten nicht wissen lassen wollte, was sie geschrieben hatte!

»Das muß eine List sein!« sagte Mursilis. »Vater, du glaubst doch nicht, daß sie es ernst meint.«

Suppiluliuma sah nachdenklich aus.

»Vater!«

»List oder nicht – es ist ein verlockendes Angebot.«

Er war immer schon ein großartiger Krieger gewesen und verlor keine Zeit, sein Volk in eine Schlacht zu führen, um sein Reich zu erweitern, die Grenzen zu festigen und die Handelswege zu sichern, die sein Land mit lebenswichtigen Gütern versorgten – aber er war auch ein kluger Politiker. Zum Beispiel hatte er Babylon nicht angegriffen, denn Babylon war zu stark. Er hatte die Tochter des Königs von Babylon geheiratet und sie zu seiner Königin gemacht. Ägypten war ebenfalls zu stark, um angegriffen zu werden – obgleich er häufig dessen Vasallenstaaten plünderte und mehr als einen von ihnen besiegt hatte. Aber Ägypten würde niemals Töchter schicken, damit sie Gemahlinnen fremder Könige würden. Immer mußte es umgekehrt sein. Prinzessinnen aus fast allen Ländern wurden nach Khemet geschickt und als Nebenfrauen des ägyptischen Königs gehalten – Geiseln, um ihre Väter unter Kontrolle zu halten – oder, im Falle der wichtigeren, Freundinnen, damit ihre Väter freundlich blieben. Jetzt, wenn er es nur glauben könnte, bot sich ihm eine Gelegenheit, die er sich nicht hatte träumen lassen. Es verlangte ihn, sie anzunehmen.

Doch es gab Geschrei unter seinen Söhnen. Nur Zannanza schwieg.

»Ihr habt recht«, sagte Suppiluliuma schließlich. »Es riecht nach Verrat. Ich werde zurückschreiben, auf daß die Echtheit der Einladung bewiesen werde. Ich werde mich in nichts hineinstürzen.«

»Wir müssen mehr tun, als nur einen Brief schreiben, Vater«, beharrte Mursilis. »Wir müssen einen Spion an den Hof der Königin schicken. Er muß ihr in die Augen sehen. Er muß für uns beurteilen, was die Wahrheit ist.«

»Welcher Spion könnte mit einem solchen Auftrag betraut werden? Welcher unserer Spione könnte so weit in das königliche Khemet gelangen? Wir versuchen seit Jahren, einen solchen Spion in Stellung zu bringen, und haben auf diese Weise viele gute Männer verloren.«

»Lupakkis könnte mit einer Nachricht über den Krieg in Syrien Einlaß finden und Friedensverhandlungen anbieten, während er der Königin eine geheime Botschaft übermittelt. Lupakkis ist ein kluger Mann, und man kann ihm vertrauen. Er ist bereits teilweise in die Sache verwickelt, indem er den Brief zu uns gebracht hat.«

»Er hat eine Geliebte unter den Priesterinnen der Hathor in Kepel«, fügte Amuwandas hinzu. »Er kennt die Sprache von Khemet und ihre Sitten. Offensichtlich vertraut ihm die Königin bereits, sonst hätte sie nicht dafür gesorgt, daß er der Überbringer des Briefes ist.«

»Sie mag ihm vertrauen – aber hat sie die Macht in Khemet noch inne?« warnte Mursilis. »Möglicherweise hat sie den Brief nicht einmal selbst geschrieben. Vielleicht ist es eine Falle ihrer Generäle, um durch eine Geisel den syrischen Feldzug zu schwächen.«

In dieser Weise ging das Wortgefecht weiter.

Am Ende faßten sie einen Beschluß. Ein Brief an die Königin Anchesenamun sollte Klarheit bringen, ob sie den Brief an sie tatsächlich geschrieben hatte. Lupakkis, der den Brief überbringen sollte, würde wachsam sein und entscheiden, ob sie tatsächlich die Macht hatte, Khemet einen fremden König aufzuzwingen oder nicht, und wenn es so war, wie sie es zu tun gedachte. Sie alle wußten, es war keine Zeit zu verlieren – denn wenn erst die Trauerzeit für Tutenchamun vorüber war, mußte der neue König, wer immer das sein würde, zur Stelle sein, sonst gäbe es Unruhe im Land.

Sie riefen Lupakkis zur Versammlung der Prinzen und übertrugen ihm die Aufgabe. Sie erinnerten ihn an den Fluch der Königin, wenn er etwas von dem, was zwischen ihnen besprochen worden war, einem anderen enthüllte.

»Auch nicht deiner Geliebten!« sagte man ihm.

Er war ausgeruht und brannte auf die Aufgabe. Er verneigte sich bis zum Boden und schwor Geheimhaltung.

In derselben Nacht verließ er Hattusas. Die Antwort des Königs an Anchesenamun war an seinen Körper gebunden, während ein weiterer Brief, der den syrischen Krieg betraf, in seinem Beutel steckte.

Anchesenamun waren die Tage und Nächte noch nie so lang erschienen wie in jener Zeit, als sie eine Antwort auf ihren Brief erwartete. Es war jetzt mehr als ein bloßes Gerücht, daß sie Eje heiraten sollte. Der Mann, der die rechte Hand dreier Könige gewesen war – vier, wenn man Nofretetes kurze Regierungszeit hinzuzählte – sollte nun selbst König werden. Haremhab setzte alles daran, daß die Heirat und die Krönung bald stattfanden, um Unruhe und Unsicherheit im Land gar nicht erst aufkommen zu lassen, aber die Königin bestand auf die Einhaltung der Trauerzeit für ihren jungen Gemahl, und ihr Kummer kam offenkundig so von Herzen, daß Haremhab ihr wenigstens dieses gewährte – obgleich er von seiner Entscheidung, Eje zum nächsten Pharao zu machen, nicht abrücken würde.

Die Rolle, in die Eje plötzlich gedrängt wurde, verwirrte ihn ein wenig. Er war ein fähiger und kluger Mann, und keiner kannte die vielfältigen Schwierigkeiten der Königswürde besser als er, aber es war leichter, im Hintergrund zu führen und zu beraten, als im Rampenlicht zu stehen.

Er versuchte, mit Anchesenamun zu sprechen, aber sie schloß sich in ihren Gemächern ein und wollte mit niemandem reden. Haremhab versicherte ihm, Anchesenamun akzeptiere, was richtig für das Land sei, und ihr Rückzug sei nicht gegen ihn persönlich gerichtet, sondern nur die Folge des Schocks von Tutenchamuns plötzlichem Tod.

»Das königliche Blut vieler Generationen fließt in den Adern deiner Enkelin. Wenn es Zeit ist, wird sie ihre Rolle spielen wie es sich gehört. Laß ihr Zeit zu trauern.«

Eje verspürte keinen Wunsch, Pharao zu werden, aber ohne einen königlichen Prinzen aus der direkten Linie würde es Streitigkeiten unter den Adligen geben, die eine entfernte Verwandtschaft zur königlichen Familie für sich beanspruchten. Schon bezogen verschiedene Parteien Stellung.

Nakhtmin, Maya, alle Freunde und die Beamten, die unter Tutench-amun gedient hatten, unterstützten die Idee, daß Eje König werden sollte. Er war klug genug zu wissen, daß sein Alter etwas mit ihrer Be-geisterung zu tun hatte. Man erwartete nicht, daß er lange am Ruder bliebe, aber seine Herrschaft gäbe den Zwei Ländern Zeit, sich von den umwälzenden Ereignissen der vorangegangenen Regierungen zu erholen. Unter ihm würde alles beim Alten bleiben, denn alte Männer gingen nicht an tiefgreifende Veränderungen. Er war schon immer eine Brücke zwischen den Extremen gewesen und immer bestrebt, die Launen seiner Herren auszugleichen. Er war Tutenchamun ein besonnener und weiser Führer gewesen, und mehr als einmal hatte er Haremhabs Ehrgeiz im Zaum gehalten. Er gab nie einen offenen Hinweis, ob er glaubte, daß der General etwas mit Tutenchamuns Tod zu tun hatte oder nicht – aber Haremhab verspürte ein Abkühlen ihrer Beziehung, eine Zurückhaltung, die vorher nicht da gewesen war. Deshalb hatte Haremhab auch etwas gezögert, dann aber beschlossen, darüber hinwegzusehen. »Dem alten Mann ist bange«, entschied er. »Das ist kein leichter Schritt für ihn.«

Eje hatte keine Illusionen. Er war nur ein Lückenbüßer für den General. Früher oder später, mit der Unerbittlichkeit des Schicksals, würde Haremhab den Thron besteigen und sich die Doppelkrone auf das Haupt setzen.

»Ich wünschte, er täte es jetzt«, dachte Eje, »und würde mir die Aufregung ersparen.«

Er war traurig, daß seine Enkelin ihn nicht vorließ. Sie würde nur dem Namen nach seine große königliche Gemahlin sein. Er wollte ihr sagen, seine Wahl zum Pharao sei nicht mehr als ein zweckdienlicher Zug, um den Frieden in den Zwei Ländern zu sichern, und er würde sie nicht behelligen. Er wollte ihr versprechen, ganz für sich bleiben zu können. Er wollte ihr alles versprechen, was sie nur wünschte. Nur während der öffentlichen Auftritte müßten sie sich dem Volk zusammen zeigen – ihr persönliches Leben wäre unantastbar.

Er durchmaß die Terrasse vor seinem Flügel des Palastes und dachte an Echnatons Regierungszeit zurück, als Anchesenamun ein kleines Mädchen gewesen war. Er hatte beobachtet, wie sie von einem sorglosen Kind, das glücklich mit seinen Schwestern gespielt hatte, zu einer verbitterten jungen Frau heranwuchs, die sich in ihre schmerzhafte Welt von Enttäuschung und Verzweiflung verschloß, als das Dunkel der Besessenheit und Gewalt die goldene Stadt erreichte. Durch die Heirat mit Tutenchamun hatte sie sich wieder geöffnet. Ohne Zweifel hatte sie den Jungen geliebt und ihn mit all der Liebe bemuttert, die ihr der Tod ihrer eigenen Kinder vorenthalten hatte. In jüngster Zeit war sie ihm zielstrebig und glücklich vorgekommen. Alle hatten ihre Hingabe an Ra bemerkt, obgleich er nichts von dem Zwischenfall mit dem heiligen Ei wußte.

Haremhab hatte ihn ermahnt, daß man sie von dieser besonderen Verbindung zu dem Sonnengott abbringen müsse.

»Ein gesundes Land muß einen König der Götter haben wie einen König der Menschen. Natürlich müssen sich die verschiedenen Kulte im Gleichgewicht halten – aber über allen muß es eine Autorität geben, und diese Autorität muß Amun-Ra sein. Warum sucht sie spitzfindige Unterschiede? Ra wird nicht abgelehnt. Er leiht Amun seine Stärke. Er ist ein Teil des Königs der Götter!«

»Ein Teil ist ihr nicht genug«, dachte Eje. »So wie ein Teil ihrem Vater nicht genug war.« Als Kind hatte sie den theologischen Krieg, der um sie herum getobt hatte, kaum wahrgenommen, doch jetzt hatte sie Stellung bezogen. »Wahrscheinlich setzt sie sich so glühend für Ra ein, weil wir ihn in den Hintergrund zu drängen suchen«, dachte Eje. »Sie ist von Natur aus widerspenstig, und sie wird immer für ihr Recht kämpfen, zu glauben, was sie will – selbst wenn sie nicht weiß, was das ist!«

Zais, der Hohepriester des Amun-Ra, bereitete sich auf seine Rolle bei der Beisetzung, der Hochzeit und der Krönung vor. Er verkündete, das Orakel des Amun-Ra habe Eje zum Nachfolger Tutenchamuns erklärt. Mit dieser Bekanntmachung beschwichtigte er die Ängste des größten Teils der Bevölkerung, und die Hoffnungen mehrerer Adliger wurden zerschlagen. Wenn der Gott einen Mann zum König erklärte, wurde der Mann König. Wenn Prinz Djehuti-kheper-Ra noch am Leben wäre, hätte er geraten, den Orakeln nicht zu trauen, denn er war selbst ein Orakel gewesen und kannte die Schliche, die die Priester anwendeten und mit denen sie den Zwei Ländern ihren Willen aufzwangen. Doch Djehuti-kheper-Ra, Halbbruder Echnatons, war tot, und es gab niemanden mehr, der gegen die mächtigen Priester des Amun-Ra laut zu sprechen gewagt hätte, die auch noch von dem General, der die Armee beherrschte, gedeckt wurden.

Eines Tages kam Merit-mut zu Anchesenamun und fragte, ob sie eine Ausnahme von ihrer Regel, allein zu sein, machen wollte, und ihre Tante Nezem-mut vorlassen würde. Anchesenamun lehnte ab, so wie sie jeden anderen Besucher abgewiesen hatte. Merit-mut wußte nicht mehr ein noch aus. Sie sorgte sich sehr um ihre Herrin, während sie zusah, wie diese von Tag zu Tag tiefer in ihrer Niedergeschlagenheit versank.

Seit einigen Tagen schon war der von Anchesenamun berechnete Zeitpunkt verstrichen, an dem sie eine Antwort aus Hattusas hätte erhalten müssen. Wenigstens bis jetzt war sie äußerlich ruhig erschienen, aber an diesem Tag bemerkte Merit-mut eine plötzliche Veränderung in ihr und bekam Angst. Am Morgen hatte Anchesenamun eine kostbare Glasflasche mit seltenem Parfüm an die Wand geschleudert und darauf bestanden, man solle ihren Schoßlöwen bringen, den Maya ihr als Jungtier geschenkt hatte, damit sie sich leichter vom Verlust ihres Kindes erholte. Inzwischen war er schon lange aus den Gängen des Palastes verbannt worden war, denn er war unberechenbar und gefährlich geworden.

Als der Wärter ihn brachte – er war besorgt – schlang Anchesenamun ihre Arme um den Hals des Geschöpfs und weinte so verzweifelt, daß Merit-mut sich Sorgen um sie machte. Sie bestand darauf, eine Zeitlang mit dem Tier allein zu bleiben. Merit-mut, der Wärter und bewaffnete Wachen warteten ängstlich vor der Tür und lauschten den undeutlichen Geräuschen der summenden Frauenstimme und dem tiefen Knurren des Tieres.

Schließlich rief sie den Wärter und befahl ihm mit gefaßtem, bleichem Gesicht, das tränennaß war, der Löwe solle wieder an den Ort gebracht werden, wo man ihn gefunden hatte, und freigelassen werden.

»Niemand sollte gefangen gehalten werden«, sagte sie. »Schenke ihm seine Freiheit. Laß ihn sich eine Frau suchen. Laß ihn Kinder haben.«

Merit-mut betrachtete Anchesenamuns Gesicht, während diese beobachtete, wie der Löwe fortgeführt wurde. Sie ließ mehr als nur den Löwen gehen.

Danach saß sie so teilnahmslos in ihrem Gemach, die Hände schlaff in ihrem Schoß, das Kinn so tief auf ihre Brust gesunken, daß Merit-mut keine Mühe hatte, sie zu überreden, Nezem-mut einzulassen. Die Königin schien zu müde und erschöpft, auch nur den Kopf zu schütteln.

Nezem-mut war entsetzt, wie bleich und niedergeschlagen das Gesicht ihrer Nichte war.

»Kind!« rief sie. »Was hast du gemacht? Hast du gegessen? Du mußt dich um dich kümmern zum Wohl des Landes!«

Sie packte die junge Frau an den Armen und schüttelte sie. »Hör mir zu. Das muß aufhören! Die Trauerzeit ist fast vorüber.«

Da schaute Anchesenamun auf, und ihre Augen waren so voll Zorn, daß ihre Tante zurückwich.

»Kind!«

»Ich bin kein Kind, Tante«, sagte Anchesenamun grimmig. »Ich bin nicht einmal eine Frau!«

»Wie meinst du das?« Nezem-mut war entsetzt.

»Ich bin ein Durchgang für Blut. Ich bin ein Ding, das weitergereicht wird, um einen Mann zum König zu machen. Etwas, das keine Gefühle besitzt, keinen Willen, keine eigenen Sehnsüchte. Ich gehöre zur Königswürde wie der Stab und der Flegel, wie die Doppelkrone und der Thron. Könige brauchen mich zum Herrschen. Als Frau braucht mich niemand.«

Nezem-mut hatte das Gemach voll guter Nachrichten betreten, begierig darauf, sie ihrer Nichte zu erzählen. Ihr Mund blieb ihr offen stehen, und sie starrte Anchesenamun an. Wie konnte sie ihr jetzt erzählen, daß der Mann, den sie mehr als alles in der Welt begehrte, sie gebeten hatte, ihn zu heiraten! Haremhab hatte um ihre, Nezem-muts Hand angehalten, wollte die unscheinbare Schwester der schönen Nofretete heiraten!

»Unsinn!« sagte Nezem-mut, aber ohne rechte Überzeugung, denn sie wußte, Anchesenamun hatte teilweise recht. Nach ihren Wünschen hatte man sie nie gefragt. Sie war mit ihrem Vater verheiratet worden, ihm einen Erben von königlichem Blut zu schenken, denn Nofretete hatte nur Töchter. Sie war mit dem Kind Tutenchamun verheiratet worden, seiner Thronbesteigung Rechtmäßigkeit zu verleihen. Jetzt würde sie aus demselben Grund mit Eje verheiratet werden, einem alten Mann, ihrem Großvater. Nezem-mut hatte vorher nie darüber nachgedacht, aber Anchesenamun hatte noch nie ein eigenes Leben geführt – noch nie.

»Wenn du die Wahl hättest … «, fragte sie zögernd, »wen hättest du zum Gemahl gewählt?«

»Meine Wahl!« sagte Anchesenamun bitter.

»Ja, deine Wahl.«

Anchesenamun erhob sich, ging zu ihrem Schminktisch, nahm den Silberspiegel, den Tutenchamun ihr geschenkt hatte, und betrachtete zornig ihr Spiegelbild. Der Schmerz und die Tränen in ihren Augen verunstalteten ihr Gesicht.

»Ich kann nie selbst wählen. Warum verspottest du mich?«

»Aber wenn du es könntest?« fuhr Nezem-mut beharrlich fort.

Anchesenamun wandte sich um und schaute sie an.

»Es ist zu spät«, sagte sie.

»Wenn Tutenchamun noch lebte – würdest du ihn wählen?«

»Er ist tot.«

»Aber wenn er lebte und du die freie Wahl hättest, würdest du ihn wählen?«

»Nein.«

»Wen denn?«

Anchesenamun zuckte die Achseln. »Ich habe nutzlose Spiele satt, Nezem-mut. Du wolltest mir etwas mitteilen. Was ist es?«

Nezem-muts Gesicht hellte sich auf. »Siehst du, ich war genauso verzweifelt wie du. Ich liebte jemanden und hatte geglaubt, niemals würde er mich bitten, ihn zu heiraten. Aber jetzt ... jetzt ... «

»Haremhab hat dich gebeten, ihn zu heiraten?«

»Ja, woher wußtest du das?«

Anchesenamun lächelte säuerlich. »Ich habe es erwartet.«

»Ich nicht! Ich habe es so oft versucht! Selbst die ganze Aufregung mit dem heiligen Ei gab es nur, weil ich hoffte, die Gunst Haremhabs zu gewinnen, aber jetzt, ohne jeden Anreiz, hat er mich gefragt, und ich werde seine Gemahlin.«

»Ach, ja«, dachte Anchesenamun. »Und seine Königin.«

Doch laut sagte sie: »Ich gratuliere dir, Nezem-mut Mudnodjemne, und wünsche dir alles Gute. Es tut gut von jemandem zu hören, der wirklich seinen Herzenswunsch erfüllt bekommt.«

»Auch du wirst deinen erfüllen. Ich weiß das. Eje ist alt, und obgleich ich ihn als meinen Vater liebe und ihn nicht verlieren möchte, kann er nicht mehr lange leben. Nach ihm ... «

»Nach ihm ... wer weiß?« sagte Anchesenamun. Ihre Tante erkannte nicht, daß auch sie nur ein Gegenstand war, der einen Mann zum König machen konnte. Sie diente als Rücklage für den Fall, daß sie, Anchesenamun, den mächtigen General verriet und beseitigt werden mußte wie einst Echnaton, wie Nofretete – und jetzt Tutenchamun. Eine von ihnen würde überleben und Haremhabs Königin werden, aber welche?

Sie dachte an ihren Versuch, Haremhabs Plan zu durchkreuzen. Wenn es nur gelungen war. Wenn nur ...

Merit-mut war wieder an der Tür.

»Du hattest angewiesen, Majestät«, sagte sie, »wann immer dein Schreiber Ra-hotep ... «

»Führe ihn herein!« Anchesenamuns Stimme überschlug sich, und ihr Gesicht war wie verwandelt.

»Aber doch nicht nur ihr Schreiber!« dachte Nezem-mut. »Bestimmt nicht!«

Aber der junge Mann wurde hereingeführt, und Anchesenamuns offen gezeigte Erregung war nicht zu übersehen. Merit-mut geleitete Nezem-mut sogleich zur Tür, aber zuvor sah sie die Königin noch Ra-hoteps Hände in die ihren nehmen, und ihr Gesicht strahlte mit einem Lächeln.

Her-ya hatte versucht, den Plan der Hethiter zu vereiteln, Lupakkis als Boten und Spion an den ägyptischen Hof zu senden. Sie hatte ihn betäubt und seine Briefe gestohlen und gab den einen, der für ihre

Schwester bestimmt war, Ra-hotep, der noch nicht bemerkt hatte, daß die Antwort hethitischen Ursprungs war. Die anderen Briefe steckte sie Lupakkis wieder zu.

Als er wieder zu Bewußtsein kam, war er wütend über das, was sie getan hatte.

»Ich weiß nicht, in welchen Geschäften die Königin an deinen König geschrieben hat«, sagte sie, »und ich stelle ihre Weisheit nicht in Frage. Aber ich werde nicht dazu beitragen, einen hethitischen Spion an den königlichen Hof in Khemet zu bringen.«

»Wie können wir wissen, ob die Königin in ihrem Brief die Wahrheit sprach, wenn ich ihr Gesicht nicht sehen kann?«

»Die Königin von Khemet lügt nicht. Wenn sie etwas sagt – dann ist es wahr.«

»Das behauptest du, aber du kennst sie nicht. Was weiß ein Untertan schon über seine Herrscher?«

»Und du – ein Fremder und Feind – wüßtest du mehr, selbst wenn du ein Leben am Hof verbrächtest?«

»Ich kann ihre Miene lesen und wissen, ob man ihr trauen kann. Ein Brief trägt nur die Botschaft der geschriebenen Worte.«

»Hast du den Brief gelesen, den du überbracht hast?«

»Nein.«

»Hast du die Antwort deines Königs gelesen?«

»Nein.«

»Woher weißt du dann, wonach du in ihrem Gesicht suchen mußt?«

»Ich weiß es.«

»Kannst du meine Miene deuten?«

»Ja.«

»Deute sie. Ich lüge nicht. Meine Königin ist vertrauenswürdig. Was immer sie in dem Brief gesagt hat, das meint sie auch.«

»Du hast keine Ahnung, was du angerichtet hast«, sagte er. »Du hast mich vernichtet.«

»Ich habe verlangt, mir die Antwort zu bringen, auf daß sie von mir zur Königin von Khemet geschickt wird. Du hast mich betrogen. Du hattest nicht vor, mir den Brief zu geben.«

»Mein König befahl es anders.«

»Warum sollte ich deinem König trauen, wenn du meiner Königin nicht traust?«

Lupakkis schaute sie verärgert an. Was sollte er tun? Zu Suppiluliuma gehen und ihm sagen, eine Frau habe ihn überlistet? Eine Frau habe den Brief an sich genommen und ihn einem schrecklichen Fluch und einer entsetzlichen Strafe ausgesetzt? Sollte er sich entschuldigen und auf

Vergebung hoffen und darauf, daß man ihm wieder einen wichtigen Auftrag anvertraute?

Her-ya war verzweifelt. Sie hatte sich dem Mann entfremdet, den sie begehrte, aber sie wußte, es war richtig, was sie getan hatte. Als er ihr berichtet hatte, er ginge als Bote nach Men-nefer mit einem Brief seines Königs, da wußte sie, daß er etwas geheim hielt. Der Brief, den sie von ihrer Schwester erhalten hatte, ließ keinen Zweifel in ihr darüber aufkommen, daß dieses eine geheime Angelegenheit zwischen ihr und Suppiluliuma war, und sie würde ihr Leben darauf verpfänden, daß bei Hofe niemand etwas davon wußte.

Der Verlust des Briefes, den Lupakkis an seinen Körper gebunden hatte, brachte ihn in die Gefahr einer schnellen Hinrichtung durch die Hand seiner eigenen Leute.

»Vertraue mir«, flüsterte sie. »Der Brief wird zur Königin gelangen, und es wird keine Schwierigkeiten geben. Dein König braucht nicht zu wissen, daß du ihn nicht wirklich persönlich überbracht hast.«

Lupakkis Blick machte sie frösteln.

»Du kannst immer noch nach Khemet reisen, wenn du mußt – aber nur wenn du die üblichen diplomatischen Kanäle benutzt. Wenn dein Auftrag ehrenhaft ist, wirst du ehrenhaft behandelt. Du kannst den Brief, von dem du sagst, er sei von großer politischer Wichtigkeit, überbringen. Aber nicht meinen Brief. Mein Brief darf nicht der Grund für deine Reise sein, und ich darf nicht dein Kanal sein.«

Er schwieg lange.

Schließlich erhob er sich vorsichtig, denn er war immer noch von der Droge benommen, die sie ihm verabreicht hatte.

»Lebe wohl, Her-ya, Priesterin der Hathor«, sagte er kalt.

Ohne einen Blick zurück ging er hinaus. Seine Worte hatten eine Endgültigkeit, die sie erschreckte. Aber was hätte sie tun sollen? Was hätte sie anderes tun sollen!

Als Anchesenamun die von Ra-hotep überbrachte Antwort von Suppiluliuma gelesen hatte, warf sie sich auf ihr Bett und weinte. Kostbare Zeit war vergeudet worden. Selbst wenn sie an diesem Tag noch einen Brief zurückschickte, wäre es für den Prinzen nahezu unmöglich, rechtzeitig vor der Krönung einzutreffen. Sollte sie antworten? Sollte sie weiterkämpfen, um die Oberhand über Haremhab zu gewinnen? Sie war erschöpft. Alles schien hoffnungslos. Sie hatte ein gewagtes Angebot gemacht, um die Richtung ihres Lebens zu beeinflussen, und es war durch die Vorsicht des hethitischen Königs fehlgeschlagen. Wann hatte er jemals zuvor Vorsicht walten lassen? Er war bekannt für seine plötzlichen und kühnen Winkelzüge. Warum sollte er jetzt Ausflüchte machen? Bot sie ihm nicht die Erfüllung des größten Traumes an, den er nur haben konnte? Bot sie ihm nicht einen Ausweg aus der ständigen, kostspieligen Kriegsführung an den Grenzen? Wer würde es wagen, zwei so mächtige, in Freundschaft vereinte Reiche auch nur in einem Teil ihres gemeinsamen Gebietes herauszufordern?

Als sie sich entschlossen hatte, den Brief zu senden, hatte sie die Sache nicht so gründlich durchdacht, wie sie es hätte tun sollen. In ihrem dunkelsten und verzweifeltsten Augenblick war ihr die Eingebung wie ein Blitz gekommen. Und wenn ihr Leben davon abhinge, könnte sie selbst jetzt noch nicht all ihre Beweggründe erklären. Zum Teil hatte sie es getan, weil sie wirklich geglaubt hatte, es sei ein Mittel, dauerhaften Frieden zwischen zwei alten Feinden zu schaffen, und zum Teil aus Trotz – als zornige Erwiderung auf Haremhabs überhebliche Beeinflussung ihres Lebens. Sie wußte, diese Lösung der Frage der Thronfolge würde ihn mehr als alles andere in der Welt rasend machen. Vielleicht glaubte sie auch, wenn sie eine starke Person von außen nach Khemet brachte, die Haremhab nicht kannte und nicht beherrschen konnte, würde sie es schaffen, seinen Würgegriff um die ägyptischen Angelegenheiten zu brechen. Sie hatte die Kraft der hethitischen Prinzen, die Tutenchamun und sie vor vielen Jahren zu Gast hatten, nicht vergessen. Das waren gewiß Männer, die sich gegen jeden behaupten konnten. Das waren Könige im alten Sinne – in dem Sinn, in dem ihr Großvater, der große Neb-maat-Ra, Amenophis III., König gewesen war. Sie erinnerte sich, wie sie seinen Gesprächen mit ihrem Vater gelauscht hatte, als sie ein Kind war. Da hatte ihr Großvater zu ihrem Vater gesagt, Macht durch Heirat und Verhandlung wäre der Macht durch Bogen und Speer bei weitem vorzuziehen. Er hatte lange und gut regiert. Er hatte Kriege geführt, wenn er sie für nötig hielt, doch Krieg war nur ein Mittel, ein Ziel zu erreichen. Er war stark und gerecht und hielt die Zügel der Regierung fest in den eigenen Händen.

Als sie sich dieses ideale Bild von ihm machte, mußte sie plötzlich lächeln. Selbst er war nicht völlig Herr seiner Entscheidungen gewesen. Sie erinnerte sich an ihre Großmutter, Königin Teje, und die allgemeine Meinung, Neb-maat-Ra täte alles für Königin Teje und nichts ohne ihre Billigung. Also, wenn ihr hethitischer Prinz ein König wie Neb-maat-Ra wäre, würde sie eine Königin wie Teje sein. Sie hatte gehört, die babylonische Königin Suppiluliumas habe großen Einfluß am hethitischen Hof, sie wären es also gewöhnt, eine Königin zu haben, die an der Regierung teilhatte, und die nicht nur zum Gebären von Erben da war.

Sie erholte sich von ihrer Verzweiflung und überlegte, wie sie Suppiluliuma davon überzeugen konnte, daß sie wirklich meinte, was sie gesagt hatte, und wie sie die Kraft fände, die Sache zu Ende zu führen. Haremhab hatte ihren jungen Gemahl bei vielen Gelegenheiten vielleicht und sie selbst ganz sicher eingeschüchtert, aber sie war diejenige, die das Blut Neb-maat-Ras in die Zukunft trug. Falls sie überleben sollte, würden Haremhab und die Amunpriester niemals erfahren, daß ihre jüngeren Schwestern noch am Leben waren. Haremhab und die Amunpriester waren zwar mächtig, aber doch nicht so sehr, daß das Volk ihnen gegen die Göttlichkeit des königlichen Blutes folgte. Das Orakel des Ra würde ihre Wahl des Königs als Ras Willen verkünden. Sie würde die Priester des Ra in das ganze verwegene Vorhaben einweihen, und sie würden ihr folgen, denn darin läge die einzige Möglichkeit der Ra-Priester, ihre alte Vorherrschaft in den Zwei Ländern zurückzugewinnen.

Haremhab könnte sie töten, doch wenn er das täte, würde das Chaos, das er fürchtete, in den Zwei Ländern vielleicht wiederkehren – zwei starke Kulte, die das Land in streitende Parteien spalteten. Privilegierte Priester, die ihre Vorrechte bis aufs Blut verteidigten.

Anchesenamun wischte ihre Tränen fort und setzte sich mit zusammengepreßten Lippen hin, um ihre Antwort an Suppiluliuma zu verfassen.

Man teilte ihr mit, die Hethiter hätten einen Boten geschickt, der über die syrischen Grenzgebiete, die Suppiluliuma angriff, verhandeln sollte. Haremhab hatte bereits veranlaßt, die Audienz persönlich abzuhalten und befand sich tatsächlich schon mitten in den Verhandlungen, als Anchesenamun mit den königlichen Insignien angetan in den Saal rauschte und auf dem Thron Platz nahm. Haremhab wich überrascht zurück. Die Frau hatte sich verändert. Ihr Gesicht war nicht mehr traurig und verwirrt, sondern fest und entschlossen. Stolz verlangte sie zu wissen, worüber gesprochen wurde, kühl und wirkungsvoll fällte sie ein Urteil.

»Teile deinem König mit«, sagte sie und begegnete kühn Lupakkis Augen, »wir verstehen seine Sorge um die Sicherheit seiner Grenze, aber es gibt andere, bessere Wege, Sicherheit für sein Land zu erlangen als ständiges und überflüssiges Blutvergießen. Sage ihm, er möge keine Zeit mehr verschwenden. Die Angelegenheit kann zu unser beider Vorteil am Verhandlungstisch geregelt werden. Wenn du mich nach diesem Empfang aufsuchst, werde ich Briefe bereit haben, die du deinem König überbringen kannst.«

Lupakkis hatte bemerkt, wie Haremhab bei ihrem Eintreten zurückgewichen war, und alle Minister und Beamten hingen schweigend an ihren Lippen. »Sie besitzt die Macht«, dachte er. Und das würde er seinem König melden.

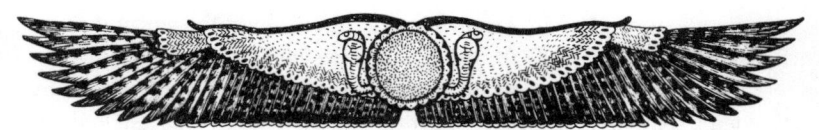

Begräbnis

Die Zeit der Einbalsamierung konnte nicht ewig dauern, und Anchesenamun mußte dem Beginn der Begräbniszeremonien ihres jungen Gemahls beiwohnen, ohne eine Antwort auf ihre zweite Botschaft an die Hethiter erhalten zu haben. Sie konnte nicht viel tun, um die Sache noch länger hinauszuzögern. Die Tatsache, daß Eje während des Begräbnisses die Rolle des Priesters und Thronfolgers übernahm, die üblicherweise dem ältesten Sohn des verstorbenen Königs vorbehalten war, bestätigte ohne jeden Zweifel seine Stellung als Erbe des mächtigen Königreiches von Khemet.

Als die Einbalsamierer ihre triste Arbeit, den Körper auf ewig haltbar zu machen, beendet hatten, wurde das Zelt, das die Arbeit vor ungeweihten Augen verborgen hatte, aufgerollt. Der König in seinen drei goldenen »Häuten« wurde auf eine goldenen schiffsförmigen Bahre unter einen Baldachin gelegt und hinunter zum Kai getragen. Von überall her kamen Menschen, drängelten und schubsten, begierig darauf, einen Blick auf die prächtige Prozession zu erhaschen.

Bevor er begraben werden konnte, mußte der König ein letztes Mal die großen Kultstätten der Zwei Länder besuchen. Tagelang segelte die königliche Flotte nilabwärts bis zum Delta und wieder zurück, hielt überall an, um Zeremonien abzuhalten, und beendete die Reise schließlich in Waset, wo die Arbeiter der Totenstadt Tag und Nacht arbeiteten und sich bemühten, mit dem Behauen und Herausputzen des Grabes fertig zu werden, das man für ihn ausgesucht hatte. Auf jeden Fall war das Grab, auch wenn es fertig gestellt wäre, viel kleiner, als es sein sollte.

Als sie nach Yunu kamen, sorgte Anchesenamun für einen längeren Aufenthalt als gewöhnlich. Neben den offiziellen und festgesetzten Zeremonien, von denen eine große Zahl geplant waren, traf sie sich obendrein heimlich mit Ra-mes, dem obersten Seher und Hohepriester des Ra. Wenn sie und ihr ausländischer Prinz gekrönt würden, sollte nur Ra allein, und nicht Amun-Ra, das Ritual durchführen und ihrer Regentschaft göttliche Kraft und Macht verleihen.

»Amun führt unser Volk in den Krieg, du und ich führen es zum Frieden«, sagte sie. Sie zitierte von der wohlbekannten Siegesstele ihres Vorfahren Men-kheper-Ra, Thutmose III., um ihren Standpunkt zu bestätigen, daß Amun ein ruhmsüchtiger Kriegsgott war:

»Ich bin gekommen, dich jene in Asien niedertreten zu lassen; du schlugst die Häupter der Asiaten von Retenu ab. Ich ließ sie deine Hoheit, angetan mit deinem Schmuck, erblicken, als du im Streitwagen die Waffen des Krieges nahmst.«

Haremhab beobachtete ihre augenscheinliche Freude, in den Bezirken des Ra zu weilen, mit Unmut.

»Wenn du König bist«, sprach er zu Eje, »müssen die Tempel des Ra abgerissen werden. Ra braucht keine eigenen Einrichtungen. Er muß immer mehr nur als Teil des Königs der Götter, Amun-Ra, gesehen werden.«

Eje sagte nichts. In dem Grab, das für ihn während Echnatons Regentschaft in Achetaton vorbereitet worden war, stand als Inschrift die größte Hymne an den Sonnengott, die je geschrieben worden war. Sobald er Pharao war, würde die Arbeit an einem weiteren Grab für ihn im Tal der Könige in den Bergen westlich von Waset beginnen. Würde er den Mut haben, das Land zu formen, wie er es wollte, oder würde er auch dann noch Haremhab nachgeben, wie er es als Wagenmeister, als Fächerträger der rechten Seite und sogar als Wesir getan hatte? Er bedauerte, daß die große Macht so spät kam. Er war alt und nicht sehr gesund. Er war müde. Die Jahre seit dem Tod seines Schwagers Nebmaat-Ra waren nicht leicht gewesen. Er bedauerte Anchesenamun, die stets in einem Netz der politischen Zweckdienlichkeit gefangen war, und er bedauerte sich selbst. Er war würdevoll, klug und weise gewesen. Er hatte versucht, manches zu fördern und anderes zu verhindern. Dennoch waren göttliche Könige auf geheimnisvolle Weisen gestorben, und Emporkömmlinge bestimmten die Politik der Zwei Länder.

»Wenn ich erst König bin … « dachte Eje, aber dann seufzte er. Warum fürchteten sich alle vor Haremhab? Er hatte etwas an sich – eine eiserne Strenge, eine kraftvolle Überzeugung, daß er recht hatte, mit der er andere überzeugte, daß sie unrecht hatten … Er war der geborene Führer. Er berief sich auf eine entfernte Verwandtschaft mit der königlichen Familie, wenn es ihm beliebte, und mehr als einmal gebrauchte er den Beinamen »Erbprinz« zusammen mit seinen anderen, bereits beträchtlichen Titeln, aber, wie Eje wußte, war die Verbindung wirklich dürftig. War Tutenchamun gestorben, weil er Haremhab in die Quere gekommen war? Das würde Eje nicht überraschen. Wenn es so war, hätte er selbst allen Grund, Haremhab zu fürchten. Auch er konnte sehen, was Anchesenamun erkannt hatte. Er wurde bloß als König eingesetzt, um den Verdacht des Mordes von Haremhab zu nehmen, und wenn er seinen Zweck erfüllt hatte, würde er ebenfalls beseitigt. Das war nicht so schlimm für ihn, denn er war alt und hatte sein Leben gelebt, aber Anchesenamun war noch so jung. Warum hatte Haremhab Nezem-mut geheiratet? Wenn er gewartet hätte, hätte er die dreifach verwitwete Anchesenamun heiraten können. Eje fürchtete, es bedeutete, daß Anchesenamun auch abgeschrieben war. Indem sie sich der Sache des Ra annahm und sich gegen die Priester des Amun stellte, hatte sie ihr Todesurteil besiegelt, so wie es Tutench-amun getan hatte. Eje war kein besonders religiöser Mann. Er war zufrieden mit dem, was den Frieden im Land bewahrte, und verstand nicht, warum man wegen zweifelhafter theologischer Standpunkte Blut vergießen sollte. Die Unterschiede zwischen den Göttern waren oft verschwommen. Aber die Bedeutung des Gleichgewichtes der Macht – *die* verstand er.

Anchesenamun blieb lange bei dem dreifachen, goldenen Sarg im Tempel des Ra in Yunu. Es hatte Zeiten gegeben, in denen die mystische Seite der Landesreligion ihr nicht viel bedeutet hatte, aber im vergangenen Jahr hatte sie einen leidenschaftlichen Glauben entwickelt. Das heilige Ei des Ra war zwar tatsächlich zerstört, aber sie sah es noch vor ihrem inneren Auge und in ihren Träumen, und es berührte sie immer noch und beeinflußte ihr Leben. Als sie die ganzen zwölf Stunden einer langen Nacht neben Tutenchamuns Sarg wachte, schienen sie beide auf einen Erdhügel gezogen zu werden, der sich aus einem riesigen Meer erhob. Auf dem Gipfel lag das grün schimmernde, kristallene Ei des ersten Phönix.

Tutenchamun fürchtete sich, und sie führte ihn an der Hand wie eine Mutter ihr Kind. Zunächst segelten sie in einer goldenen Barke über das Meer, und sie riet ihm, nicht nach unten ins Wasser zu schauen, denn in der Tiefe lagen all die möglichen Formen, die die Götter sich vorstellen konnten, gute und böse, lichte und dunkle, schreckliche und wunderschöne – alle bis jetzt unerschaffen, ungeboren.

Als das Boot am Fuß des Hügels aufsetzte, half sie ihm heraus. Er sah so aus, wie sie ihn zuletzt gesehen hatte, jung und kräftig, und nicht in Totenmasken eingeschlossen und in Hunderte von Metern Leinen ein-gewickelt. Sein Fleisch war aus Gold und seine Knochen aus Silber.

Sie stiegen den Hügel hinauf und kamen zu dem Ei. Sie fühlte sich sehr seltsam, fast als würde sie zugleich in flüssigem Licht ertrinken und in unsichtbaren Flammen verbrennen ...

Sie wußte, für sie war es noch nicht Zeit zu gehen, auch wenn sie sich in diesem Augenblick nach nichts anderem sehnte. Sie zog Tutenchamun nach vorn und sah ihn im Innern des Eis verschwinden. Er schritt durch die Hülle des Kristalls, als ob sie Nebel wäre. Anchesenamun sah ihn sich immerfort drehen wie in einem Strudel, einem silbernen Wirbel. Und dann formten sich in der Tiefe des Eies goldene Federn, die an ihm haften blieben. Schließlich erhob er sich auf schimmernden Flügeln aus Gold und entfaltete sich aus dem Ei – verwandelt. Mit brechendem Herzen sah sie ihn fortfliegen, in die unvorstellbare Dunkelheit, die das leuchtende Ei umgab. Sie hob ihre Arme empor, rufend und weinend. Doch er schaute nicht zurück.

Eje fand sie auf dem Boden neben dem dreifachen Sarg ihres Gemahls in einem tiefen, trance-ähnlichen Schlaf liegen.

Der königliche Zug durch die Zwei Länder wurde fortgesetzt. Die Menschen säumten den großen Fluß, den vorüberziehenden König zu ehren. Die Spitze des Zuges bildete das kleine Boot Mayas, der die Verantwortung für den Ablauf der Beerdigungsfeierlichkeiten trug, gleich hinter ihm folgte die riesige königliche Barke, an Deck war die Bahre unter dem Baldachin deutlich zu erkennen. An ihrem Fußende stand, als Isis gekleidet, Anchesenamun und bewachte den Leichnam ihres Bruder-Gemahls Osiris. Am Kopfende stand Nezem-mut, die eine andere wichtige Göttin der osirischen Mythe darstellte, Nephtis. Im Tod nahm der König vollständig die Persönlichkeit des Osiris an, des Gottes der Erneuerung und Wiedergeburt. Er würde wieder leben.

Indem sie das große Drama einer alten, mächtigen Mythe darstellten, belebten die menschlichen Darsteller die Wahrheit, die dahinter lag, um sich selbst und diejenigen zu trösten, die klagend an den Ufern standen, weinten und Staub über ihre zerrauften Haare streuten.

Schließlich erreichte die Prozession Waset, und der König ruhte ein letztes Mal in dem Palast, der seine liebste Wohnstatt gewesen war.

Die Männer rasierten sich an diesem Abend, was sie seit seinem Tod nicht mehr getan hatten, und bereiteten sich auf den Höhepunkt der Beerdigungsriten vor.

Vor Sonnenaufgang bereiteten die Frauen des Hofes in Anchesen-amuns kleiner Gartenlaube die Girlanden und Kränze, die den König schmücken sollten, und auch die Gäste des großen Festmahles, welches das Ende des Fastens und Trauerns anzeigen würde. Olivenzweige,

Weidenblätter, blaue Lotosblüten, Kornblumen und wilder Sellerie wurden auf Kränze aus Papyrusmark geflochten. Die Beeren des holzigen Nachtschattens wurden auf Streifen aus Palmenblättern gefädelt. Anchesenamun schnitt persönlich die Frucht der Alraune, die Frucht der Liebe, um sie auf große Blütenkragen zu ziehen, die auf den dritten Sarg gelegt würden. Die Frauen zwitscherten wie ein Vogelchor in der Morgendämmerung. Anchesenamun lauschte ihnen, während sie schweigend und nachdenklich an den Girlanden arbeitete, welche Tutenchamun dicht bei sich tragen sollte. Sie wählte alle seine Lieblingsblumen und nicht nur die, denen die alten Schriften Bedeutung verliehen. Niemand sah die heimlichen Tränen, die auf die Blüten tropften, während sie arbeitete.

Als die Sonne aufging, überquerte der König zum letzten Mal den Fluß von Ost nach West. Am westlichen Ufer wurde die goldene Bahre auf einen goldenen Schlitten gehoben, der von roten Ochsen gezogen wurde. Er wurde zum großen Totentempel seines Großvaters gebracht, Amenhotep III., zwischen den riesigen Bildnissen am Eingang hindurch in den gewaltigen Innenhof dahinter. Die Arbeit an Tutenchamuns Totentempel hatte kaum begonnen, als er so plötzlich gestorben war, und obgleich die Arbeiter ihr Bestes getan hatten, war er immer noch in einem so unfertigen Zustand, daß Eje, Haremhab und Maya ihn in einer Beratung für unpassend erachtet hatten. Haremhab glaubte, ein wichtiges Zeichen zu setzten, indem er den Tempel von Tutenchamuns Großvaters wählte, der von Echnaton, seinem Vater, verwüstet worden war, und den Tutenchamun auf Haremhabs Anweisung hin sorgsam wieder aufgebaut hatte. Der König wurde jetzt auf die Reise zu den Göttern und zu seinen Vorfahren geschickt. In seiner letzten Handlung auf Erden verleugnete er seinen Vater und erkannte seinen Großvater an. Tatsächlich hatte Haremhab, als Tutenchamun noch sehr jung gewesen war, in Nubien eine Inschrift in Auftrag gegeben, die in einen großen roten Granitlöwen geschnitten werden sollte und seinen Großvater als seinen Vater bezeichnete.

Haremhab hatte nicht alles von der Ausstattung des Grabmals entfernen können, was an Echnatons Zeit erinnerte. Tutenchamuns früher Thron, zum Beispiel, trug noch das Symbol der strahlenden Sonnenscheibe des Aton, und Anchesenamun bestand darauf, ihn mit einzuschließen. Aber Haremhab war entschlossen, Amun und die Amunpriester sollten diesmal den stärksten Eindruck beim Volk hinterlassen, und die Erinnerung an sie sollte nach Jahren noch am lebhaftesten sein. Noch nie waren so viele prächtig herausgeputzte Priester gesehen worden.

Zais, der Hohepriester des Amun-Ra mit allen pomphaften Insignien angetan, erwartete sie, um sie hineinzugeleiten; der oberste Totenpriester des Tempels trat zurück, um ihm Platz zu machen. Zwei Reihen bedeutender Trauergäste schritten durch die riesigen Zedernholztüren, die mit Streifen von Bronze und goldenen und silbernen Ornamenten überladen waren. Eine Reihe bestand aus den höchsten Beamten der Zwei Länder, Männer in weißen Roben und weißen Sandalen, die als die »neun Freunde des Königs« bekannt waren. Sie wurden von einer beeindruckenden Gestalt in einem langen Umhang angeführt, die einen Stab mit einem Knauf in der Gestalt des Toten trug. Er wurde »Mund des Gottes« genannt und war für alle Opferhandlungen während des Begräbnisses verantwortlich. Aus seinen Munde kamen die Zeichen, die den Beginn und das Ende eines jeden Abschnitts des langen, langen Rituals anzeigten. Die zweite Reihe bestand aus weißgekleideten Frauen, die von der verwitweten Königin angeführt wurden, die ebenfalls in einfache Trauerkleidung ohne jeden Schmuck gehüllt war.

Vor den Ochsen, die die Bahre zogen, gingen Priester und gossen Milch als Trankopfer auf die Erde. Der praktische Grund bestand darin, das Vorankommen des Schlittens zu erleichtern, der symbolische Grund war, die Trauernden an Hathor zu erinnern, die Göttin der Liebe und der Fruchtbarkeit, die oft als Kuh dargestellt wurde und deren Euter den Pharao nährte.

Nach der Bahre und den Adligen, die neben ihr schritten, folgte ein Zug von Menschen, die Möbel und Kunstgegenstände trugen, die Tutenchamun in seinem Erdenleben benutzt hatte und ihn ins Jenseits begleiten sollten. Vielleicht wollte das Ka des Königs, wenn es zur Erde zurückkehrte, den Gebeten der Menschen zu lauschen, seine vertrauten Dinge um sich haben. Auch wenn das Jenseits nicht sichtbar ist, solange wir in dieser Welt leben, ist es vermutlich um uns herum. Ein goldener Stuhl mag leer erscheinen, und doch kann ebensogut ein Wesen aus der anderen Welt darauf sitzen.

Zu den vertrauten Dingen aus seiner Vergangenheit kamen viele neue und kostbare Geschenke von Freunden und Verwandten. Maya hatte eine vorzügliche kleine Figur von Tutenchamun auf einem heiligen Lager besorgt. Er lag zwischen zwei Vögeln, der eine mit Menschenhaupt stellte die Seele dar, der andere mit Falkenkopf Horus. Dies betonte, daß sein Körper und seine Seele nun getrennt waren und unter dem Schutz des Horus standen. Nakhtmin hatte vier wunderschöne Uschabti mitgebracht, kleine Statuen des Königs, eine jede trug einen anderen königlichen Kopfputz, um anzudeuten, daß er im Leben nach dem Tod für jede Gelegenheit gewappnet war. Eje hatte eine kleine

Schachtel vorbereitet, die eine Locke des schönen kastanienbraunen Haares seiner Schwester enthielt. Königin Teje hatte, als sie noch lebte, Tutenchamun sehr nahe gestanden. Selbst Meritaton spielte eine Rolle beim Begräbnis ihres jungen Halbbruders, obgleich auch sie tot war. Ihr Schreibbrett lag zwischen den Tatzen der Statue des Anubis, des Totenwächters. Anchesenamun hatte ihre Schwester Meritaton sehr gern gehabt und seit deren Tod ihr Schreibbrett benutzt. Es war ein Opfer, es jetzt aufzugeben, aber es war eine Geste der Liebe zu ihrem Gemahl, die nur sie und er verstanden, neben all den öffentlichen und vorgeschriebenen Gesten, die man von ihr erwartete.

Die Zeremonien im Totentempel, dem Haus der Millionen Jahre, währten vier Tage und gipfelten in einem Stieropfer.

Anchesenamun nahm daran teil, als wäre sie eine belebte Puppe. Ihr Gesicht war weiß geschminkt, nur dicke Linien von schwarzem Khol betonten ihre Augen. Weder weinte noch lächelte sie, sondern sprach nur die alten rituellen Texte, die den König durch die Versuchungen und Gefahren des Jenseits führen sollten, bis er vor Osiris stand – losgesprochen – und bereit für das ewige Leben. Teilnahmslos lauschte sie Zais und Eje, die als die höchsten amtierenden Priester ihre Verse sprachen, Weihrauch verbrannten und Trankopfer von Öl und Wasser über die goldenen Särge gossen.

Haremhab stand die meiste Zeit abseits und spielte scheinbar nur eine kleine Rolle. Nur der innere Kreis am Hofe wußte, daß sein Wille alles lenkte, und seine dunklen, durchdringenden Augen beobachteten jeden Fehltritt und jede Abweichung von den Anordnungen, die er gegeben hatte.

Anchesenamun vergaß nie seine Anwesenheit. Wenn sie ihn nicht sehen konnte, so spürte sie ihn immer noch. Einmal, als er in ihr Blickfeld geriet, war sie überzeugt, »er« stand nicht aus Fleisch und Blut dort, sondern ein gestaltloser, bedrohlicher Schatten.

Von den Hethitern hatte sie bislang noch nichts gehört. Sie hatte Vorkehrungen getroffen, daß Ra-hotep zu jeder Zeit, was auch geschehen mochte, mit ihr Verbindung aufnehmen konnte, sobald er eine Nachricht hatte. Aber nichts geschah. Die Tage vergingen in einem Dunst aus Ritualen und Weihrauch. Anchesenamuns Hoffnung sank immer tiefer.

Sie blickte zu Eje. Er war kein schlechter Mann. Die Anspannungen des langen Begräbnisses begannen sich bemerkbar zu machen. Sein Rücken war tiefer gebeugt, als sie es je gesehen hatte. Nicht er war es, gegen den sie etwas einzuwenden hatte, sondern Haremhab, der darauf wartete, im Fluge die Rolle zu übernehmen, nach der es ihm gelüstete, solange sie zurückdenken konnte. Haremhab hatte ihre Familie zerstört, und mit ihrem Tod würde er die letzten Überreste der Erinnerung an sie von der Erde fegen. Wenn nur – wenn nur ihr mannhafter hethitischer Prinz käme, könnte sie Kinder haben und Haremhabs Pläne durchkreuzen. Sie würde ihre Schwestern rufen und die Würde ihrer Dynastie wieder herstellen. Oh, wo blieb Ra-hotep? Warum kam er nicht!

Bei Sonnenaufgang des fünften Tages verließ der Beerdigungszug das Haus der Millionen Jahre und machte sich auf den langen Weg zum Tal der Könige. Die Ochsen wurden zurückgelassen und »die neun Freunde des Königs« und die Wesire des Nordens und des Südens zogen persönlich den Schlitten. Ganze Reihen von Männern trugen lange Papyrusstäbe, die Frauen trugen Lotosblumen, die beiden symbolischen Pflanzen der Zwei Länder.

Tänzer, Akrobaten und Sänger in Kostümen, die die alten Götter und die Geister der verstorbenen Ahnen darstellten, begleiteten sie.

Am Grab wurde der König in seinen drei schwer geschmückten goldenen Särgen auf eine Schicht feinen, weißen Sandes gehoben, der aus der Wüste von dort geholt worden war, wo man der Sage nach der Kopf des Osiris gefunden hatte. Dieser Sand galt als besonders heilig. Die meisten Grabbeigaben wurden hineingetragen. Die Arbeiter, die hart an dem Grabmal gearbeitet hatten, warteten in ehrfurchtsvoller Entfernung. Ihre Arbeit war noch nicht beendet. Wenn der König sicher in seinen vier goldenen Schreinen läge und alle Zeremonien vorüber wären, würden sie die letzte Mauer aus Ziegelsteinen und Putz bauen und ihn so für immer an diesem stillen Ort einschließen.

Dann fand eines der wichtigsten Teile des ganzen Rituals statt. Eje in seiner neuen Rolle als Hohepriester und Thronerbe trat vor. Dieser Augenblick war bereits auf eine Wand des Grabes gemalt, um anzudeuten, daß dieses, in einem gewissen Sinn außerhalb der Zeit, bereits stattgefunden hatte. Er nahm die zeremonielle Krummaxt mit seiner kleinen Klinge aus Meteoreisen und machte sich für das »Öffnen des Mundes und der Augen« bereit. Während der Einbalsamierung wurde der König zwangsläufig als Gegenstand betrachtet, wenn auch als ein königlicher und heiliger. Jetzt wurde er ins Leben zurückgerufen. Er würde sehen und mit der Erdenwelt in Verbindung treten können, während er sich im Jenseits aufhielt.

»Ich habe mich aus dem Ei in dem verborgenen Land erhoben, mein Mund wurde mir gegeben, damit ich sprechen möge in der Gegenwart des großen Gottes, des Herrn der Unterwelt; möge meine Hand in der Versammlung aller Götter nicht beiseite geschoben werden, denn ich bin Osiris, der Herr von Rosetjau.«

Eje intonierte aus dem Buch des großen Erwachens. Weiter sprach er:

»Ptah öffnet meinen Mund. Djehuti kommt, erfüllt und ausgerüstet mit Magie, und den Binden des Set, die meinen Mund binden, der lose gewesen war.

Mein Mund ist geöffnet, Shu schneidet meinen Mund auf mit seinem Eisenspeer, mit dem er die Münder der Götter aufgeschnitten hat. Ich bin Sekhmet, ich sitze neben ihr, die in dem großen Wind des Himmels ist. Ich bin der große Orion, der bei den Seelen von Yunu weilt.

Die Götter werden sich erheben bei jedem Zauber und jedem Wort, das gegen mich gesprochen wird.«

Auf ihr Stichwort trat Anchesenamun vor und legte die Krone der Rechtfertigung aus Olivenlaub, blauen Lotosblumen und Kornblumen auf die goldene Maske. Als nächste kam seine Mutter Kia mit einer großen Halskette aus Blüten, Nezem-mut folgte mit einer weiteren Girlande.

Tönerne Gefäße wurden gegen die Felsen geworfen und zerschmetterten, denn der König war jetzt bereit, von der Erdenwelt aufzubrechen.

Maya gab das Zeichen für den letzten Abschnitt.

Vorsichtig wurde der verstorbene König in seiner schweren, unhandlichen, mumienförmigen Umhüllung von Särgen die steilen Stufen in das eigentliche Grab hinunter getragen. Anchesenamun schrie plötzlich auf, strauchelte fast, als sie nach vorn hastete, um ihn noch einmal in ihren Armen zu halten. Der Staub, den sie nach altem Brauch über sich geworfen hatte, während sie in ihren weißen Sandalen zum Tal der Könige gelaufen war, rieselte nun auf Gold und Türkise, Lapislazuli und Karneole.

»Oh, Herr der Flammen«, wisperte sie, »der die zwei Augen des Himmels bewacht, der die zwei Augen Nuts öffnet, reiche mir eine Leiter. Gib mir einen Weg, auf daß ich der Liebe meines Herzens folgen kann. Ich bin der Heh-Götter überdrüssig, des wässerigen Abyss, des Untergehenden, der Finsternis!«

Eje hielt sie sanft aber bestimmt zurück. Es war zwar üblich, daß eine Frau ihren Gemahl aus dem Grab zu ziehen versuchte, aber Anchesenamun spielte hier mehr als nur eine überlieferte Rolle. Er hörte den Schmerz in ihrer Stimme, sah das Leid in ihren Augen. Es war, als hätte sie mit einem Mal erkannt, daß sie ganz und gar allein war, und als habe sie keinen Willen mehr, weiterzuleben.

»Du bist nicht allein«, flüsterte er in ihr staubiges, zerzaustes Haar. »Ich werde mich um dich kümmern.« Sie riß sich von ihm los, warf sich zu Boden und heulte die Namen ihres Geliebten, aber nur die, die ihn mit Aton oder Ra verbanden. Eje blickte schnell zu Haremhab und sah, wie dieser einen Blick mit Zais wechselte. Er sah ihren Tod in diesem Blick.

Zais schritt vor und stieg über die hingestreckte Gestalt, als wäre sie nicht vorhanden. Die anderen Priester zögerten, es ihm gleichzutun, währenddessen zog Eje sie auf die Füße.

Benommen schaute sie in seine Augen, als wäre er ein Fremder.

»Um Neb-kheper-Ras willen halte durch bis zum Ende. Er braucht dich!«

Sie preßte ihre Lippen zusammen und straffte ihre Schultern. Sie ging weiter und traf in der kleinen überfüllten Grabkammer auf die anderen. Sie schaute sich bestürzt um. Diese Grab war eines Königs nicht würdig. Es gab nur vier kleine Kammern, und die Beamten mußten in dem verzweifelten Versuch, alles hineinzubekommen, die Sachen ineinander und aufeinander stapeln. Die vier goldenen Schreine, die die drei goldenen Särge beherbergen sollten, mußte in einzelnen Teilen hereingetragen und nun zusammengesetzt werden. Die Menschen stießen aneinander, während sie ihre verschiedenen Arbeiten verrichteten. Jede Würde war dahin. Sie lehnte sich gegen eine Wand und beobachtete mit Entsetzen, daß der äußere goldene Sarg nicht in den Sarkophag aus rotem Sandstein paßte. Arbeiter wurden gerufen, die das Fußende abhobelten bis es paßte. Als die Arbeiter den riesigen Granitdeckel, der eilig angemalt worden war, um dem heiligen roten Sandstein zu ähneln, an seinen Platz heben wollten, ließen sie ihn fallen, und mit einem Donnerschlag brach er in zwei Teile. Der Widerhall betäubte sie fast.

»Nein«, flüsterte sie. »Nein, das darf nicht sein!«

Noch mehr Arbeiter drängten sich in den engen Raum, sie hoben die beiden Teile des Deckels empor und legten ihn an seinen Platz. Jemand verputzte und übermalte den Riß, aber er blieb sichtbar.

Sie las die Worte, die sie eingeschrieben hatte:

Ich bin deine Gemahlin, oh Erhabener, verlaß' mich nicht!
Ist es deine Freude, oh mein Bruder, daß ich so weit von dir gehen soll?
Wie kann es sein, daß ich allein fortgehe?
Ich sage dir: ich begleite dich, oh du, der du gerne mit mir gesprochen hast,
doch du schweigst und sprichst nicht!

An den vier Ecken des Sarkophags standen vier Göttinnen mit ausgestreckten Armen, die ihn beschützten.

»Es geht im gut«, redete sie sich ein. »Dieses Durcheinander ... diese ... Posse rührt *ihn* nicht an.« Aber es fiel ihr schwer, in dieser Stimmung ihre Aufmerksamkeit auf den tiefen, verborgenen Sinn all dessen zu richten, was in der Grabkammer geschrieben war, oder auf den Sinn der symbolischen Dinge, die dort standen.

»Wenn alle gegangen sind«, sprach sie zu sich selbst, »wird der Ort der Verwandlung zu sich selbst finden. Dann werden die Inschriften auf den goldenen Schreinen mit ihrer magischen Arbeit beginnen!«

Du bist der Einzige, der alles schuf, der alleinige Einzige, der alles schuf, was da ist, aus dessen Augen die Menschen kamen, und aus dessen Mund die Götter ins Leben traten.
Du sollst einem Gott gleich sein und leben wie einer der edlen Geister an der Seite von Horus, des Horizonts in den Feldern des Gesegneten, Osiris, König Neb-kheper-Ra, Sohn der Sonne Tut-ench-Amun, Herrscher über die zwei Länder, geliebt von Osiris Unen-nefer.

Der König, das Ei des Ra, Herr der Zwei Länder Neb-kheper-Ra, wird gleich Ra am Himmel erscheinen jeden Tag; du lebst für immer und ewig.

Von Isis gesprochene Worte, Schwester, Gemahlin, Mutter ...

Ich bin gekommen, dich zu schützen, du bist mein Sohn, mein geliebter Horus. Ich habe den Schleier von dir genommen, den er gemacht hat, der gegen dich ist. Mögest du dein Haupt emporheben, Ra zu sehen, auf deinen Füßen zu stehen, in der Gestalt zu wandeln, die du wählst, zu gehen wie zuvor. Du hast Macht über das Brot, du hast Macht über das Wasser, du hast Macht über den Wind, du hast Macht über alles Schöne und Klare, Osiris, Herr der Zwei Länder, Neb-kheper-Ra. Du siehst mit deinen Augen, du hörst mit deinen Ohren. Dein Herz ist dein, dein wahres Sein, es wohnt an seinem Platz für immer und ewig. Es wird nicht geraubt werden von dem Bösen, der Herzen an sich reißt, der Herzen am Ort der Bestattung raubt. Du bist ein Gerechtfertigter vor Unen-nefer.

Die goldenen Schreine waren vorbereitet worden, ohne daß Haremhab ihnen aufmerksame Beachtung gewidmet hätte, und es gab noch viele Dinge aus Atons alten Tagen. Einer der Schreine war sogar zur Zeit Echnatons gebaut worden und hatte bis jetzt im Lager eines Goldschmieds gestanden, und weil nicht genug Zeit blieb, einen anderen zu machen, war er hastig hervorgeholt worden.

Der gütige Gott, der aus Ra hervorging, heiliges Ei des Aton, der jeden Tag in der Wahrhaftigkeit lebt, König des oberen und unteren Khemet, Herr der Zwei Länder Neb-kheper-Ra, von Ra erwählt, verkörperter Sohn der Sonne, geliebt von ihm, Herr des Diadems Tut-ench-Amun, Herrscher der Stadt der Sonne, geliebt von Osiris Unen-nefer, dieser Gott, Herr von Ro-Setau.

Nachdem alles fertig und an seinem Platz war, so gut wie unter diesen Umständen möglich, und nachdem alles mit Lehm verschlossen und mit dem Siegel des verantwortlichen Beamten der Totenstadt gestempelt worden war, verließen die Lebenden das Grab. Die letzte Wand wurde fertiggestellt und Anchesenamun stieg die Stufen empor in die Nacht.

Millionen von Sternen hingen über dem »großen Platz«, dem Tal der Toten.

Für die Hauptpersonen der Beerdigung hatte man Zelte errichtet, damit sie festliche Kleidung anlegen konnten. Lange Tische standen für das Totenmahl bereit.

Anchesenamun erschien in kostbarem und geschmackvollem Putz, ihr Gesicht war sorgfältig zurecht gemacht, so daß es nichts von ihren Gefühle zeigte. Sie nahm an der Seite Ejes Platz, denn das konnte sie jetzt nicht mehr umgehen. Haremhab saß ihnen schräg gegenüber.

Nun kamen die Tänzer, Sänger, Gaukler und Akrobaten zum Vorschein. Dies war ein Fest der Freude. Im Jenseits, dem Duat, wurde der König gewiß erneuert und wiedergeboren. Die vielen Zauberformeln und Gebete, die während der Bestattungszeremonie gesungen worden waren und die auf den goldenen Schreinen und den vielen schönen Dingen, die ihn umgaben, geschrieben standen, beschützten ihn. In die Leinenbinden um seinen Körper waren mehr als hundert wirkungsvolle Talismane eingebunden, und mit Edelsteinen geschmückte Halsketten, Armreifen und Ringe, nicht nur unschätzbar und einzigartig, sondern auch kräftig mit Magie beladen. In der trockenen Grabkammer würden selbst die Blumen, die ihn schmückten, sehr lange halten, ihr süßer Duft würde ihn an die Erdenwelt erinnern, bis er sie nicht mehr brauchte, weil er dann den Duft der Blumen auf dem Feld der Gesegneten hätte. Die Tänzer tanzten zwischen den Tischen, die Sänger sangen. Gaukler und Akrobaten traten auf. Alle redeten, aßen und lachten. Die Erleichterung am Ende einer langen Zeit des Fastens und der Enthaltsamkeit war groß, und der in Strömen fließende, schwere Wein tat bald seine Wirkung. Die Gäste, die zu Beginn des Festes noch steif und höflich dagesessen hatten, lallten jetzt und redeten viel zu laut, lachten zu viel über schlüpfrige Scherze und zwickten die vorbei eilenden Dienerinnen in die Hinterteile.

Anchesenamun hatte zwar genauso viel Wein getrunken wie die anderen, blieb aber dennoch völlig nüchtern und blickte sich angewidert um. Wie häßlich die Menschen wurden, wenn sie betrunken waren! Sie sah hinüber zu Haremhab. Genau wie sie, hatte er sich nicht verändert. Mit kalten und berechnenden Augen musterte er die Tische und erfaßte alles und jeden mit seinem Blick. Betrunken enthüllten die Menschen oft Ansichten, die sonst gut verborgen waren. Anchesenamun sah, daß er darauf lauerte und zu einem späteren Zeitpunkt benutzen würde, was er entdeckte. Sie biß sich auf die Lippen. Ihr Herz füllte sich mit einem solchem Haß gegen ihn, daß sie sich zurückhalten mußte, nicht eine goldene Schale oder eine schwere, steinerne Lampe zu nehmen und jetzt und hier nach ihm zu werfen.

Sie schluckte, versuchte sich zu beherrschen und schaute zum Himmel auf. Der volle Mond stand direkt über dem Gipfel des Meretseger, der pyramidenförmigen Bergspitze, die das Tal der Könige überragte. Meretseger, »sie, die die Stille liebt«, war gewiß erzürnt über die lärmende Festlichkeit in ihrem Tal. Sie war eine Schlangengöttin. Wenn sie nun ein Heer Schlangen schickte, die auf sie zugekrochen kämen? Wenn eine davon Haremhab töten würde? Wenn sie alle getötet würden – wenn die ganze rohe, gedankenlose Menge mit einem Mal zu Tode käme? All die mächtigen, einflußreichen, wohlhabenden Menschen der Zwei Länder waren da: Zais mit seinem selbstgefälligen, plumpen Gesicht, umringt von den wichtigsten Amunpriestern; Eje, der jetzt namentlich König war, auch wenn die Krönungszeremonie noch nicht stattgefunden hatte; sie selbst, augenscheinlich die letzte der königlichen Linie, die bis zu den tapferen und wagemutigen Prinzen von Waset zurückreichte, die die wilden Hyksos aus dem Land vertrieben und den ägyptischen Thron für des eigene Volk wieder in Besitz genommen hatten … Was geschähe, wenn sie alle getötet würden? Würde ein neues Zeitalter anbrechen, frei von alten Fehlern, alten Ränkespielen, alten Feindschaften? Welcher der niederen Beamten würde die Gelegenheit ergreifen und eine neue Dynastie gründen? Würden ihre Schwestern wieder in Erscheinung treten, wenn sie wüßten, daß sie nichts zu fürchten hätten? Welcher Gott wäre das Symbol des neuen Zeitalters? Sie war so in ihre Träume vertieft, daß sie frohlockend lächelte, als sie daran dachte, daß Haremhabs jahrelange Machenschaften dann ins Wasser fallen würden. Nie würde er den Thron von Ägypten besitzen. Nie würde er die Vorrechte eines Königs im Jenseits haben …

In ihrer Erregung schaute sie zum Himmel empor und erblickte entsetzt einen dunklen Schatten, der über das Angesicht des Mondes zog. Zunächst hielt sie es für eine Wolke, doch dann erkannte sie, daß die Sterne ungetrübt leuchteten. Nur der Mond war davon berührt. Und dann faßte dieselbe kalte Hand, die nach dem Mond griff, nach ihrem Herzen. Ihre Gedanken waren düster gewesen. Sie hatte sich über die Vernichtung aller, die sie kannte, gefreut. Sie hatte sich einen schrecklichen Tod für sie ausgemalt. Wenn nun der Schatten ihrer Gedanken die Reinheit und den Glanz des Mondes trübte?

Niemand sonst schien den Schatten zu bemerken, und sie beobachtete, wie er immer größer wurde und sich unerbittlich über das ganze Angesicht des Mondes ausbreitete. Ihre Kehle war wie zugeschnürt und verdorrt. Sie versuchte, einen Schluck Wein zu trinken, aber sie verschluckte sich daran. Was wäre, wenn alles, was sie kannte, ausgelöscht würde? War es denn möglich, das durch die eigenen Gedanken zu erreichen? Wenn man in der Lage wäre, das Universum nur mit der Kraft seiner Gedanken zu vernichten? Mit Gedankenkraft konnte man sich selbst krank machen oder heilen. Auch war es möglich, jemanden krank zu machen, indem man ihm böse Gedanken schickte, und genauso konnte man durch die Kraft guter Gedanken dessen Lebenskraft stärken und ihn gesund werden lassen. Ein Geist konnte den anderen beeinflussen, daran gab es keinen Zweifel, und Magiere hatten bewiesen, daß unter bestimmten Umständen Gegenstände durch den Geist bewegt und verändert werden konnten. Aber etwas so Riesiges und weit Entferntes wie der Mond ...? Die Last einer solchen Verantwortung erdrückte sie fast.

In diesem Augenblick spürte sie eine Berührung an ihrem Arm, blickte sich überrascht um und sah das Gesicht Ra-hoteps. Er stand hinter ihr und versuchte, ihr etwas ins Ohr zu flüstern. Sie konnte nicht verstehen, was er sagte und beugte sich zu ihm. Und dann wurde ihr Blick zu Haremhab gezogen. Dieser beobachtete sie eindringlich mit einer so bösen und triumphierenden Miene, daß sie den flüchtigen Eindruck bekam, er wüßte, was Ra-hotep ihr zuflüstern wollte, und als warte er nur auf ihren Schmerz, wenn sie es hörte.

Sie wandte sich dem jungen Priester des Ra zu, packte ihn an den Schultern und schüttelte ihn. Aber er versuchte zurückzuweichen. Er konnte seine Nachricht nicht gegen den Lärm herausschreien. Er bedeutete ihr, den Tisch zu verlassen und ihm zu folgen. Das würde Aufmerksamkeit erregen. Sie zögerte. Wieder sah sie zu Haremhab hinüber. Mit den Augen einer Schlange, die ihr Opfer belauerte, hob er seine Hand und deutete nach oben. Sie schaute zum Mond. Da war keine strahlende silberne Scheibe mehr, sondern ein schwerer bronzener Ball. Natürlich! Solche Dinge geschahen und waren voraussagbar. Er hatte den zeitlichen Ablauf der Bestattung so eingerichtet, daß dieses unheimliche und bedrohliche Ereignis genau in diesem Augenblick stattfinden würde.

Die Menschen schauten auf, folgten seinem weisenden Finger. Im ganzen Tal wurde es still, und es war von Entsetzten und Furcht erfüllt.

Haremhab lächelte bedeutsam, als er auf den Mond deutete. Ihr Gemahl wurde nicht von den Sternen aufgenommen, er begleitete weder den Mond auf seiner silbernen Reise noch die Sonne in ihrer goldenen Barke, schien er zu sagen. Die Verbrechen von Echnatons Familie wurden von den Göttern bestätigt und verdammt – und dieses Zeichen war der Beweis.

Meuchelmord

Suppiluliuma berief ein Treffen des ganzen Rates ein, nachdem er Anchesenamuns zweiten Brief erhalten hatte, in dem sie wiederholte, daß sie tatsächlich einen seiner Söhne als König von Ägypten haben wollte, und in dem sie diesen außergewöhnlichen und noch nie dagewesenen Schritt nun überzeugender begründet hatte. Lupakkis war anwesend und weitgehend für den Umschwung der zunächst feindseligen Haltung des Rates in eine billigende verantwortlich.

Er sprach überschwenglich von Anchesenamuns persönlicher Ausstrahlung und Stärke, und er beschrieb Ägypten als einen Staat am Rande des Chaos, weil es keinen ehelichen und unanfechtbaren Thronerben gab. Obgleich es ein gewagtes Unternehmen wäre, denn er vermutete, es gäbe natürlich einige, die gegen Anchesenamuns Beschluß sein würden, zum Beispiel General Haremhab, wäre der Gewinn hoch und ein Gelingen gäbe der hethitischen Nation eine ungeheure Macht.

»Wahrscheinlich werden sich die Zwei Länder nie wieder in einer so gefährdeten Lage befinden. Ich lege eurer Majestät nahe, nicht zu lange zu zögern.«

Der ägyptische Hof hatte Lupakkis in höchstem Maße beeindruckt. Er war auf eine Weise verschwenderisch und überfeinert, wie er es noch nie erlebt hatte. Die Hethiter waren ein starkes Volk, und der Palast in der Zitadelle von Hattusas war beeindruckend, aber die Schnitzereien, Gemälde und Möbel waren plump im Vergleich zu den ägyptischen. Er hatte Geschenke von Anchesenamun für Suppiluliuma mitgebracht und überreichte sie stolz. Ein kunstvoll gearbeitetes Bett aus Zedernholz mit Einlegearbeiten aus Elfenbein und Ebenholz und mit einer bequemen Liegefläche aus eng gebundenen Gazellenriemen, die es federn ließen. Diese seltenen Materialien waren nach Ägypten importiert worden, aber die ägyptischen Handwerker wurden so bewundert, daß viele Länder ihre Waren zurück importierten, nachdem sie von den Ägyptern in wunderschöne Dinge verwandelt worden waren. Lupakkis

brachte auch Geschmeide und Gold von vorzüglicher Handwerks-
kunst.

Es war mehr die Beschreibung der Verwundbarkeit des ägyptischen
Thrones, die Suppiluliuma überzeugte, die Gelegenheit wahrzunehmen,
als der Wert der Geschenke. Anchesenamun hatte Botschaften durch
ihre Mittler in Kepel geschickt, die ihm zeigten, daß sie wußte, was sie tat.
Sie behauptete, die ganze Priesterschaft des Ra arbeitete in dieser Angelegenheit für sie, und erklärte, jene würden seinen Sohn auf ägyptischer
Erde begrüßen, seinen Boten den Freibrief überreichen, den Zeitpunkt
des Handels und die Bürgschaften für beide Seiten festlegen. Noch
einmal betonte sie die Dringlichkeit der ganzen Sache.

Die Entscheidung mußte schnell getroffen werden, und Suppiluliuma
traf sie schnell – aber erst nach langen Erörterungen einiger Ratsmit-
glieder. Die zweite große Macht im mittleren Osten war zu jener Zeit
Mitannien. Tutenchamun stammte von der mitannischen Prinzessin
Mutemwaja ab, die die Mutter seines Großvaters, Amenophis III., gewesen war. Warum schrieb Anchesenamun nicht den Mitanniern und
bat um einen Prinzen? Das wäre folgerichtiger.

Suppiluliuma folgerte, Anchesenamun wollte Frieden mit den
Hethitern, die ihre Vasallenstaaten bedrängten. Mit den Mitanniern
hatte Ägypten zur Zeit keine Streitigkeiten. »Das ist ein geschickter
diplomatischer Zug für eine Frau«, sagte er. »Ich bewundere sie dafür.«

Lupakkis unterstützte den König. Es wäre ihr eigener als auch Ägyptens Vorteil, auf diese Weise geeint zu sein. Er hatte das ägyptische Heer
gesehen und gab zu bedenken, daß es in einer Schlacht nicht leicht zu
besiegen wäre. »Es ist besser, sie auf unserer Seite zu haben«, sagte er.
Zusammen – könnten sie die Welt erobern.

Die nächste Frage war, welcher Sohn geschickt werden sollte. Der
älteste, Amuwandas, war der Thronfolger und konnte nicht entbehrt
werden. Der zweite, Mursilis, mußte zurückbehalten werden, falls dem
ersten etwas zustieß – diese Vorsichtsmaßnahme erwies sich als weise,
denn Amuwandas wurde getötet, schon bald nachdem er die Nachfolge
seines Vaters angetreten hatte. Nach ihm wurde Mursilis König und regierte eine lange Zeit. Hattusilis, der in Ägypten gewesen war, als Tutenchamun den Thron gerade bestiegen hatte, wollte gehen, aber er war
ein wertvoller General, und Suppiluliuma war nicht willens, sich von
ihm zu trennen. Auch argwöhnte er, daß Hattusilis die Macht, die er
dann haben würde, mißbrauchen könnte, und er selbst den zweiten
Platz nach seinem Sohn würde einnehmen müssen.

Suppiluliuma betrachtete seine Söhne und überlegte kühl, welcher
zwar in der Lage wäre, eine Krone zu tragen, aber dennoch fügsam genug,

den Wünschen seines Vaters in allen Dingen zu folgen. Er versuchte abzuschätzen, welcher entbehrlich wäre, falls das Spiel nicht gut ausginge, und dennoch einen guten König von Ägypten abgäbe.

Zannanza trat vor.

»Mein Vater«, sagte er. »Laß mich gehen. Ich war in Khemet und ich kenne die Königin.«

Es gab einen Aufschrei unter seinen Brüdern, am meisten von denen, die selbst König von Ägypten werden wollten, weil sie wußten, daß ihr Platz in der Familie es unmöglich machte, jemals König von Hatti zu werden. Manch einer würde König eines Vasallenstaates werden, der von den Hethitern erobert worden war. Telepinus zum Beispiel wurde später König von Aleppo. Aber keiner hätte den Rang eines ägyptische Königs.

Suppiluliuma saß auf dem Thron, den er selbst als junger und ehrgeiziger Prinz gewaltsam errungen und gegen alle Übermacht verteidigt hatte, und ließ sie eine Weile schreien und streiten. Er hatte viele Söhne, manche kannte er kaum. Zannanza mochte er, obgleich er wußte, er würde nie einen brauchbaren und unbarmherzigen Krieger abgeben. Er war klug, ruhig und von innerer Stärke. Er wäre ein guter König, rücksichtsvoll und ehrbar genug, die Gunst als auch die Achtung eines Volkes zu gewinnen, das ihm erst einmal feindlich gesonnen wäre – aber nicht verschlagen genug, seinen Vater zu verraten. Suppiluliuma traf seine Entscheidung und brachte den Aufruhr im Raum mit gräßlichen Drohungen und Verwünschungen gegen jeden, der seinen Entschluß in Frage stellte, zum Schweigen.

»Wir haben keine Zeit, noch länger zu zögern«, fügte er hinzu. »Zannanza wird morgen die Reise antreten.«

Zannanza schnaufte. So schnell? So plötzlich konnte sich die Richtung eines Lebens ändern?

»Lupakkis übernimmt die Verantwortung für die Vorbereitung. Die Gruppe wird unter fremdem Namen reisen. Nur die Priester des Ra, die von der Königin geschickt werden, dürfen wissen, wer er ist, bis er sicher bei ihr angekommen ist.«

Von diesem Zeitpunkt an ging alles so schnell, daß die Prinzen keine Gelegenheit mehr hatten, um eine günstige Stellung zu rangeln. Einige waren insgeheim erleichtert, daß die Aufgabe nicht sie getroffen hatte. Mit diesen Unsicherheiten und Gefahren wollten sie lieber nichts zu tun haben. Manche erinnerten sich an den Fluch, der einst über der Hauptstadt Hattusas gelegt worden war. Er verhieß gräßliche Folgen auf diesen überstürzten und tollkühnen Zug. In den uralten Zeiten vor ihrer Dynastie hatte ein Eroberer die Stadt Hattusas zerstört und für die zukünftigen Generationen eine Inschrift hinterlassen:

Ich nahm sie des Nachts im Sturm, und wo ich ging, säte ich Unkraut. Wer auch immer nach mir König wird und Hattusas wieder erbaut, den wird der Sturmgott des Himmels erschlagen!

Andere waren erzürnt, nicht selbst erwählt worden zu sein, und neideten ihrem Bruder das Glück.

Zannanza beschloß, die letzte Nacht vor seinem Sprung ins Unbekannte im Heiligtum der Götter in den felsigen Bergen nordöstlich von Hattusas zu verbringen. Sein Vater gab ihm die Erlaubnis, und begleitet von Priestern und Wachen folgte er dem steinigen Weg. Sämtliche Vorbereitungen für seine Reise nach Ägypten würden andere treffen.

Als er zu dem befestigten Hügel zurückschaute, der so viele Jahre seine Heimat gewesen war, durchzuckte ihn Bedauern, so kühn gesprochen zu haben. Andererseits stand das Bild Anchesenamuns lebhaft vor ihm, die schöne Königin Tutenchamuns, die ihm, obgleich nicht viel älter als er, so klug und abgeklärt vorgekommen war. Er hatte sich noch nie in eine Frau verliebt. Bis jetzt hatte er sie gemieden. Ob der Grund darin lag, daß sich keine mit seiner Erinnerung an Anchesenamun messen konnte? Bisher hatte er noch nicht darüber nachgedacht, aber vielleicht war er schon immer in sie verliebt gewesen? Als er von Tutenchamuns Tod gehört hatte, hatte er das starke Gefühl gehabt, sein Schicksal sei unerbittlich mit Tutenchamuns verbunden. Jetzt war deutlich geworden, auf welche Weise sich das Schicksal erfüllen sollte. Die Unausweichlichkeit, mit der er Tutenchamuns Platz neben Anchesenamun einnehmen würde, hatte etwas Wunderbares. Er sah es als Fügung des Himmels, und indem er Tutenchamun jenen Eisendolch mit dem Bergkristallknauf, der sein liebster Besitz gewesen war, geschenkt hatte, war der Handel besiegelt worden.

Die Sonne rötete bereits den westlichen Horizont und ihre Strahlen warfen lange Schatten, als sie sich der zweifachen Schlucht in den Bergen näherten, die seit uralter Zeit der heiligste Ort des hethitischen Königreiches war. Am Eingang der Schlucht war ein Tempel errichtet worden, und die Priester öffneten die Tore für den jungen Prinz. Die Lampen und Fackeln waren schon entzündet, denn nur wenn die Sonne hoch am Himmel stand, drangen ihre Strahlen in die langen Felsengänge.

Zannanza war zwar den Priestern und seinen Dienern gegenüber höflich, machte aber deutlich, daß er keine förmliche Zeremonie wünschte, sondern eine persönliche Begegnung mit den Göttern. Überrascht aber gehorsam zogen sie sich zurück, und Zannanza betrat allein den kurzen Gang auf der rechten Seite, welcher der Sonnengöttin Hebut von Arinna, ihrem Sohn und ihren Dienerinnen geweiht war. An der

Stelle, wo die Gänge zusammenführten, vereinigte sie sich mit ihrem Gemahl Teshub, dem Sturmgott von Hattusas mit seinem Gefolge von geringeren Göttern, aber hier in diesem Gang konnte er allein sein mit ihr, der Göttin, die seinem Herzen immer schon näher gestanden hatte als die anderen.

Schön und groß stand sie in ihrer fließenden Robe auf dem muskulösen Rücken eines Panthers, ihr Haar hing in langen Flechten.

»Oh, Herrin des Himmels, die Leben und Licht schenkt«, flüsterte er. »Ich brauche deine Kraft und Hilfe. Scheine auf mich nieder wie die Sonne am Himmel, begleite mich an meiner rechten Hand, vereine dich mit mir wie ein Paar Ochsen im Joch, gehe an meiner Seite, wie es sich für eine wahre Göttin gehört.«

Sie war an der Spitze einer Prozession in eine Wand aus Stein geschnitzt, aber er sah in ihr ein lebendiges Wesen, das frei stand und ihn mit warmen, liebenden Augen betrachtete. Las er Sorge darin? Sah sie ihn voll Traurigkeit und Besorgnis an? War die Geste ihrer Hand Gruß oder Abschied?

»Ich habe Angst«, flüsterte er. »Stärke meine Entschlossenheit. Schärfe meinen Verstand, damit ich nicht überlistet werde. Festige meinen Schwertarm, auf daß ich um meinen Sieg kämpfen kann, wenn ich angegriffen werde. Oh, Herrin des Himmels, sage mir nicht Lebewohl. Begleite mich. Komme mit mir nach Khemet. Ich werde dir dort einen Tempel bauen, wo du dich wohlfühlst und zufrieden bist. Die Götter und Göttinnen der Zwei Länder werden sich vor dir verneigen. Selbst Hathor und Isis werden dich Mutter nennen. Du wirst die höchste sein. Du wirst glücklich sein. Du wirst sehr geliebt werden.«

Er hatte sich zu Boden geworfen, sein Gesicht im Staub zu ihren Füßen, und verweilte dort eine lange Zeit. Als er sich erhob, strömten Tränen über seine Wangen. Er hatte kein Wort, keinen Trost empfangen.

Bei Tagesanbruch brach Zannanzas kleine Gruppe auf. Ein weitere schwierige Frage war, wie man ihn beschützen sollte. Marschierte er mit einem Trupp Soldaten nach Süden, würde jeder dies als einen Angriff der Hethiter deuten, und er wäre sogleich in einen Kampf verwickelt. Sie entschieden, als eine Gruppe zu reisen, die Geschenke nach Ägypten brachte, was kein seltener oder ungewöhnlicher Anblick war. Eine kleine Gruppe gut ausgerüsteter Wachen wäre nötig, um mögliche Räuber abzuhalten, der Prinz und Lupakkis würden sich so unauffällig wie möglich kleiden. Ohne viel Aufhebens verschwanden sie durch das

Tunneltor und winkten der kleinen Gruppe hoher Beamter wie eine ganz gewöhnliche Reisegruppe.

Zannanza hatte sich von seinem Vater in dessen Schlafkammer verabschiedet, hatte seine Füße geküßt und ihm für die Auszeichnung gedankt, nach Ägypten reisen zu dürfen.

Suppiluliuma war kein Mann, der sich viel Sorgen machte, dennoch hatte er fast die ganze Nacht wach gelegen. Einerseits dachte er über die enorme Macht nach, die diese Verbindung seiner Familie verschaffen würde, andererseits wiederholte er eine Ansprache, die er seinem Sohn am Morgen halten wollte. Er wollte ihm raten, was er tun und was er lassen sollte auf Grund seiner eigenen langen Erfahrung als König. Aber als es soweit war und Zannanza vor ihm stand, konnte er an nichts denken. Er verabschiedete ihn verdrießlich und bedeutete ihm, die Abreise keinen Augenblick mehr zu verzögern. Der Prinz, der ebenfalls eine Ansprache vorbereitet hatte, fand sich aus dem Raum gedrängt, ohne mehr als ein paar unbeholfene Worte gesagt zu haben. An der Tür wandte er sich um und schaute zurück, sein Blick voller Gefühle, die er nicht ausdrücken konnte. Der König saß auf dem Rand des Bettes, das Anchesenamun ihm geschenkt hatte, die grauen Haare waren lang und zerzaust. So hatte Zannanza ihn noch nie gesehen. Er sah alt und müde aus. Aber selbst ohne die Zeichen seiner Königswürde hatte der alte Mann eine Art angeborene Macht, die von ihm ausging, und die Zannanza fast wie eine körperliche Austrahlung spüren konnte.

»Wenn mein Vater sich in einem Raum befände«, dachte er, »und ich wüßte es nicht, ich könnte seine Anwesenheit spüren! Wie kann ich es wagen, mich selbst zum König zu erheben«, seufzte er, »ohne diese … diese … « Er konnte die Eigenschaft seines Vaters nicht anders als »königliche Würde« nennen. Vielleicht käme sie während der magischen Zeremonien, die die Krönung begleiteten, auf ihn. Als er die Kammer seines Vaters verließ, hätte er alles darum gegeben, den Auftrag zurückgeben zu können, für den er sich tags zuvor so eifrig freiwillig gemeldet hatte.

Aber es gab kein Zurück. Lupakkis wartete auf ihn. Er rief den Wachen etwas zu, und sie gingen durch den langen Tunnel unter der Stadt in das Zwielicht des frühen Morgens hinaus. Zannanza war sein Heimatland noch nie so schön erschienen – die rauhen, felsigen Berge, die ein bläulicher Nebel besänftigte, der Wald im Tal, den der Gesang der Vögel belebte. Dem gegenüber stand eine Frau in einem seltsamen und fremden Land. Es stimmte, sie war schön, und er sehnte sich danach, sie wiederzusehen, aber er wußte so wenig über sie. Wenn er nun einen schrecklichen Fehler beging?

Sie reisten in ermüdender Eile aber ohne Zwischenfälle nach Süden.

In der letzten Nacht, bevor sie ägyptisches Gebiet erreichten, schlugen sie ihre Zelte wie gewöhnlich auf. Alle waren erschöpft und beschlossen, früher als sonst zu Bett zu gehen, um ausgeruht zu sein, wenn sie auf Anchesenamuns Gesandte trafen.

Zannanza schaute lange zu den Sternen hinauf, bevor er einschlief. Die Ägypter glaubten, ein Teil des Pharaos wird ein Stern, wenn er stirbt. Was waren die Sterne wirklich? Eine große Anzahl Augen von toten Königen und Königinnen, von Geistern aller Art, die die strengen Versuchungen und Prüfungen des Jenseits hinter sich hatten, eine Million Augen, die auf die Erde niederblickten, jede Bewegung beobachteten, in jede Seele hineinsahen? Er fühlte sich unbehaglich. Er spürte die Blicke der Beobachter. Er spürte die Prüfer, die Untersucher, die Beisitzer und die Richter näher rücken. Er glaubte, geprüft zu werden, aber er kannte nicht das Vergehen, das er begangen haben sollte. Er hatte ein ganz und gar ruhiges und untadeliges Leben geführt. Er studierte viel und genoß das Abenteuer, Wissen zu sammeln, mehr als alles andere. Er freute sich darauf, die kostbaren und mannigfaltigen Schriften Ägyptens zu erforschen. Er freute sich darauf, mit Anchesenamun stundenlange Gespräche zu führen. Sie war gewiß genauso begierig nach Wissen wie er. Er würde ihr die Mythen von Hatti erzählen, und sie würden diese mit den ägyptischen Mythen vergleichen und die gemeinsame Grundlage suchen, die ihnen den Samen der Wahrheit unter der Schale der Geschichte zeigen würde. Die Sterne waren vielleicht nicht buchstäblich die Augen von Geistwesen, aber eine Wahrheit lag bestimmt darin, ein Hinweis, ein Fingerzeig darauf, daß alles, was wir sehen, alles was wir durch Naturgesetze erklären können, mehr ist, als es scheint. Die Naturgesetze sind keinesfalls die einzigen, welche die Wirklichkeit lenken, obgleich mancher dieses glaubt.

Er schloß die Augen und tat einen tiefen Atemzug. Er mußte schlafen. Er hörte seine Begleiter bereits schnarchen, alle außer den vier Wachtposten um das Lager. Das Licht der Sterne schien auf die Innenseite seiner Lider eingeprägt zu sein, als hätte er die ganze Weite des Himmels in seinen Kopf getragen.

Er wollte mehr über die Sterne wissen. Am Hof seines Vaters hatte ihn ein babylonischer Sternenkundiger viel darüber gelehrt, und er konnte die Bahn der himmlischen Körper vorhersagen. Bald würde es eine Mondfinsternis geben. Er würde sie in Ägypten sehen. Er würde sie mit Anchesenamun zusammen beobachten. Er und sie schienen bereits zusammen in einer goldenen Barke zwischen den Sternen zu segeln. Sie lachten glücklich und holten die Jahre nach, die sie getrennt gewesen waren. Er überlegte, warum sie ihn in ihrer Bitte um einen hethitischen Prinz nicht persönlich genannt hatte. Sie erinnerte sich doch gewiß an ihn? Sie fühlte doch sicher genauso für ihn wie er für sie? Dann fiel ihm ein, daß er selbst bis vor wenigen Tagen nicht bemerkt hatte, was sie ihm bedeutete. Es war einer Erinnerung durchaus möglich, in einem geheimen Winkel des Herzens verborgen zu sein, um dort irgendwie – ohne wahrgenommen zu werden – weiterzuwachsen, bis sie etwas ganz anderes war als das, was man ursprünglich geglaubt hatte. Vielleicht hatte sie nach einem hethitischen Prinzen gerufen, ohne zu wissen, daß sie eigentlich ihn rief.

Er dachte an Tutenchamun. Hatte sie ihn geliebt wie einen Liebhaber? Damals schien sie ihn zu lieben wie eine Mutter ihr Kind.

Ein Boot tauchte aus der Dunkelheit des Himmels auf und trieb dahin. Tutenchamun stand mit sieben ägyptischen Göttern im Vorderschiff. Er hob die Hand, sie zu grüßen. In seinem Blick lag weder Überraschung noch Ärger, als er sie zusammen sah. Vielmehr schien er ihnen seinen Segen zu geben. Zannanza bemerkte seinen Eisendolch mit dem Kristallknauf im Gürtel des jungen Königs. Der zog ihn heraus und hielt ihn empor. Sternenlicht, das sich in dem Kristall bündelte, flammte auf gleich einer berstenden Sonne.

Die Ägypter bewegten sich lautlos wie Schatten in der Dunkelheit.

Das Lager war umstellt und die Wachen ahnten nichts. Gleichzeitig wurden sie von hinten gepackt und getötet, bevor sie schreien konnten. Dann wurde einer der auf dem Boden liegenden Männer nach dem anderen erschlagen. Manche erwachten vorher und kämpften, manche erfuhren nie, was geschehen war. Der einzige Überlebende war Lupakkis, der beschlossen hatte, etwas entfernt von den anderen zu schlafen, denn das Schnarchen seiner Kameraden hatte ihn gestört.

Er wachte noch rechtzeitig auf, um die Mörder weglaufen zu hören, die nun nicht länger leise waren, sondern sich mit dem Erfolg der Sache brüsteten. Sie redeten in der Sprache von Khemet.

Entsetzt hastete Lupakkis zu Zannanza. Der lag auf dem Rücken in einer Lache aus Blut, die Kehle war aufgeschlitzt, der Schädel eingeschlagen.

Lupakkis schlug seinen Kopf auf den Boden. Wie konnte das geschehen? Wie hatte er so etwas zulassen können? Diese Hunde! Diese Söhne von Hyänen! »Oh, Teshub, wie konntest du zulassen, daß einem Sohn Suppiluliumas dieses geschah?«

Lupakkis eilte von Leiche zu Leiche in der Hoffnung, einen zu finden, der noch am Leben war. Doch alle waren tot. Alle, alle waren tot!

Einen Augenblick war er unentschlossen, dann schaute er zu ihrem Gepäck, das neben den Pferden aufgestapelt war. Die Pferde waren alle weg, zweifelsohne vor der Bluttat fortgeführt, damit sie nicht Alarm schlugen. Aber das Gepäck war unberührt. Das war kein Überfall von Räubern, die auf kostbare Juwelen und Salböle aus waren. Das war ein vorsätzlicher Mord, gut und geschickt geplant.

Ra-hotep berichtete Anchesenamun von der Ermordung des hethitischen Prinzen mit stockender und zitternder Stimme, sobald sie sich außer Hörweite der anderen Gäste der Begräbnisfeier befanden.

Sie wurde leichenblaß und taumelte als wolle sie stürzen, aber sie fing sich an einem kantigen Felsenzacken und lehnte sich schwer dagegen.

»Kann es die Tat von Räubern gewesen sein?« fragte sie. Sie setzte eine verzweifelt geringe Hoffnung auf die Möglichkeit, die Ermordung sei aus einem anderen Grund als dem geschehen, daß Haremhab und die Amunpriester ihren Plan entdeckt hatten.

Er schüttelte stumm den Kopf. Er hatte Angst. Er wußte genau wie sie, dies war ein politischer Mord. Als er ihren ersten Brief überbracht hatte, hatte er nicht geahnt, welche Rolle er in der Geschichte seines Landes spielen sollte. Nun, da er es wußte, wünschte er, irgendein anderer und nicht er wäre in dieses Netz königlicher Intrigen verwickelt.

»Ra-hotep«, hörte sie sich sagen, obgleich ihre Gedanken woanders waren. »Du mußt so weit fort von Khemet wie möglich. Geh schnell – und schau nicht zurück.« Sie drückte ihm einen wertvollen Ring von ihrem Finger in die Hand und gab ihm einen leichten Stoß.

»Majestät … «

»Geh!« fuhr sie ihn an. »Geh, solange du noch kannst.«

»Aber … «

Selbst in dem fahlen Licht, das so weit entfernt von den Lampen und Fackeln herrschte, konnte sie seine Besorgnis um sie in seinem Gesicht lesen.

»Mir wird nichts geschehen«, sagte sie, und wußte doch, daß es nicht so sein würde. Wie würden Haremhab und Zais ihr vergelten, was sie getan hatte?

Schweren Herzens wandte er sich zum Gehen. Er war kaum ein paar Schritte gegangen, als sie ihn zurückrief.

»Ra-hotep!«

Er blieb sofort stehen.

»Kennst du den Namen des Prinzen?«

»Ich glaube, er hieß Zan … Zan … « seine Stimme stockte, als seine Zunge über den ungewöhnlichen Namen stolperte.

»Zannanza«, flüsterte sie. »Das habe ich mir gedacht.«

Ra-hotep konnte ihr Gesicht nicht sehen, denn sie stand mit dem Rücken zum Licht, aber er vernahm den Schmerz in ihrer Stimme.

In diesem Augenblick hörten sie Schritte, und Ra-hotep verschwand in der Finsternis.

Haremhab stand vor ihr.

»Majestät?« sagte er ruhig. Seine Stimme war höflich, forschend, kühl – und doch hallte sie in ihrem Herzen wider wie die Totenglocke des jüngsten Gerichts.

»General?« antwortete sie, bemüht, gerade zu stehen und ihre Miene und ihre Stimme ausdruckslos erscheinen zu lassen.

»Warum hast du das Fest verlassen?«

»Muß eine Königin, Tochter einer mächtigen Dynastie, dir für alles Rechenschaft ablegen, was sie tut, dir – einem aus dem gemeinen Volk?«

»Ihre Abwesenheit beunruhigt die Gäste«, gab er glatt zurück und übersah die Beleidigung in ihren Worten und die Bitterkeit, mit der sie sie ausgesprochen hatte.

»Oh, ja, die Gäste«, sagte sie höhnend. »Wir müssen den Schein um jeden Preis wahren!«

»Der Schein ist sehr wichtig, Majestät«, sagte er eisig.

»Wichtiger als die Wirklichkeit?«

Er verneigte sich leicht, und für einen Augenblick entdeckte sie noch etwas anderes als Bedrohlichkeit in seiner Stimme, etwas, das vermuten ließ, irgendwo in dieser eisernen Gestalt habe er ein Herz. »Wenn die Wirklichkeit zu schlimm geworden ist, sie zu ertragen«, sagte er, »hilft uns das Aufrechthalten des Scheines manchmal.«

»Und so werden wir dieses Spiel spielen«, dachte sie. »Wir werden zum Festmahl zurückgehen und so tun, als sei nichts geschehen, als sei alles in Ordnung. Wird das am Geschehenen etwas ändern? Vielleicht. Wenn sie jetzt schrie und heulte, zöge das bloß eine Kette von Ereignissen und Handlungen nach sich. Wenn sie auf der Hut wäre und ruhig zurückginge, um Zeit zu gewinnen, gäbe es vielleicht eine andere Lösung. Es war noch nie ihre Art gewesen, zu schreien und auf die grausamen Schicksalsschläge zu schimpfen. Ihr Weg war es immer gewesen, zu warten und zu beobachten.

Als der Tag anbrach, lagen die zerzausten und betrunkenen Gäste erschöpft im heiligen Tal verstreut. Diener verrichteten schweigend ihre Arbeit, beseitigten die Unordnung und halfen ihren Herren und Herrinnen, nach Hause zurückzukehren. Arbeiter bedeckten den Eingang zum Grabmal mit Haufen loser Abfälle und Sand. Anchesenamun, immer noch kalt wie Stein und nüchtern, kletterte in den Sessel, den ihre Diener gebracht hatten, und wurde auf ihren Schultern den ganzen Weg zum Palast zurück getragen.

Haremhab hatte den Tag der Hochzeit verkündet. Sie sollte schon bald nach dem Begräbnis sein, um Frieden und Ordnung zu gewährleisten. Haremhab brauchte alle Soldaten, die er nur sammeln konnte, um die ägyptischen Grenzgebiete gegen Suppiluliuma zu stärken, der über die Tat an seinem Sohn zu Recht erzürnt sein würde. Er konnte es sich nicht erlauben, daß zu viele mit der Aufrechterhaltung des Friedens innerhalb der Zwei Ländern beschäftigt wären.

Die Bauern arbeiteten schon auf den Feldern, dunkle Gestalten, die scheinbar im frühen Morgendunst schwebten. Der Fluß war spiegelglatt. Still flogen die Vögel zu den Kornfeldern. Plötzlich bewegte sich eine Schar Gänse schreiend und mit lautem Flügelschlag schwerfällig über den Himmel. Anchesenamun preßte die Lippen aufeinander. Die Gans war eines der bedeutendsten Symbole des Amun. Sie schienen absichtlich lange über ihrer kleinen Prozession zu fliegen.

Zum ersten Mal, seit sie von Zannanza gehört hatte, traten Tränen in ihre Augen. Sie versuchte verzweifelt, sie zurückzuhalten. Laß diese höhnenden Gänse sie nicht sehen. Laß die kreischenden Dämonen nicht die Botschaft zu Zais und Haremhab tragen, daß sie schließlich doch ihren Willen gebrochen, ihre Hoffnung zerstört und ihre Zukunft begraben hatten.

Wie sie Gänse haßte! Keinem Jäger war es erlaubt, diese besondere Art zu schießen, aber wenn sie in diesem Augenblick einen Bogen und einen Köcher mit Pfeilen gehabt hätte, wäre keine mehr übriggeblieben, die auf dem heiligen See des Amuntempels hätte landen können!

Her-ya Nefernefruaton, ägyptische Priesterin der Hathor in einem fremden Land, freute sich, als ihr ein treuer Diener eine Botschaft ihres hethitischen Liebhabers brachte. Es schien ihr sehr lange her zu sein, seit sie ihn zuletzt gesehen hatte, und sie hatte die Hoffnung, daß er zurückkam, schon fast begraben. Ihre Pflichten im Tempel hatten ihren Reiz verloren, und sie überlegte, ob die Zeit für sie gekommen war, Abschied zu nehmen und ihre Schwester, Königin Anchesenamun zu bitten, sie wieder am ägyptischen Hof aufzunehmen, als sie hörte, General Lupakkis erwarte sie am selben Ort zur gleichen Stunde der Nacht wie immer. Sie war so aufgeregt, daß sie kaum das Ende der Zeremonien abwarten konnte, aber endlich war sie frei. Sie eilte mit leichtem Schritt und singendem Herzen durch die Gassen. Alles war gut. Sicherlich.

Doch als sie ihm in dem einfachen aber behaglichen Raum, den sie immer für ihre Treffen benutzt hatten, gegenübertrat, erschreckte es sie zu sehen, wie bleich und zerrüttet er wirkte. Er hatte seit mehreren Nächten nicht geschlafen und war schnell gereist, nur von einem Gedanken getrieben, einem Gedanken, der in seinem Herzen schwärte.

Sie wollte durch den Raum eilen und sich in seine Arme werfen, ihr Gesicht leuchtete vor Freude ihn zu sehen, aber seine Miene war so grimmig und verbittert, er sah mit seinem Stoppelbart und den wilden Augen so aufgelöst und finster aus, daß sie zurückwich.

»Lupakkis! Was ist passiert? Was ist geschehen?« keuchte sie.

Seine Augen blitzten sie an.

»Du fragst *mich*, was geschehen ist?« knurrte er.

»Ja, das tue ich. Warum ... warum schaust du mich so an?«

»Oh, du spielst die Unschuldige so gut, Priesterin! Wieviele Männer hast du hintergangen? Wieviele Prinzen hast du in den Tod geschickt?«

»Wovon sprichst du?« Sie war jetzt auch blaß und ehrlich bestürzt. Die Unschuld in ihrem Blick, ihre betörende Schönheit schienen ihn eher noch mehr zu erzürnen.

»Du und deine verräterische Königin haben diese ganze Sache gut geplant! Hattet ihr gedacht, mein König würde seinen ältesten Sohn schicken? Hattet ihr geglaubt, ihr könntet das königliche Haus von Hatti vernichten?«

Er näherte sich ihr jetzt bedrohlich, und sie versuchte auszuweichen.

»Lupakkis ... «

Aber er hörte nicht. Er packte sie plötzlich an der Kehle und schüttelte sie. Nach Luft ringend, versuchte sie zu sprechen, aber er verstärkte nur seinen Griff.

»Du hast einen guten Mann getötet, einen königlichen Prinz. Du hast das Vertrauen gebrochen. Du hast mein Leben zerstört. Verräterin! Lügnerin! Mörderin! Warum sollte ich dir zuhören. Warum? Warum?«

Tränen strömten über seine staubigen Wangen, als er das Leben aus ihr herauspreßte. Er hatte sie geliebt, und nun waren sein Haß und sein Schmerz grenzenlos. Als sie schlaff wurde, ließ er sie fallen, stand über ihr, blickte auf sie hinab und murmelte Verwünschungen und Flüche.

Er war gekommen, Rache an ihr zu üben, bevor er zu seinem König zurückkehrte. Nun konnte er gehen, und wenn er seine Nachricht überbracht hatte, würde er sich selbst töten. Wie konnte er damit weiterleben?

Er ließ sie als zusammengekrümmten Haufen auf dem Boden liegen und eilte aus dem Haus.

Auf der Straße lösten sich zwei mißgestaltete Schatten von einer Wand und schlüpften in das Haus, das er gerade verlassen hatte. Sie gehörten Heh und Ipi, den beiden Zwergen Nezem-muts, die viel Zeit darauf verwandt hatten, die anderen Töchter Echnatons aufzuspüren. Die beiden Zwerge hofften, wieder in Nezem-muts Gunst zu stehen, wenn sie nur die Töchter fänden. Bis jetzt hatten sie nur eine ausfindig gemacht – Nefernefruaton – Priesterin der Hathor in Kepel. Sie waren es gewesen, die den zweiten Brief der Hethiter an Anchesenamun abgefangen und zu Haremhab gebracht hatten. Er hatte bereits ihre Rehabilitierung und eine Belohnung versprochen. Wenn sie Haremhab auch noch die Prinzessin liefern konnten, wäre ihr Ansehen und die Reichtümer, mit denen er sie überschütten würde, ohne Grenzen.

Sie hatten nicht damit gerechnet, daß der hethitische General am Leben geblieben war, und nachdem sie Nefernefruaton bis zu ihrer heimlichen Verabredung gefolgt waren, überraschte es sie, ihn das Haus verlassen zu sehen. Die Art, wie er aussah, gefiel ihnen nicht. Er stammelte und murmelte vor sich hin wie ein Verrückter.

Die Lampe in der Kammer brannte noch. Das Bett, das der Wiedervereinung der Liebenden hätte dienen sollen, war unberührt. Auf dem Boden lag der bleiche Leichnam von Echnatons Tochter. Sie waren entsetzt. All die Mühe, sie ausfindig zu machen – und jetzt das! Haremhab würde nicht erfreut sein.

Sie beugten sich über sie. Sie versicherten sich, daß sie tot war, und ohne ein weiteres Wort ergriffen sie die Flucht.

Lupakkis brach sofort, ohne zu schlafen oder zu essen, nach Hattusas auf. Er war noch nicht weit gekommen, da forderte der Zorn, der ihn seit Tagen angetrieben hatte, seinen Tribut. Er saß mit schmerzenden Gliedern ab, sank zu Boden und fiel in einen fast totenähnlichen Schlaf. Ein riesiger Mond ging auf, und die Sterne verblaßten neben ihm.

In der frühen Stunde vor der Morgendämmerung erwachte er mit einem Ruck. Er konnte sich nicht daran erinnern, wo er war. Er setzte sich auf, hellwach und mit pochendem Herzen, und blickte sich um. Sein Pferd neben ihm war ein unförmiger Schatten. Felsen und Gebüsch, schwärzer als die Dunkelheit, umringten ihn. Aber da war noch etwas. Etwas Seltsames – eine Stille. Er hörte weder das Geräusch eines Insekts, noch das Rascheln von kleinen herumhuschenden Nachttieren, und kein Windhauch bewegte die Blätter. Er schaute auf und begegnete dem Auge des Mondes. Er atmete schwer. Der Mond war keine glänzende Silberscheibe mehr, sondern eine riesige blutbefleckte Kugel, die am

Himmel hing. Die Sterne, Myriaden von Sternen, brannten in einem unnatürlichen, fahlen Licht.

Die Taten, die begangen worden waren, der Betrug, der Mord, waren den Göttern nicht verborgen geblieben. Die Vergeltung würde folgen, und sie würde schlimmer sein, als ein Mensch ersinnen kann.

Lupakkis bestieg sein Pferd und ritt nach Norden.

Als Suppiluliuma die Nachricht vom Tod seines Sohnes vernahm, raste er wie ein wütender Stier. Die Scham über seine Leichtgläubigkeit, die ihn in solch eine Lage gebracht hatte, ließ ihn toben und um sich schlagen. Er zerschmetterte den Pokal in seiner Hand, stieß den Tisch um und verfluchte sogar die Götter. Lupakkis wurde kurzerhand hinausgebracht, hingerichtet und kopfüber an den Zinnen der Stadt aufgehängt.

Dann berief er einen Kriegsrat ein. Dafür sollten die Ägypter zahlen. Es sollte ihnen noch leid tun, daß sie versucht hatten, ihn zu hintergehen. Das Blut Zannanzas würde in Abertausend hethitischen Adern fließen und die Bogenhände, die Schwertarme und die Augen der Speerwerfer stärken. Mehr Soldaten, als die Ägypter sich je vorgestellt hatten, würden sich in die Zwei Länder ergießen. Es stimmte, das Land Hatti war weit entfernt von Ägypten, doch Suppiluliuma konnte im Geiste dessen Verwundbarkeit vor sich sehen, sobald die schützenden Vasallenstaaten hinweggefegt wären. Er lag schon mit Syrien im Krieg, und dieses Land zeigte bereits Anzeichen der Zermürbung. Er würde die Verbündeten Ägyptens beiseitepusten wie ein Sturm den Sand. Und dann würde er marschieren und kämpfen, bis Ägypten ganz in seiner Hand wäre. Wenn ein hethitischer Prinz auf Ägyptens Thron als König säße, würden die verräterischen Hunde spüren, daß ein hethitischer König auf dem Thron sitzt. Er würde dieses hochmütige Volk versklaven. Er würde es demütigen und seinen Geist brechen. Sein Joch würde schwer und seine Peitsche lang sein.

Am ägyptischen Hof wurde die Ermordung des hethitischen Prinzen nicht erwähnt. Man tat, als sei nichts geschehen. Nur der Ausdruck selbstgefälliger Zuversicht in Haremhabs Miene, während er Anchesenamuns und Ejes Hochzeit und Krönung vorbereitete, bestätigte den Verdacht der Königin. Sie war zu kraftlos, dem unerbittlichen Gang der Ereignisse Widerstand zu leisten. Ra-hotep und Ra-mes waren verschollen, und sie befürchtete, ihnen war das gleiche Schicksal zuteil geworden wie den anderen, die an ihrem verzweifelten Ringen um die Macht teilgenommen hatten. Keiner von ihnen erschien zu ihrer Hochzeit. Von keinem konnte eine Spur ausfindig gemacht werden. Selbst ihre Namen waren aus den Tempelaufzeichnungen verschwunden. Die Priester des vereinten Gottes Amun-Ra schienen schon immer Ra-mes Stellungen zu bekleiden, so als hätte er nie existiert.

Anchesenamun und Eje wurden in zwei getrennten, prächtigen Prozessionen zum Tempel des Amun-Ra in Ipet-Esut geführt. Die Menschen bevölkerten die Fußwege und Straßen, immer bestrebt einen Blick auf den Reichtum und die Macht zu erhaschen – und niemals des Glanzes ihrer Herrscher müde.

Das war Anchesenamuns dritte Vermählung. Bei der ersten war sie noch sehr jung gewesen. Sie hatte auf das Gedränge der aufgeregten und bewundernden Menschen gestarrt und war von der überwältigenden, leidenschaftlichen Liebe erschreckt und verängstigt gewesen, die sie ihr entgegenbrachten. Ihre Gesichter, während sie schoben, kämpften und zerrten, um einem flüchtigen Blick auf sie zu werfen, waren ihr fast wahnsinnig vorgekommen. Was hofften sie zu erlangen, wenn sie sie erblickten? Glaubten sie, sie könnten sie mit ihren Augen verschlingen und in ihre Körper aufnehmen? Die Nacht ihrer ersten Hochzeit hatte sie ruhelos mit bösen Träumen verbracht. Sie hatte sich von der Menge mit dem Rücken an die riesige Wand des Tempels gedrückt gefühlt – mit offenen Mündern und glotzenden Augen streckten sie ihre Hände aus, um Stücke von ihr an sich zu reißen ... Als sie schreiend erwacht war, hatte ihr Vater-Gemahl sie gütig getröstet und bis zum Morgengrauen leise mit ihr gesprochen, damit sie nicht noch einmal davon träumen müßte.

Mit den Jahren hatte sie gelernt, ihrer Angst vor dem Volk zu bezwingen, obgleich sie nie Gefallen an dieser Zudringlichkeit fand. Ihre zweite Heirat und Krönung war glücklicher. Sie mochte ihren Halbbruder Tutenchamun und fühlte angesichts seiner Unerfahrenheit, daß sie die Lage beherrschte. Sie war daran gewöhnt – er nicht.

Aber diesmal war es anders. Sie hatte die Sache nicht mehr in der Hand.

Sie schaute in die Gesichter ihres Volkes und wollte ihnen zurufen, sie wäre eine Gefangene – die niedrigste von ihnen wäre glücklicher als sie. Sie erblickte eine junge Frau in der Menge, ungefähr in ihrem Alter, starrte sie an und versuchte irgendwie, die Seele – und die Bestimmung – mit ihr zu tauschen. Wenn sie diese junge Frau wäre, und diese junge Frau wäre sie ... Sie hatte davon gehört, daß die Geister der Toten die Körper der Lebenden übernehmen können ... Sie hatte sogar von einem lebenden Magier gehört, der den Körper eines anderen lebenden Mannes übernahm. In diesem Augenblick wollte sie mehr als alles in der Welt nicht mehr Anchesenamun, Königin von Ägypten, sein. Aber der Austausch fand nicht statt. Die junge Frau sah erfreut und überrascht aus, daß die große Königin ihren Blick auf sie gerichtet hatte, und für einen Augenblick wünschte sie, sie könnte die Plackerei ihres Lebens hinter sich lassen und in Würde auf diesem goldenen Sessel sitzen …

Doch die Prozession zog vorüber, und beide blieben, wo sie waren. Die junge Frau hob ein Kind auf ihre Hüfte, um ihm einen besseren Blick auf das prächtige Bild zu gewähren. Es war zu jung, es richtig zu würdigen, aber eines Tages würde es sich daran erinnern, daß es den König und die Königin der Zwei Länder auf ihrem Weg zu ihrer Hochzeit und Krönung gesehen hatte.

Genau vor den Toren des großen Tempels gewahrte Anchesenamun die beiden Zwerge Heh und Ipi neben Nezem-mut und Haremhab. Sie war erstaunt. Nach allem, was die beiden getan hatten, hatte man sie doch nicht wieder in Gnaden aufgenommen? Was hatten sie jetzt getan, was von so großem Wert sein könnte, daß …?

Plötzlich durchfuhr sie ein Gedanke, und ihr Herz verdunkelte sich vor Zorn. Sie war sicher, niemand, dem sie vertraut hatte, hatte sie betrogen. Jemand hatte den Brief abgefangen. Wer sonst, wenn nicht diese beiden tückischen und herzlosen Zwerge? Sie waren prächtig wie Prinzen gekleidet, und wie solche schritten sie unverschämt inmitten der Prozession.

Sie hörte kaum die Worte, die über ihr gesprochen wurden, spürte kaum das Wasser und das Öl. Die Rituale dieses Tages waren leer und tot. Wie eine grinsende Maske über einem Leichnam, der unter Schmerzen gestorben war, verbarg die alte Zeremonie eine häßliche und abscheuliche Wahrheit. Sie schaute in Zais Augen, als er Muts heilige Geierkrone auf ihr Haupt setzte, die edelsteinbesetzten Ketten um ihren Hals legte und die goldenen Siegelringe an ihre Finger steckte. Wie überdrüssig sie dieser Zeremonien und Rituale war. Wie müde sie dieser Anmaßungen und Täuschungen war. Konnten all die Reichtümer und Edelsteine in Tutenchamuns Grab eine Liebesnacht mit ihm aufwiegen? Konnte die Last der Kostbarkeiten auf ihrem Haupt und ihren Schultern ihrem Herzen ein Lächeln, einen lichten Augenblick schenken?

Nein. Ihre Bestimmung war die Dunkelheit, und als sie in die eiskalten Augen Zais blickte, erkannte sie, es würde nicht mehr lange dauern. Er wußte, was sie versucht hatte. Er wußte es – und würde ihr nie verzeihen.

Sie schloß die Augen und erinnerte sich an den hethitischen Jungen, der sie vor so vielen Jahren besucht hatte. Sie hatte ihm kein Leid zufügen wollen. Sie hatte ihn groß machen, ihn an ihrer Seite haben wollen, wenn sie die ganze Macht in den Zwei Ländern übernahm. Sie hatte sich vorgestellt, mit ihm zusammen eine neue, bessere Weise des Regierens einzuführen.

Jetzt war alles verloren. Ihr Vater war nicht der einzige, dessen großer Traum zunichte gemacht worden war.

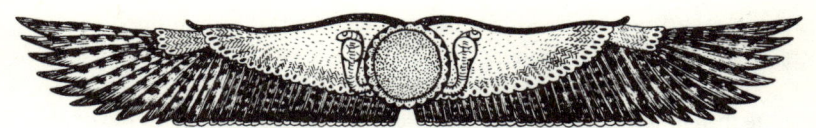

Das Glas Wein

Nezem-mut machte Heh und Ipi deutlich, daß sie keine der anderen Töchter Echnatons ausfindig machen sollten, oder wenn sie eine fänden, dann sollten sie es ihr mitteilen und nicht Haremhab. Wie ihr inzwischen klar geworden war, verdankte sie ihre Heirat mit dem General nur der Tatsache, daß sie einer Prinzessin königlicher Abstammung am nächsten kam. Sie hatte ihre Nichten gern gehabt und wollte ihnen nicht schaden, aber ihre Rückkehr wünschte sie nicht.

Es entsetzte sie zu hören, was Nefernefruaton zugestoßen war, und sie gab Anchesenamun die Schuld, sie in diese gefährliche Lage gebracht zu haben. Sie konnte nicht verstehen, was die Königin sich dabei gedacht hatte, ein so verräterisches Spiel zu spielen, und wollte nichts mit ihr zu tun haben. Sie verstand nicht, warum Haremhab, Eje und Zais sie gewähren ließen, als wäre nichts geschehen.

»Vertraue mir«, sagte Haremhab. »Zu diesem Zeitpunkt ist es besser für das Land, wenn niemand etwas darüber weiß. Keine Bange, die Zeit wird kommen, zu der sie für das bezahlen muß, was sie getan hat.«

Anchesenamun führte ein immer einsameres Leben. Merit-mut, ihre vertraute Dienerin, wußte kaum etwas über die Ereignisse, die geschehen waren, und rätselte, warum die Königin von allen gemieden wurde. Selbst Eje, ihr offizieller Gemahl, sah sehr wenig von ihr. Das Leben im Land verlief ohne sie; Haremhab, Eje und Zais trafen alle Entscheidungen.

Als Merit-mut eines Tages wagte, ihre Besorgnis zu äußern, lachte Anchesenamun laut auf; ein kurzes, bitteres Lachen.

»Sorge dich nicht, Merit-mut«, sagte sie. »Ich ziehe es vor, allein zu sein. Wenn sie alle in einem Sandsturm begraben würden, ich weinte ihnen keine Träne nach.«

Aber die Tage waren lang und einsam. Anchesenamun langweilte sich und lebte die meiste Zeit in ihren Erinnerungen.

Eines Tages rief sie Merit-mut zu sich und sagte ihr, ihre beiden jüngeren Schwestern wären noch am Leben und sie sehnte sich danach, sie zu sehen. Sie wollte Merit-mut erzählen, wo sie sich aufhielten und sie losschicken, sie zu holen.

»Wenn sie nicht zu mir kommen wollen, zwinge sie nicht. Aber sage ihnen, ich liebe sie und möchte sie noch einmal sehen, bevor ich sterbe.«

»Warum sprichst du vom Tod?« rief Merit-mut. »Majestät, du bist eine junge Frau!«

Anchesenamun schüttelte den Kopf. »Ich war nie eine junge Frau, Merit-mut«, sagte sie. »Ich wurde schon alt geboren.« Sie sah so müde und traurig aus, so bleich und krank, daß Merit-mut nicht wußte, was sie sagen sollte. Ihre Augen blickten wie die Augen eines Menschen, der alles in der Welt gesehen hatte, was es zu sehen gab, und kein Verlangen mehr weiterzuleben.

»Ich werde sie zu dir bringen, Majestät«, gelobte Merit-mut.

»Niemand darf es erfahren.«

»Es wird niemand erfahren, Majestät.«

Anchesenamun nahm sie in die Arme und küßte sie.

»Du bist eine wahre Freundin, Merit-mut. Ich vertraue dir.«

»Ich werde mich deines Vertrauens würdig erweisen, Majestät«, sagte sie ruhig.

»Ich weiß.«

Aber Anchesenamun sah ihre Schwestern nie.

Als Merit-mut in das Delta kam, wo die zwei jungen Prinzessinnen all die Jahre versteckt gelebt hatten, fand sie dort keine von beiden. Die älteste, Neferneferure, war zu Beginn des Jahres an einer zehrenden Krankheit gestorben, und die jüngere, Setepenre, hatte die Familie, die sie aufgezogen hatte, wenige Tage vor Merit-muts Ankunft verlassen.

»Zwei Zwerge, die das Siegel des Königs trugen, sagten uns, sie seien geschickt worden, Setepenre zurück an den Hof zu holen«, teilte man ihr mit.

Sie wußte ein wenig über die Verfehlungen dieser beiden Zwerge und ärgerte sich, daß die Familie ihren kostbaren Schützling hatte gehen lassen, obgleich der Beweis, daß die Botschaft tatsächlich vom König oder der Königin kam, so gering war. Merit-mut eilte nach Waset zurück so schnell sie ein Boot nur tragen konnte.

Aber am Hof entdeckte sie weder von der Prinzessin noch von den Zwergen das geringste Anzeichen. Niemand hatte sie gesehen. Niemand wußte etwas über sie.

Sie wollte Anchesenamun sehen, doch niemand schien zu wissen, wohin die Königin gegangen war.

»Sie ging zur Mittagsstunde fort«, berichtete eine der königlichen Dienerinnen. »Der König suchte sie auf, und sie gingen allein weg. Sie bat keine von uns, sie zu begleiten. Warum? Stimmt etwas nicht?«

Merit-mut schüttelte den Kopf. Sie spürte es in ihren Knochen, daß etwas nicht stimmte, aber sie konnte nicht sagen, was es war.

Eje hatte an diesem Tag die Gemächer Anchesenamuns betreten, um sie zu einem Treffen mit Haremhab und Zais zu holen. Bis zu diesem Zeitpunkt hatte er die ganze Geschichte ihrer versuchten Übergabe der Herrschaft über Ägypten an einen Feind nicht gekannt. Er hatte geglaubt, sie sei in Ungnade gefallen, weil sie den Kult des Ra neben dem Kult des Amun zu stärken versuchte, indem sie ihn unterstützte und sogar einige von den geächteten Aton-Ritualen ihres Vaters wieder einzuführen versuchte. Eje hatte sich keine Zeit genommen, irgendetwas mit ihr zu besprechen, denn er war so sehr mit den vielen Fragen von staatlicher Bedeutung beschäftigt gewesen, die als Folge der langen Trauerzeit entstanden waren. Er hatte nicht bemerkt, wie zurückgezogen sie lebte, und hatte angenommen, sie habe ihn verständlicherweise nicht heiraten wollen, sondern ihr Herz an einen jungen Mann verloren. Haremhabs Kälte ihr gegenüber bezog er auf ihre Fehde, die Ra und Amun betraf.

Die Tage waren angefüllt und geschäftig verronnen. Er wußte, man erwartete von ihm, einen Erben mit der Königin zu zeugen, aber jeden Abend war er so müde und sie so wenig einladend, daß er die Zeit verstreichen ließ. »Eines Tages«, sagte er zu sich selbst. »Nicht jetzt. Es ist zu früh. Sie hat sich noch nicht von Tutenchamuns Tod erholt.«

Er ging neben ihr und wußte nicht, was er sagen sollte. Er war erschrocken und verwundert über ihren Versuch, einen Hethiter auf den Thron zu bringen, wie Haremhab ihm berichtet hatte. Es schmerzte ihn persönlich, daß sie so weit gegangen war, um einer Heirat mit ihm aus dem Wege zu gehen, und er war böse, daß sie die Zukunft der Zwei Länder auf diese Weise aufs Spiel gesetzt hatte. Er war ärgerlich, daß sie ihre Vorfahren hatte hintergehen wollen, die so hart daran gearbeitet und soviel Blut dafür vergossen hatten, Ägypten den Ägyptern zu erhalten.

Sie erkannte die Veränderung in ihm. Seit ihrer Heirat hatte sie ihn entweder unter den förmlichen Umständen staatlicher Zeremonien gesehen, oder nachts, wenn er gelegentlich in ihr Gemach kam, ein paar Worte sprach und sich dann traurig zurückzog. Er hatte sie immer höflich behandelt.

Diesmal war seine Aufforderung, sie solle ihn begleiten, fast befehlend, und seine Miene war ernst.

»Ist es jetzt soweit?« fragte sie sich. »Muß ich jetzt bezahlen?«

Sie ließ ihn warten, während sie sich ankleidete. Sie entschied sich mehrere Male anders und wählte unwillkürlich Gewänder, die ihre Schönheit besonders zur Geltung brachten. Sie band ihr Lieblingsarmband um, das Tutenchamun ihr geschenkt hatte. Auf ihre Finger zwang sie die Ringe, die ihr jetzt fast zu eng waren, die aber all die Jahre ihre Lieblingsringe gewesen waren, ein jeder stand für ein besonderes Ereignis. Sie schaute lange in den Spiegel, um sich zu vergewissern, daß ihr Gesicht eine vollkommene und vortreffliche Maske war. Was immer auch geschehen würde, die Befriedigung, ihre Gefühle zu lesen, wollte sie Haremhab nicht verschaffen.

Eje schritt ruhelos im Vorzimmer auf und ab. Er hatte keine Ahnung, was Haremhab vorhatte, aber nun, da er wußte, was sie getan hatte, verstand er, daß etwas unternommen werden mußte. Das wahrscheinlichste Urteil war Verbannung. Er würde ihr sagen: »Du liebst Fremde so sehr. Geh und lebe bei ihnen!« Haremhab hatte erklärt, warum er nicht schon eher gehandelt hatte. »Es war für das Land«, sagte er. »Das Land soll nicht noch mehr unter der Unsicherheit leiden. Das Land braucht nicht zu wissen, daß seine göttliche Königin eine Verräterin ist, die es ohne Bedauern zugrunde gerichtet hätte. In letzter Zeit saßen zu viele Verbrecher und Ketzer auf dem Thron. Niemand darf erfahren, was sie getan hat. Auf der anderen Seite – mußt du erkennen, daß man ihr als Königin nicht mehr trauen kann.«

Eje dachte an das Kind zurück, das sie gewesen war. Seine anderen Enkel hatten oft auf seinem Schoß gesessen und den Geschichten gelauscht, die er ihnen erzählt hatte. Anchesenamun saß immer allein und hörte aufmerksam zu, aber nie plapperte, unterbrach und fragte sie, wie die anderen. Er konnte jetzt noch ihre Augen vor sich sehen, wenn sie über etwas nachdachte, was jemand gesagt hatte. Sie nahm es in sich auf. Ließ nichts heraus. Er hatte noch nie lesen können, was sie dachte.

Warum hatte sie das getan? Er wollte im Zweifelsfalle die Entschuldigung gelten lassen, daß sie wahrscheinlich glaubte, den beiden großen Reichen den Frieden zu bringen. Schließlich wurden doch auch Prinzessinnen nach Ägypten gebracht und mit dem König verheiratet, um die Beziehungen zwischen ihren Ländern zu sichern. Warum nicht auch Prinzen? Aber Eje wußte, so einfältig war sie nicht. Was für Gründe sie auch immer gehabt haben mochte, so einfach waren sie nicht.

Endlich war sie fertig.

Sie war wie eine Königin gekleidet. Feiner, fast durchsichtiger weißer Stoff floß bis zu ihren Füßen und betonte ihre verführerischen Rundungen von Brust und Bauch. Edelsteine blitzten an Hals und

Handgelenken. Goldene Schlangen wanden sich um ihre Oberarme und ein Blumenkranz aus Edelsteinen krönte ihr Haupt.

»Sie ist wunderschön«, dachte er. »Wenn nur … wenn nur … «

Er schritt neben ihr durch Gänge und Innenhöfe. Haremhab und Zais erwarteten sie in der Gartenlaube, in der die Blumen für Tutenchamuns Begräbnis vorbereitet worden waren.

»Warum gerade dort?« dachte sie, als sie erkannte, wohin sie gingen. Ihr liebster, kostbarster Ort, wo sie viele glückliche Stunden verbracht hatte. Wie konnten sie es wagen, auch nur ihren Fuß dort hinein zu setzten, oder diesen Ort gar für diese Begegnung zu wählen.

Als sie ihr Gemach verlassen hatte, hatte sie sich damit abgefunden, beinahe alles zu akzeptieren. Sie war des Kämpfens überdrüssig. Sie hatte dieses Halbleben als Königin satt. Aber als sie die beiden, die sie so sehr haßte, an ihrem besonderen, persönlichen Ort stehen sah, geriet sie in Zorn. Sie preßte die Lippen aufeinander und straffte die Schultern. Sie war noch nicht fertig! Sollen sie das nur nicht glauben.

Die Laube war mit Wein und Ranken bewachsen, durch die das Sonnenlicht flimmerte. In der Hitze des Tages konnte man dort kühl im Schatten sitzen. In der Mitte stand ein kleiner Tisch und darum herum ein paar Stühle. Anchesenamun war bekannt dafür, von Zeit zu Zeit dort zwanglos Gäste zu empfangen, meistens Menschen, mit denen sie sich entspannt fühlen konnte. Sie hatte dort mit Ra-hotep gesprochen, wenn sie nicht belauscht werden wollte, denn die Laube lag in einem abgelegenen Teil des Gartens und man konnte sich ihr nicht nähern ohne gesehen zu werden. War das der Grund, warum Haremhab und Zais sich dort mit ihr treffen wollten?

Wie schön die Blüten an jenem Tag aussahen, die zahlreich zwischen den grünen Blättern schimmerten. Die Teiche waren voller Lotoslilien, die in dem dunklen, kalten Schlamm wurzelten und ihre ungemein feinen Blütengesichter in die heiße, strahlende Sonne emporrecken. Anchesenamun sann über das seltsame Leben, das überall zu gedeihen und zu blühen schien, und dennoch lauerte überall der Tod. Die Ameisen gingen ihrer Arbeit nach, Bienen sammelten Pollen, ein Vogel sang und jubilierte auf dem höchsten Zweig eines Sykomorenfeigenbaumes; sie alle hatten so ein kurzes Leben und dachten doch niemals an den Tod. Die Menschheit bezahlte teuer für das entwickelte Bewußtsein, dessen sie sich erfreute. Jeder Schritt erschien ihr mühsamer als der vorhergehende, nicht weil irgend etwas geschah, sondern weil sie sich vorstellen konnte, was noch nicht geschehen war.

Sie überlegte, ob es Götter gab. Sie grübelte, ob alle Sträucher und Büsche ein heiliges Wesen, einen mächtigen Geist in sich bargen. Sie verengte ihre Augen und starrte in den Glanz der Sonne, die von dem schimmernden Wasser des Zierteiches gespiegelt wurde, und versuchte, durch den Dunst der irdischen Wirklichkeit in die göttliche Welt zu schauen, jene Welt, die denen, die noch im Fleische wohnten, unsichtbar war, die Welt, die fortbestand, wenn all das Schöne um sie her zu Staub zerfiel.

»Was ist die Wahrheit?« flüsterte sie. Sie vermutete, die alten Schriften, die über die anderen Reiche sprachen, gaben so viel und so wenig von der Wahrheit preis wie das Licht der Sonne, das sie jetzt auf dem Wasser spiegeln sah und dessen klarer Widerschein von einer Libelle gestört wurde, als sie die Oberfläche berührte.

Haremhab und Zais standen auf den Stufen der Laube und beobachteten, wie sie näher kam. Sie schien sich nicht zu fürchten. Haremhab, der sie ihr ganzes Leben gekannt hatte, fühlte einen Stich des Bedauerns über das, was nun geschehen sollte. Zais nicht. Sie war eine Feindin. Er kannte sie nicht anders.

Anchesenamun hielt inne, als sie die beiden erblickte, und für einen Augenblick sah es so aus, als wolle sie umkehren und weglaufen.

Eje nahm ihren Arm und geleitete sie vorwärts.

Haremhab grüßte sie kalt mit unnachgiebiger Miene. Zais lächelte – schadenfroh.

Sie bemerkte eine Flasche Wein auf dem Tisch und einen blauen, tönernen Pokal in der Form einer Lotosblüte. Zum ersten Mal empfand sie Angst. Die Einladung, der Weg, die Blumen, der Vogel, bis dahin war alles Teil eines ausgeklügelten Dramas gewesen, ein geformtes Muster, das ihr Leben eher zu überlagern schien als daran teilzuhaben. Nun schaute sie zu dem einzelnen Pokal und wußte, was er bedeutete. Die Essenz ihres Lebens lag in dieser goldenen Flüssigkeit – die Jahre in der goldenen Stadt – die Jahre mit Tutenchamun – das lange Warten auf den hethitischen Prinzen. Wenn sie diese Flüssigkeit dort getrunken hatte, würde es kein Gestern, kein Heute, kein Morgen mehr geben.

Was sagte Haremhab? Er sprach über Verräter und Betrug, darüber, die Vorfahren zu hintergehen, über Unverantwortlichkeit und Schande. Über wen sprach er? Sie hörte nur mit halber Aufmerksamkeit zu. Mit der anderen Hälfte betrachtete sie das Sonnenlicht im Garten, die kurzen Schatten des Mittags, die süßen und gewaltigen Bilder des Lebens.

Zais goß Wein in den Pokal, darauf bedacht, keinen Tropfen zu verschütten. Sie sah, wie er ihn emporhob und ihr reichte. Sie begegnete seinen Augen.

»Nein!« schrie Eje plötzlich. »Das ist nicht der richtige Weg.« Er hatte sich im Hintergrund gehalten, während gesprochen wurde und sah immer aufgebrachter und beunruhigter aus.

»Das ist der einzige Weg«, sagte Haremhab heftig. Es war kein Vergnügen für ihn.

»Wir haben über Verbannung gesprochen!«

»Mit Verbannung können wir ein krankes Zeitalter nicht abschließen. Das ist der einzige Weg, einen neuen und reinen Anfang zu gewährleisten.«

»Etwas Neues und Reines fängt nicht mit einem Mord an!«

»Das ist kein Mord.«

Zais trat näher an sie heran. Seine Augen starrten in ihre, mächtig, beschwörend.

Sie spürte hinter sich Eje voll Schmerz und Bedauern still um ihre Verzeihung bittend. Sie erkannte jetzt, in seinem Alter war er nicht mehr stark genug, dem Willen Haremhabs Widerstand zu leisten. Sie wollte schreien und fluchen, Möbel auf sie werfen, sie vor ihrem Zorn davonkriechen sehen. Aber sie sah sich selbst ihre Hand heben und die Schale von Zais nehmen, als würde sie sich langsam unter Wasser bewegen.

Eine Weile hielt sie schweigend die Schale, und die ganze Welt schien stillzustehen. Es herrschte vollkommene Stille. Sie stand in der Mitte eines Dreiecks, das die drei Männer bildeten. Sie hielt eine Schale, die ihren Tod beinhaltete.

Sie sah sich die Schale an ihre Lippen heben. Sie sah sich trinken.

Mit einem Mal war alles wieder laut und bewegt. Nachdem sie getrunken hatte, warf sie die Schale mit ungewöhnlicher Kraft zu Boden. Sie sah die Männer zu ihr eilen. Sie sah die ganze Laube um sich herumwirbeln. Sie sah die Blumen des Gartens um sich herumsausen, als risse ein enormer Wind sie aus und schleudere sie empor.

Und dann sah sie nichts mehr.

Als Merit-mut von Anchesenamuns Tod hörte, war sie entsetzt und erschrocken. Sie glaubte nicht, daß ihre geliebte Herrin an einer Krankheit gestorben war. Andere mochten davon sprechen, wie Anchesenamun sich vom Hofleben zurückgezogen und fast wie eine Einsiedlerin gelebt hatte, weil sie die Menschen nicht wissen lassen wollte, daß sie krank war – aber Merit-mut wußte, das stimmte nicht. Eine junge Frau bei voller Gesundheit war plötzlich gestorben. Die anderen Dienerinnen bestätigten ihren Verdacht. Anchesenamun war zuletzt gesehen worden, als sie ihre Gemächer mit Eje verlassen hatte, und sie war bei annehmbarer Gesundheit gewesen. Sie war blaß und eingefallen wie immer seit Tutenchamuns Tod, aber es schien nicht schlimmer als zuvor.

Merit-mut als oberste der Frauen der Königin richtete die persönliche Habe Anchesenamuns, die mit ihr im Grab liegen sollte. Sie weinte, als sie die Sachen in die Hand nahm, den Silberspiegel mit dem Griff, auf dem ein schlankes, schwimmendes Mädchen abgebildet war; die schön geschnitzte Kiste aus Sandelholz in Form einer Ente, die ihre Schminke enthielt; die kostbaren verkorkten Krüge mit Düften und Ölen; das feine Tuch ihrer Kleider und ihr schimmernder Schmuck …

Merit-mut war ein Kind von zwölf Jahren gewesen, als Anchesenamun geboren worden war, und sie war ihr ganzes Leben lang eng mit ihr verbunden gewesen. Sie hatte sie in guten und in schlechten Zeiten gesehen. Sie hatte sie für ihre Hochzeiten, Krönungen und die Beerdigungen ihrer Liebsten geschmückt. Sie schrie und widersetzte sich, als die Priester des Anubis ihren Leichnam für die letzten Vorbereitungen holten und ihr nicht mehr gestattet war, ihr zu dienen.

Nachdem die Beerdigungsangelegenheiten vorüber waren und der schöne Sarg der Königin zur Ruhe gelegt war, befand sich Merit-mut eine Zeit lang in einer verzwickten Lage. Sie wußte, eine der Töchter Echnatons war noch am Leben, und es war Anchesenamuns letzter Wunsch gewesen, daß ihre Schwester an den Hof zurückkehrte. Sie wollte es Haremhab sagen, denn wenn jemand sie finden und zurückbringen konnte, dann er, aber – wenn sie zurückkäme – würde sie nicht das gleiche Schicksal erleiden wie Anchesenamun? Oder würde sie Königin werden und Nezem-mut als große königliche Gemahlin verdrängen und ein langes, glückliches Leben inmitten der Pracht verbringen, die ihr all die Jahre versagt worden war? Merit-mut gab Haremhab und Zais die Schuld an Anchesenamuns Tod, am meisten aber Zais, denn sie glaubte, er fürchtete den Verlust von Macht und Vorrechten an die Priester des Ra und dieses habe ihn bewegt, Haremhab von Anchesenamuns Gefährlichkeit zu überzeugen. Sie hatte Haremhab noch nie gemocht, doch bewunderte sie ihn und hielt ihn für einen ehrbaren, wenn auch harten Mann. Er würde der nächste Pharao. Daran bestand kein Zweifel.

Als sie die beiden Zwerge Heh und Ipi laut lachend aus Nezem-muts Gemächern kommen sah, entschied sie, daß wegen Setepenre etwas unternommen werden müßte. Anchesenamun hatte die beiden Zwerge gehaßt, und irgendwie waren sie ihr in die Quere gekommen und hatten die Fehlgeburt ihres Kindes verursacht. Merit-mut war in viele Geheimnisse ihrer Herrin nicht eingeweiht gewesen, hatte aber genug mitbekommen, um sich ein eigenes Bild zu machen. Sie wußte sicher, wer ihr wahrscheinlich helfen oder schaden würde. Heh und Ipi hatten durch eine böse List mit der jungen Prinzessin zu tun. Dessen war sie gewiß. Sie wußte, Setepenre hatte die Sicherheit ihrer früheren Heimat in Begleitung von Heh und Ipi verlassen, und jetzt waren die beiden hier am Hof – und von der Prinzessin gab es keine Spur, und kein Wort war über sie zu hören.

Merit-mut entschied, von den gegebenen Möglichkeiten war Haremhab die Beste. Sie berichtete ihm, wie sie geschickt worden war, die Prinzessinnen aufzuspüren, und was sie gefunden hatte. Sie zögerte nicht, böse Dinge über Nezem-muts Zwerge zu sagen.

Haremhab bedankte sich und belohnte sie sofort für ihre Information und schlug vor, wenn Setepenre erst Königin wäre, könnte sie, Merit-mut, ihr dienen wie sie einst Anchesenamun gedient hatte. Er legte ihr ans Herz, niemandem etwas davon zu erzählen, aus Furcht, Böses könnte der Prinzessin zugefügt werden, bevor sie unter seinem Schutz stünde.

»Ich bin sicher, du hast nicht so lange in der Nähe der königlichen Familie gelebt, ohne etwas von den gefährlichen Machenschaften, die hier geschehen, verstanden zu haben«, sagte er. Sie wußte, Anchesenamun hatte ihn als Mann nicht gemocht, aber ihn als Verwalter und General geachtet. Er sprach jetzt mit so ruhiger Zuversicht zu ihr, sein Gesicht so klar, offen und teilnahmsvoll, daß sie das Gefühl hatte, sie könne ihm vertrauen und er würde das Beste für Setepenre tun. Langsam glaubte sie sogar, er habe nichts mit Anchesenamuns Tod zu tun.

Die Prinzessin

Natürlich war bekanntgegeben worden, die Königin sei eines natürlichen Todes gestorben, und das Land trauerte um sie, aber nicht so lange wie um Tutenchamun. Es hatte schon genug Unterbrechungen des gewohnten, alltäglichen Lebens gegeben.

Es gab Mutmaßungen darüber, wer wohl die nächste Königin, Ejes große königliche Gemahlin, würde. Tei, die zwar schon seine Frau war, bevor Echnaton auf den Thron gekommen war, paßte gewiß nicht.

Denen, die dem Machtzentrum Khemets nahestanden, wurde immer klarer, daß Haremhab endlich seinen letzten Zug vorbereitete.

Eje war seit Königin Anchesenamuns Tod beunruhigend gealtert. Er war zerstreut, und man konnte ihm keine Entscheidung mehr überlassen. Während dreier Regierungen war er wie ein Fels gewesen, an den sich viele angelehnt hatten. Nun brauchte er selbst eine Stütze.

Mehr als je zuvor hielt Haremhab die Regierung der zwei Länder in seinen Händen. Er hatte die Dinge all die Jahre über so sorgsam gehandhabt, daß jetzt von allen Seiten ein wachsendes und lautes Verlangen entstand, er solle der nächste Pharao werden. Er gab vor, sich zu sträuben, doch er ließ sich überreden. Der Satz: »für das Wohl des Landes«, einer seiner Lieblingssätze, war in dieser Zeit oft zu hören.

Bald wandte Eje sein Gesicht zur Wand und starb. In seinen letzten Stunden erkannte er zum ersten Mal mit ganzer Klarheit die Rolle, die Haremhab im Leben und Sterben Echnatons, Tutenchamuns und Anchesenamuns gespielt hatte. Es hatte Zeiten gegeben, in denen er den General verdächtigt hatte, aber die große Geschicklichkeit, mit der Haremhab seine Spuren verwischt hatte, die bewunderungswürdige Weise, wie er das Land durch jede Krise gelenkt, es gestärkt, beherrscht und zurück zur Ordnung geführt hatte, all das hatte Eje abgehalten, ihn zu verhören. Es war leichter, die Dinge ruhen zu lassen, als alles wieder aufzurühren. Eje bezweifelte nicht, daß Haremhab einen guten Herrscher abgäbe, und auf dem Sterbelager stimmte er den anderen zu. Was auch immer er getan hatte, es gab keinen anderen, der Pharao hätte werden können. Die Wahl entsprach der Lage der Dinge.

Ein drittes königliches Begräbnis folgte, doch dieses Mal war es nur eine Formsache. Es berührte das Land kaum. Eje war alt und sein Tod vorhersehbar gewesen. Obgleich er in seinem langen Leben viel erreicht hatte, war das meiste davon unbemerkt und unbesungen geschehen. Für das gewöhnliche Volk war er immer eine im Schatten stehende Gestalt im Hintergrund gewesen und nicht aus dem Stoff, aus dem Legenden sind. Im ganzen Land schwirrten Gerüchte, daß Haremhab Pharao werden sollte. Die Tatsache, daß er mit Nezem-mut Mutnodjemne verheiratet war, festigte seine Stellung.

An jenem bedeutsamen Abend bereitete sich Nezem-mut sehr sorgfältig auf die Nacht vor, die Nacht vor der Krönung ihres Gemahls zum Pharao der Zwei Länder und vor ihrer Erhebung in den Rang der großen königlichen Gemahlin und Königin. Ihre Dienerinnen rieben ihren Körper stundenlang mit süßen Ölen ein, massierten ihre erschlafften Muskeln und bereiteten sie auf eine vollkommene Entspannung vor. Es würde ein langer, schwerer Tag werden, und sie wollte sich von ihrer besten Seite zeigen.

Die Heirat mit Haremhab hatte sich nicht als das erwiesen, was sie sich davon versprochen hatte. Er war freundlich, rücksichtsvoll und höflich, doch nie leidenschaftlich. Sie konnte nicht übersehen, daß er sie wahrscheinlich einzig und allein wegen ihrer verwandtschaftlichen Beziehungen geheiratet hatte und überhaupt keine Gefühle für sie hegte. Sie war besessen von dem Gedanken, sich selbst noch schöner zu machen als sie war, sie fastete und machte Leibesübungen, um schlanker zu werden, bedeckte ihre Haut mit Salben und manchmal auch Lehm, um sie zarter zu machen, und sie suchte Wahrsager und Zauberer auf, um herauszufinden, ob er sie lieben und ob sie trotz ihres Alters noch Kinder haben würde.

Als Heh und Ipi ihr die Nachricht überbracht hatten, sie hätten Setepenre gefunden und sie sei die letzte noch lebende Prinzessin, weinte sie zunächst in ehrlichem Kummer. Sie erinnerte sich an die Freude, die sie an ihren Nichten gehabt hatte, als sie noch klein gewesen waren, doch dann schauderte ihr bei dem Gedanken, was Haremhab täte, wenn er wüßte, daß noch eine Prinzessin mit reinem königlichen Blut in den Adern am Leben wäre. Sie lag eine ganze Nacht lang wach, warf sich hin und her und überlegte, wie sie ihre unsichere Stellung behaupten konnte.

Am Morgen rief sie die beiden Zwerge in ihre Kammer und wies sie an, Setepenre weder an den Hof zu bringen, noch jemandem zu erzählen, daß sie gefunden worden war. Sie sagte ihnen, wohin sie das Mädchen bringen sollten, und gab ihnen Briefe mit, einen für den treuen Freund, der das Mädchen bei sich aufnehmen würde, und einen für die Prinzessin. In jedem erzählte sie eine andere Geschichte.

In diesem Augenblick dachte sie nur daran, Zeit zu gewinnen, bis sie Königin geworden wäre. Sie traf keine Entscheidungen für die Zukunft.

Aber die Nacht, die sie besonders entspannt und friedlich hatte verbringen wollen, kehrte sich in ihr genaues Gegenteil. Sie wollte gerade einschlafen, als die Tür krachend aufschlug und Haremhab hereinstürzte. Er war noch vollständig angekleidet und sah zornig aus.

Sie setzte sich auf und rieb sich schläfrig die Augen, dabei verschmierte sie die Öle und Salben, die ihre Dienerinnen so sorgsam auf ihrer Haut verteilt hatten, bevor sie zu Bett gegangen war. Sie hatte ihn nicht erwartet, denn sie wußte, er würde bis spät in die Nacht mit den letzten Kleinigkeiten beschäftigt sein und dann wahrscheinlich, wenn überhaupt, in seinen alten Gemächern schlafen, um dort für die Diener bereit zu sein, die ihn für den großen Tag herrichten würden.

»So, meine Dame«, sagte er streng. »Du hast Geheimnisse vor mir.«

Sie schaute verwirrt. Sie hatte viele Geheimnisse vor ihm. Welches meinte er?

»Man hat mir erzählt, Prinzessin Setepenre sei noch am Leben, und du habest sie gefunden und vor mir versteckt.«

»Was ist das für ein Unsinn, mein Herr?« sagte sie entrüstet.

»Streitest du das ab?«

»Natürlich.«

»Ich werde die Zwerge hierher in diese Kammer rufen, und wir werden hören, was sie zu sagen haben.«

Sie war jetzt hellwach und überlegte schnell.

»Heh und Ipi?« fragte sie. »Was haben sie nun wieder getan? Ich weiß, mein Herr, sie sind imstande, Unheil anzurichten, aber doch nicht …?«

»Ich habe die Nachricht, die Prinzessin habe in Begleitung dieser zwei lästigen Zwerge das Haus verlassen, in dem sie sich all die Jahre verborgen hatte. Dieselben beiden Zwerge sind vor wenigen Tagen bei dir gesehen worden. Sie sind vertraute Begleiter von dir. Es ist undenkbar, daß sie Setepenre auf eigene Faust entführt und versteckt haben.«

»Aber ich dachte, Setepenre sei schon lange gestorben«, sagte sie mit kunstvoll einstudierter, unschuldiger Überraschung. Aber es war zu spät. Er hatte die Schuld in ihrem Gesicht erkannt.

Er verlangte von ihr zu wissen, wo Setepenre sich aufhielt. Als sie es nicht verriet, schrie er sie mit haßverzerrtem Gesicht an.

»Mein Herr«, sagte sie schließlich hochmütig. Sie war jetzt genauso aufgebracht wie er. »Anchesenamun hatte gute Gründe, ihre Schwestern zu verstecken, und ich ebenfalls.«

»Ich will dem Mädchen kein Leid zufügen. Hältst du mich für so ein Ungeheuer?«

»Nein, mein Herr.«

»Warum dann?«

»Ich fürchte … Ich fürchte, du wirst sie zu deiner großen königlichen Gemahlin machen und mich verstoßen.«

Haremhab schwieg, aber seine Miene zeigte ihr, daß sie nicht unrecht hatte.

»Ich hatte geglaubt«, sagte sie bitter, »du hättest mich geheiratet, weil du mich genauso gewollt hast wie ich dich. Jetzt mache ich mir nichts mehr vor, aber ich werde dich nicht aufgeben. Ich allein weiß, wo Setepenre sich aufhält, aber ich werde es dir nicht sagen. Und wenn du versuchst, mich zu zwingen«, fügte sie eilig hinzu, als sie seine Miene sah, »oder wenn du versuchst, mich zu vernichten, wird sie sterben. Du wirst sie nie bekommen, außer wenn ich es aus freiem Willen veranlasse!«

Er packte sie an den Schultern und schüttelte sie.

»Du wirst mir sagen, wo sie ist.«

Ihre Augen verrieten ihm, daß sie es nicht tun würde. Sie hatte Angst, aber sie würde eisern an dieser einzigen Waffe festhalten, die sie besaß, um ihn zu halten. Er erkannte, daß sie ihn nicht mehr begehrte. Sie begehrte nur noch den Thron, und nichts konnte sie dazu bringen, ihn aufzugeben.

Er versuchte, sich in die Gewalt zu bekommen. Er ließ sie los und beruhigte sich.

»Siehst du nicht, daß eine Prinzessin des alten Stammes zum Wohl des Landes Königin sein sollte? Ich werde dich nicht verstoßen. Du wirst immer noch meine Gemahlin sein, meine Gefährtin. Du wirst großen Reichtum und viele Vorrechte haben. Du wirst meine Kinder gebären.«

»Falls du sie zeugen kannst!« sagte sie giftig. Keine seiner anderen Frauen hatte ihm Kinder geboren. Zweifellos dachte er, mit einer jüngeren Frau …

Sein Gesicht verdüsterte sich unheilvoll, eine Ader pochte in seinem Nacken. Er ballte immer wieder die Fäuste, doch er hob sie nicht gegen sie. Es drängte ihn, sie zu schlagen, aber er wußte, das wäre nicht gut. Haremhab verlor kaum je die Selbstbeherrschung.

Sie würde es ihm nicht verraten? Heh und Ipi waren darin verwickelt. Er würde sie fragen.

Er machte auf dem Absatz kehrt und schritt ohne ein weiteres Wort aus dem Raum – und ohne einen Blick zurück.

Sie starrte ihm nach, zitterte vor Ärger und machte einen Plan, das Versteck ihrer Nichte noch besser abzusichern.

Als Heh und Ipi Nezem-muts Anweisungen ausgeführt hatten, kehrten sie zurück nach Hause und sahen froh ihrer Belohnung entgegen.

»Nebenbei bemerkt«, sagte Heh, »haben wir etwas in den Händen gegen die Königin, und damit auch gegen den König, solange wir wollen.«

Sie hatten sich noch nie in einer besseren Lage gefühlt.

Setepenre war in die Obhut eines älteren Ehepaares gegeben worden, das lange der Familie des Atonverehrers treu ergeben war, und jetzt auf seinem Gut in einem verlassenen Winkel der nubischen Berge lebte. Nach Echnatons Tod war Khai, der einst Khai-aton hieß, einer der Adligen gewesen, die aus der goldenen Stadt geflohen waren, als das Zeitalter des Aton vorüber und der Traum des Pharao sauer geworden war. Seit dieser Zeit hatte er in dem staubigen Tal unterhalb seiner behaglichen Zuflucht Strauße gezüchtet und die königliche Familie mit Fächern versorgt. In jüngster Zeit hatte er sein Alter gespürt, die Arbeit auf dem Gut seinen Söhnen überlassen und führte nun ein ruhiges Leben in den Bergen fern von den Beschwerlichkeiten und Unsicherheiten des bäuerlichen Lebens. Seine Frau Bet hatte ihm ausschließlich Söhne geboren und sehnte sich nach einer Tochter, die all die kleinen, feinen Dinge verstehen würde, die die Männer in ihrem Leben nie verstanden. Sie war entzückt und nahm das verwaiste Mädchen in ihr Herz auf. Sie glaubte, wie der Brief besagte, den sie erhalten hatte, sie wäre die Tochter einer engen Vertrauten Nezem-muts, die versteckt werden mußte, weil sich seit dem Tod ihrer Eltern die unerwünschte Aufmerksamkeit eines zwar reichen aber gewalttätigen Mannes auf sie richtete.

Setepenre war erschöpft und verwirrt. Vor vielen Jahren, als sie plötzlich fortgeschickt worden war, um bei Fremden im Delta zu leben, hatte Anchesenamun ihr gesagt, ihr Leben sei in Gefahr. Sie war zunächst ein kränkliches Kind gewesen, das sich nur schwer an die neue Umgebung gewöhnt und nachts nach ihrer Mutter geweint hatte. Ihre Schwester Neferneferure hatte sich Mühe gegeben, sie zu bemuttern, und schließlich hatte sie sich beruhigt. Dann war Neferneferure gestorben, und sie hatte geglaubt, sie würde nie aufhören zu trauern. Jetzt wurde sie plötzlich von den Menschen fortgenommen, unter deren Obhut sie gestanden und die sie gern gehabt hatte. Wieder sagte man ihr, ihr Leben sei in Gefahr und sie müsse fliehen. Mit den beiden seltsamen Zwergen, die das königliche Siegel trugen, reiste sie nach Süden und rechnete damit, zu ihrer Familie zurückzukehren, zur Schwester ihrer Mutter. Doch dann hielt das Boot, auf dem sie sich befanden, irgendwo in der Einöde, und sie, im Grunde genommen eine Gefangene, wurde in der Gesellschaft rauher Männer zurückgelassen, während die Zwerge für einige Tage verschwanden.

Jetzt wurde sie in diese felsige Wildnis geführt und wieder bei Fremden untergebracht.

»Hier bist du sicher«, sagte man ihr, »aber niemand darf je erfahren, wo du bist.« Der Brief ihrer Tante wiederholte das mehrmals und teilte ihr mit, Anchesenamun und Nefernefruaton seien ermordet worden, und das gleiche Schicksal ereile auch sie, wenn sie jemandem, wie vertrauenswürdig er auch erscheinen mochte, erzählte, wer sie wirklich war.

In der ersten Zeit weinte sie viel. Sie vermißte ihre Freunde und die üppige grüne Landschaft des Delta. Aber Bet lockte sie aus ihrer Kammer und brachte sie mit geduldiger und liebevoller Fürsorge dazu, ihr Schicksal anzunehmen.

Die Söhne, die im Tal des Gutes arbeiteten, statteten einer nach dem anderen ihrem Elternhaus einen Besuch ab. Seit Jahren hungerten sie nach interessanter Bekanntschaft, besonders weiblicher, und es bereitete Setepenre Vergnügen zu beobachten, wie sie sich einander in den Bemühungen um ihre Aufmerksamkeit übertrafen.

Den größten Teil der Rückreise mußten Heh und Ipi über Land zurücklegen, aber als sie die Grenze zwischen Nubien und Khemet, die wütenden weißen Wasser des ersten Wasserfalls und die seltsamen elefantenförmigen Felsen der Garnisonsstadt Suan erreichten, bestiegen sie ein Schiff, das nach Norden fuhr. Sie waren noch nicht weit gereist, als sie sich im Gespräch mit zwei Männern befanden, die gebildeter schienen als die Maurer und Händler, die auf dem übrigen Deck saßen. Die beiden Männer luden Heh und Ipi ein, eine Flasche Wein mit ihnen zu trinken und ein Würfelspiel zu machen. Die Klippen von Oberägypten glitten bald unbemerkt vorüber, während die vier um ihren Besitz spielten.

Ipi war schweigsam wie immer, aber Heh war überschwenglich und mitteilsam. Er rühmte seine enge Verbindung mit der neuen Königin. Die Männer schienen beeindruckt und sagten ihm lachend, er solle ruhig seine Ringe als Spieleinsatz setzen, denn er bekäme von seiner Wohltäterin sicherlich neue. Heh, der vom Wein nicht mehr ganz nüchtern war, denn neue Flaschen waren aufgetaucht, sobald die ersten bis auf den Grund geleert waren, legte all seine Ringe, Armreifen und sogar den königlichen Siegelring auf das Spielbrett. Er verlor sie alle. Ipi hatte schon früher aufgehört zu spielen und versuchte, seinen Kameraden daran zu hindern, so leichtsinnig zu sein. Sie schlugen sich beinahe, als der Siegelring verloren war, aber Heh war schon immer der Stärkere von beiden gewesen, und Ipi gab bald klein bei, hockte sich hin und lehnte sich zurück, beobachtete und ärgerte sich im Stillen. Er faßte eine heftige Abneigung gegen die Männer, obgleich er nicht genau sagen konnte, was ihn beunruhigte. Er war sicher, daß sie betrogen, aber wie scharf er sie auch beobachtete, konnte er nicht erkennen, wie sie es anstellten.

Schließlich zuckte er mit den Achseln und beschloß, er würde nicht einschreiten, auch wenn Heh alles verlor, was er besaß. Sie waren reich geworden, nachdem sie Anchesenamun ausspioniert hatten, und wahrscheinlich würden sie noch reicher, wenn sie sich bei Nezem-mut zurückmeldeten. Wie Heh schon sagte, waren sie in der Lage, alles zu verlangen, was sie wollten, solange sie lebten. Er entspannte sich und streckte seine Schale vor, um von dem neuen Wein, der gerade geöffnet wurde, zu versuchen. Heh nahm einen großen Schluck und schmatzte geräuschvoll mit den Lippen. Ipi schlürfte elegant und tat so, als besäße er einen hochentwickelten Geschmack. Dieser Wein glich keinem, den er je versucht hatte, doch er war gut. Warum schauten die beiden Männer ihn so sonderbar an? Der Wein mußte sehr stark sein, denn er fühlte sich außerordentlich benommen. Er fragte sich, wie es Heh erging, als er erkannte, daß der fast betrunken war. Er schaute gerade zu ihm hinüber, als Heh auf sein Gesicht fiel und dabei die Einsätze und Würfel über das Deck verstreute.

»Sonderbar«, dachte Ipi. »Welch ein Narr … «

Doch das war sein letzter Gedanke, bevor er sich selbst in die Finsternis stürzen sah. Hätte er Zeit gehabt, die beiden Männer zu betrachten, hätte er sie mit kalten Augen grimmig lächeln gesehen. Sie schienen vollkommen nüchtern zu sein. Schnell und leise sammelten sie die Juwelen auf, von denen sich Heh so leicht getrennt hatte, und tauchten in der Menge unter. Sie hatten beschlossen, den vergifteten Wein zu verabreichen kurz bevor das Boot am Kai anlegte. Innerhalb weniger Augenblicke waren sie an Land und verschwunden, bevor irgend jemand erkannte, daß die beiden Zwerge tot waren.

Später nahm Nezem-mut den Siegelring zurück, aber sie erlaubte ihren Meuchelmördern, den übrigen Gewinn zu behalten und fügte noch reichere Belohnungen dazu.

Nun wußte außer ihr niemand, wo Setepenre war.

Der neue Pharao

Haremhab saß auf dem Thron, für den er so lange und hart gearbeitet hatte, und schaute auf die Menschenmenge, die sich unter ihm versammelt hatte. Manche von ihnen waren von Anfang an dabei, ihr Glück stieg und fiel mit den Gezeiten der Macht, die über die Zwei Länder wogten. Andere waren neu und kaum in ihr Amt hineingewachsen.

Wann hatte er zum ersten Mal erkannt, daß er eigentlich den Thron begehrte? Hatte er es je erkannt? Oder war ihm der Thron bloß als das unausweichliche Ergebnis seiner Handlungen zugefallen? Er hatte oft gehandelt, weil niemand sonst es tun wollte, auch wenn es eindeutig nötig gewesen war. Er dachte über die Unruhe in den Zwei Ländern nach, die sein ganzes Leben über geherrscht hatte. Hatte es je eine Zeit gegeben, in der so viele innere Schwierigkeiten sein armes Land erschüttert hatten? Er erinnerte sich an einen Vorfall, der sich ereignet hatte, als er ein junger Hauptmann im Heer Neb-maat-Ras, Amenophis III., gewesen war, des letzten Königs von wesentlicher Bedeutung, den dieses heimgesuchte Land gekannt hatte. Damals hätte er den Lauf der Geschichte ändern können. Mit einem einzigen ausschlaggebenden Zug hätte er so viel verhindern können, das später die Ordnung und Ruhe Ägyptens untergraben hatte. Aber zu jenem Zeitpunkt war er noch nicht bereit gewesen, eine solche Entscheidung zu treffen und diesen Schritt zu wagen.

Er hatte eine Gruppe Rekruten ausgebildet, unter denen sich Prinz Amenhotep befand, der später der wahnsinnige König Echnaton wurde. Er hätte Ägypten niemals regieren dürfen! Sein älterer Bruder war gestorben, und plötzlich war er Thronfolger.

»Nimm ihn und mach einen Mann aus ihm«, hatte Neb-maat-Ra befohlen. Selbst er hatte erkannt, daß der Junge zu schwächlich war, einen guten König abzugeben. Er war dünn und schlaksig, ein Dichter und Träumer. Er war der letzte, der den Platz seines Vaters ausfüllen konnte. Neb-maat-Ra war ein starker König. Er hatte lange regiert, und während seiner Regentschaft war Ägypten und sein Reich nie wohlhabender, mächtiger und selbstbewußter gewesen. Haremhabs Bewunderung für ihn war grenzenlos. Ohne Unterdrückung hatte er für Ordnung gesorgt. Er hatte Menschen beeinflußt, ohne daß sie es gemerkt hatten. Er war klug, berechnend und kein bißchen rührselig gewesen. Er hatte nur eine Schwäche gehabt, und das war seine leidenschaftliche Liebe zu Königin Teje. Prinz Amenhotep war ihr Sohn gewesen, und sie hatte beschlossen, er solle nach seinem Vater König werden, ob er nun geeignet war oder nicht.

Haremhab schaute zu Nezem-mut, die auf ihrem Thron saß und der die geflügelte Krone der Mut in die Wangen kniff. Es hatte Zeiten gegeben, in denen er sich danach gesehnt hatte, eine Frau so sehr zu lieben, wie Neb-maat-Ra Teje geliebt hatte. Die wunderschöne Nofretete war dem am Nächsten gekommen. Er hatte sie so sehr begehrt, daß er manchmal geglaubt hatte, er könne es nicht mehr ertragen. Mit ihren Blicken hatte sie mit ihm gespielt, manchmal schamlos vor den Augen ihres Gemahls. Einmal hatte sie sich ihm sogar angeboten, aber es gab etwas in ihm – ein hartes, kaltes Eisenband um sein Herz – das ihn zurückgehalten hatte. War es Ehrgefühl? Oder war es die Angst, sein Schicksal nicht mehr in der Hand zu haben, wenn er sich einer Frau vollkommen hingab? Er hatte nicht bei Nofretete gelegen. Er hatte beobachtet, wie sie sich von einem schwierigen, kindischen Mädchen zu einer mächtigen Frau entwickelt hatte, die würdiger gewesen wäre, König zu sein, als ihr verbitterter Gemahl. Wie nur hatte sie Echnaton lieben können? Aber sie hatte ihn geliebt. Daran gab es keinen Zweifel. Diese Frau, schöner, klüger, erregender als jede andere auf Erden, hatte diesen gefährlichen Narren in jeder seiner verrückten Entscheidungen unterstützt.

Was wäre geschehen, hätte er den Prinz an jenem Tag im Marschland sterben lassen? Er war ein Stück von den anderen Rekruten entfernt auf ihn gestoßen. Der Prinz zappelte im schlammigen Wasser und streckte seine steckendünnen Arme nach den Riedgräsern aus, die sich außerhalb seiner Reichweite befanden. Haremhab hatte auf dem Weg gestanden und den Prinzen beobachtet, der mir angstgeweiteten Augen nach Luft schnappte. Wassergräser und Schlamm klebten in seinem bleichen Gesicht. In diesem Augenblick schien alles in der Schwebe zu sein. Haremhab hätte sich bücken und ihn mit Leichtigkeit herausziehen können. Tat er es nicht, weil sein König ihn angewiesen hatte, einen Mann aus ihm zu machen? Er wußte, der einzige Weg für den Prinzen, ein Mann zu werden, der in der Lage wäre, ein Königreich zu regieren, bestünde darin zu lernen, mit Schwierigkeiten fertig zu werden und Entscheidungen allein, ohne fremde Hilfe, zu treffen. Zog er ihn nicht heraus, weil er schon damals spürte, wie das Land leiden würde, wenn dieser schmächtige Prinz den Krummstab und den Flegel hielte und die Doppelkrone trüge? Haremhab erinnerte sich daran, wie er versucht war, ihn ganz ins Wasser zu stoßen. Hätte er es nur getan! Statt dessen hatte zugeschaut, wie der Prinz herauskletterte und voller Zorn und Haß davonging. Wenn er ihn getötet hätte, bevor das Land solche Qualen litt, hätte er viel Leid verhindert. Am Ende hatte er ihn doch töten müssen. Er war nicht stolz darauf, denn der Pharao ist eine göttliche Autorität und sollte in keiner Weise angerührt oder bedroht werden. Haremhab seufzte, während er den symbolischen Krummstab und den Flegel fest umklammerte, die Zais ihm gerade in die Hände gegeben hatte. Über viele Dinge, die er getan hatte, war er weder stolz noch froh, aber er bereute sie nicht. Sie hatten getan werden müssen.

Wie seltsam, sich in diesem Rang so hoch über dem Rest des Menschengeschlechts zu befinden. Er hatte immer schon Einfluß und Macht gehabt, aber noch nie in dieser Weise. Die Rituale, die sich auf die alten Schriften gründeten, verwandelten ihn von einem Mensch in einen Gott. Eine goldene Kobra blickte grimmig von seinen Brauen auf die Welt, bereit, ihn mit ihrer Magie vor jeder Gefahr zu schützen. Die beiden Kronen, die des Nordens und die des Südens, lasteten schwer auf seinem Haupt. Er lächelte innerlich, als er sich an den jungen Tutenchamun erinnerte, der unter den mächtigen Zeichen der Königswürde zwergenhaft erschienen war und mit furchtsamen Augen um sich geblickt hatte. Er fürchtete sich nicht. Er hatte sich das Recht, hier zu sitzen, mehr als jeder andere zuvor verdient. Er bedauerte nur, daß er so lange gewartet hatte, bis er diesen Schritt unternahm. Bis jetzt hatte seine Rolle darin bestanden, Könige zu machen oder zu stürzen. Er hatte versucht, Echnaton daran zu hindern, den Thron zu behalten, als dessen Absichten deutlich wurden. Er hatte ihn durch seinen Halbbruder, Prinz Djehuti-kheper-Ra, heimlicher Sohn von Neb-maat-Ra und dessen Tochter Sitamun, ersetzen wollen. Aber es hatte sich herausgestellt, daß der Prinz seinen Einflüssen gegenüber verschlossen war und schließlich beseitigt werden mußte, um Platz für das Kind Tutenchamun zu machen, der jung genug war, nach Haremhabs Willen geformt und gestaltet zu werden. Als Tutenchamun auf den Thron gekommen war, hatte alles noch gut ausgesehen. Er war davon überzeugt gewesen, in der Lage zu sein, die Vasallenstaaten zurückzuerobern, die Echnaton durch seine unfähige Außenpolitik verloren hatte, und die alten religiösen Strukturen wieder einzuführen, die sich seit vielen Tausend Jahren als so dienlich erwiesen hatten. Aber es dauerte lange, den Schaden, den Echnaton angerichtet hatte, wieder gut zu machen. Er hatte seine Aufgabe noch nicht vollendet, als Tutenchamun in ein Alter kam, in dem er selbst Macht haben wollte und unter dem Einfluß von Echnatons Tochter Haremhabs Werk unterwanderte.

Er dachte an Anchesenamun, Kind unruhiger Zeiten, Frau abwegiger Überzeugungen und Launen. Sie hatte ihn im Angesicht eines gewaltigen Krieges mit einem starken und gefährlichen Feind im Stich gelassen. Haremhab vergaß dabei, daß die Ermordung des hethitischen Prinzen, die er veranlaßt hatte, den Krieg ausgelöst hatte, und nicht Anchsenamuns Briefe. Er dachte auch nicht darüber nach, daß es vielleicht annehmbar gewesen wäre, neues Blut in die entkräftete königliche Blutlinie zu bringen; daß die Hethiter wertvolle Verbündete gewesen wären; daß in vielen ägyptischen Königen fremdes Blut floß und sie dennoch ihrem Land nicht weniger treu gedient hatten.

Er schaute nachdenklich zu Maya, Tutenchamuns Schatzmeister und engem Freund. War er vertrauenswürdig genug, dem neuen König zu dienen? Verdächtigte er ihn, wie viele andere, an Tutenchamuns Unfall Schuld zu sein? Er wünschte, er könnte Maya vertrauen. Er war ein junger, tatkräftiger und begabter Mann, gut ausgebildet, und konnte jedes hohe Amt, das man ihm anbot, bekleiden. Neben ihm stand seine Frau Merit. Haremhab sah, wie sehr sie einander verbunden waren. Er mußte sich darum bemühen, sie auf seine Seite zu ziehen. Haremhab war nicht zuletzt deswegen so weit gekommen, weil er die Menschen gut einschätzen konnte. Maya würde ihm nicht folgen, wenn er wüßte, wieviel Blut an seinen Händen klebte, aber er wußte es nicht und wollte es nicht wissen. Er war ehrlich, aber auch ehrgeizig und erfahren. Die alte Regierung gab es nicht mehr. Es hatte keinen Sinn, mit Bedauern und Anschuldigungen an der alten Zeit festzuhalten. Maya würde sich selbst mit ganzem Herzen und völliger Ergebenheit dafür einsetzen, eine neue Regierung zu bilden. Genau wie Haremhab genoß er den Reiz und die Erregung, Entscheidungen für viele Menschen zu treffen. Es würde ihn unglücklich machen, in stehende Gewässer abgeschoben zu werden und ein einfaches, stumpfsinniges Leben zu führen.

Haremhab sah sich genau um, während die Priester die heiligen Worte sprachen und die heiligen Rituale über ihm vollzogen. Er wägte diesen Mann gegen jenen ab, wählte diejenigen aus, die er in mächtigen Stellungen behalten, und diejenigen, die er in den Ruhestand schicken wollte; und diejenigen, deren offizielle Aufgaben er vermehren wollte. Einige der Anwesenden fürchtete er beinahe, manche der alten Adligen, die es übelnahmen, daß ein Emporkömmling den Thron bestiegen hatte. Einigen von ihnen würde er lehren, ihn zu achten, anderen würden unglückliche Unfälle zustoßen, oder sie würden in die Verbannung geschickt. Er wünschte, er hätte Setepenre an seiner Seite, schön, jung und unumstößlich königlich. Sie hätte dem Staatsakt Anmut und Stil verliehen, was Nezem-mut nicht gelingen wollte. Setepenres aufsehen-erregende Rückkehr aus der Vergessenheit hätte einen solchen Wirbel verursacht, daß niemand auch nur daran gedacht hätte, ihn zu tadeln. Und Nezem-mut säße in diesem Augenblick nicht mit diesem Ausdruck bitterer Genugtuung neben ihm.

Oh, da war der Weihrauch! Zais hielt ihn vor ihn, als sei Haremhab ein Gott. Ein Gott? Das war er. Er richtete über Leben und Tod jedes Mannes, jeder Frau und jedes Kindes in den Zwei Ländern und darüber hinaus. Endlich war diese furchtbare Macht in den Händen von einem, dem er vertraute – nicht in den Händen irgendeines Träumers, in dessen Adern zufällig das richtige Blut floß, nicht in den Händen einer Frau oder eines Kindes – und auch nicht eines körperlosen Wesens namens Amun oder Ra – sondern in seinen eigenen Händen, erfahren, fähig und geübt. Sollten die anderen an Magie und das Übernatürliche glauben. Er nicht. Er glaubte an sich selbst.

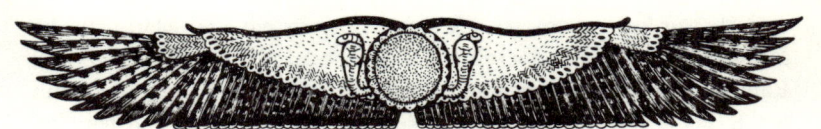

Nachspiel

General Haremhab, oberster Kommandant der Armee mehrerer Könige, Begleiter der königlichen Schritte, Gefährte des Königs, des Königs Auge, Schreiber und Diplomat, stellvertretender Regent und Vertreter des Königs, regierte viele Jahre, als er schließlich selbst König wurde. Er zählte seine Regentschaft vom Tode Amenhotep III. an und ignorierte die herrschenden Monarchen dazwischen, Echnaton, Semenchkare, Tutenchamun und Eje, als hätte es sie nie gegeben. In den Königslisten, die während der Herrschaft Seti I. in Abydos niedergeschrieben wurden, fehlten die Aton-Könige, und Haremhab steht zwischen Amenhotep III. und Ramses I. Die vier Herrscher waren aus der Geschichte gestrichen worden, dennoch sind sie – Ironie des Schicksals – diejenigen, die uns heute am meisten interessieren. Archäologen und Ägyptologen verbringen mehr Zeit damit, das bruchstückhafte Wissen über sie zusammenzufügen, als mit all den anderen Königen. Die Schriftsteller schreiben mehr Bücher über sie. Ihre Gräber sind zerstört, ihre Denkmäler entweiht, ihre Namen abgemeißelt und herausgeschlagen, aber wir finden sie heraus und glauben, sie zu kennen …

Haremhab war ein strenger, starker König und stellte die Ordnung in den Zwei Ländern mit fester Hand wieder her. Die Überreste einer Stele in Karnak gibt uns einen Eindruck von den Strafen, die ein Übeltäter zu gewärtigen hatte, vom Naseabschneiden, Verbannung in die berüchtigten Festungen von Tjel an der asiatischen Grenze oder Arbeit in den schlimmsten Minen an den heißesten und unbarmherzigsten Orten bis hin zu hundert Peitschenhieben oder fünf Wunden. Gerichtshöfe wurden eingerichtet, um diese Gesetze zu vollstrecken.

Men-nefer (Memphis) war Haremhabs Hauptstadt und er verbrachte die meiste Zeit im Norden. Er wählte seinen Nachfolger aus seinem Heer, einen Mann aus dem Delta, der wie er von ärmlicher Herkunft war und sich seinen Weg zum General und Vizeregenten durch reine Entschlossenheit und Willensstärke erarbeitet hatte. Er, Ramses I., regierte nur kurz, denn, wie Eje, war er bereits ein alter Mann, als die Doppelkrone auf ihn überging. Haremhab muß erkannt haben, daß Ramses einen jungen, begabten Sohn mit großen Anlagen hatte, denn Seti I. (der er wurde) war ein bemerkenswerter Mann, stark und gebildet. Er war verantwortlich für den Bau des großartigen Tempels von Abydos, den wir heute mit großem Gefallen und großer Ehrfurcht betrachten. Sein Grab im Tal der Könige ist das Schönste von allen, und es ist eine Freude, den feinen, fast durchsichtigen Sarkophag aus Alabaster im Sir John Soane Museum in London zu betrachten.

Die drei jüngsten Töchter Echnatons verschwanden schon früh aus der Geschichte. Es ist nicht bekannt, was aus ihnen wurde. Ich habe eine Theorie entwickelt, nach der die jüngste, Setepenre, Ramses I. geheiratet und so seiner Linie die Legitimation verschafft hat, denn die Gemahlin von Ramses I. hieß Set-Ra.

Nezem-mut (die auch Mutnodjemne hieß) erscheint auf einer Statue zum Gedenken an Haremhabs Krönung in Denderah. Unter anderem lauteten ihre Titel »Erbin«, »Herrin der Zwei Länder« und »Unumschränkte Herrin gepriesen mit den Doppelfedern«. Man nimmt an, sie habe Haremhab einen Sohn geboren, doch lebte dieser nicht lange genug, um auf den Thron zu folgen. Nezem-mut schien im dreizehnten Jahr von Haremhabs Herrschaft gestorben zu sein. Enthüllte sie auf ihrem Sterbelager den Aufenthaltsort der letzten überlebenden Tochter Echnatons?

Haremhab war der Urheber eines außerordentlichen Bauprogramms, wenn es auch manchmal schwer zu sagen ist, welches Werk von ihm stammt und welches nicht, denn er hatte keine Bedenken, den Namen Tutenchamuns von den Gebäuden, Monumenten und Statuen abzukratzen und durch seinen eigenen zu ersetzen. Jedenfalls ist ziemlich sicher, daß er die riesige Säulenhalle in Karnak begonnen hat, die später von Seti I. fertiggestellt wurde.

Der Krieg gegen die Hethiter währte mehrere Generationen lang. Suppiluliuma und sein ältester Sohn starben bald nach Anchesenamuns Tod an einer Seuche, die seine Truppen mitgebracht hatten. Mursilis bestieg den Thron und regierte lange und gut. Immer wieder griff er Ägypten und seine Kolonien mit großer Kraft an. Die Feindschaft zwischen diesen beiden großen Völkern erlosch nur, erstaunlich genug, weil die Tochter des hethitischen Königs Kattusilis, ein Nachkomme des großen Suppiluliuma, nach Ägypten geschickt und die große königliche Gemahlin des Pharao wurde, um einen lange überfälligen Friedensvertrag zu besiegeln.

Anchesenamun hatte am Ende doch nicht so falsch gelegen mit ihrem Versuch, Frieden durch Liebe zu erreichen – und nicht durch Krieg.

Abb. 3: Tutenchamun zwischen Amun-Ra und der Göttin der Wahrheit; von einem Schrein aus dem Grab Tutenchamuns.

Ägyptische Chronologie

Für die Leserinnen und Leser dieses Romanes wird eine kurze chrono-
logische Zusammenfassung der ägyptischen Geschichte von Interesse
sein. Die Daten stammen aus: John Baines und Jaromir Málek, Atlas of
Ancient Egypt, Oxford 1980.

Außerhalb von Ägypten wurden zwischen den Jahren 3000 und 2000
v. Chr. die alten Tempel von Malta gebaut wie auch Stonehenge, das
Langgrab von West Kennet, Silbury Hill und Avebury auf den briti-
schen Inseln. Auf den östlichen Mittelmeerinseln und auf Kreta blüh-
ten die kykladische und die minoische Zivilisation. Und im Osten er-
lebten die Kulturen von Mohenjo-Daro in Indien und Sumer ihre
Höhepunkte.

Das Ägypten vor 3000 v. Chr. wird von den Historikern als vordyna-
stische oder vorgeschichtliche Periode bezeichnet.

Frühzeit 2920 – 2770 v. Chr.
1., 2. und 3. Dynastie
3. Dynastie: König Djoser 2630 – 2611
Imhotep, der große Weise und Architekt des Königs Djoser, entwarf
und baute das erste große Steinbauwerk der Welt, die erste Pyramide:
die Stufenpyramide von Sakkara. Später wurde Imhotep vergöttlicht
und mit dem griechischen Gott der Heilung, Asklepios, in Verbindung
gebracht.

Altes Reich 2575 – 2134 v. Chr.
4.- 8. Dynastie
4. Dynastie: Khufu (Cheops) 2551 – 2528
    Chephren 2520 – 2494
    Menkaure (Mykerinos) 2490 – 2472
erbauten die großen Pyramiden von Gisa. Während des Alten Reiches
wurden noch zahlreiche andere erbaut.

5. Dynastie: Unas (Wenis) 2356 – 2323
Zum ersten Male wurden auf den Innenwänden der Pyramide von Sakkara »Pyramidentexte« eingraviert. Es handelte sich um kunstvolle Dichtungen und Zaubersprüche als Hilfe und Führung für die Verstorbenen durch die Anderswelt.

6. Dynastie:
Sie endete mit der langen Regierungszeit von Pepi II, nach welcher Ägypten einen Niedergang erlebte.

Erste Zwischenzeit 2150 – 2040 v. Chr.
9. und 10. Dynastie
Zerfall der zentralen Macht. Kriege unter den Lokalherrschern. Eine Phase der Unsicherheit und der Gewalt.

Mittleres Reich 2040 – 1640 v. Chr.
11.- 14. Dynastie
11. Dynastie:
Einung der beiden Reiche, Ober- und Unterägypten, unter verschiedenen Königen des Namens Mentuhotep 2061-2010.
Einer von ihnen baute seinen Totentempel und seine Grabstätte bei Der el-bahri, wo viel später in der 18. Dynastie Hatschepsut auch den ihren bauen ließ. Der Regierungssitz wurde nach Waset (griech.: Theben, modern: Luxor/Karnak) verlegt. Die Könige der späten 18. Dynastie sahen diese Epoche als eine große an und versuchten, ihr nachzueifern. In jener Zeit wurde eine Expedition nach Punt, ans Horn von Afrika gesendet; und später sandte Hatschepsut ihre Expedition ebenfalls dahin.

Zweite Zwischenzeit 1640 – 1532 v. Chr.
15.- 17. Dynastie
Die Hyksos wanderten aus dem Nahen Osten ein und brachten Pferde und Wagen mit. Ihre Hauptstadt war Avaris im Delta. Für die Ägypter war es eine finstere Zeit.

Gegen Ende dieser Phase führten Fürsten aus Theben eine Revolte gegen die Hyksos, vertrieben sie aus dem Land und festigten ihr eigenes Herrschaftsrecht über das Doppelreich.

Ta'o I und Ta'o II (Sekenenre) und Kamose 1555-1550 führten die Rebellion an und gründen die nächste Dynastie. Sekenenre hatte eine sehr kraftvolle und langlebige Frau, Ah-hetep I.

Neues Reich 1550 – 1070 v. Chr.

18.- 20. Dynastie

Die 18. und frühe 19. Dynastie wird für den Höhepunkt der ägyptischen Zivilisation gehalten. Ägypten war im Inneren stark und eroberte zahlreiche Nachbarstaaten, deren Tribute Ägypten reich machten. Die Pyramide waren nicht mehr in Mode, und die Könige bauten ihre Gräber tief in die Felsentäler. Außerdem wurden großartige Tempel gebaut.

18. Dynastie: Ahmose 1550-1525

Kriegerischer König mit der starken Königin Nefertari.

Amenhotep I 1525-1504

Er hatte eine Tochter, Ah-mes, von seiner Schwester und einen Sohn von einer Nebenfrau, Senseneb.

Thuthmosis I (Aa-kheper-ka-Ra) 1504-1492 (Sohn von Amenhotep und Senseneb)

Ein kriegerischer König, der die Grenzen des Reiches ausdehnte und seine Macht durch diplomatische Eheschließungen festigte. Er wurde mit seiner Schwester verheiratet, die ihm eine Tochter namens Hatschepsut gebar. Sein Sohn von der Nebenfrau Mutnofre wurde der nächste Pharao und Mann Hatschepsuts.

Thuthmosis II (Aa-kheper-en-Ra) 1492-1479

Als Thuthmosis II nach kurzer Regierungszeit starb, war sein Sohn der nicht-königlichen Frau Ast noch ein kleines Kind. Seine Witwe und Schwester Hatschepsut wurde Regentin für ihn. Sie beschloß, den Thron selbst zu übernehmen und wurde Pharao, wobei sie die männlichen Titel und die männliche Bekleidung eines Pharao übernahm.

Hatschepsut I (Maat-ka-Ra) 1473-1458. Weiblicher Pharao.

Berühmt für den großartigen Tempel bei Der el-bahri und ihre erfolgreiche Expedition nach Punt.

Thuthmosis III (Men-kheper-Ra) 1479-1425

Niemand weiß, wie er die Macht von seiner Tante und Stiefmutter Hatschepsut an sich nahm. Er regierte dann aber lange und war ein starker, kriegerischer König. Er ließ ihren Namen und ihr Bildnis vernichten, wo er sie fand.

Amenhotep II 1427-1401

Thuthmosis IV 1401-1391

Amenhotep III (Neb-maat-Ra) 1391-1353
Er lebte lang, war reich und mächtig, und wählte sich als Große Königliche Frau und Mutter seines Erben eine nicht-königliche Frau – Teje,
Tochter von Thuya, seinem Wagenmeister, und dessen Frau Yuya. Ihrer
aller Mumien sind in sehr gut erhaltenem Zustand gefunden worden.
Er ist verantwortlich für die Memnons-Kolosse bei Luxor, die riesen-
hafte Statuen von ihm sind und beiderseits eines aufwendigen Toten-
tempels gestanden haben.

*Amenhotep IV/Echnaton (Wa-en-Ra) 1353-1335 – siehe meinen
Roman »The Son of the Sun«*
Er verlegte seine Hauptstadt von Theben nach Memphis an eine ganz
neue Stätte namens Achet-Aton (heute: Tell el Amarna). Er stürzte die
traditionelle ägyptische Religion und lenkte alle religiösen Bemühun-
gen allein auf den durch die Sonnenscheibe symbolisierten Gott, das
Zeichen des ewigen Lebens, Aton. Seine Frau, die berühmte und schöne
Nofretete, hatte einen ihm gleichen Rang. Sie bekamen sechs Töchter.

Semenchkare 1335-1333

Tutanchamun 1333-1323

Eje 1323-1319

Haremhab 1319-1307
Haremhab setzte die Amunpriester wieder als eine starke Macht ein
und beeinflußte das Reich gegen die Erinnerungen an Echnaton und
seine Religion. In den Königslisten wurden die »...aton«-Könige ausge-
lassen, und Haremhab wird direkt nach Amenhotep III aufgeführt, als
hätte es die anderen nie gegeben. Er starb kinderlos und ernannte seinen
General Ramses zum nächsten Pharao.

Danach beginnt die 19. Dynastie der Ramessiden-Könige. Am Ende
dieser Dynastie wird Ägypten mehrmals erobert. Seine Blütezeit ist
vorüber.

Hethitische Chronologie
(soweit sie für dieses Buch wichtig ist)

Suppululiuma I. ca. 1375-1320 v. Chr.
Er bricht die Macht des Königreiches der Mitannier und dehnt seine Grenzen bis zum Libanon aus. Er greift Syrien an. Anchesenamun bittet ihn um einen Sohn als Gemahl.

Amuwandas III. 1320-1319

Mursilis II. 1319-1306
Er festigte die Eroberungen seines Vaters. Krieg gegen die ägyptischen Kolonien. Er schrieb Gebete in Zeiten der Krankheit und Annalen seiner eigenen und der Regierungszeit seines Vaters.

Muwatallis 1306-1282
Schlacht von Kadesch gegen Ramses II. von Ägypten.

Hattusilis III. 1275-1250
Der Bruder von Muwatallis erobert den Thron. Er schließt »immerwährenden« Frieden mit Ägypten und besiegelt den Friedensvertrag mit der Verheiratung einer seiner Töchter mit Ramses.

Einige dieser Informationen stammen aus *Narrow Pass Black Mountain* von C.W. Ceram (Readers Union, 1975).

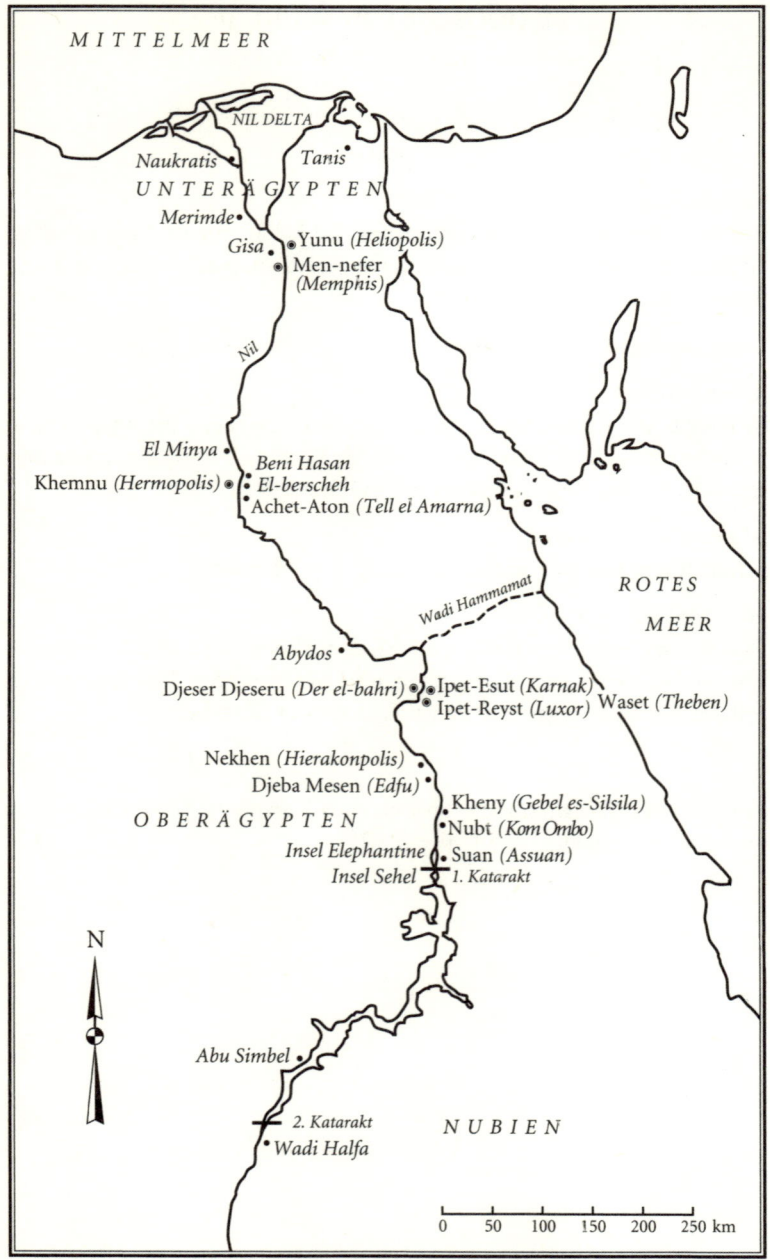

MITTELMEER

NIL DELTA

Naukratis •   Tanis •

UNTERÄGYPTEN

Merimde• •

Gisa •   ⊚ Yunu (Heliopolis)

⊚ Men-nefer
(Memphis)

Nil

El Minya •

Beni Hasan •

Khemnu (Hermopolis) ⊚   • El-berscheh

Achet-Aton (Tell el Amarna)

Wadi Hammamat

ROTES

MEER

Abydos •

Djeser Djeseru (Der el-bahri) ⊚•   ⊚ Ipet-Esut (Karnak)

⊚ Ipet-Reyst (Luxor)   Waset (Theben)

Nekhen (Hierakonpolis) •

Djeba Mesen (Edfu) •

Kheny (Gebel es-Silsila) •

OBERÄGYPTEN   • Nubt (Kom Ombo)

Insel Elephantine •   • Suan (Assuan)

Insel Sehel   1. Katarakt

N

Abu Simbel •

2. Katarakt

• Wadi Halfa   NUBIEN

0   50   100   150   200   250 km

224

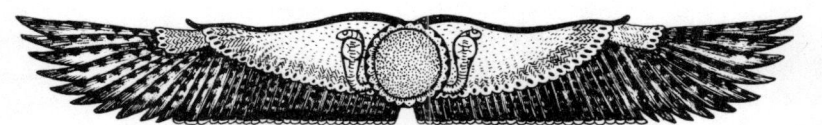

Ortsnamen

altägyptische Version	Variante	moderner Name
Djeba Mesen	Appollinopolis	Edfu
Djerty	Tuphum	Tod
Djeser Djeseru	Djeser-menu	Hatschepsuts Tempel bei Der el-bahri
Ipet-Esut Ipet-Reyst	Ipet-Sut Ipet-Resut	Theben
Iuny	Hermonthis, Iuni	Luxor
Keftiu	Stierinsel	Kreta
Kepel	Byblos	Jbail
Khemet	Kemet, das schwarze Land, das Doppelreich	Ägypten
Khemnu	Chmun, Hermopolis	Ashmunein
Kheny	–	Gebel es-Silsila
Men-nefer	Menufer, Weiße Mauern	Memphis

Nekheb, Nekhen	Der rote Berg, Hierakonpolis	Kom el-ahmar
Nubt	Ombos	Kom Ombo
Per-Hathor	der Doppelberg, Pathyris, Aphroditopolis Inerti Per-Hathor	Gebelèn
Punt	–	wahrscheinlich Nord-somalia, nahe Djibuti
Serui	Klippenbucht	Der el-bahri
Suan	Elephantine, Syene, Sunu	Assuan
Waset	Theben	Luxor
Yunu	Iunu, Lunu, bibl.: On, griech.: Heliopolis	heute unter einem nördlichen Vorort von Kairo vergraben

Eigennamen

Es gibt große Unterschiede in der Übersetzung den verschiedenen Namen, denn die alten Ägypter hatten keine Vokale, so wie wir sie im geschriebenen Wort kennen. Zum Beispiel geben einige Fachleute »Amun« als »Amon« oder »Amen« wieder. So auch »Tutenchamun«, »Tutenchamon« oder »Tutenchamen«.

Manche nennen den Sonnengott »Ra«, andere »Re«. Und so haben wir »Setepenre« oder »Setepenra«.

In anderen Fällen finden wir eine unterschiedliche Anzahl von Vokalen eingefügt. Zum Beispiel »Nefernefruaten« oder »Neferneferuaten«.

Um die Verwirrung noch zu vergrößern, verwenden Fachleute manchmal die griechische Version eines Namens an Stelle der alten ägyptischen. Zum Beispiel: Der Gott der Weisheit wird von den Griechen »Thoth« genannt, aber »Djehuti« (manchmal »Tahuti« geschrieben) von den Ägyptern. So haben wir, basierend auf dem griechischen »Thoth«, »Tutmosis«, »Tutmes« oder »Tutmes«, wo es vielleicht »Djehuti-mes« heißen müßte. Ich hätte mich am liebsten an die Namen gehalten, die den alten ägyptischen am nächsten kommen, aber in manchen Fällen hielt ich es doch für einfacher, die Version zu benutzen, die dem modernen Leser am geläufigsten ist.

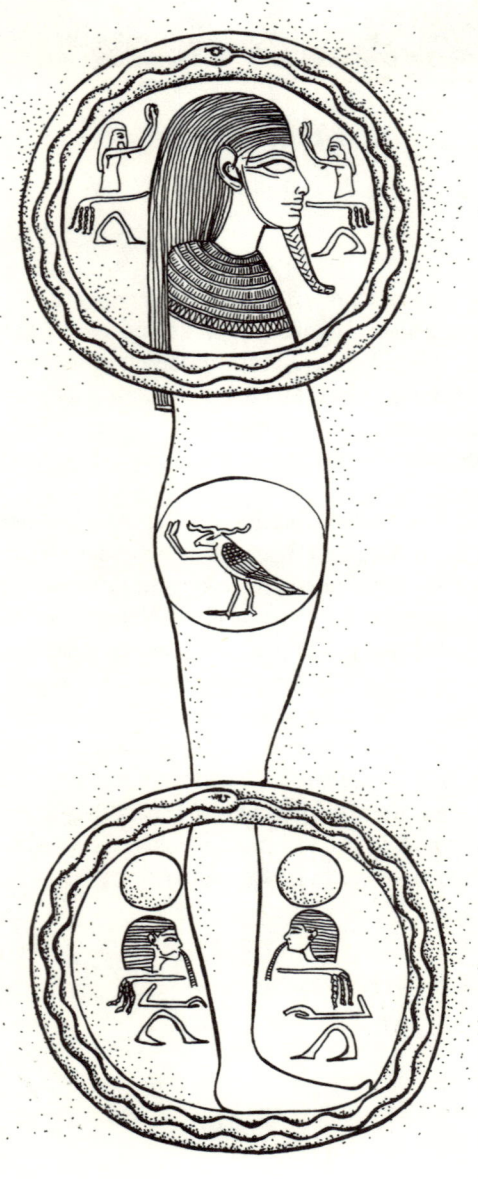

Abb. 4: Tutenchamuns Mumie, um seinen Kopf und seine Füße die Schlange, die sich selbst in den Schwanz beißt. Grabrelief.

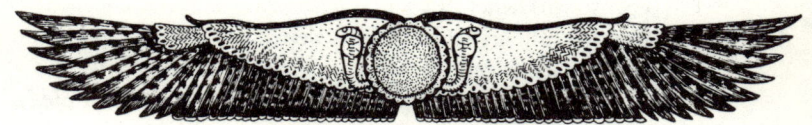

Die Gottheiten

Es folgen ein paar kurze Bemerkungen zu den in diesem Roman vorkommenden vergöttlichten Mächten.

Ausführlichere Informationen können Sie folgenden Büchern entnehmen:

George Hart, A Dictionary of Egyptian Gods and Goddesses, 1986.

Erik Hornung, Der Eine und die Vielen. Ägyptische Gottesvorstellungen, Darmstadt 1953.

Manfred Lurker, Götter und Symbole der alten Ägypter, München 1977.

R.T. Rundle Clark, Myth and Symbol in Ancient Egypt, 1978.

Ammit
Ein hybrides Monster, das in der Halle des Osiris neben der Waage der Maat wartet, um die Seelen der »Ungerechtfertigten« zu verschlingen.

Amun

Sehr alte, schon in den Pyramidentexten erwähnte Gottheit. Er wurde später zu einer mächtigen Lokalgottheit in der Region von Theben und zu einem Hauptgott im ägyptischen Pantheon. Gewöhnlich wird er als ein Mann dargestellt, der ein göttliches Szepter und ein Ankh hält und der eine Krone mit zwei Federn trägt. Sein Name hat damit zu tun, daß er als verborgen und unsichtbar gilt: »Verborgenen Antlitzes und geheimnisvoll in der Gestalt«, »der allen Dingen innewohnt«. Sein Symboltiere sind der Widder und die Gans. Sein großer Tempel im heutigen Karnak ist noch immer höchst eindrucksvoll.

Apophis
erscheint in Gestalt einer Riesenschlange und stellt das »Nichtsein« dar, die »Leere«, die für die alten Ägypter ein

ebenso wirklicher Zustand war wie das Dasein. Die tägliche und nächtliche Schlacht zwischen Ra und Apophis steht für den ständigen und ewigen Kampf zwischen Sein und Nichtsein. Bisher ist Apophis immer geschlagen, aber niemals zerstört worden. Es besteht immer die Möglichkeit, daß Ra eines Tages unterliegt. Das bedeutet, daß unser Dasein nur auf der ständigen Tätigkeit unserer Schutzgottheiten gegen Apophis beruht.

Djahuti (oder Thoth)

»Der silberne Aton«, der aus der Dunkelheit auftauchende Mond, der erleuchtendes Wissen und Weisheit bringt. Der Herr der Zeit und Buchführer der Jahre. Der Erfinder der Schrift und Schutzgott der Schreiber. Hüter des »Lebenshauses«, in dem alle Weisheitsschriften aufbewahrt wurden. Er trägt eine Krone mit einer Mondsichel, die eine  Vollmondscheibe trägt. Er wird in zwei Gestalten dargestellt: als Mensch mit einem Ibiskopf oder als Pavian. Der Ibis ist schwarz-weiß und hat einen sichelförmigen Schnabel. Der Pavian wurde von einem bereits existierenden Gott in Khemnu (Hermopolis) übernommen. Die Griechen identifizierten ihn mit ihrem Gott Hermes, dessen Name »Hermes Trismegistos« von einer Inschrift in Esna stammt: Djahuti, der Große, der Große, der Große.

Hathor

Ihr Name bedeutet »Haus des Horus«, und ihr Hauptaspekt ist der der lebenspendenden und nährenden Mutter. Manchmal sind Isis und sie als Mutter des Horus austauschbar, obwohl sie auch als die Frau des Horus betrachtet wird. Ihr Kulttier ist die Kuh. Pharaonen werden in Reliefs und Malereien oft dargestellt, wie sie aus dem Euter der Himmelskuh Hathor körperliche Nahrung  und mystische Weisheit trinken. Ihr heiliges Instrument ist das Sistrum oder die Rassel, und in ihrem Kult sind Musik und Tanz sehr wichtig. Sie wurde von den Griechen mit der Göttin der Schönheit und der Liebe, Aphrodite, gleichgesetzt. Ein Kind von Hathor und Horus ist Ihi, der die Freude an der Musik verkörpert. In Dendera ist noch ein gut erhaltener Tempel von ihr zu sehen.

Horus

Der Himmelsgott wird als Falke mit den allsichtigen Augen Sonne und Mond gezeigt. Der Pharao ist Horus auf der Erde. Das »Horusauge« ist eine sehr vielschichtige Vorstellung, die unter anderem auf der Geschichte beruht, daß Horus seinem Vater eines seiner Augen angeboten habe, um ihm neues Leben zu geben. Er hat viele Gestalten, von denen eine Ra-Harachte ist, der einen Aspekt der Sonne bildet. Manchmal wird er als Bruder von Seth angesehen, manchmal auch als sein Neffe. In beiden Fällen bilden sie entgegengesetzte, aber sich ergänzende Seiten eines Ganzen – Gut und Böse, Licht und Dunkelheit. Er ist der ägyptische Gott, der sich am ehesten mit Christus vergleichen läßt. Als Sohn von Isis und Osiris vervollständigt er eine heilige Dreifaltigkeit, und als Mann der Hathor und Vater ihres Sohnes Ihi eine weitere. Sein Tempel in seinem Kultzentrum Edfu ist einer der am besten erhaltenen ägyptischen Tempel, der noch immer steht. Das heute sichtbare Gebäude wurde aber lange nach der Zeit von Hatschepsut errichtet.

Maat

ist eine Göttin, die eine Straußenfeder an einem einfachen Band um ihrem Kopf trägt. Sie personifiziert die Ordnung des Universums, die harmonisch nach dem Willen der göttlichen Schöpferkraft arbeitet. Oft trägt der Pharao ein Bild von ihr, um anzuzeigen, daß er mit der Maat herrscht, das heißt, in Einklang mit den göttlichen und natürlichen Gesetzen des Universums. Gegen ihre Feder wird das Herz der Verstorbenen in der Anderswelt gewogen.

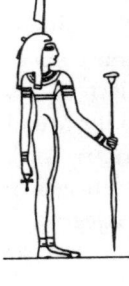

Mut

Hauptfrau Amuns in Theben. Zusammen mit ihrem Sohn Khonsu sind sie und Amun eine der wichtigen Trinitäten der ägyptischen Mythologie. Sie trägt einen Geierkopfschmuck, und ihre Namenshieroglyphe ist ein Geier, aber sie kann auch als Löwin oder katzenköpfige Göttin erscheinen wie Sekhmet im Norden. Ihr Name bedeutet »Mutter«. Der Tempel von Luxor war hauptsächlich ihr geweiht.

Osiris

König der Lebenden in der Unterwelt (den Ägyptern als die »Duat« bekannt). Sein Fleisch wird häufig grün dargestellt, da er der Gott des Wachstum und der Wiedergeburt ist. Seine Bilder wurden bei Beerdigungen oft niedergelegt, mit Nilschlamm gefüllt und mit Gerste bepflanzt. Solche Osiris-förmigen Platten mit verwurzelter und einst gewachsener Gerste wurden in Gräbern gefunden. Ra und er gelten als »Zwillingsseelen«, der eine herrscht »über« der Erde, der andere »unter« der Erde. Es heißt, er sei einst ein auf der Erde herrschender König gewesen, der von seinem eifersüchtigen Bruder Seth vernichtet wurde. Seine zauberkundige Schwester Isis konnte ihn aber gerade lange genug wieder zum Leben erwecken, um ihr Kind, Horus, zu empfangen. Isis, Osiris und Horus bilden eine göttliche Trinität.

Ptah

Eine der wichtigsten Schöpfergottheiten der alten Ägypter. Es gibt einen Bericht, wie Ptah sich selbst erschafft, über den Kosmos nachdenkt und ihn dann ins Dasein ausspricht. Er wird oft als Schöpfer-Handwerker gezeigt und spielt eine wesentliche Rolle bei der Zeremonie der »Mundöffnung« bei den Beerdigungen. Diese Zeremonie bereitet die Mumie oder Statue darauf vor, den lebendigen Ka des oder der Verstorbenen zu beherbergen, indem ihr Mund mit einem Instrument aus Meteoreisen berührt wird. Ptahs Kultzentrum befand sich in Memphis (Men-nefer). Sein gewaltiger Tempel wird zur Zeit gerade ausgegraben, wobei die meisten der großen Blöcke fehlen, denn sie wurden in den vergangenen Jahrhunderten weggetragen, um damit Kairo zu erbauen.

Ra

George Hart sagt über ihn: »Er ist der Schöpfer-Sonnengott von Heliopolis. Ra ist die Quintessenz aller Manifestationen des Sonnengottes, der die drei Bereiche des Himmels, der Erde und der Unterwelt durchdringt. Deshalb gewinnen viele Gottheiten an Göttlichkeit, indem sie mit einem Aspekt des Sonnengottes verschmelzen« – zum Beispiel Amun-Ra. In den Mythen erscheint der Sonnengott aus den Urwassern auf dem ersten Berg und bricht als eine Trinität der Kraft – Kheper (Morgendämmerung), Ra (Mittag) und Atum (Sonnenuntergang) – aus dem kosmischen Ei, welches er/sie irgendwie gelegt hat, in vielfältiges Leben hervor. Es gibt viele Schöpfungsmythen in Ägypten, die alle nicht logisch sind, aber eine tiefe mystische Würde und Kraft haben.

Sekhmet

Gefährtin des Ptah, Löwengöttin von Memphis, »groß in der Magie«. Sie wird mit Zerstörung assoziiert, oft aber in dem Sinne, daß für weitere Schöpfung Raum geschaffen wird, weniger um der Zerstörung selbst willen. Sie war als Heilerin der Pest ebenso bekannt wie als ihre Ursache.

Seschat

Die »Erste in der Bibliothek« wird gewöhnlich mit ihrem männlichen Gegenstück Djahuti verbunden, da sie sich beide mit dem Aufzeichnen und Vermessen beschäftigen. Sie wird mit einem siebenzackigen Stern über ihrem Kopf dargestellt.

Seth

George Hart beschreibt ihn als »Gott der chaotischen Kräfte, der sowohl Verehrung als auch Feindschaft auf sich zieht«. In der Mythologie wird er als der Mörder seines Bruders Osiris gezeigt und als Gegenspieler des Horus. Doch in der Sonnenbarke verteidigt er Ra gegen die noch größere Bedrohung durch die Apophisschlange, den größten Feind allen Daseins. Er ist die gewalttätige und zerstörerische Kraft auf der Erde, bedroht aber nicht das Dasein selbst wie Apophis. Manchmal kann Seths Kraft bezwungen und gelenkt werden. Traditionell wird er mit dem »Bösen« verbunden und Horus mit dem »Guten«. Aber, wie wir alle wissen, ist nichts so einfach. Er steht in Verbindung mit den Bereichen der roten Wüste und mit den Sandstürmen und im Gegensatz zum schwarzen, fruchtbaren Land am Fluß.

Abb. 5: Idyllische Jagdszene: Tutenchamun erlegt Wasservögel und Fische. Zu seinen Füßen sitzt die Königin, in der einen Hand eine Lotosblüte, in der anderen den nächsten Pfeil für ihn. Grabschrein, geschnitztes und bemaltes Elfenbein mit Einlegearbeiten aus Ebenholz.

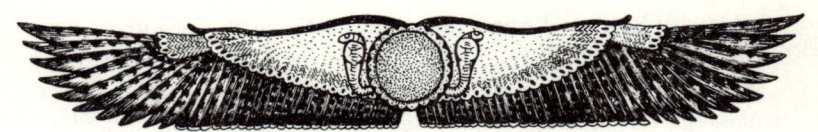

Anmerkungen

Seite

12   Diese Ereignisse sind in meinem Roman *The Son of the Sun* (Arrow, 1990), *Sohn der Sonne* (Neue Erde 1996) beschrieben.

Die genauen Beziehungen der Hauptdarsteller in dem großen Drama der achtzehnten Dynastie liegen teilweise im Dunkeln, aber ich habe versucht, einen Sinn hineinzubringen. Der Streit um die Aton-(oder Amarna-)Pharaonen ist noch nicht beigelegt. Um einen Roman zu schreiben, muß man einen Weg unter den vielen, unterschiedlichen Wegen auswählen, die die forschenden Archäologen und Ägyptologen freigelegt haben, und muß ihm bis zum Ende folgen. Ich bin mir darüber bewußt, wenn zwei Schreiber, die in verschiedenen Zweigen derselben Familie leben, heute ein Buch über diese Familie schreiben müßten, entstünden zwei sehr unterschiedliche Bilder. Es sind schon viele Romane über Echnatons Familie geschrieben worden, jeder anders als der vorhergehende, und doch haben alle dieselben Bruchstücke und Teile verwendet, die uns nach mehr als dreitausend Jahren und einer umfassenden, absichtlichen Zerstörung durch die Pharaonen, die auf ihn folgten, übriggeblieben sind.

In meiner ersten Fassung von *Sohn der Sonne (The Son of the Sun,* Allison & Busby, 1986), hielt ich den geheimnisvollen und namenlosen Prinzen aus Grab 55 für Semenchkare, den Pharao, der nach Echnaton eine sehr kurze Zeit regiert hatte. Seitdem habe ich einige überzeugende Argumente für die Theorie gefunden, daß Semenchkare als eigenständiger, männlicher Pharao nie existiert und Nofretete selbst den Namen angenommen und nach dem Tod ihres Gemahls kurz als Pharao regiert hat. Diese Argumente werden in den folgenden Büchern von Julia Samson und in Artikeln von J. Harris vertreten:

Julia Samson, *Amarna City of Akhenaten and Nefertiti* (Aris & Phillips, 1978), und *Nefertiti and Cleopatra* (The Rubicon Press, 1985);

J. Harris, *Nefertiti Rediviva und Neferneferuaten Regnans in Acta Orientalia* 1973-4.

So blieb der Prinz in Grab 55 immer noch ein Geheimnis. In der Neufassung von *Sohn der Sonne* (Neue Erde, 1996;The Son of the Sun Arrow, 1990) wird er Djehuti-kheper-Ra genannt, doch behält er seine Eigenschaft als Halbbruder Echnatons und Erzähler der Geschichte.

In der Frage nach der Identität Ejes bin ich der anerkannten, wenn auch keinesfalls einmütigen, Annahme gefolgt, daß er der Sohn von Yuya war, des Wagenmeisters und geehrten Beamten am Hof Amenhoteps III., dessen gut erhaltener Leichnam im Kairoer Museum liegt. Als Bruder von Königin Teje und Vater von Nofretete und Nezem-mut war er eng mit der königlichen Familie verbunden, ohne tatsächlich zur königlichen Blutlinie zu gehören. Wiederum ist gut belegt, wenn auch nicht bewiesen, daß Nofretete seine Tochter war. Genauso gut belegt, aber nicht bewiesen ist, daß Tutenchamun der Sohn Echnatons und einer Nebenfrau, Kia, war.

Über eine Verwandtschaftsbeziehung können wir jedenfalls sicher sein, nämlich daß Anchesenamun die Tochter Echnatons und Nofretetes war.

20   »Er war mit allen neun Schichten seines Wesens gebunden ... «
In *The Gods of Rebirth, The Mythologie of Modern Magic* von Nevill Drury (Aquarian Press, 1988), werden die neun Schichten eines Menschen beschrieben, an die die alten Ägypter glaubten.

i)   *Khat,* der irdische Körper, dem Verfall unterworfen.

ii)   *Ka,* das Doppel, eine abstrakte Persönlichkeit, die normalerweise im Grab verbleibt, aber manchmal auch frei, wie ein Geistwesen, umherwandert.

iii)   *Ba,* die Seele des Herzens, sie kann eine irdische oder nicht-irdische Gestalt annehmen und wird manchmal dargestellt, wie sie den mumifizierten Körper nährt.

iv)   *Ab,* das Herz, der Ursprung von Gut und Böse. Bewußtsein. Es war wichtig, daß das Herz im Grab in einem guten Zustand erhalten wurde. Das Herz wurde im Duat beurteilt und gegen die Feder der Wahrheit aufgewogen.

v)   *Khaibit,* der Schatten.

vi) *Khu*, der geistige Körper (Seele), der im Sahu wohnt. Er ist unsterblich.

vii) *Sekhem*, die Lebenskraft.

viii) *Ren*, der Name, der erhalten werden muß, damit der Mensch weiterleben kann.

ix) *Sahu*, der große geistige Körper, der die Wohnung der Seele gestaltet.

Der himmlische Körper dessen, der Ra folgt, besteht aus dem Ka und dem Khu, die ein Tet oder »Scheinendes Wesen« werden können, das die Form eines »Juwel im Diadem des Herrn, der Geist und Leben eint« annimmt. Die göttliche Essenz, aus dem diese beiden stammen, ist das *Hammemit*, von dem man annahm, daß es sich für eine Zeit von einhundertundzwanzig (symbolischen) Jahren vor der Inkarnation um die Sonne drehte.

Herrn Drurys Deutung ist nicht die einzige, denn es handelt sich um einen komplizierten und geheimnisvollen Glauben. Es genügt, wenn wir uns daran erinnern, daß die alten Ägypter an ein Leben vor der Geburt und nach dem Tod glaubten. Sie glaubten auch, daß das Individuum aus vielen Lebensaspekten bestand, manche ewig lebend, manche nicht. Manchmal frage ich mich, ob unser Sprichwort, daß die Katze neun Leben hat, aus dem alten Ägypten stammt, wo die Katze ein heiliges Sinnbild war.

Ich verstehe das Khu als »Geist« – das, was Teil des ursprünglichen und ewigen Wesens einer Person ist. Durch diesen Geist stehen wir mit dem Jenseits in Verbindung, denn tatsächlich wohnt das Khu im Jenseits. Nur zeitweilig überschneidet es sich mit dieser Welt, während wir »im Körper« sind. Indem uns das Khu bewußt wird, wird uns auch das Jenseits bewußt. In diesem Stadium des mystischen Bewußtseins können wir mit dem Verbindung aufnehmen, was jenseits unseres Fassungsvermögens liegt.

Die Seele, das Ka, ist uns selbst mehr wie eine Persönlichkeit verbunden, die zu einer bestimmten Zeit an einem bestimmten Ort geformt wird. Sie wird während dieses Lebens von unseren Gedanken und Handlungen gestaltet und nach dem Tod beurteilt.

Wird sie für gut befunden, vereinigt sie sich wieder mit dem Khu, dem ewigen Geist. Wird sie schlecht beurteilt, muß sie zur Erde zurückkehren und es noch einmal versuchen, oder es wird ihr das Dasein verwehrt und sie wird in die große Leere zurückgeworfen, wo es keine Unterscheidungen gibt.

Wird das Ka für wert befunden, weiterzubestehen, muß es viele verschiedene Verwandlungen durchmachen, bis es schließlich mit seinem Khu verschmilzt und kein Unterschied mehr zwischen beiden besteht. In diesem Zustand, einem Zustand der Vollkommenheit, wartet es auf den Augenblick, wenn dasjenige, das alles aus sich selbst geschaffen hat, alles wieder in sich aufnimmt.

Es wird sein, wie es vor der Erschaffung war.

Und dann wird die Gottheit das Verlangen spüren, es wieder von sich zu geben, und eine neue Schöpfung beginnt.

Aber zwischenzeitlich, im Körper, ist es schwierig für uns, für dieses erhabene, ewige Drama empfänglich zu sein. Wir sind vielmehr damit beschäftigt, die Annehmlichkeiten des Vertrauten um uns zu erhalten. Im alten Ägypten wurden zu den Begräbnissen inbrünstig Gebete gesprochen, auf daß der Verstorbene Kraft über den »Knoten« haben möge, der die verschiedenen Schichten seines Wesens zusammenhielt, damit sie nicht ins Unbekannte verstreut würden. Der Name war für diesen »Knoten« entscheidend, und damit auch für das Überleben der bekannten Persönlichkeit des Verstorbenen.

21 und 52   Die Zitate sind *Egypt of the Pharaohs* von Sir Alan Gardiner (Oxford University Press, 1961) S. 225, 226 entnommen.

Die Hymne an Aton war auf den Wänden von Ejes ursprünglichem Grab in Achetaton eingraviert, obgleich man annimmt, daß sie von Echnaton persönlich geschrieben wurde. Sie benutzt und steigert noch die alten Benennungen des Sonnengottes. Sie enthält eine interessante Ähnlichkeit mit dem herrlichen Psalm 104 in der Bibel:

»Lobe den Herrn, meine Seele. Oh, Herr, mein Gott, Du bist herrlich, Du kleidest Dich in Ehre und Würde. Du hüllst Dich in Licht wie in einen Schmuck, Du breitest den Himmel aus wie einen Vorhang, Du legst die Balken Deiner Gemächer in Wasser, Du nimmst die Wolken als Wagen, Du schreitest auf den Flügeln des Windes, Du machst Deine Engel zum Geist, Deine Minister Feuerflammen, Du gründest die Erde, daß sie sich nicht rührt auf ewig ...

Du bringst Quellen in die Täler, die zwischen den Bergen fließen. Du gibst den Tieren der Felder zu trinken, das Wild löscht seinen Durst. Die Vögel der Himmel wohnen bei ihnen und singen in den Zweigen ...

Du läßt das Gras für das Vieh wachsen, und Kräuter zum Wohl der Menschen, damit er Nahrung aus der Erde bringe, ...
Du machst die Dunkelheit und es ist Nacht, und alle wilden Tiere des Waldes kriechen umher. Die jungen Löwen brüllen nach ihrem Raub und suchen ihr Fleisch von Gott. Geht die Sonne auf, sammeln sie sich und legen sich nieder in ihrem Bau.
Der Mensch geht an seine Arbeit bis zum Abend.
Oh, Herr! Wie mannigfaltig ist Dein Werk! In Weisheit hast Du alles geschaffen, die Erde ist voll von Deinem Reichtum. Da ist das große, weite Meer, in dem unzählbare Wesen wimmeln, kleine und große Tiere. Darüber fahren Schiffe ... «

22   Moyra Caldecott, *The Son of the Sun* (Arrow, 1990), in der deutschen Übersetzung: *Sohn der Sonne* (Neue Erde, 1996).

29   » ...1871 wußten die Historiker kaum etwas über die Hethiter. Heute sind wir uns darüber im Klaren, daß dieses Volk im zweiten Jahrtausend v. Chr. eine große Macht darstellte, deren Einfluß sich über ganz Vorderasien bis nach Syrien erstreckte, und die Babylon erobert und siegreiche Kriege gegen Ägypten geführt hat ... «
C.W. Ceram, *Narrow Pass Black Mountain* (Readers Union, 1957).

41   Der Eisendolch mit dem Bergkristallknauf wurde neben Tutenchamun in seinem Grab gefunden.

45   Die Traum-Stele von Tutmes IV., die in dieser Episode beschrieben wird, existiert heute noch.

45   »Das Haus der Millionen Jahre« war der Totentempel, in dem die Priester die Rituale durchführten, die den Namen des Verstorbenen hoffentlich Millionen von Jahren am Leben erhalten sollten.

45   Amenhotep-Sohn-des-Hapu und Imhotep wurden beide für ihre Werke zu Lebzeiten so bewundert und verehrt, daß sie später zu »Göttern« erklärt wurden und Jahrhunderte lang für die Menschen, die an sie glaubten, Wunder wirkten. Dieses Konzept ähnelt dem des Papstes, der bestimmte Menschen heilig spricht, die dann in dieser Welt weiter wirken, nachdem sie sie verlassen haben.

47   Die tatsächlichen Ereignisse dieser Geschichte im Zusammenhang mit dem grünen, kristallenen Ei des Ra werden weder von

Archäologen noch Ägyptologen bestätigt, aber die Idee des kosmischen Eies bei den alten Ägyptern ist gut dokumentiert.

In *An Illustrated Encyclopaedia of Traditional Symbols* von J.C. Cooper (Thames & Hudson, 1978) können wir lesen:

»Das kosmische Ei, auch durch die Kugel symbolisiert, ist das Lebensprinzip, die undifferenzierte Ganzheit, die innewohnende Macht, der Keim aller Schöpfung, die uranfängliche, mutterrechtliche Welt des Chaos, das große Rund, welches das Universum beinhaltet, kosmische Zeit und Raum, der Anfang, der Mutterleib, das ganze schöpferische Dasein, die uranfänglichen Eltern, der vollkommene Zustand vereinter Gegensätze, organische Substanz in untätigem Zustand, Wiederauferstehung, Hoffnung. In der hinduistischen, ägyptischen, chinesischen und griechischen Symbolik bricht das kosmische Ei, als Ursprung des Universums, plötzlich auseinander. Bis dahin war es ein Ganzes und enthielt in dem begrenzten Raum der Schale dennoch alles, was existiert und möglich ist.« In Ägypten »wurde das kosmische Ei, aus dem Ra, die Sonne, schlüpfte, von der Nil-Gans gelegt: ›sie wächst, ich wachse; sie lebt, ich lebe‹ (Spruch 59, Ägyptisches Totenbuch). Kneph, die Schlange, brachte ebenfalls das kosmische Ei aus ihrem Maul hervor und symbolisiert das göttliche Wort.«

In *Tutenchamun* von C. Desroches-Noblecourt (Penguin Books, 1965) S.181 lesen wir:

» … die Gräber der Herren von Theben geben die dramatische Geschichte der Schwangerschaft des Sonne und ihrer Wiedergeburt zur fünften Stunde wieder, wenn die göttliche Barke über einen pyramidenförmigen Schatten gleitet, der das heilige Ei schützt, aus dem die Sonne sich erhebt.«

In *The Shrines of Tut-ankh-amon:* Texte übersetzt und mit Einführungen von Alexandre Piankoff, herausgegeben von N. Rambova, (Bollingen Foundation Inc., New York, 1977), S. 16 lesen wir:

»Es lebe der schöne Gott … geboren aus der Herrlichkeit des Ra, Keim des Scheinenden, reines Ei, das von Horus in der großen Burg ins Dasein gebracht wurde … «

Das bezieht sich auf Tutenchamun und stammt von einem Stuhl in seinem Grab.

»Der Gute Gott, der aus Ra kam, Edles Ei des Aton, der in der Wahrheit lebt jeden Tag … « Ebd., S. 127

»Der König, das Ei des Ra, Herr der Zwei Länder Neb-kheper-Ra, Abbild des Ra, wird gleich Ra am Himmel erscheinen, jeden Tag, und lebt für immer und ewig.« Ebd. S.120.

Diese beiden Inschriften stammen von Schrein II der goldenen Schreine in Tutenchamuns Grab.

Auf Horus bezieht sich »Herr des grünen Steins« aus dem alten Pyramiden-Text. Ausspruch 301, Absatz 457c, aus *The Pyramid Texts vol.1*, übersetzt von S. A. B. Mercer, (Longman, 1952).

Die Idee des kosmischen Eis, das als klarer, grüner Kristall (wahrscheinlich Fluorit) dargestellt wird, verwende ich auch in meinem Roman über Hatschepsut, *Daughter of Amun* (Arrow, 1989), *Tochter des Amun* (Neue Erde, 1995). Es handelt sich um das gleiche grüne, kristallene Ei, welches nun in *Tochter des Ra* auftaucht.

In *Book of the Dead* von R.O. Faulkner (British Museum Publications, 1985):

»Ich habe mich aus dem Ei erhoben, das in dem geheimen Land wohnt, mein Mund wurde mir gegeben, auf daß ich vor dem großen Gott sprechen möge, des Herrn der Unterwelt.« Spruch 22.

»Ich habe dieses Ei gehütet … wenn es wächst, werde ich wachsen, wenn es lebt, werde ich leben, wenn es atmet, werde ich atmen.« Spruch 59.

»Ich bin Er, in dem das heilige Ei wohnt, und der das heilige Ei ist, und mir ist es gewährt, durch sie zu leben …

Ei, oh Ei, ich bin Horus, der über Myriaden herrscht, mein glühender Atem schlägt in die Gesichter derer, deren Herzen sich gegen mich erheben … « Spruch 42.

»Oh du von Nekhen, der du in deinem Ei bist, Herr der himmlischen Wasser, heile mich, wie du dich selbst heilst. Erlöse ihn, befreie ihn, bringe ihn zur Erde, mach, daß er geliebt wird … « Spruch 71.

»Ich bin als großer Falke erschienen; ich bin aus dem Ei gekommen; ich bin aufgestiegen und gelandet als Falke; mein Rücken ist vier Ellen lang, meine Flügel sind aus dem grünen Stein von Oberägypten; ich bin aus dem Sarg in die Nacht-Barke gestiegen; ich habe mein Herz aus den östlichen Bergen geholt; ich bin in der Tag-Barke gelandet, zu mir wurden die aus alter Zeit gebracht, die sich verneigen, und sie verehren mich, wenn ich erscheine; ich habe mich als heller Falke aus Gold auf dem spitzen Stein niedergelassen … « Spruch 77.

»Oh Ra in deinem Ei, du scheinst in deiner Scheibe, gehst auf an deinem Horizont, schwimmst über dein Firmament, keiner unter den Göttern gleicht dir, du segelst über die Stützen von Schu, du spendest Luft mit dem Hauch deines Mundes, du erleuchtest die Zwei Länder mit deinem Sonnenschein, mögest du mich erretten« vor dem Gott, dessen Gestalt geheim ist, dessen Augenbrauen die Arme der Waage sind in der Nacht der Abrechnung … « Spruch 17.

Was wir das Totenbuch nennen war bei den alten Ägyptern als *Das Buch von Herauskommen bei Tag* oder *Das Buch des großen Erwachens* bekannt, denn es enthielt die Abschriften alter Gebete und Sprüche, die dem Verstorbenen durch eine Reihe komplizierter Prüfungen helfen sollten, so daß er oder sie schließlich »beurteilt« und von »wahrer Stimme« daraus hervorgehen konnte, um mit der Sonne wiedergeboren zu werden und ewig zu leben.

Der Leser hat wahrscheinlich festgestellt, daß einige Teile des Buches eine mythische, und manche Teile eine buchstäbliche Wahrheit enthalten – soweit es nach mehr als dreitausend Jahren möglich ist. Das grüne Ei des Ra gehört in das Reich des Mythischen. In den altägyptischen Mythen (oder Religion, wenn Sie es lieber so bezeichnen) ist eine der zentralen Gedanken das heilige Ei, aus dem alles Existierende ausgeschlüpft ist. Aus diesem Grund habe ich in dieser Geschichte das heilige Ei zu einem Hauptthema gemacht, nicht weil Anchesenamun und die anderen buchstäblich um den Besitz eines tatsächlichen Eies kämpften (obgleich es mehr oder weniger so geschehen sein könnte, wie ich es beschreibe), sondern weil es dazu dient – wie in unserem westeuropäischen Mythos vom heiligen Gral –, bestimmte wichtige Aspekte der beteiligten Charaktere zu erhellen, und damit des Menschen überhaupt. Jeder jagte dem Ei aus einem anderen Grunde nach, und es war, wie der heilige Gral, nicht nur für verschiedene Menschen, sondern manchmal auch für ein und dieselbe Person etwas Verschiedenes.

Anchesenamun hatte anfangs die edelsten Motive. Ursprünglich wollte sie das Ei benutzen, um das Gleichgewicht zwischen den verschiedenen Machtströmungen in Ägypten zu erhalten. Sie war die einzige, die seine große Möglichkeit als spirituelle Macht erkannte, die großes Wohl bringen könnte. Hapu wollte es zerstören, weil er glaubte, daß Echnaton, sein großes Vorbild, es so wollte. Er war bereit, einem Lehrer blindlings zu folgen, ob er seine Lehren recht verstand oder nicht.

Nezem-muts Motiv war ausschließlich eigennützig. Sie wollte Haremhab, und sie war bereit, das Ei zu benutzen, als sei es als ein bloßer magischer Machtgegenstand. Haremhab sah es als Mittel, die Macht seines auserwählten Gottes zu mehren, dem selbst keine wesentliche Macht zu eigen war. Die Zwerge sahen darin einen Weg, die Laune der Natur zu berichtigen und sehr reich zu werden.

Ob es einen solchen Gegenstand, um den sie kämpften, wirklich gab, ist nicht die entscheidende Frage. Tatsächliche Gegenstände und Ereignisse sind schließlich immer nur die sichtbaren Zeichen von weiterreichenden

Vorgängen, die sich unter der Oberfläche abspielen. Ein jedes veranschaulicht die innere Reise der Seele, entweder des Individuums oder der Menschheit als Ganzes.

69 »Ich bin Ra ... « Alexandre Piankoff, *The Shrines of Tut-ankhamon* (Bollingen, Princeton, 1977), S. 34.

87 »Seine Hoheit durchschritt das Leben in Glück ... « ebd. S. 6

91 Mayas Grab wird gegenwärtig in Sakkara ausgegraben.

98 Die *Djed*-Säule ist das Symbol für Stabilität und Sicherheit, die Hieroglyphe, die schmückend in allen Arten ägyptischer Kunst verwendet wird. Sie stellt die sichere Säule dar, auf welche die Teile des Gottes Osiris gebunden wurden, als Isis sie wieder zusammensetzte, nachdem dessen Bruder Set ihn zerstückelt hatte.

101 »Ich bin der Gott, der im Ei des Ersten und des Letzten wohnt ... « Georg Steindorff, *Religion of the Ancient Egyptians,* (Putnam, 1905).

107 »Ich habe sie über Wasser und über Land geführt ... « Inschrift vom Punt-Relief auf den Wänden von Hatschepsuts Tempel in Deir el Bahri. Übersetzt von J.H. Breasted, *Ancient Records of Egypt, vol.2* (Chicago, 1906-07).

108 Die Geschichte Hatschepsuts und ihres Amuntempels findet sich in meinem Roman *Daughter of Amun* (Arrow, 1989), in der deutschen Übersetzung: *Tochter des Amun* (Neue Erde, 1995).

128 Die Fehde zwischen Ra und Amun hat mehr mit den feinen theologischen Unterschieden innerhalb einer Religion zu tun als mit den Unterschieden zwischen zwei verschiedenen und gegensätzlichen Religionen. Sie ähnelt mehr dem Streit zwischen den ersten Kirchenvätern, ob Christus aus einer Substanz oder aus zweien bestand, als dem Streit zwischen so großen und unterschiedlichen Religionen wie dem Buddhismus und dem Judaismus.

129 »Als seine Majestät sich zum König erhob ... « Sir Alan Gardiner, *Egypt of the Pharaohs* (OUP, 1961), S. 236,237.

146-7 Die beiden Briefe, die Anchesenamun an die Hethiter geschrieben hat, sind historisch gut belegt:

»Nun muß von einem außergewöhnlichen Ereignis, das kurz nach Tutenchamuns Tod geschehen ist, berichtet werden. Es handelt sich um einen Text in Keilschrift, der Bezug auf einen Brief nimmt, den eine junge Witwe an den hethitischen König Suppiluliuma adressiert hat. Dabei kann es sich nur um Anchesenamun handeln, obgleich das, was ihr Name sein sollte, durch einen Irrtum eine verzerrte Form erhielt. Sie erklärt, sie habe keine Söhne, und bittet den hethitischen König ihr einen seiner Söhne zu schicken, damit er sie heirate, und sie verspricht dessen Anerkennung als Pharao. Suppiluliuma mißtraut der Echtheit der Anfrage und schickt eilig einen Beamten, um das zu untersuchen. Die Witwe beteuert empört ihre Ehrlichkeit, und schließlich wurde ihr ein junger Prinz geschickt, der aber auf seinem Weg ermordet wurde. Dieses führte zu einem Krieg gegen Ägypten, auch wenn aus ägyptischen Quellen nichts darüber bekannt ist.« Aus *Egypt of the Pharaohs* von Sir Alan Gardiner (OUP, 1961).

Der Text, den Gardiner erwähnt, steht in *Ancient Near Eastern Texts relating to the Old Testament*, herausgegeben von J.B. Pritchard, (Princeton, 1950), S. 319.

Dieses Ereignis findet auch Erwähnung in *Suppiluliuma and the Amarna Pharaohs* von K. A. Kitchen (Liverpool University Press, 1962), S.22. Kitchen bezieht sich auf *The Deeds of Suppiluliuma*, einen hethitischen Text, der von der Witwe Tutenchamuns berichtet, »die Suppiluliuma um einen seiner Söhne bittet, um ihn zu ihrem Gemahl und zum König von Ägypten zu machen. Das fand im ersten Jahr von Suppiluliumas sechs Jahre dauernden ›zweiten‹ syrischen Krieg statt … «

The Deeds of Suppiluliuma sind von seinem Sohn Mursilis II. geschrieben worden.

»Als nun die Ägypter von der Eroberung Amkas hörten, waren sie wirklich besorgt. Und weil ihr Herrscher gestorben war, schickte die Königin von Ägypten, seine Witwe, eine Botschaft an meinen Vater. Sie schrieb ihm folgendes:

›Mein Gemahl ist gestorben, und ich habe nicht einen Sohn. Aber man sagt, du habest viele Söhne. Gibst du mir einen Sohn von den deinen, so kann er mein Gemahl werden. Denn wie kann ich einen meiner Sklaven nehmen und ihn zu meinem Gemahl machen und ihn ehren?‹

Als mein Vater das vernahm, rief er die großen Männer von Hatti zu einer Versammlung … Er schickte einen besonderen Boten, um die wahre Lage in Ägypten zu klären.

›Geh und bringe mir verläßliche Nachrichten. Vielleicht wollen sie mich verhöhnen, vielleicht haben sie schon einen Thronfolger.‹

Die Königin schrieb offenbar diese Worte zurück:

›Warum hast du die Worte gesprochen: Sie wollen mich nur verhöhnen? Ich habe keinem anderen Land geschrieben. Ich habe nur dir allein geschrieben. Man sagt, du habest viele Söhne. Gib mir einen deiner Söhne, er soll mein Gemahl werden und König von Ägypten.‹ Nun war mein Vater ein freundlicher Mann und erfüllte der Frau ihren Wunsch gemäß ihrem Wort und packte die Sache mit seinem Sohn an.«

Dann folgt die Beschreibung des Mordes.

Dieses ist ein bearbeiteter Auszug einer Übersetzung in *Narrow Pass Black Mountain, the Discovery of the Hittite Nation*, von C.W. Ceram (Readers Union, 1957), S. 157, 158.

Die *Encyclopaedia Britannica* erwähnt, der Name des Prinzen sei Zannanza.

Über diesen Vorfall wird auch von C. Desroches-Noblecourt in *Tutenchamun* (Penguin, 1965) S. 202-3 berichtet.

161   Alle bekannten Gräber im Tal der Könige westlich von Luxor, dem Begräbnisort aller Pharaonen seit Beginn der achtzehnten Dynastie, sind seit dem Altertum immer wieder geöffnet und ausgeraubt worden. Die Archäologen des neunzehnten und zwanzigsten Jahrhunderts, die endlich etwas über das alte Ägypten erfahren wollten, fanden nichts außer Bruchstücken und Teilen. Nur die Wände mit ihren verwirrenden und prachtvollen Bildern des Duat, des Jenseits, und der reichen Mythologie einer Religion, die Tausende von Jahren gewährt hatte, waren für sie erhalten geblieben.

Im Jahre 1922 fand Howard Carter, unter der Schirmherrschaft von Lord Caernarvon, ein kleines Grab, das von Räubern und Wüstlingen fast nicht berührt worden war. Ich sage »fast«, denn es schien in das Grab nur wenige Jahre, nachdem der Tote begraben worden war, einen Einbruchsversuch gegeben zu haben – aber es fehlten nur wenige Dinge, was die Vermutung nahelegt, daß die Diebe überrascht worden sind. Das Grab wurde mit dem Siegel des Herrn der Totenstadt unter Haremhab wieder verschlossen.

Es war das Grab des Pharao Tutenchamun. Bis zu jener Zeit war über diesen jungen Mann nur sehr wenig bekannt gewesen. Es war die Ironie des Schicksals, die ihn zum bekanntesten Pharao von Ägyptens vieltausendjähriger Geschichte machte. Sein Nachfolger hatte alles in seiner Macht stehende getan, jede Spur von ihm zu tilgen.

Seine Schätze waren auf Ausstellungen der ganzen Welt zu sehen und viele Neugierige haben in die Augen seiner goldenen Maske geschaut.

Ich sah die Maske zum ersten Mal in einer Ausstellung zur Zeit der ersten Mondlandung. Ich konnte nicht umhin, eine seltsame, unheimliche Verbindung zu spüren zwischen dem goldenen Helm des Astronauten, der auf dem Mond herumlief, und der goldenen Maske des Jungen, der nach mehr als 3000 Jahren aus seinem Grab aufgetaucht ist.

Ich fühlte mich bewegt, das Gefühl irgendwie auszudrücken.

> Ich werde mein Gesicht mit Gold bedecken
> und andere Welten berühren –
> andere Zeiten.
> Und Menschen
> die sich sehnten nach anderen Welten
> und anderen Zeiten
> werden in mein goldenes Antlitz blicken
> in meine goldenen Augen –
> und sie sehen
> wunderbare Dinge.
> Und wenn ich sterbe
> werde ich
> gleich einem jungen Pharao
> für immer in meinem Grab liegen –
> unverdorben
> in der Wüste des Mondes –
> mein Schatz
> eine Saphir-Erde
> in einer Unendlichkeit aus Finsternis.

Zahlreiche Bücher beschreiben die Schätze, die in Tutenchamuns Grab gefunden worden sind. Hier nun einige der Titel, die ich sehr hilfreich fand:

Tutankhamun von C. Desroches-Noblecourt (Penguin, 1965);

The Shrines of Tut-ankh-amon. Texte mit Einführungen übersetzt von Alexandre Piankoff, herausgegeben von N. Rambova (Bollingen Series XL.2., Princeton University Press, 1977);

Tutankhamun – His Tomb and his Treasures von E.S. Edwards (The Metropolitan Museum of Art & Alfred A. Knopf, 1976);

The Small Golden Shrine from the Tomb of Tutankhamun von M. Eaton-Krauss & E. Graefe (Griffith Institute, Oxford, 1985);

The Tomb of Tutankhamun von Howard Carter (Sphere Books, 1954).

162   »Ich bin gekommen, dich jene in Asien … « Von der Siegesstele Tutmes III.. Alexandre Piankoff, *The Shrines of Tut-ankh-amon* (Bollingen, 1977) S.4.

163   Ich finde es interessant, daß die Vorstellung der ägyptischen Mythologie, ein Erdhügel sei aus dem uranfänglichen Ozean emporgestiegen, sich in der gegenwärtigen Theorie der Geographen wiederspiegelt, die behauptet, daß ursprünglich alle Kontinente in einer großen Landmasse vereint gewesen, dann zerborsten und auseinandergetrieben worden seien.

163   » … die Knochen … « bestanden rituellen Texten zu Folge aus Silber und wurden vom Vater geschaffen, und » … das Fleisch«, aus Gold, rührt von der Mutter her. C. Desroches-Noblecourt, *Tutankhamun* (Penguin, 1965), S. 193.

164   » … ein silberner Strudel … «
»ein silberner Strudel von Energie, aus dem eine Million Welten entstanden sind … « Moyra Caldecott, *The Silver Vortex* (Arrow, 1987); *Der Silberne Strudel* (Neue Erde, 1991).

164   Einige der Blumengirlanden Tutenchamuns sind noch in einem erstaunlich gut erhaltenen Zustand und befinden sich in Kew Gardens, London.

165   Die beiden riesigen Statuen, die wir heute die Kolosse von Memnon nennen, sind die zwei Bildnisse des Amenhotep III., die hier erwähnt werden.

168   Ich finde die Erwähnung C. Desroches-Noblecourts auf Seite 178 in ihrem Buch *Tutankhamun* interessant, daß die Särge bei ihrer Ankunft vor dem Grabmal auf einen besonderen, feinen, weißen Sand aufgestellt werden, um das entscheidende Ritual der »Öffnung von Mund und Augen« durchzuführen, und daß die japanischen Archäologen, die vor einigen Jahren eine dünne Probenröhre in eine neu entdeckte Grabkammer in der großen Pyramide von Giza getrieben haben,

überrascht waren, als die Röhre feinen weißen Sand enthielt, der nicht aus der Gegend von Giza stammte. Ich glaube, die Erklärung des einen wird auch ein Licht auf das andere werfen.

168   »Ich habe mich aus dem Ei ...« R. O. Faulkner, *The Book of the Dead*, Spruch 22.

169   »Ptah öffnet meinen Mund ...« ebd. Spruch 23.

169   »Oh, Herr der Flammen ...« eine Version dieses alten Klageliedes, zitiert von Piankoff, *The Shrines of Tut-ankh-amon*, S. 36.

170   »Ich bin deine Gemahlin ...« C. Desroches-Noblecourt, *Tutankhamun*, S.178.

171   »Du bist der Einzige...« Piankoff, *The Shrines of Tut-ankh-amon*, S. 7.

171   »Der König, das Ei des Ra ...« von Schrein II in Tutenchamuns Grab. Ebd.S.120.

171   »Ich bin gekommen dich zu schützen ...« Ebd.S.126.

172   »Der gütige Gott, der aus Ra hervorging ...« Ebd.S.127.

179   »Ich nahm sie des Nachts im Sturm ...« C.W. Ceram, *Narrow Pass Black Mountain*, S.118. Ein Fluch des König Anittas von Kussara, der ca. 1800 v. Chr. Hattusas erobert hat.

180   »Scheine auf mich nieder wie die Sonne am Himmel ...« J.G. Macqueen, *The Hittites* (Thames & Hudson, 1986), S.152. Einige der alten Kulturen stellten sich die Sonne als Göttin vor, nicht als Gott. Das scheint auch für die Hethiter zu gelten.

Moyra Caldecott
Tochter das Amun

Das Alte Ägypten vor 3.500 Jahren – ein Land, regiert von einer allmächtigen Königin: Hatschepsut. Sie ist ehrgeizig, rastlos und klug. Eine Frau, die Amun als den obersten Gott der Ägypter einsetzt, die Amun-Priester mit unermeßlichen Reichtümern überschüttet und ihnen unerhörte Macht gibt.

Doch wie sicher kann Hatschepsut ihre Macht behaupten gegen den Mann, dessen Thron sie an sich gerissen hat? Und würde die Fehde zwischen der zu neuer Macht gekommenen Priesterschaft des Gottes Amun und der alten Priesterschaft des Gottes Ra alles zerstören, was sie aufbauen wollte?

Dies ist die Geschichte einer großen Pharaonin, einer faszinierenden Frau und einer ergriffenen Mystikerin. Einer Frau, die hin- und hergerissen ist zwischen dem Auftrag ihres Gottes und ihren persönlichen Wünschen, zwischen ihrer Liebe und ihrem Streben nach Macht.

NEUE ERDE

Moyra Caldecott
Sohn der Sonne

Dem wohl berühmtesten Herrscherpaar des alten Ägypten, Echnaton und Nofretete, wird in diesem Roman ein unsterbliches Denkmal gesetzt. Nicht nur der König und Politiker Echnaton, der die mächtigen Amun-Priester in den Staub wirft, nicht nur der Ehemann und Vater wird hier ins Bild gesetzt, sondern der Visionär und Prophet, der von einer einigen, liebevollen und friedlichen Menschheit unter der Obhut des Sonnengottes träumt.

Ma-nan, der Priester Amuns, zwar entehrt und ohne Machtstellung, gibt nicht auf und wartet auf seine Stunde. Und wie lange sieht der mächtige General Horemheb dem Verfall der militärischen Macht des Großreiches tatenlos zu? Auch Nofretete geht im Geheimen eigene Wege. So scheint es nur eine Frage der Zeit, bis der Dichter und Visionär hinweggefegt und dem Vergessen anheimgegeben wird…

NEUE ERDE

Moyra Caldecott
Die Hohen Steine

Maal, der alte Priester der Hohen Steine, hat nicht mehr lange zu leben. Da tritt sein Nachfolger Wardyke auf den Plan. Aber der nutzt seine Stellung und seine Macht für eigennützige Zwecke und beseitigt Maal. Das junge Mädchen Kyra ist die einzige, die gemeinsam mit ihrem Bruder und dessen Freundin ihrem Dorf helfen kann, die Macht von Wardyke zu brechen. Dies gelingt ihnen durch ihre innere Stärke, nicht durch äußere Macht.

Dieser in der Bronzezeit spielende Roman zeigt das Bild einer hohen geistigen Kultur. Er schildert glaubhaft die übersinnlichen Fähigkeiten und geheimes Wissen, vermittelt zugleich zeitlose Wahrheiten; ein
Roman, der seine Leser aufs tiefste anrührt und herausfordert.

Moyra Caldecott
Der Tempel der Sonne

In diesem zweiten Band, in dem die Geschichte von Kyra, Karne und Fern ihre Fortsetzung findet, machen sich die drei auf die Reise zum Tempel der Sonne.

Dort soll Kyra zur Priesterin ausgebildet werden, dort soll sie den Herrn Khu-ren wiedersehen...

...aber hier trifft sie auch wieder auf Wardyke, der seine Kräfte wiedergefunden hat. Selbst der Tempel der Sonne wird von seinen bösen Machenschaften erschüttert.

Zug um Zug schälen sich immer tiefere Bedeutungen und Zusammenhänge heraus.

Moyra Caldecott
Schatten auf den Steinen

Kyra ist nun, wie Khu-ren, eine geweihte und anerkannte Priesterin im Tempel der Sonne, und unter ihrer weisen Führung hat die Kultur der Heiligen Steine wieder ihre feste Verwurzelung in geistiger Kraft, psychischer Energie und im Frieden unter den Menschen gefunden.

Aber es fällt ein Schatten auf die Steine – der wachsende Einfluß des neuen und schrecklichen Gottes Groth, dem Gott des Chaos und der Barbarei.

Nur die Priester der Sonne haben die Macht, seiner zerstörerischen Kraft zu widerstehen... doch als sie sich anschicken, die alte Lebens-weise zu beschützen, wird ihre Anstrengung unterminiert:

Deva, die Tochter von Kyra und Khu-ren, hat sich von ihren Eltern abgewandt... und ist dem Bann des neuen Gottes erlegen...

Moyra Caldecott
Der Silberne Strudel

Kyras Tochter Deva gerät in den Bann der bösen Zauberin Urak, die sie lehrt, durch Gedankenkraft Dinge zu schaffen. Mit dieser verführerischen Gabe bringt Deva den Tempel der Sonne in höchste Gefahr. Wird sie sich rechtzeitig besinnen? – Band 4 des vorgeschichtlichen Romanzyklus um Magie, Mysterien und mediale Kraft.

Moyra Caldecott
Frauen in keltischen Mythen

Bei den kriegerischen Stämmen der alten Kelten wußten Frauen
sich zu behaupten und waren den Männern ebenbürtig. Mächtige
Kriegerinnen unterwiesen Helden im Kampf und im Töten (und
Lieben!); schöne junge Frauen zeigten ihnen den Weg zu höheren
Ebenen – und alle verfügten über Kräfte, mit denen man rechnen
mußte und die man achtete.

Moyra Caldecott macht in diesem Buch die faszinierende und
mächtige Zauberkraft der inneren Wandlung lebendig, welche die
starken und lebensfrohen keltischen Frauen der Mythen herbeiführ-
ten. Sie erzählt die Überlieferungen von Rhiannon, Arianrhod,
Deirdre, Grania und vielen anderen neu und be-leuchtet in ihren
Kommentaren den kultischen, magischen und psychologischen
Hintergrund.

Mit ihrer Erzählkunst läßt Moyra Caldecott meisterhaft die Bilder-
kraft der mythischen Sagen und die starken Frauen-gestalten der
Kelten vor unserem inneren Auge erstehen. Und ihre Kommentare
sind nicht Erklärungen, sondern Fingerzeige auf die verborgene
Wirklichkeit.

NEUE ERDE

Moyra Caldecott
Kristall-Legenden

Kristalle und Edelsteine faszinieren den Menschen seit der Jung-
steinzeit: Sie dauern fort, wenn die Knochen jener, die sie
schmückten, zu Staub zerfallen sind. Das Wissen um die Kristalle
hinterließ so tiefe Spuren, daß die alten Völker Kristalle und Edelsteine als dynamische und machtvolle Symbole in ihre Sagen und
Mythen aufnahmen.

Heute erlebt die Wertschätzung der Kristalle beim Heilen, bei
der Meditation und beim Weissagen eine Wiedergeburt. In ihren
»Kristall-Legenden« betrachtet Moyra Caldecott Kristalle aus einem
neuen Blickwinkel. Indem sie Mythen aus aller Welt nacherzählt,
zeigt sie uns, welche Bedeutung Kristalle und kostbare Steine als
Symbole in den verschiedenen Überlieferungen haben. In tief-
gründigen Kommentaren deutet sie ihren verborgenen Sinn. Sie
schöpft aus buddhistischen und biblischen Texten, europäischen
und ägyptischen Erzählungen, Arthur- und Atlantissagen. Diese
fesselnde Auswahl spricht alle an, die sich für die Kraft der Kristalle
und für die ewige Reise der Seelen zum Licht interessieren.

Moyra Caldecott
Stier und Lilie

Ierii, Tochter des Hofgärtners, begegnet in den Bergen einer alten
Frau, Quilla. Einst gefeierte Stierakrobatin, wurde sie von der Königin aus Eifersucht verbannt. Aber nun sieht sie großes Unheil
heraufziehen über der Stadt Ma-ii, und Ierii soll die Menschen
warnen.

Die Königin hat nach dem Tod ihres Sohnes böse Wege einge-
schlagen. Die Begräbnisfeier will sie nutzen, um den Geist ihres
Sohnes zum neuen Gott zu erheben. Er soll die zerstörerischen
Erdgewalten, die Kraft des Stieres, verkörpern und zur alleinigen
Macht befördern.

Die Anhänger der Herrin der Lilien werden verfolgt, aber nur in
ihrem Wirken liegt Hoffnung auf Rettung. Ierii muß all ihren Mut
zusammennehmen und mit der Hilfe ihres Freundes Thyloss, des
stattlichen Stierakrobaten, der grausamen Königin die Stirn bieten.

Hier wird das alte minoische Kreta wieder lebendig, und vor dem
Hintergrund dieser farbenprächtigen, lebensfrohen Kultur verfolgen wir die dramatische Auseinandersetzung zwischen den Kräften
der Zerstörung und der Heilung, verkörpert im Bild von Stier und
Lilie.

NEUE ERDE